A DOÇURA da ÁGUA

A
REGION
of
AURA

A DOÇURA da ÁGUA

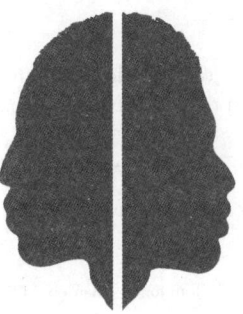

NATHAN HARRIS

cns

São Paulo, 2022

A Doçura da Água

Copyright © 2021 by Nathan Harris
Copyright © 2022 by Novo Século Editora Ltda.

EDITOR: Luiz Vasconcelos
GERENTE EDITORIAL: João Paulo Putini
ASSISTENTE EDITORIAL: Amanda Moura
TRADUÇÃO: Tom Jones da Silva Carneiro
PREPARAÇÃO: Elisabete Franczak Branco
REVISÃO: Débora Capella
DIAGRAMAÇÃO: Marília Garcia
CAPA: Marcela Lois

Texto de acordo com as normas do Novo Acordo Ortográfico da Língua Portuguesa (1990), em vigor desde 1º de janeiro de 2009.

Dados Internacionais de Catalogação na Publicação (CIP)

Harris, Nathan
  A doçura da água / Nathan Harris ; tradução de Tom Jones. – Barueri, SP : Novo Século Editora, 2022.
  336 p.

ISBN 978655561352-0
Título original: The sweetness of water

1. Ficção norte-americana 2. Georgia – História – Guerra Civil - 1861-1865 – Ficção 2. Homossexualismo I. Título II. Jones, Tom

22-1218   CDD 813.6

Índice para catálogo sistemático:
1. Ficção norte-americana

uma marca do
Grupo Novo Século

GRUPO NOVO SÉCULO
Alameda Araguaia, 2190 – Bloco A – 11º andar – Conjunto 1111
CEP 06455-000 – Alphaville Industrial, Barueri – SP – Brasil
Tel.: (11) 3699-7107 | E-mail: atendimento@gruponovoseculo.com.br
www.gruponovoseculo.com.br

Agradecimentos

Sou eternamente grato por ter ao meu lado Emily; Ben; Lena; Bret; Elizabeth; Jason; Mason; Jony; Stevie; Sara; Sarah B.C.; Jane; Billy & Holly; The Michener Center; Evan e Michael; todos da Little, Brown; Susan; Aaron; Adam; e Jacob.

Mãe e pai, obrigado por tudo.

Capítulo 1

Havia passado um dia inteiro desde que George Walker falara com a esposa. Ele tinha ido para a floresta naquela mesma manhã, no rastro de um animal que, desde a infância, se esquivava dele, e agora já era noite. Tudo estava escuro. O animal veio à sua mente bem cedo ao acordar, e rastreá-lo proporcionava uma sensação de aventura tão satisfatória que, durante todo o dia, voltar para casa era uma ideia insuportável.

Aquela tinha sido a primeira dessas excursões durante toda a primavera, e, pisando em pontiagudas folhas de pinheiro estilhaçadas e cogumelos inchados pela chuva da manhã, ele chegou a uma área que ainda não havia explorado completamente. O animal, ele tinha certeza, estava sempre um passo à frente, longe de seus olhos.

A terra que seu pai lhe havia passado tinha quase cem acres. Os grandes carvalhos vermelhos e as nogueiras que cercavam sua casa podiam reduzir a luz do sol a nada mais do que suaves arestas luminosas passando por entre os galhos. Árvores tão familiares e tão observadas ao longo dos anos, desde a infância. Ele conhecia cada detalhe da paisagem que o cercava.

Os arbustos agora davam na altura da cintura, cobertos de carrapichos que grudavam em suas calças. Nos últimos anos, ele havia começado a mancar em uma perna, o que atribuiu aos passos deslocados no trajeto entre a cabana e o chão da floresta, mas sabia que isso era uma mentira: o coxeio surgiu com a persistência e o progresso constante da velhice em si – tão natural quanto as rugas no rosto, quanto o branco do cabelo. Isso o desacelerou, e quando ele recuperou o fôlego e parou para avaliar os arredores, percebeu que o silêncio havia se apoderado da floresta. O sol, acima de sua cabeça apenas alguns momentos antes, havia desaparecido dentro do nada no canto mais distante do vale e quase não podia ser visto.

– Eu vou conseguir.

Ele não tinha ideia de onde estava. Seu quadril doía como se algo tivesse se aninhado lá e tentasse escapar. Logo teve muita sede, e ficou com o céu da boca tão seco que sua língua se agarrava a ele. Sentou-se em um pequeno tronco e esperou a escuridão total. Se as nuvens cedessem, as estrelas apareceriam, e seria tudo de que ele precisava para mapear o caminho de volta para casa. Seu pior erro de cálculo ainda o levaria a Old Ox e, embora detestasse a ideia de ver qualquer um daqueles tipos desesperados e lamentáveis na cidade, pelo menos um deles ofereceria um cavalo para que conseguisse retornar à cabana.

Por um momento, lembrou-se da esposa. Àquela altura, ele normalmente já estaria chegando em casa, à luz da vela que Isabelle haveria deixado no parapeito da janela para guiar seus últimos passos. Ela muitas vezes perdoava essas demoras apenas depois de um abraço longo e silencioso, até a tinta preta das árvores deixar sutis marcas de mãos em seu vestido, irritando-a novamente.

O tronco embaixo dele se partiu, e, na confusão, George afundou o traseiro na lama. Apenas quando ficou de pé, para se secar, foi que os viu sentados diante dele. Dois negros, vestidos de forma semelhante: camisa branca de algodão desabotoada e ceroulas esfarrapadas, como se tivessem metido as pernas em sacos de artilharia entrelaçados. Os dois ficaram imóveis, e se o cobertor em que estavam sentados não tivesse balançado com o vento, como uma bandeira para sinalizar sua presença, eles poderiam ter passado totalmente despercebidos em primeiro plano.

– Nós se perdemo, sinhô. Não ligue pra nós. Nós vai sair daqui. – O foco melhorou, tornando possível vê-los mais claramente, e não foram as palavras que impressionaram George, mas o fato de que o mais jovem tinha exatamente a idade de seu Caleb. Ele e seu companheiro estarem invadindo uma propriedade privada era completamente irrelevante. Na tagarelice nervosa de sua voz, os olhos que disparavam como os de um animal na tocaia da presa, o jovem ganhou a simpatia de George, talvez o único pedaço que restara de seu coração partido.

– De onde vocês dois vêm?

– Nós é do Sinhô Morton. Bem, nós era.

Ted Morton era um estúpido, um homem que, se lhe oferecessem uma rabeca, estaria tão sujeito a esmagá-la contra a própria cabeça para ouvir seu som quanto a tocar suas cordas com um arco. Sua propriedade fazia fronteira com a de George, e quando surgia um problema – uma fuga, na maioria das vezes –, o espetáculo que se seguia, repleto de capatazes armados, cães de focinhos imensos e lanternas com tanta iluminação que mantinham toda a fazenda acordada, era tão desagradável que George muitas vezes adiou todas as comunicações da família com Isabelle para evitar tal suplício. Mas encontrar as antigas posses de Morton em suas terras agora trazia consigo uma bem-vinda ironia: a Emancipação tornara o bufão impotente às andanças dos dois e, apesar de todas as suas grandes demonstrações de poder, esses dois homens agora eram livres para vagar tão perdidos quanto George naquela mesma circunstância.

— Desculpa nós — disse o homem da frente.

Eles começaram a embrulhar o cobertor, pegando uma pequena faca, um pouco de carne descascada e pedaços de pão, mas pararam assim que George voltou a falar. Seus olhos vagavam pelo chão à sua frente, como se procurassem algo perdido.

— Tenho perseguido uma fera de certo tamanho — contou ele. — De cor preta, conhecida por se firmar em dois pés, mas geralmente encontrada de quatro. Já se passaram anos desde que vi a criatura com meus próprios olhos, mas muitas vezes acordo com sua imagem, como se estivesse tentando me alertar de sua presença por perto. Às vezes, na minha varanda, fico cochilando, e essa memória é tão forte, tão clara, que viaja pela minha cabeça como um eco, saltando pelos meus sonhos, mas no que diz respeito a seu rastreio, receio dizer que esse bicho levou a melhor.

Os dois homens se entreolharam e depois olharam para George.

— Isso é... Bom, isso é muito curioso — disse o menor.

Nos últimos resquícios de luz, George conseguiu distinguir o mais alto, um homem cujos olhos eram tão plácidos e exibiam tão pouca emoção que parecia estar vazio. Ele tinha uma fissura aberta na mandíbula inferior, revelando uma parte da dentição. Era o outro, o menor, que mantinha a conversa.

George perguntou o nome deles.

— Este aqui é meu irmão, o Landry. Eu sou o Prentiss.

— *Prentiss*. Foi Ted quem inventou isso?

Prentiss olhou para Landry, como se ele pudesse ter uma ideia melhor.

— Não sei não, sinhô. Eu nasci com esse nome. Ou foi ele ou foi a sinhora.

— Imagino que tenha sido o Ted. Eu sou George Walker. Vocês por acaso teriam um pouco de água?

Prentiss estendeu um cantil, e George percebeu que ambos esperavam dele perguntas e informações, que investigasse por que eles estavam ali em suas terras, mas a questão ocupou um espaço tão pequeno em seu pensamento que parecia um desperdício da energia que lhe restava. Os movimentos de outros homens o interessavam tão pouco que a aversão era sua principal razão para viver tão longe da sociedade. Como tantas vezes acontecia, sua mente estava em outro lugar.

– Tenho a sensação de que vocês estão por aqui há algum tempo. Por acaso não viram o animal de que falei?

Prentiss estudou George por um momento, até que George percebeu que o olhar do jovem tinha se direcionado para além dele, para algum lugar distante.

– Acho que não. O Sinhô Morton me levou pra algumas caçadas. Já vi todo tipo de coisa, mas nada como o sinhô descreveu. A maior parte, aves. Aqueles cachorro voltava com os passarim ainda tremendo na boca, e ele mandava amarrar uns nos outros e depois carregar eles pra casa nas costas. Eu levava tantos que não dava nem pra me ver entre as penas. Os garoto ficavam com ciúme porque eu podia sair por um dia, mas eles não sabia como era. Eu prefiro ir pra roça do que levar essa carga nas costas.

– Isso é interessante – disse George, considerando a imagem. – Isso é realmente interessante.

Landry separou um pedaço de carne e entregou a Prentiss antes de pegar um para si.

– Nada de ser rude, hein – alertou Prentiss.

Landry olhou para George e apontou para a carne, mas George fez que não com a cabeça.

Eles ficaram em silêncio, e George descobriu que sua aversão a falar era bem-vinda ali. Além da esposa, aqueles dois pareciam os únicos indivíduos com quem ele se deparara em algum momento que preferiam deixar um instante nu a rasgá-lo com palavras inúteis.

– Esta terra é do sinhô, então – disse finalmente Prentiss.

– Do meu pai, agora minha, e um dia seria do meu filho... – As palavras sumiram na noite, e ele começou novamente em uma direção diferente. – Agora ela me deixou confuso e nem sei para que lado é o quê, e essas malditas nuvens no céu.

Ele sentiu que a própria floresta o provocava e ficou de pé como em protesto, mas a dor no quadril se enrolou em um nó mais forte. Com um grito, ele caiu de volta no tronco.

Prentiss se levantou e caminhou até ele com preocupação nos olhos.

– Olha o que o sinhô fez... Essa gritaria toda.

– Se você soubesse o inferno que foi este dia, gritaria também.

Prentiss estava muito perto dele agora, tão perto que George podia sentir o cheiro de suor em sua camisa. Por que ele estava tão quieto? Tão repentinamente irritante?

— Se não se importa, sinhô Walker, o sinhô podia pelo menos ficar quieto pra mim — disse ele. — Por favor.

George se lembrou da faca que estava ao lado daquele irmão esquisito com tal urgência que quase a materializou na escuridão. Percebeu então que, fora dos limites de uma casa, perdido na floresta, ele era simplesmente um homem na presença de dois, e que tinha sido um tolo ao presumir sua própria segurança.

— O que é isso? Minha esposa vai pedir ajuda a qualquer momento, você sabe disso, não é?

Mas os olhares congelados e desesperados dos dois homens mais uma vez não estavam sobre ele, e sim para além dele. Um som de açoite estourou ao lado de George. Ele se virou e viu uma corda com o contrapeso de uma grande pedra ao lado: os ingredientes de uma armadilha bem ajustada segurando a perna de um coelho que se contorcia a alguns metros. Landry se levantou, mais rápido do que George poderia imaginar possível, e voltou a atenção para o coelho. Prentiss deu um passo para trás, dispersando o momento.

— Eu não quis assustar o sinhô — explicou ele. — É que não tinha pegado nada nessa armadilha ainda... Faz tempo que nós não come bem. Só isso.

— Entendi — disse George, se recompondo. — Então vocês já estão aqui há mais tempo do que eu pensava.

Prentiss explicou o pouco que vinha guardando para si: que eles tinham partido da propriedade do Sr. Morton havia uma semana, pegado o pouco que podiam carregar nas costas — uma foice deixada na roça, um pouco de comida, os sacos de dormir de seus catres —, e não tinham ido mais longe do que estavam agora.

— Ele disse que podia pegar umas coisa da cabana — contou Prentiss sobre a pequena generosidade de Morton. — Nós não roubamo nada.

— Ninguém falou nada sobre roubar. Não que eu me importe. Ele tem mais do que um homem simplório como ele jamais poderia fazer uso. Eu só me pergunto por quê. Vocês podem ir a qualquer lugar.

— Estamos planejando. E é muito bom.

— O quê?

Prentiss olhou para George, como se a resposta estivesse bem diante dele.

— Ficar sozinhos por um tempo.

Landry, ignorando-os, cortou os pedaços soltos de um tronco de carvalho para fazer uma fogueira.

— Não é por isso que o sinhô está aqui, Sr. Walker?

Nessa hora, George sentiu um arrepio. Começou a falar do animal, como aquilo o havia trazido até ali, mas o som de Landry cortando a madeira interrompeu seu pensamento, e ele se viu, como tinha sido o caso desde o dia anterior, pensando no filho. Quando o menino era mais novo, eles caminhavam juntos por aqueles bosques, cortando lenha e brincando com coisas como se uma lareira, permanentemente acesa, não os estivesse esperando em casa. Com essa memória, as outras fluíram, os pequenos momentos que uniram os dois — colocá-lo na cama, as orações com ele à mesa, simples gestos com piscadelas que passavam de um para o outro como segredos sussurrados; desejando que ele fosse para a frente com um aperto de mão que deveria ter sido muito mais — até que essas lembranças se dissolveram no rosto do melhor amigo do rapaz, August, que fora visitá-lo naquela mesma manhã com a notícia da morte de Caleb.

Eles haviam se encontrado no pequeno escritório de George na cabana. O rapaz se parecia muito com o pai, o mesmo cabelo loiro, as feições de menino e o ar de vaga realeza um pouco enraizado, exceto na tradição familiar. August e Caleb haviam deixado Old Ox de botas polidas e roupas cinza, e George esperava que o filho retornasse como um selvagem, todo enlameado e puído; previa a si mesmo e a Isabelle como os pais zelosos que o ajudariam a voltar à normalidade. À luz disso, algo parecia indecente nos trajes noturnos de August: a camisa com sobrecasaca, o colete bem passado com o relógio de ouro pendendo livremente. Parecia que ele já havia descartado seu tempo na guerra, e isso significava que Caleb também havia se tornado parte do passado, muito antes de George saber que o filho havia partido para sempre.

August sentou-se à mesa de George, à sua frente, mas o próprio George só suportou ficar de pé na janela. August contou que havia se ferido, uma queda feia na patrulha que o levara à dispensa apenas uma semana antes, no dia primeiro de março. Ele parecia perfeitamente saudável, e George imaginou que o pai do rapaz havia pagado para mantê-lo seguro enquanto a guerra, no auge de sua agonia, se tornava mais perigosa. Mas suas suspeitas não pesavam nada contra o que os trouxera até aquele momento. Para aquela sala. E assim August começou a falar, e, mesmo com sua primeira declaração, George compreendeu o vazio das palavras do rapaz, a teatralidade de sua narrativa; podia até imaginá-lo em seu veículo, vindo para sua propriedade, repassando cada frase, cada sílaba, para causar o maior efeito possível.

Ele disse a George que Caleb havia servido com honra e recebido a morte com dignidade e coragem; que Deus havia-lhe concedido uma passagem pacífica. Caleb convivia com aquele rapaz desde que os dois eram tão pequenos que nem chegavam à altura do umbigo de George. Ele se lembrou de uma vez que os dois correram para brincar na floresta, e Caleb voltara tão mortificado e August tão cheio de alegria que George interpretou o contraste como o resultado de alguma competição, uma ocasião que poderia servir para uma lição moral. *Aceite suas perdas como um homem, agora*, George havia dito. Mais tarde, porém, quando Caleb não conseguia se sentar para jantar, estremecendo só de pensar em fazê-lo, George desceu as calças do menino. Marcas de cortes, algumas ainda vermelhas com sangue, as outras em um roxo profundo, cobriam suas costas. Ele contou ao pai sobre a brincadeira que August havia tramado, *Senhor e Escravo*, e que eles só voltaram a assumir seus papéis adequados durante a tarde. A dor não era das marcas, Caleb continuou, mas do fato de que não podia escondê-las e que George poderia contar ao pai de August. Ele teve que jurar ao menino que manteria aquilo em segredo.

De pé em seu escritório, George suspirou e deixou claro que sabia que August estava mentindo. Seu filho podia reivindicar muitos atributos, mas bravura não era um deles. Esse único comentário foi o suficiente para que o verniz do ato de August descascasse. Ele tropeçou nas palavras, cruzou as pernas, verificou o relógio, desesperado por uma saída que George não forneceria.

Não, não. Seu filho havia morrido. E ele merecia saber a verdade sobre o que havia acontecido.

George não tinha visto Landry acender o fogo diante dele, mas a luz da chama se apoderou de seu canto da floresta e lançou o homem maior em relevo; ele recolheu o coelho esfolado e colocou seus restos ensanguentados na ponta de um galho raspado para o assar. O céu estava cheio de estrelas claras e magníficas, como se tivessem sido arranjadas apenas para os três.

— Eu deveria ir para casa — disse George. — Minha esposa vai ficar preocupada. Se vocês pudessem me dar uma ajuda... Eu faria valer a pena.

Prentiss já estava de pé para ajudar.

— Quero dizer, vocês dois poderiam ficar aqui, se quisessem. Por um tempo.

— Não vamos se preocupar com isso ainda — disse Prentiss.
— E se houver outra coisa em que eu possa talvez ajudá-los...

Ignorando George, Prentiss colocou a mão sob seu braço e o ergueu de uma só vez, antes que a dor pudesse se instalar.

— Com cuidado — orientou Prentiss. — Devagarinho.

Eles caminharam lado a lado por entre as árvores, trocando os passos ao mesmo tempo, com Landry os seguindo.

Embora George precisasse das estrelas para se orientar, tudo o que ele podia fazer era manter a visão à frente para não cair, para não ceder à dor. Ele colocou a cabeça no ponto onde o peito de Prentiss encontrava seu ombro e permitiu que o homem o equilibrasse.

Depois de algum tempo, ele perguntou se Prentiss sabia onde eles estavam.

— Se esta é sua terra como o sinhô diz, então eu já vi a sua casa — disse Prentiss. — É um lugar lindo, não é? Não muito longe daqui. Não muito longe.

George percebeu, quando chegaram à clareira, o quão absolutamente exausto estava. Imediatamente, a noite inteira, que havia sido suspensa no tempo, desenrolou-se diante dele, e a realidade se apresentou na forma de sua cabana de toras e do contorno negro, do que só poderia ser Isabelle, esculpido na sombra da janela da frente.

— O sinhô consegue? — perguntou Prentiss. — Melhor ir sozinho daqui.

— Podemos esperar mais alguns instantes? — perguntou George.

— O sinhô precisa descansar, Sinhô Walker — implorou Prentiss. — Não tem nada aqui para o sinhô.

— Sim, mas...

Isso não fazia muito o seu feitio. Deve ter sido a desidratação. Sim, ele estava desorientado, um pouco confuso, e as lágrimas eram apenas um sintoma de sua situação. Foram apenas algumas.

— Eu não estou sendo eu mesmo. Perdoem-me.

Prentiss o abraçou firmemente.

— Eu não... Eu não contei a ela. É isso — revelou George. — Não pude suportar.

— Não disse o que a ela?

E George pensou na imagem que August lhe deixara naquela manhã, de seu filho abandonando as trincheiras que ajudara a cavar, tão dominado pelo medo a ponto de se sujar, se encolher e correr em direção à linha da União como se eles pudessem ter pena de seus gritos de terror, vê-lo através do excesso de fumaça e conceder sua rendição, e não o matar com o restante. Ocorreu a ele que Caleb podia ter herdado alguma característica falha do pai. Pois quem era o maior covarde? O rapaz, por ter morrido sem honra, ou George, por não ter sido capaz de dizer à mãe do filho que ela nunca mais o veria?

— Nada — disse George. — Eu fiquei sozinho por períodos tão longos que às vezes falo comigo mesmo.

Prentiss balançou a cabeça, como se algum raciocínio pudesse ser encontrado naquelas palavras.

— Aquele animal de que o sinhô falou. O Sinhô Morton me ensinou uns truques ao longo dos anos. Amanhã, talvez, eu posso ajudar a rastrear ele.

Havia pena em suas palavras, e George, sentindo a ironia de um homem que vivia com tão pouco oferecendo-lhe caridade, endireitou-se e aproveitou a pouca energia que ainda tinha para recuperar a compostura.

— Isso não será necessário. — Ele olhou bem para Prentiss, considerando que aquela podia ser a última vez que eles colocariam os olhos um no outro. — Agradeço sua ajuda, Prentiss. Você é um bom homem. Boa noite.

— Boa noite, Sinhô Walker.

George mancou até os degraus da frente, o frio já lhe escapando dos ossos antes que a porta se abrisse e o calor do fogo o encontrasse. Por um breve momento, antes de entrar, ele olhou para trás, para a floresta, silenciosa e vazia de vida na escuridão. Como se não houvesse nada ali.

Capítulo 2

O amor de George por cozinhar era apenas uma de suas muitas excentricidades. Isabelle havia tentado, no início do casamento, assumir o papel de cozinheira doméstica, mas o parecer do marido sobre a preparação de um presunto jarrete não era diferente de seu pensamento sobre a caça de um cogumelo, a construção de um balanço de árvore: refinado, específico e executado com concisão repetidas vezes. Sentada à mesa para o café da manhã, ela observava suas rotinas com uma mistura de fascínio e deleite. Aqueles eram hábitos que ele havia aperfeiçoado ao longo do tempo de solteiro – quebrar um ovo era algo feito com uma mão, um movimento suave do polegar, um golpe bastante feminino que partia a casca em duas; a aplicação de manteiga em uma frigideira quente envolvia uma fatia de aproximadamente 6 milímetros, untada em movimentos semicirculares até que sibilasse na superfície e desaparecesse.

Ele ficava mais satisfeito durante a preparação do que com a refeição, a qual parecia apenas um trabalho árduo para seguir em frente. Eles falavam poucas palavras à mesa. No entanto, naquela manhã foi diferente. Ele de alguma forma se levantou antes dela, uma realização por si só, considerando o quão tarde tinha chegado. E quando ela desceu as escadas, encontrou o marido à mesa, olhando para um ponto na parede, como se a madeira lascada pudesse se levantar para continuar seu dia.

– Que tal um café da manhã? – perguntou ela.

O rosto dele estava inexpressivo. Nunca tinha sido bonito, pois o equilíbrio envolvido na fisionomia da beleza havia escapado dele.

O nariz era grande; os olhos, pequenos; o cabelo caía em um anel como uma coroa de louro bem colocada; a barriga tinha a rotundidade esticada de uma mulher grávida e sempre ficava guardada com segurança entre os suspensórios.

– Eu poderia fazer panquecas – propôs ela.

Ele finalmente a notou.

– Se não for incômodo, seria ótimo.

Em pé na frente do fogão, preparando a massa, ela sentiu que havia esquecido completamente o procedimento. Ela o criou de memória, não de sua própria receita, é claro, mas observando o marido por quase um quarto de século. A cabana era modesta – dois andares –, e escadas cortavam o centro da casa. Da cozinha, ela podia ver George sentado na sala de jantar, mas, sempre que ele se mexia, desaparecia atrás da escada e depois reaparecia novamente.

– Talvez uma pilha maior do que o normal? – perguntou ela. – Você deve estar com um apetite e tanto depois da noite passada.

Essa seria sua única tentativa de obter uma explicação. Não que ele não tolerasse questionamentos (ele era bastante indiferente), mas o caso era que uma investigação mais profunda raramente levava a uma descoberta maior. Ela tinha aprendido a guardar as palavras.

– Você a encontrou? – indagou ela. – A criatura. Imagino que tenha ido atrás dela outra vez.

– Me escapou – disse ele. – Muito lamentável.

As panquecas chiaram – bolhas abrindo e fechando novamente como um peixe lutando por ar acima da superfície da água. George as viraria agora. Por uma questão de experimento, ela as deixou.

Ela trouxe dois pratos para a mesa e voltou momentos depois com duas xícaras de café. Havia um ritmo em como eles comiam. Um dava uma mordida, depois o outro, e era nesses ligeiros reconhecimentos, não diferente da maneira como trocavam respirações profundas ao adormecer, que as pinceladas de seu casamento se fundiam dia após dia, noite após noite, resultando em um quadro gratificante, mas irritantemente difícil de interpretar.

Quando George voltou para casa na noite anterior, seu rosto estava tão vermelho e seus tremores tão fortes que ela não sabia se deveria asseá-lo com um pano ou colocá-lo sob as cobertas. Com a dor no quadril, vacilou a cada passo, agonizando a cada movimento escada acima e recusando ajuda. Ele mal conseguia pronunciar uma frase, quanto mais dar uma explicação para sua ausência, e adormeceu tão rapidamente que ela se perguntou se ele já estaria em estado de sonho, com o corpo o levando de volta para onde ele ficaria a noite inteira. Ela percebeu que, além da menção ao interesse passageiro em rastrear uma fera de algum mistério – a mesma que ele havia procurado com seu pai anos atrás, uma aventura que eles compartilharam, a mesma fera que ela nunca tinha visto com seus dois olhos –, o marido estava decidido a guardar os segredos de suas noites para si. O que seria muito mais irritante se ela não tivesse seu próprio segredo.

Não que ela quisesse. Ela mal conseguia se lembrar de ter escondido alguma coisa de George, e o fardo de seu silêncio era de um peso tão grande que às vezes parecia difícil respirar.

– Como foi a reunião? – perguntou George, com os olhos grudados no prato.

– Tão tediosa quanto todas as outras ultimamente. Katrina saiu depois do chá, e eu fui com ela. Elas falam apenas de quem voltou ou dos rumores sobre quem pode voltar, e eu simplesmente não consigo suportar. Elas tratam seus filhos em liberdade condicional com a presunção de uma vitória no copas. Razão pela qual parei com esse jogo completamente. Está tudo bem com a vitória delas, mas é a possibilidade de eu perder…

– É preciso saber perder com elegância, Isabelle – disse George entre mordidas.

– Não nesse caso.

George ergueu a sobrancelha.

– Não considero que copas seja diferente de qualquer outro jogo.

– Talvez eu não esteja falando de cartas.

Com o comentário, ele deu de ombros, como se não tivesse entendido nenhuma palavra do que ela havia dito. Sentindo que ele estava absorto em sua própria mente, ela se virou para a janela e observou o caminho que levava à estrada principal em direção à cidade. Ela não tinha dom para a jardinagem, mas mesmo assim plantara os arbustos rasteiros e grotescos que pavimentavam a trilha. Ao lado ficava o velho celeiro, ainda abrigando as ferramentas agrícolas que o pai de George guardava, nas quais o próprio George tinha pouco interesse. E por trás, mascarado dos olhos do público, estendia-se o varal, nu naquele instante, uma gravura branca simples delineada no orvalho da manhã. Foi naquele mesmo lugar que seu segredo nascera, e a simples lembrança disso trouxe cor às suas bochechas.

Ela largou o garfo no prato.

– Eu não gosto disso, George – disse ela. – Eu não… Como posso dizer… Não acredito que tenhamos sido honestos um com o outro. Para você desaparecer em horas estranhas, como fez. Deixar que eu queimasse as panquecas e não dizer nada.

Ele ergueu os olhos da comida, colocando o próprio garfo no prato.

– Bem, nem é preciso dizer que você as virou tarde demais.

Ela balançou a cabeça em desafio.

– É uma questão de gosto, o que *definitivamente* não vem ao caso. Se você não deseja me dizer por que sumiu até tarde da noite, não posso continuar sem compartilhar os pensamentos que preenchem minha mente.

Ele estava prestes a falar, mas ela pigarreou e continuou com uma declaração que saiu abafada, quase um sussurro.

– Coloquei nossas roupas no varal na manhã seguinte à chuva e, naquela mesma noite, um homem tentou roubar suas meias.

– Você disse minhas *meias*?

– Sim. As cinzas que tricotei para você.

Finalmente, ela teve toda a atenção do marido.

– Quem faria uma coisa dessas?

Ela então explicou um pouco da história. Saíra para buscar as roupas antes do pôr do sol; a sensação de estar na companhia de outra pessoa; pensar que era George, ao sentir o cheiro dele, quando na verdade ela estava sentindo apenas o cheiro de suas roupas.

– Quase gritei, mas quando vi que o medo dele superou o meu, senti outra coisa. Pena, suponho.

– E isso foi ontem?

– Foram duas ocasiões – contou ela, e agora Isabelle olhava para o prato, incapaz de encontrar o olhar de George. – Eu deveria ter contado imediatamente. O homem estava escondido atrás do celeiro. Quando ele deu um passo à frente para fugir, nossos olhos se encontraram. Ele era alto. Um negro...

Ela então ergueu os olhos, e George retribuía seu olhar com nada além de leve curiosidade. Por trás de seu exterior sereno havia um homem que sempre apreciara fofocas ocasionais, escandalosas e bizarras, e ela se sentiu quase desanimada por ele não estar mais envolvido em sua história.

– E ele parecia completamente perdido. Não apenas no sentido físico. Não é algo que se possa descrever exatamente. Eu poderia dizer que ele queria estar ali, na minha presença, muito menos do que eu gostaria de tê-lo na minha, e tão rapidamente quanto estava lá, logo ele se foi.

Havia emoções que ela estava reprimindo. Principalmente, a pura surpresa pela presença do homem naquele primeiro encontro. Ela quase podia contar o número de vezes em que a chance de uma emoção havia ocorrido em sua vida adulta, e aquela era certamente a mais forte delas. Naquele momento, ela sentiu apenas medo, que recaiu sobre ela como um presente inesperado, em vez de uma ameaça. Na noite em que ocorreu pela primeira vez, ela pensou sobre isso quando estava na cama ao lado de George, e ainda tinha aquilo na mente pela manhã. A imagem do homem: o maxilar inferior desequilibrado como a última gaveta de uma cômoda aberta, o arqueamento desajeitado dos ombros largos.

Ela disse a si mesma que ele poderia ser perigoso, que a preocupação com seu possível retorno era razoável, considerando a perspectiva do que ele poderia fazer no futuro. Portanto, quando George cochilava na varanda dos fundos ou na floresta, não havia nada de estranho na atenção que ela prestava ao varal. No entanto, a ausência da sombra do invasor à noite era decepcionante em vez de reconfortante. O que apenas a levou a vigiar a propriedade mais de perto, aguardando o reaparecimento dele como se o mistério que o rodeava também pudesse revelar alguma parte escondida dela. Se ao menos ele voltasse para mostrar-lhe isso.

O retorno dele, dois dias depois, como se o desejo dela o tivesse invocado, foi um choque, algo que ela pensou que só aconteceria na obra de sua imaginação. Ela o viu antes que ele a visse, pois ele estava perdido na própria sombra, seus movimentos tão deliberados que pareciam os de uma criança. Ela o observou da segurança da casa, sabendo que poderia chamar George a qualquer momento lá no escritório, e o marido viria do andar de cima para ver o que se passava. Mas logo ela se aproximou da porta dos fundos e girou a maçaneta, e então estava na varanda observando o homem que inspecionava novamente as roupas no varal.

Poucas coisas a assustavam. Certa vez, quando criança, seu irmão, Silas, tentou amedrontá-la com histórias de fantasmas, o luar flutuando em seu quarto, os tentáculos de seu brilho suave cortando a escuridão. Essas eram as histórias que o pai contara a ele para não compartilhar com a irmã, pois eram destinadas apenas aos homens da família, para serem passadas aos filhos de Silas no futuro. No meio de sua história de sangue e morte, ela reagiu com tanta indiferença, com um ceticismo tão penetrante expresso em seu silêncio, que Silas gaguejou e desistiu de imediato da história. Ele não foi o último menino a testar sua coragem, e ela não seria intimidada por aquele homem no celeiro que de alguma forma conseguiu enervá-la uma vez antes.

Ela ergueu o vestido dos juncos de grama de aveia e caminhou até ele tão rapidamente que ele teve pouco tempo para reagir. A primeira coisa que ela conseguiu ver, parada ao lado dele, foram as pontas enegrecidas das unhas com sujeira alojada. Ele estendeu a mão para o varal e pegou uma das meias de George, depois a outra, e se virou para encará-la. Isabelle não sabia o que dizer. Ele não correu. Nem mesmo se moveu. Seus olhos expressaram pouco, e ele apertou as meias como se fossem sua única posse, algo já seu para guardar para sempre.

– Posso saber o que você está fazendo?

Ele não disse nada.

– De onde você é?

Havia algo frustrante no aspecto de sua boca, perpetuamente aberta, mas sem palavras.

– Diga alguma coisa – implorou ela. – Você tem que dizer.

Mas se o motivo de sua primeira aparição não ficara claro, sua missão atual era tão óbvia que não precisava de explicação. As roupas dele ainda estavam molhadas do temporal da noite anterior, os sapatos de couro estavam tão escuros com a umidade e tão surrados que pareciam ter sido colocados em um forno e seus restos carbonizados reformados nos frangalhos de agora. Certamente não havia nada mais atraente para um homem em tais condições do que um par de meias secas.

Ela deixou a barra do vestido cair na grama.

– Entendi. Você provavelmente foi pego pela tempestade.

A simplicidade do fato caiu sobre ela com uma onda de constrangimento, e agora ela se perguntava como havia caído em uma posição tão indigna a ponto de ficar sozinha na presença daquele homem. Ela podia se lembrar de uma época em que sua vida era tão segura como a costura de um espartilho bem amarrado – o marido e o filho, os laços entrelaçados que mantinham as costelas de uma vida social ativa, os relacionamentos que cultivava desde que se casara e se mudara para Old Ox. No entanto, no ano anterior, desde que Caleb entrara na guerra, tudo se desfez, e ela agora se sentia nua diante daquele estranho, decepcionada não por seu silêncio, mas pelas expectativas idiotas que depositou nele.

– Por favor – disse ela. – Apenas siga seu caminho. Pode levá-las. Eu não me importo.

Ele piscou uma vez, olhou para as meias e começou a colocá-las de volta no varal onde as havia encontrado, como se, após um exame mais minucioso, elas não atendessem aos seus padrões.

– Você não está me ouvindo? – prosseguiu ela. – Eu disse para levá-las.

Ele ficou parado, olhando com alguma satisfação para o trabalho que havia feito, e se virou casualmente para caminhar em direção à floresta, sem nem mesmo olhar na direção dela.

— Aonde você está indo? — ela disse às costas dele, elevando a voz. — Talvez chova de novo. Volte aqui. Você pode ficar doente. Por que não me escuta?

Ele avançou pesadamente, balançando os ombros a cada passo, até submergir na escuridão, perdido entre as árvores. Sentindo-se desprezada e invisível, Isabelle permaneceu ali por alguns minutos, agitada apenas pelo vento que soprava sob o vestido. O varal balançava ao lado dela. Ela ainda sufocava de vergonha quando voltou para a cabana.

Agora, no café da manhã ao lado de George, a única coisa que ela compartilhou de toda a cena foram as ações do homem, seu silêncio e sua súbita partida.

— Eu o enxotei — disse ela em resumo, recolhendo os pratos da mesa. — Ele se foi em um instante. Não posso dizer que não vá voltar. Não queria preocupá-lo, mas achei melhor contar.

Ela foi rapidamente para a cozinha, querendo que ele dissesse algo, qualquer coisa, que lhe permitisse continuar com a memória.

— Acho que conheci esse homem — respondeu George, limpando a boca com um guardanapo. — Você disse que ele não falou.

— Nenhuma palavra.

— Então, sim. E, pelo que deduzi, ele é perfeitamente inofensivo. Você não precisa se preocupar com ele.

— Então eu não vou.

Havia perguntas. Sempre havia perguntas. Mas ela não se importou se — ou como — George realmente conhecera o homem, pois sua indiferença agiu como um bálsamo imediato. Com que facilidade ele deixou o passado para trás, sem levar em conta as preocupações que a atormentavam. Se alguma vez lhe faltou amparo — o que costumava acontecer —, a capacidade inabalável do marido de trazê-la de volta ao porto quando ela se perdia em águas turbulentas era uma vantagem que muitas vezes compensava. Ninguém era mais confiável e, se esse não era o último ato de compaixão, ela não sabia o que era.

— Estou feliz por ter tocado no assunto — prosseguiu ela —, pois agora posso deixar isso para lá.

O marido parecia imutável, embora aparentemente tivesse assumido a culpa dela. Estava na curvatura de seus ombros, na depressão de suas bochechas. Só então, naquele mesmo segundo, ela viu a dor que ele carregava. Quando ele se virou para falar com ela, foi com um olhar tão assombrado e tão debilitante que poderia ter paralisado um homem inferior.

— Há algo que também preciso contar para você. E quero me desculpar por não ter dito nada ontem, mas eu não sabia como tocar no assunto. E ainda não sei. Isabelle...

Mas ele vacilou.

Aquele tom. Ela não tinha certeza da última vez que tinha ouvido. Talvez na timidez quase trágica com que ele buscou a bênção do pai dela para pedir sua mão em casamento, ignorando que ela estava sentada na carruagem bem na frente dos dois; ou talvez anos depois, quando espreitou para dentro do quarto deles e perguntou à parteira se Caleb finalmente havia nascido, como se o choro não fosse evidência suficiente. Ela percebeu que não era a distância dele que ela sentira naquela manhã, apenas seu nervosismo. E antes que ele proferisse outra palavra, ela sabia que não o perdoaria pelo que ele havia escondido dela. Ela sentiu vontade de correr, mas as pernas estavam presas no lugar. No momento em que ele fechou a boca, o prato em sua mão havia secado com o ar da manhã. Ela conseguiu largá-lo, como se fosse melhor suas lágrimas caírem no chão do que mancharem algo que ela acabara de limpar.

Capítulo 3

Prentiss repousou os pés do irmão em seu colo. Massageou cada um dos dedos de Landry, depois a sola, e o calcanhar, cravando os polegares tão profundamente no pé esquerdo que lhe drenava até ficar branco antes que o sangue voltasse e lhe retornasse à cor natural. Landry estava deitado no leito da floresta, a cabeça sobre um tronco. Ele olhou para o horizonte.

— Você sempre tentando me passar a perna, não é? – reclamou Prentiss.

Landry deu um gemido, que mais pareceu de contentamento do que de qualquer coisa.

— Comeu o resto daquele coelho como se ele já tivesse indo embora. Como se eu fosse burro demais pra notar.

Ele atingiu a ranhura do pé do irmão, e Landry olhou para baixo, como se para absorver a técnica, antes de lançar o olhar de volta ao sol ainda nascente.

— Bem, não temos mais comida, e você pode ter roubado uns restos, mas não vamos passar da tarde sem abater alguma coisa.

Landry ficou em silêncio, um ato para o homem que não tinha relação alguma com a fala, e sim com os sentidos, sua maneira de existir. Ele sempre recebia aquelas massagens nos pés. Prentiss sentia o corpo do irmão desacelerar até um estado de quase sono, sua respiração paralisada, os ombros moles – e era um modelo de como obter prazer, perder-se na sensação.

Era uma tradição derivada da época das cabanas, quando eram crianças, quando Landry ainda estava inteiro. Eles se sentavam em seus catres, um de frente para o outro, e, muito depois de a vela de sebo ter sido apagada pela mãe, um ainda estaria trabalhando nos pés do outro, preparando-se para o dia seguinte no campo. Prentiss se lembrava do Sr. Morton uma vez pondo os dois para trabalhar com a promessa de um par de luvas novas para o que melhor produzisse, um gesto que eles sabiam ser vazio, mas ainda representativo do quão pouco ele os entendia – as mãos endureciam rapidamente sob a dor da colheita, enquanto os pés, mesmo protegidos, sempre encontrariam formas de doer pelas horas gastas sustentando um corpo alquebrado.

Eles trabalharam nas terras do Sr. Morton juntos; deixaram para trás a única vida que conheciam; e muitas vezes pensavam em uníssono, como um só. Então, quando Prentiss se levantou, não foi surpresa que o irmão já estivesse de pé também, embora nenhum dos dois tenha dito uma palavra ao fazê-lo.

Landry pegou a corda que usaram para capturar o coelho, mas Prentiss tocou em seu ombro.

– Chega disso. Já tá na hora da gente ir pros acampamentos, ver nossa gente.

Os olhos do irmão rodearam lentamente a casa improvisada.

– Não é pra sempre, não – assegurou Prentiss. – Vamos buscar comida e voltar antes do pôr do sol.

Havia lugares e sons que traziam conforto a Landry, e tudo o que estava fora dessa esfera do conhecido encontrava resistência. Até uma semana antes, isso era verdadeiro para aquela mesma floresta. Com as cabanas que sempre foram sua casa atrás deles, o desconhecido à sua frente, os poucos bens que tinham presos às costas, os irmãos enfrentaram um mistério silencioso e inquietante. Um único passo à frente tornou-se uma impossibilidade para Landry. Seus pés estavam plantados, sua cabeça balançava negativamente, até que, finalmente, depois do que pareceu uma hora inteira de súplicas de Prentiss, ele caminhou por seu próprio comando, como se o ato de seguir adiante exigisse uma quantidade precisa de coragem conseguida apenas naquele exato momento.

Prentiss temia que a caminhada até os acampamentos não fosse diferente. Ele certificou-se de que estivessem muito além do Palácio da Majestade antes de pegar a estrada, não querendo ver o antigo mestre e aqueles que escolheram ficar com ele.

Aquilo realmente acontecera havia apenas uma semana? Que estranha tinha sido aquela manhã. Eles tinham ouvido rumores de que os soldados da União se aproximavam, rumores sussurrados, não muito diferentes de tantos que chegavam às cabanas por anos, desde o início da guerra. A noção de verdadeira emancipação sempre parecera tão fantástica que, caso ocorresse, Prentiss esperava arautos de corneta, fileiras de homens em sincronia descendo sobre o Palácio da Majestade como anjos trazidos para servir aos objetivos do próprio Deus. Na verdade, não eram nada além de alguns jovens com uniformes azuis tão desalinhados quanto as roupas que Prentiss e Landry usavam. Eles desceram a rua e os chamaram de suas cabanas com o Sr. Morton os seguindo em uníssono, ainda de pijama, exposto de uma forma que Prentiss nunca tinha visto. Morton implorou pela compreensão dos soldados, insistindo que seus escravos desejavam permanecer sob sua guarda, enquanto os jovens o ignoravam e anunciavam que cada homem, mulher e criança em cativeiro era livre para ir embora dali como bem entendesse.

O Sr. Morton disse que eles eram criaturas sem esperança e implorou novamente aos soldados que entendessem isso, embora fosse evidente para todos que era ele o desesperado, agindo pior do que uma criança que perdera a mãe. Ainda assim, nenhum deles se moveu a princípio. Foi o próprio Prentiss quem desceu do alpendre da cabana em direção a um dos soldados, um homem branco com cara de bebê talvez até mais jovem do que ele, que claramente se importava tão pouco com aquela fazenda quanto com a próxima, onde, suspeitava Prentiss, ele logo repetiria o mesmo anúncio no mesmo tom.

– Quando podemos ir? – perguntou ele ao homem, baixo o suficiente para que Morton não ouvisse, para o caso de haver nesse arranjo algo além do que aparentava e um castigo estar à espera dele, por ter simplesmente se dignado a perguntar.

Ele nunca tinha ouvido palavras tão preciosas como as pronunciadas pelo rapaz.

– Na hora que sentir vontade, suponho.

Prentiss se virou para encarar Landry sem pensar duas vezes, pois suas vidas agora podiam começar, e era hora de moldá-las da maneira que quisessem. O tremor da mandíbula de Landry e o aceno de cabeça indicaram que o irmão estava em total acordo.

Entrar na floresta fora uma expedição por si só, e agora, ao deixá-la para trás, seus sons iam diminuindo, até se reduzir ao silêncio; a estranha carruagem começou a aparecer diante deles, passando rapidamente ao seu lado. Eles caminharam sem pressa, passo a passo, a poeira enchendo os buracos não remendados dos sapatos. Todas as casas que eles encontraram no caminho, menos ou mais impressionantes do que o Palácio da Majestade, eram impressionantes, todas brancas.

– Você se imagina numa assim? – perguntou Prentiss, mas Landry manteve os olhos na estrada.

A varanda da casa diante deles era grande o bastante para dar uma festa. Pequenos arbustos azuis com espaço suficiente diante de cada coluna.

– Eu não gosto dessa, nem das outras – disse Prentiss. – Pra que todo aquele espaço? Como dá pra explicar pra alguém que você se perdeu na própria casa? Diga.

A questão já havia ocorrido a ele antes, mas como aquela era a primeira vez que via qualquer casa além do Palácio da Majestade e as do entorno, ele não sabia que uma peste que se abatera sobre seu antigo dono tinha dizimado também a cidade.

Eles não levaram nada consigo. Cruzaram com mais olhos de bois do que de homens, mas cada passo parecia ser observado, como muitos de seus movimentos haviam sido no passado. Quanto mais distantes ficavam, mais real parecia. A cada passo, uma confirmação de sua liberdade.

– Olha pra gente – disse Prentiss. – Viajantes do mundo. Turistas. Legal, hein?

Ele cutucou as costelas do irmão, mas sua boa conversa só durou até o ponto em que chegaram à placa com o nome Old Ox. Landry parou como se tivesse batido em uma parede. De repente, todo o barulho e aquela visão: gado gemendo escondido em estábulos invisíveis, gritos de crianças brigando, um homem cuspindo indiscriminadamente da varanda. Prentiss experimentou tudo de uma vez, percebendo do mesmo modo como seu irmão poderia, e então entendeu as dificuldades que os esperavam.

– É só um passo como qualquer outro – disse.

Landry olhou para ele, olhos severos, como uma declaração.

– Ok – concordou Prentiss. – Então tá bem.

Ele não forçaria o irmão a entrar na cidade, depois de o ter forçado a entrar na floresta. Eles tinham passado grande parte da vida sob a pressão de outros homens, e parecia certo agora valorizar cada decisão, suas próprias decisões.

– Vamo fazer o seguinte. Por que ir pela cidade quando dá pra rodear? Você não concorda?

Landry o olhou novamente. Cambaleou um pouco, recompondo-se, levantando as pontas dos sapatos do chão, em preparação para um compromisso aceitável, e tudo de que Prentiss precisava para começar a andar novamente era saber que o irmão estava ao seu lado.

A cidade era abraçada pela floresta, facilitando a manobra ao redor sem chamar a atenção, não que alguém quisesse prestar atenção neles. Eles se limitaram à parte de trás das construções. Atrás de uma cerca, avistaram uma bacia fervente e borbulhante com pedaços de porco, tão grande que um homem poderia dar um mergulho se quisesse. As vozes do que Prentiss imaginou serem de homens famintos vieram de dentro do lugar. Em outro quintal, uma mulher limpava os braços de uma espreguiçadeira com um pincel, tomando muito cuidado a cada pincelada, como se estivesse aplicando uma camada de tinta. Prentiss parou de observar. Suas roupas estavam úmidas de suor, e ele percebeu o quão rápido estava andando, como se algo que os perseguisse pudesse alcançar seus rastros. Nunca antes ele vira pessoas assim sem sua permissão, jamais avistara gente comum executando suas atividades em particular, e isso imediatamente lhe pareceu uma situação perigosa.

— Agora não falta muito — disse ele, embora não fizesse ideia se isso era verdade, confiando apenas nos rumores de que os acampamentos estavam situados na extremidade oposta de Old Ox.

As palavras eram menos para Landry e mais para si mesmo, um estímulo de autoconfiança, uma rotina em uma vida na qual seu único companheiro não tinha palavras nem confiança para compartilhar.

Prentiss não culpava o irmão por suas fraquezas. Em suas irregularidades estavam as bases de sua força. Pois se alguma vez o irmão estivera propenso a ficar preso no lugar, ele nunca vagueou. Landry foi para onde era esperado que ele fosse e tinha a coragem de alguém disposto a seguir adiante ou enfrentar seus medos, sem pestanejar, mesmo que isso às vezes o fizesse parar exatamente onde estava. Era um princípio mapeado em Landry ao nascer, não diferente de seu amor pela comida, o que apenas tornava mais difícil o dia do juízo que estava por vir.

Isso foi há muito tempo, quando ainda não estavam totalmente crescidos, mas não eram exatamente crianças, quando tinham peito franzino e membros longos; jovens o suficiente para ter a mãe atrás deles os supervisionando, mas já crescidos para receber integralmente sua tarefa diária. Certa manhã, eles se alinharam na frente de suas cabanas, o que em si não era estranho, pois faziam isso todas as manhãs para a contagem de cabeças, tanto que os locais onde descansavam os pés estavam tão arraigados no chão que a marca permanecia até o outro dia. No entanto, não demorou para perceberem a ausência diante da cabana em frente à deles. Havia um vácuo onde o pequeno James e Esther deveriam estar. Houve uma agonia silenciosa nessa interrupção da rotina que Prentiss jamais conhecera antes. Seu coração parecia enorme no peito. Ele deveria estar olhando para a frente, mas o instinto o levou a olhar para todos os lados, esperando que eles aparecessem atrás de um varal ou pulassem de um salgueiro antes que o Sr. Cooley surgisse e percebesse a perda.

Mas exatamente naquele momento o Sr. Cooley chegou. Ele parou na frente da cabana, sem descer do cavalo, tirou o chapéu, avaliando cada pessoa à sua frente, e perguntou para onde os dois tinham ido. Não houve resposta.

– Vocês todos, fiquem onde estão – ordenou ele, então virou o cavalo e rompeu a galope de volta ao Palácio da Majestade.

– Não quero ouvir uma única palavra de nenhum de vocês – sussurrou a mãe, colocando a mão no ombro de cada um dos filhos e posicionando-se entre eles como um escudo.

Ninguém se atreveu a se mover quando o Sr. Cooley voltou, com o Sr. Morton ao seu lado. Eles ficaram parados na frente do grupo, e o Sr. Morton afastou o cabelo dos olhos, respirando pela boca.

– Não vai demorar muito – disse ele – até eu ficar com calor. E o Sr. Cooley é testemunha de que odeio calor.

– É verdade – garantiu Cooley.

– Por que vocês acham que eu não fico aqui no campo? Pensam que eu não gostaria da companhia de vocês? Não, é que eu sou, naturalmente, um homem de sangue quente e com certeza não estou tentando ficar mais quente do que já sou. Quando o sol esquenta, fico um pouco tonto. Meu estômago não fica bem.

– Não fica mesmo.

– Sr. Cooley. – O Sr. Morton estendeu a mão para silenciá-lo. – Então, antes que esse calor suba pelas minhas costas, me digam para onde os dois foram, ou então eu posso ficar um pouco mal-humorado, e se meu dia se estragar tão cedo, vocês sendo criaturas tão solidárias, imagino que possam compartilhar do meu tormento.

Quando não houve resposta, o Sr. Morton continuou seu discurso, mentindo. Sem o pequeno James e a Esther, disse, ele teria uma perda de valor na produção, que aumentaria a perda acumulada pela perda de dois escravos. E por que deveria ele, um homem que não fez nada de errado, um homem piedoso e justo, ser punido pela insubordinação descuidada desses dois indivíduos que ele alimentou e vestiu tão zelosamente? Assim, se ninguém estivesse disposto a lhe dizer onde o pequeno James e a Esther poderiam ser encontrados, ele escolheria um escravo, e esse escravo, no fim de cada mês, suportaria as chicotadas por todos eles. Quaisquer erros cometidos seriam contabilizados e cairiam unicamente em suas costas, e se havia alguém disposto a ser um mártir, a assumir essa responsabilidade, ele aceitava voluntários.

– Vamos, agora – disse ele, olhando nos olhos de todos, um por um. – Qualquer um de vocês serve.

Landry não deu um passo à frente, apenas esticou a mão para coçar o braço. Prentiss nunca teve certeza se Landry sabia o que tinha feito. Ele só conseguia se lembrar dos olhos do irmão fixos na nuvem de moscas diante de sua cabana, com a mente vagando, como costumava fazer.

– Aqui está o meu homem! – disse o Sr. Morton, para surpresa até do Sr. Cooley, um capataz de igual estupidez, mas apenas metade da crueldade.

Prentiss não se atreveu a virar-se para a mãe suplicante, ou mesmo para Landry, e ele sempre carregaria a culpa de não ter se apresentado para salvar a única pessoa que ele deveria proteger.

A cada mês, o Sr. Morton assistia às chicotadas como se fossem uma ocasião especial, aplicadas em Landry porque a Sra. Etty acordava tarde demais ou porque Lawson trabalhava muito devagar. Depois da surra que quebrara a mandíbula do rapaz, levou apenas uma estação para ele parar de usar as poucas palavras que pronunciava. A mãe deles diria que Landry um dia foi completo e depois caiu pela metade, até, inevitavelmente, ter sido deixado em tantos pedaços que ela não conseguia juntar as peças do menino que uma vez chamou de seu.

A única oportunidade que o Sr. Morton ofereceu a Landry foi não se ofender quando o menino não pronunciasse qualquer coisa em resposta a um chamado.

– Não considero isso uma demonstração de desrespeito – diria o Sr. Morton, alto o suficiente para que os outros ouvissem. – Às vezes, desejo que os outros desenvolvam seu gosto pelo silêncio, Landry. Eu realmente queria muito.

O único prazer deixado para o restante deles estava na cabana abandonada que zombava do Sr. Morton sempre que ele os visitava, a indignidade de suas perdas exibida para todos ali verem. A cada chicotada, ele parecia acreditar que Esther e o pequeno James poderiam reaparecer, e isso trazia a Prentiss a satisfação silenciosa de imaginar que eles estavam tão longe, tão longe, que nunca ouviriam os gritos de Landry; nunca mais voltariam para dar ao Sr. Morton a paz de espírito que ele buscava tão tenazmente.

Quando tinham caminhado para além de Old Ox, foi fácil encontrar os acampamentos, pois bastava seguir os corpos que se acumulavam à medida que a estrada avançava, alguns cobertos pelas folhas largas das macieiras espalhadas, outros pelo lixo descartado encontrado na cidade – uma coleção de homens e mulheres recuperando-se de uma vida inteira de labuta. Em determinado ponto, uma estrada improvisada se separou, uma mancha pantanosa de lama marcada pelos passos daqueles que passaram. Por alguns metros, havia juncos densos de rabo de cavalo ao redor deles. Mas então, ao longo do riacho que cortava a cidade, a estrada se abriu em uma extensão de barracas com pessoas aparecendo do nada. Uma cidade sem prédios, sem marcas e sem nome.

– Parece que é aqui – disse Prentiss.

Eles não prestaram muita atenção no início. Fileiras de tendas ficavam lado a lado, a maioria feita improvisadamente com cobertores entrelaçados. Crianças descalças brincavam nas árvores enquanto seus pais dormiam ou conversavam uns com os outros.

Quando os irmãos começaram a avançar, olhos preocupados os seguiram, mas rapidamente se desviaram. Não havia hostilidade ali, e sim uma mansidão coletiva que Prentiss reconheceu, tendo ele mesmo experimentado. Aquela era sua nova vida. O trabalho fora substituído por sentar-se a esmo ou procurar comida como um animal. Os rostos eram desconhecidos para ele. Prentiss pensou em chamar alguns nomes, mas não queria chamar a atenção.

– O que vocês têm aí? – indagou uma voz vinda de uma tenda ao lado deles.

Prentiss se virou para um grupo de homens e mulheres amontoados em torno de uma frigideira. Restos carbonizados jaziam torrados e queimados na panela. Cada um deles embalava pedaços de cascas de batata com jornal, e Prentiss imediatamente percebeu como estava com fome. Seus olhos estavam presos à tinta escorrendo do jornal molhado de banha. Ele encontrou Landry avançando lentamente em direção à tenda, tão ansioso quanto ele para experimentar. O líder lá dentro chamou a atenção dos dois mais uma vez.

– Estão tentando negociar algo ou procurando encrenca. Qual dos dois?

Prentiss contou ao homem que procurava seu povo do Palácio da Majestade.

– Palácio de quê? – O homem olhou para os outros, e então lambeu os dedos. – Rapaz – continuou ele –, nós somos de Campton.

– Nunca ouvi falar dessa casa – disse Prentiss.

–Tô dizendo, ele pensa que é uma casa. – Quando Prentiss não respondeu, o homem deu um tapa no joelho e perguntou aos outros, uma segunda vez, se eles tinham ouvido o que o garoto havia dito. – Campton, Geórgia, filho. É uma *cidade*. Não tá a mais de dezesseis quilômetros daqui.

O homem teve pena deles. Explicou que o acampamento ficava no cruzamento de várias cidades. Muitos escravos libertos já haviam partido para o norte levando ração para pouco mais de um dia. Alguns subiram a estrada, onde havia uma serraria, em busca de ajuda extra. Outros foram mais longe. Mencionou Baltimore, Wilmington e tantos outros lugares que Prentiss não conseguia acompanhar.

– Não tenho nada a ver com Baltimore – disse Prentiss.

– Nenhum de nós tem a ver com lugar algum. Mas isso não vai nos deter.

– Vocês simplesmente se levantam e vão embora?

O homem fez que sim com a cabeça.

– Parece que respondi à sua pergunta, mas você não respondeu à minha. O que vocês têm aí?

Ele queria o cantil. Prentiss o examinou em suas mãos. Nunca o tinha considerado de valor. Talvez ele não percebesse alguma coisa gravada na lata, algo representado na borda lascada da rolha. Em troca, ganharam três batatas. O homem até deu a Landry os restos que estavam na frigideira, que ele comeu com velocidade maior do que a que tinha mostrado durante todo o dia.

– Aposto que mais lá na frente vocês encontram algum lugar – disse o homem.

O sol estava mais alto agora. Tão claro fora da tenda e tão escuro dentro que Prentiss mal conseguia ver o homem com quem falava. Ele se virou para o irmão.

– Dê a panela para o homem.

Landry devolveu a frigideira e eles voltaram para a estrada, o cheiro das batatas ainda persistia no ar muito depois de terem saído. Landry acalmou-se com um pouco de comida no estômago, caminhando sozinho à frente de Prentiss, conduzindo-os de volta à floresta com um passo sinuoso.

– Continue no caminho – disse Prentiss.

Ele pensava em quando partiriam, como informaria ao irmão quando chegasse a hora. E juntamente com essa decisão, houve também apreensão, quando lhe surgiu o pensamento inquietante de que, para cada quilo de peso que carregavam nas costas, cada gota de suor que derramavam, nenhum centímetro daquela terra em que pisavam era deles. Pelo tempo que permaneceram, não eram melhores do que os outros, mantidos nas fronteiras da cidade, escondidos entre as árvores como seus irmãos e irmãs. E ficou claro para ele que o caminho para uma vida que valesse a pena seria encontrado em outro lugar, onde eles talvez não tivessem mais, mas possivelmente não teriam menos.

Houve um movimento apressado diante dele.

– Landry! – gritou ele.

O irmão desviou pelo mato à beira do caminho e, antes que Prentiss pudesse agarrá-lo, foi seguindo por entre as árvores. Ele foi atrás, com lama na altura do tornozelo segurando seus sapatos e nuvens de mosquitos tão barulhentos que o deixaram atordoado. Os juncos eram mais altos ali. Urtigas furavam suas calças e arranhavam-lhe as pernas. Ele não conseguia ver o irmão e, por um momento, não soube para onde se virar ou para que lado deveria ir. Fechou os olhos para a parede de grama diante de si e avançou em disparada, e só então se libertou, sentindo o ar fresco. Ele teria caído na água se não fosse por Landry, que estava agachado a seus pés, impedindo-o de saltar à frente.

– O que deu em você? Me responde, vai...

Foi então que ele viu. Um lago, o diâmetro de não mais que apenas alguns homens. A superfície estava coberta de lírios flutuantes, brotos de taboa como dedos estendendo-se em direção ao sol. No centro havia uma pequena ilha de juncos. O irmão mergulhou repetidamente a mão e lambeu a água. Prentiss observou a mão do irmão fazer contato, submergir e reaparecer, formando ondulações cintilantes que se espalharam e ficaram paradas com o calor. Toda aquela visão era aparentemente nova para Landry.

Seu entusiasmo lembrava os campos de algodão, onde havia bebedouros no fim das fileiras. Os capatazes muitas vezes deixavam os cavalos beberem conforme o dia passava, e, se uma fileira fosse limpa em pouco tempo, eles às vezes deixavam os que estavam trabalhando se ajoelharem e beberem também. No entanto, os campos tinham o formato de uma ferradura e, no fim de sua linha, perto da curva mais distante, Landry raramente chegava até a água, mas fixava os olhos na fonte que ficava em frente ao Palácio da Majestade. Prentiss dizia para ele beber, mas o irmão parecia achar que aquela era uma fonte melhor, como se coubesse a ele aguentar a sede pelo que estava por vir, uma água que nunca seria dele. Ali, de alguma forma, ele parecia ter encontrado algo igual naquela fonte.

– É bom, né? – disse Prentiss, relaxando.

Ele se sentou ao lado de Landry, maravilhado, não com a beleza diante dele, mas com a graça do irmão, o zumbido de curiosidade escondido atrás de seu olhar distante, as partes dele que os outros não percebiam. Seus dedos eram coisas especialmente delicadas e graciosas, e a mãe costumava dizer que eram adequados para tocar algum instrumento, algo elegante – um órgão era decididamente a preferência dela. Em particular, ela contou a Prentiss que era para onde ela olhava quando amarravam o filho para receber as chicotadas. Havia partes suas que eles podiam tocar, dissera ela, e partes que não podiam, e as mãos dele, mesmo amarradas a um poste, nunca perderiam a beleza, mesmo se quebrassem o restante do corpo dele. Quem dera ela soubesse o quão forte ele permanecera com o passar dos dias e dos anos, muito depois de ela ter sido vendida, mesmo depois que as chicotadas mensais pararam, apesar da ameaça do chicote ter se mantido sempre iminente.

Havia apenas algumas semanas o Sr. Morton abordara os escravos que ainda aguentavam um dia árduo de trabalho com as parcas rações do tempo de guerra e as cotas dobradas. Ele acordou alguns que haviam se deitado mais cedo e disse a esse grupo seleto de homens mais fortes que tinha uma oferta generosa, nascida de seu patriotismo a mando do presidente Davis: ele lhes daria a liberdade caso se oferecessem para lutar pela causa.

— Prentiss — dissera ele, começando a fila. — Você sempre foi uma mão confiável. Eles precisam de homens como você. O que me diz?

Prentiss olhou para o Sr. Morton com a disposição mais séria que pôde.

— Bem, eu e o Landry aqui nos movemos como um só. — Ele então se virou para o irmão. — Landry, o que você acha de lutar pela causa?

O Sr. Morton sentou-se mais para a frente no cavalo, ansioso por uma resposta, mas Landry permaneceu de boca fechada e com a cabeça imóvel, sem sequer um aceno.

— Não me parece um sim, mestre — disse Prentiss. — Mas ele não fala muito. Eu não tomaria isso como um sinal de desrespeito.

Então surgiu um leve inclinar no canto da boca de Landry, o início de um sorriso, sutil demais para o Sr. Morton perceber, mas tão claro para Prentiss que ele mal pôde segurar o riso.

Suas vidas mudaram tão drasticamente desde então que o momento o atingiu como se fosse um passado distante. Ele queria sentir a alegria de antes, mas ela se fora. Hoje em dia, as únicas memórias que faziam seu sangue acelerar eram aquelas de que ele tanto queria se livrar. Seu maior medo era que talvez fosse assim para sempre — que a longa sombra das taboas em sua retaguarda sempre o fizesse engolir em seco, com receio da chegada da égua do capataz; que o arrepio da superfície da água disputasse para sempre com os espasmos do irmão ao sentir nas costas o impacto do chicote do senhor.

Ele colocou a mão no ombro do irmão, suavemente, para não o assustar.

— Já tá bom por hoje, não acha?

E quando ele se levantou para partir, Landry o seguiu.

Capítulo 4

Nos últimos cinquenta anos, houve dois incêndios em Old Ox, e nas duas vezes a cidade lambeu as feridas e rugiu de volta à vida como se se alimentasse das próprias chamas que a transformaram em cinzas. O lugar não fazia sentido – dava para fazer um corte de cabelo melhor no Mr. Rainey's Meats do que na barbearia, e melhores cortes de carne com um índio *chickasaw* que passava pela cidade em uma carroça coberta uma vez por semana do que no Mr. Rainey's –, mas sua resiliência não podia ser questionada, pois cada ressurreição lhe dava mais vida do que sua constituição anterior jamais poderia alegar ter.

A cidade tinha crescido e se tornado um quadrante de edifícios e casas conectados que George mal conseguia perceber, e ele suspeitava da possibilidade de os estabelecimentos mais novos não estarem lá na próxima vez que ele os visse – se não fosse por um incêndio, então uma dívida não paga ou então uma mudança para a próxima oportunidade na estrada em Selby, Chambersville ou Campton. Era por isso que ele não se importava com nenhum estabelecimento, exceto os que frequentava nas manhãs de sábado para buscar suprimentos ou fazer negócios, apenas quando necessário.

Aventurar-se de casa até lá levava meia hora no lombo de seu burro, e ele sempre amarrava Ridley na amurada caída em frente à casa de Ray Bittle, no limite mais distante da cidade. Ray dormia em sua varanda com uma ânsia por sonhar que George admirava, mas o velho costumava mexer o chapéu em sinal de reconhecimento sempre que os transeuntes paravam diante de sua casa, e esse era o único contato que George teve com ele em anos.

– Não vou demorar – disse George, mais para o burro do que para Bittle, e então pegou os alforjes e se dirigiu à via principal.

As calçadas da cidade eram compostas de tábuas, a maioria fina e irregular como tampas de caixões; bastava um leve indício de chuva para que inundassem, e acessos de água rastejavam pelas fendas como sucos ferventes escorrendo de um assado. A estrada principal seguia por becos que levavam a novas construções e, finalmente, à parte mais antiga da cidade; uma fileira original de casas que encontraram maneiras de sobreviver quando outras definharam. A paisagem parecia expansiva, mas o fluxo de pessoas era sufocante, e o excedente desvendava o pequeno fio de decência que já houve no lugar. As paredes de Vessey Mercantile estavam manchadas com tantos resíduos, humanos ou não, que os respingos resultantes pareciam marcas de uma criança que misturara todas as cores da paleta até conseguir um tom enlameado. Entre o Café Blossom e o armazém havia cantos e fendas não maiores do que uma casinha de cachorro, e quase todos abrigavam as tendas agrupadas dos sem-teto: alguns brancos que voltaram da guerra, ainda usando uniformes esfarrapados; e libertos. O contraste adequado para a pena de um irônico com pouco senso de humor.

Foi um alívio para George se libertar da multidão e entrar na loja de Ezra Whitley. Ele respirou fundo, como se aquele ar tivesse sido preservado ao longo do tempo, sem ter sido contaminado pelo mundo exterior.

— Ezra? — chamou George, colocando os alforjes perto da porta da frente e olhando ao redor.

As mesas compridas, onde os filhos de Ezra haviam tido suas aulas sobre os negócios da família antes de fundar as próprias lojas, estavam vazias. Uma estante começando na parede oposta envolvia quase toda a sala ao redor, quase dando uma volta completa.

Ele estava prestes a chamar novamente quando ouviu um barulho vindo da escada. Ezra, curvado sobre si, descia cautelosamente com um sanduíche na mão, saudando George enquanto dava uma mordida.

— Venha, venha — disse ele.

— Não precisa descer se eu for subir — retrucou George.

A essa altura, Ezra já havia chegado ao pé da escada, perto dele.

— O movimento faz bem às pernas. O médico falou que tenho um acúmulo de pústula nos joelhos. Em repouso, cada um deles tem a aparência de um melão maduro.

— Oh, meu Deus. E tem cura?

— Tempo, segundo o médico, então nada menos que a morte. Mas as escadas me dão certo alívio. — Ele colocou a mão no ombro de George. — Agora, me acompanhe.

Então George seguiu Ezra, como fizera por quase toda a vida. Ninguém era mais próximo de Benjamin, o pai de George. Ezra cuidou das finanças da família desde que os pais de George se mudaram de Nantucket para a Geórgia em busca de terras baratas para fazer fortuna. Embora Benjamin estivesse interessado em comprar terras agrícolas, Ezra sugeriu que seus investimentos escoassem para dentro da própria Old Ox, e assim Benjamin tornou-se por um tempo o maior arrendatário da cidade. Desde então, Ezra os mantinha a par das oportunidades, monitorava a contabilidade e compartilhava rumores do mercado que a maioria dos homens não tinha a sorte de saber. George, que nasceu na fazenda, mal alcançava a altura da coxa de Ezra quando começou a visitá-lo e guardava boas lembranças do homem que vinha à sua casa, com um caramelo salgado sempre à mão para mantê-lo ocupado enquanto os adultos falavam de negócios.

Com cuidado, por causa dos ossos quebradiços, eles subiram as escadas e chegaram ao escritório de Ezra, bem quando o velho terminava o sanduíche. Ele instruiu George a se sentar à sua frente. Uma pele de bisão em que Ezra não tinha interesse revestia a parede atrás de sua mesa, pois, como ele já havia dito a George, outros homens gostavam dessas coisas, e seu conforto era primordial para assegurar-lhe os negócios.

— Espero que a viagem até a cidade tenha sido tranquila — comentou Ezra.

— Creio que sim. Apesar de toda a conversa sobre o inferno caindo sobre nós, não parece diferente para mim do que antes da ocupação.

— Você pensaria diferente se estivesse aqui todos os dias como eu. Soldados da União patrulhando e perguntando por nós como se pudéssemos nos revoltar a qualquer momento. Sem falar dos escravos que eles libertaram.

— É assim mesmo.

— É uma abominação. Há um deles pedindo esmola por todos os lados. Muitos deles se reuniram na praça da cidade no domingo para orar, e, pela maneira como eles choravam e agiam, não dava pra saber ao certo se era em louvor por sua liberdade ou pela condição que sua liberdade acarreta.

— As mãos deles estão desacorrentadas há apenas alguns dias. Não se pode culpá-los por ainda sentirem essa irritação.

— Ah, então você é um dos piedosos — disse Ezra. — Me pintando como cruel enquanto se retira para sua casa no campo. E eu fico aqui para atravessar a estrada no fim do dia, tendo que dormir sempre com um olho aberto.

George bocejou.

— Por que estamos discutindo isso? Podemos?

Ezra deu de ombros, não apenas com os membros, perpetuamente curvados, mas com o desânimo do olhar.

— Nós somos amigos. Amigos falam de coisas que envolvem o outro. Isso se chama conversa educada.

— Isso me entedia.

— Então posso perguntar por que está aqui?

George mexeu em um botão da camisa e finalmente disse a Ezra por que tinha vindo: desejava manter suas posses.

— Então. Não vai vender nada?

George tinha, desde o falecimento do pai, decidido renunciar ao trabalho e simplesmente se livrar de partes de suas terras como um meio de sobreviver. A liberdade que isso produzia valia mais do que o incômodo de cuidar de uma área que ele não desejava cultivar. Ezra era um comprador ávido, um homem tão interessado em negócios quanto George no ócio. Quando muitos especuladores pararam de comprar durante a guerra, Ezra permaneceu comprometido em adquirir as mesmas terras que ajudou Benjamin a tornar suas havia tantos anos.

Ezra balançou a cabeça.

— Isso não soa como decisão sua. Muito repentino.

— Os homens mudam.

— É mais fácil eu acreditar que um gambá passe a ter perfume de flores do que acreditar que você mudou, George. Eu sei que você não se orgulha de muita coisa, mas não se perde de vista por nenhum homem.

— Pense como quiser.

— Certamente, deve haver algum motivo.

— Meu filho está morto — disse ele simplesmente, como se estivesse lendo a última sentença na última página de um jornal.

Ezra enrijeceu. Ele se levantou e deu a volta na mesa. George pensou que poderia ser um movimento para consolá-lo de alguma forma, o que seria o primeiro contato físico entre eles desde a morte de seu pai, quando ele era apenas um menino. No entanto, Ezra apenas estremeceu, com os olhos trêmulos, como em uma demonstração de cuidado mais genuíno do que qualquer palavra poderia transmitir.

— Sinto muito — lamentou ele. — Muito mesmo.

George contou-lhe sobre a visita de August, que a esposa tinha ficado em silêncio desde o momento em que lhe dera a notícia até quando partira naquela mesma manhã para vir à cidade.

— Isabelle vai se recuperar — disse Ezra. — Dê um tempo a ela. É o único jeito.

George se levantou, limpando a camisa, como se as manchas de sujeira ali tivessem repentinamente, depois de muitos anos, começado a incomodá-lo.

— Eu não posso controlar como ela reage a essas coisas. Mas posso controlar o que é meu. Essa terra... Acho que desejo apenas manter o que me resta. Fazer alguma coisa com isso. Algo que valha a pena.

Ezra não disse nada.

— Acho que já vou indo — anunciou George.

E Ezra, ao que parecia, usou sua vez na conversa para recuperar o equilíbrio.

— Sim, absolutamente! Não é hora de discutir negócios. Vá ver sua esposa. Mesmo que ela o recuse. Mesmo que ela cuspa em seus pés.

— Esperemos que ela não faça tudo isso.

George podia ver as marcas da idade no canto dos olhos de Ezra; os bigodes ralos, parecendo os de um rapazinho.

— Sinta-se à vontade para me visitar se precisar de alguma coisa — disse Ezra.

— Obrigado — agradeceu George. — Até logo então.

Foi apenas quando atravessou a porta, alforjes na mão, saindo das sombras da loja para o sol poente, que ele percebeu o truque do velho amigo, arquivando a decisão de George de manter suas terras como se apenas estivesse nublada por suas emoções, para que um acordo pudesse ser fechado outro dia. Em parte se divertiu com o engano de Ezra, pois viu o vislumbre de respeito que estava na raiz do longo relacionamento dos dois. O velho não mudaria seus hábitos por causa do luto de seu cliente, e George nunca desejaria o contrário.

A praça da cidade era uma rotatória e, em seu centro, as flores, cuidadas pela sociedade de jardinagem, estavam sempre desabrochando. Um soldado da União estava ali com o rifle de lado, enrolando um cigarro, lambendo o papel como um cachorro lambe um ferimento. George baixou a cabeça e caminhou rapidamente, pegando a rua até o armazém. A porta já estava aberta.

Rawlings, o lojista, o cumprimentou com um pouco mais do que um olhar e perguntou o que o trazia ali.

— Apenas o essencial — disse George.

Rawlings levantou-se da caixa de madeira onde descansava e começou a organizar as poucas coisas que George pedia todas as semanas:

açúcar, café, pão. Na parte de trás, perto do equipamento, estava sentado o pequeno Rawlings, com um pano na mão, polindo uma foice tão afiada que poderia cortar-lhe a mão fora. Parecia uma habilidade que se aprendia com pouco espaço para erros.

– De olho em alguma coisa? – perguntou Rawlings. – Temos novos produtos chegando o tempo todo. Pode-se não saber o que se quer até ver.

George balançou a cabeça por reflexo, então reconsiderou.

– Há uma coisa... – disse ele.

Depois de pagar, George saiu porta afora, com o alforje cheio, a imagem de Ridley em primeiro plano na mente. Demorou apenas uma tarde para sentir falta do burro, não exatamente do animal, mas da paz que ele lhe dava. Quando chegou à casa de Bittle, encontrou Ridley tentando comer as pontas perdidas de grama no chão. George acariciou a crina do animal, acenando com a cabeça para Ray, que parecia mais animado do que o normal em sua pose estoica e ereta de sono morto, em oposição à sua postura normal.

– Vamos embora – disse a Ridley.

Um barulho estrondoso escapou de Bittle e, embora não houvesse como ter certeza, George não pôde deixar de ler a maneira como o chapéu havia flutuado sobre sua cabeça, inclinando-se para a frente, como em uma despedida para ele.

O verão ainda estava distante, mas já mostrava seus primeiros sinais em Old Ox, e não havia melhor abrigo do recém-descoberto calor da tarde do que as sempre-vivas que se erguiam sobre a Stage Road. Parecia que o sol, apesar de toda a sua determinação, nunca olhara para o solo que aquelas árvores protegiam. O ritmo de Ridley era o de um burro com metade de sua idade, e George, intermitentemente, dizia a ele que fosse com calma, para se preservar para um outro dia, quando o tempo estivesse mais agradável.

O fato era que, para George, seria ótimo se a viagem nunca terminasse, pois sua volta ao lar significaria um ajuste de contas com Isabelle. Claro que ele desejava cuidar dela. Claro que desejava ajudá-la a enfrentar as injustiças que afetavam os dois. Mas o que eles compartilhavam tinha limites. Fora uma paixão mútua pela independência que os uniu em primeiro lugar, a capacidade de passar por vastos segmentos do dia em silêncio, com apenas um olhar, um toque nas costas, para afirmar seus sentimentos. Ao fazer isso, o vínculo entre eles havia se fortalecido ao longo do tempo, e embora não fosse propenso a se dobrar, seu único ponto fraco estava no constrangimento silencioso que existia desde o início – de que dois indivíduos que rejeitaram resolutamente a ideia de precisar de outra pessoa estavam agora indefesos um sem o outro.

– O que um homem deve fazer? – perguntou ele ao burro.

Embora tomado por esses pensamentos sombrios, George passou pela casa de Ted Morton. Ao contrário das outras, tão distantes no campo, Ted construiu a sua quase diretamente na estrada, como se a extensão de hectares que ele possuía atrás dela não servisse. Isso dificultou as coisas quando a esposa de Morton, uma mulher de semblante tão severo e translúcido que parecia composto de puro cristal, o instruiu a construir uma fonte à sua frente. A resultante criação de querubins e fadas abraçou Stage Road com tanta força que sua água vazou além da linha da propriedade e sob os pés de quem andava por ali. Isso pareceu a George um ato de decadência, uma intrusão em terras públicas, e momentos como aquele – o filete escorrendo sob os pés de Ridley, acumulando terra em seus cascos – trouxeram com eles o murmúrio de desprezo que ele rotineiramente sentia pelo homem.

Uma resposta emocional que ele poderia ter convenientemente enterrado dentro de si, se Morton não estivesse diante da fonte, olhando para ela com concentração extasiada por baixo de seu chapéu de sol. Suas mechas cor de trigo caíam até a nuca, e ele piscava quando se perdia na confusão, o que conferia ao seu semblante usual a aparência de um homem com algo regularmente preso nos olhos.

Ele se virou e deu um meio sorriso quando Ridley se aproximou.

– George, seu velho ladrão de cavalos, como vai?

– Muito bem – mentiu ele. – E você?

– Vamos aguentando.

Ted inspecionou a fonte mais de perto e, pela maneira como a examinou, George sabia que ele estava prestes a iniciar uma conversa.

– Eu paguei para que um dos meus garotos aprendesse com o pedreiro da cidade. Ele mantinha esta coisa funcionando, e agora ele simplesmente foge para Deus sabe onde. Eu investi dinheiro naquele magrelo de merda, e ele age como se eu nunca tivesse feito porra nenhuma por ele.

– Uma pena – lamentou George.

Ted cuspiu marrom no chão.

– Concordo.

Havia normalmente muitas mãos dando conta da propriedade, mas agora o lugar estava fantasmagórico. Ele intitulou a casa – outra ofensa, na opinião de George, dar um título a qualquer coisa que não respirasse — *Palácio da Majestade*. Era grande o suficiente para exigir manutenção constante, seus detalhes dourados tão frágeis que pareciam feitos mais para serem cuidados do que qualquer outra coisa. E, atrás da casa, George sabia, o complexo de cabanas tinha sido mantido acolchoado com um número suficiente de pessoas para reconstruir a Roma antiga, o bastante para manter a casa e a fazenda funcionando perfeitamente.

— Por outro lado, poderia ser pior — continuou Ted. — Ainda tenho uns bons quinze pares de mãos que estão felizes por continuar trabalhando. Ouvi dizer que Al Hooks perdeu todas as sessenta pessoas saudáveis que tinha, as quais ele alimentou e criou sozinho. Dá pra imaginar?

— Nem consigo imaginar — disse George.

Ted lançou a ele o típico olhar de desgosto que usava sempre que as raízes do norte de George eram mencionadas. Homens como Ted muitas vezes o achavam indigno de confiança, como se a ofensa de fugir de casa não conhecesse barreiras de cor. Nantucket ou a plantação, era tudo a mesma coisa.

— Dizem que esse general está no comando agora... Como é mesmo o nome dele?

George se lembrou da circular que encontrara na varanda da frente, proclamando a cidade de Old Ox um patrimônio do norte, conforme ordenado pelo presidente Lincoln e executado por um brigadeiro-general de nome Arnold Glass. Aparentemente, a madeireira de Roth era o bem mais valioso, pelo que ele tinha ouvido falar. George disse a Ted o nome do general.

— Sim, Glass — confirmou Ted. — Dizem que ele pretende não interferir, deixa as pessoas fazerem o que quiserem. Mas ele não disse como devemos viver sem nenhuma ajuda. Como devemos continuar sem nada. Não consigo nem consertar uma maldita fonte.

É lamentável, pensou George, enquanto Ted olhava fixamente para a fonte que vazava, impotente diante de uma fissura que ele não tinha capacidade de consertar.

— Desejo-lhe sorte com os seus reparos, Ted. E com todo o restante.

— Sim. Vá pela sombra — recomendou Ted. George preparou a perna para dar o comando a Ridley, mas Ted levantou o dedo. — Antes de ir, se importaria se eu fizesse uma pergunta?

Ele não teve tempo de responder antes que Ted continuasse.

— Bem, meu filho William gosta de atirar e tem levado a espingarda para a floresta. Ele é jovem o suficiente para ainda pensar que vê espíritos e coisas assim de vez em quando, mas jura que viu você por lá, perto de nossa fronteira, caminhando a esmo. Eu disse que ele está falando de um homem que fica tanto na varanda da frente que provavelmente não saiu do condado em décadas. Agora, me diga que aquele garoto está vendo coisas.

George demorou um pouco. Ele teria que mentir de novo, e sentiu uma pontada de culpa, por saber que era às custas do garoto Morton, que ainda não tinha atingido a natureza do pai.

– É comum que meninos dessa idade vejam coisas – disse ele. – Quer sejam espíritos ou sombras do nada. A imaginação de William ainda não foi destruída. Só isso.

Ted balançou a cabeça com alguma satisfação, como se a estabilidade dos hábitos de George fosse a confirmação de que o mundo estava certo novamente.

– Vá com cuidado, George.

George despediu-se, levantando o chapéu, e finalmente relaxou enquanto conduzia Ridley a meio galope. A tarde chegava ao fim, e o sol brincava nas árvores com o toque de uma melodia suave. A estrada ia se estreitando conforme ele seguia em direção à cabana.

Estacionou Ridley em seu estábulo ao lado do celeiro e levou um minuto para se recompor. A floresta estava atrás dele, a cabana à sua frente. As cortinas puídas que Isabelle havia tecido cobriam a janela de seu quarto. Ele pensou por um momento que podia ver a figura dela ali, observando-o a observá-la, mas a sombra não se moveu, e ele desistiu da ideia.

Ele encontrou a porta fechada. Uma vez lá dentro, os passos familiares subiram as escadas, o corredor rangente até o quarto, os pés da cama, onde ele poderia se ajoelhar e colocar a cabeça no colo dela, pedindo perdão por erros que não havia cometido. Mas as palavras não estavam lá para ele, por mais que desejasse. E havia mais uma tarefa do dia que precisava ser feita.

Ele colocou os alforjes no chão diante da porta dos fundos, abriu-os e tirou o único item que procurava: um par de meias. Ergueu os olhos mais uma vez para a figura na janela, a sombra que não era sua esposa, e se virou novamente, desaparecendo na floresta para pagar uma dívida.

Capítulo 5

Prentiss e Landry voltaram ao acampamento tão tarde que a sombra das árvores lhes dava arrepios.

Prentiss não tinha cabeça para comer, mesmo tendo na mochila as batatas que comprara do homem na tenda. Ele precisava dormir.

– Vou preparar algo pra você – disse ele ao irmão. – Vou guardar minha parte pra amanhã de manhã, mas isso não quer dizer que você pode comer do meu antes disso, entendeu? Só porque está cozido, não é de graça pra todo mundo, eu sei que você pensa assim, mas tá errado...

Ele parou quando viu, diante dos restos de uma das fogueiras, George Walker.

– Olá de novo – saudou George, acenando para eles.

– Sinhô – disse Prentiss. – Seu Walker.

– Me chame de George. Eu tenho uma coisa para seu irmão. Minha esposa disse que ele se interessou pelo nosso varal há alguns dias, quando se encharcou na chuva.

Ele entregou a Landry um par de meias.

– Landry? – disse Prentiss. – Talvez ela tenha se enganado.

– Ela foi bem específica em sua descrição. Ele é muito... singular em sua aparência.

O velho bocejou e coçou o traseiro. Ele tinha uma lassidão maior do que qualquer pessoa que Prentiss já conhecera, branca ou negra. Ele parecia do tipo que andaria pelas ruas sem calças e nem acharia estranho, muito menos consideraria isso um motivo para voltar para casa antes de concluir seus assuntos. Mas dado que seu irmão havia vagado algumas horas antes para um lago que nenhum dos dois havia visto antes, Prentiss não se sentiu em posição de continuar protestando contra a afirmação. Talvez Landry realmente tivesse se desviado para o varal dos Walkers.

— É por ter me ajudado na noite passada — explicou George. — Estamos quites.

— Tenho certeza de que ele tá muito agradecido — disse Prentiss.

Landry deu uma olhada em George e sentou-se diante da fogueira, inspecionando as meias.

— O sinhô vai ficar feliz porque já estamos indo embora — continuou Prentiss. — Acho que vamos para os acampamento na estrada. O sinhô foi muito generoso.

— Tão rápido? — respondeu George. — Não há pressa. De jeito nenhum. Além disso, você mencionou que sairia para caçar aquela fera comigo. Se me permite lembrar.

Prentiss largou o saco de batatas. Até aquele momento, ele havia esquecido o que dissera a George na noite anterior. Estava tão perdido no sofrimento do velho que teria dito que eles nasceram da mesma mãe se pensasse que isso lhe traria um pouco de paz.

— Eu não esqueci, não — disse ele.

George juntou as mãos atrás das costas.

— Já que estou no caminho de casa, que tal fazermos uma expedição agora? Mesmo que curta...

Os pés de Prentiss doíam por causa da caminhada. O frescor da floresta quase o embalava para dormir ali, de pé mesmo. Enquanto isso, Landry examinava a malha das meias, entretido, e o fascínio do irmão pelo presente levou Prentiss a considerar George sob uma nova luz. Se o homem quisesse dar um passeio pelo bosque, ele faria isso.

— Eu não vejo razão pra gente não ir — disse ele.

George sorriu de modo encorajador.

Prentiss olhou para Landry, contente diante da fogueira, então começou a caminhar com George. Ele pensou que poderia perguntar sobre o animal em questão, do qual, pelo menos conforme a descrição de George, ele nunca ouvira falar e que nunca tinha visto na vida.

Mas George o interrompeu antes que ele pudesse começar. Os olhos do homem ficaram oblíquos, olhando em volta como se alguém pudesse ouvir o que estava prestes a dizer.

— Você conhece amendoim, Prentiss?

— Amendoim?

— O cultivo de amendoim. Certamente sabe de que planta estou falando.

— O que está querendo me dizer?

O canto da boca de George tremeu em desânimo, o que não o dissuadiu.

— Eu pretendo usar esta terra, então preciso torná-la produtiva se quiser ganhar dinheiro suficiente para mantê-la. Mas eu necessitaria de ajuda. Já pensei muito a respeito.

Prentiss sabia que os homens brancos gostavam de ouvir respostas para suas escolhas, mas o problema com George era suas perguntas nunca serem claras o suficiente para sugerir a resposta. Sob o feitiço da fome e da exaustão do dia, ele descobriu que parecia quase impossível discernir como o satisfazer.

— Você, Landry e eu — prosseguiu George — poderíamos aprender o negócio juntos. Vocês estariam dispostos a isso? Caso pretendam ficar?

O que havia de errado com aquele homem? A única doença que Prentiss poderia atribuir a ele era um surto de solidão, a mesma aflição que o abarcava na noite anterior.

— Perdão, Sinhô Walker. George. Acabamos de nos livrar de um dono e não estamos procurando outro. Hoje foi um longo dia, e é melhor a gente seguir adiante. Eu desejo o melhor pro sinhô — disse ele, e se virou para ir embora.

— Não seja tolo. Podemos arranjar alojamento para vocês. E lhes pagarei como a qualquer outro homem. Terão direito a comida, roupas adequadas.

— Não posso ajudar — respondeu Prentiss. — Se cuida! Até logo.

E começou a andar novamente, mais rápido dessa vez.

— De qualquer forma, vou lhes trazer um pouco de comida esta noite. Teremos guisado. Eu acho que...

— Por que não aceita um não como resposta, sinhô? — questionou Prentiss, virando-se para encarar George. — Nós não podemos te ajudar. E o sinhô sabe que não quero dizer nada com isso, mas tenho que voltar, porque deixei meu irmão sozinho.

A dor no rosto de George, tão intensa que poderia parti-lo em dois, foi momentânea, e ele conseguiu disfarçá-la com um sorriso.

— Claro — disse ele. — Cuide-se também, Prentiss.

Prentiss teria se desculpado, pois percebeu como George era frágil, mas o velho se virou rápido demais e partiu.

— Consegue encontrar o caminho? — gritou Prentiss.

Não houve resposta, e a floresta ficou silenciosa na ausência do velho. Ele se virou e deu de cara com o irmão atrás de si, observando-o atentamente.

— Não era minha intenção sair como saiu — disse Prentiss, caminhando na direção dele. — Eu tentei ser educado, mas eles testam a gente. Eles sempre testam a gente.

Capítulo 6

Ele nunca foi muito complacente em seu jeito de amar e não tinha como reconhecer o que Isabelle poderia exigir dele – as necessidades de sua dor. Houve poucas vezes, como homem adulto, em que se lembrava de ter sido intimidado, mas a porta do quarto de Caleb, onde ela se trancara, era tão sufocante que ele teve que se encostar na parede do corredor para se acalmar. Inclinou-se, tranquilizado pela réstia de luz da lamparina que alcançava o batente da porta e pairava sobre seus pés – o único sinal de que ela estava lá dentro.

– Isabelle.

De alguma forma, sua voz falhou ao dizer o nome dela.

Ele recuou e colocou as mãos nos quadris, depois avançou um passo para tentar novamente.

– Isabelle – insistiu ele –, fiz um guisado.

Todo o processo foi comprometido, em sua raiz, pelo fato de que ele não era realmente capaz de consolar Isabelle, como ambos sabiam. Aquele era o homem que passara o funeral do pai dela não na capela ao seu lado, mas dando maçãs para os cavalos que carregaram o caixão; o homem que a deixara com muita raiva no início do casamento quando, em uma gélida noite de inverno, depois de abraçá-la com o calor de seu corpo, decidiu que estava muito frio, foi acender a lareira e cochilou, feliz da vida, sozinho diante do fogo. Suas palavras, por mais bem formuladas que fossem, seriam sinceras, mas estavam destinadas à rejeição, por serem tão desalinhadas com o homem que sua esposa conhecia que não seriam levadas seriamente em consideração.

– Você não vai comer? – perguntou ele. – Posso trazer uma tigela para você?

Ele esperou um pouco e, quando não aguentou mais o silêncio, desceu as escadas para comer sozinho. Perguntou-se quanto tempo ela passaria ali. Um pedido de desculpas poderia ser bem-vindo. Mas não estava claro se a demora em lhe contar era mesmo a causa da reclusão. Talvez ela simplesmente precisasse de um tempo, uma noite para si mesma, mas o desejo de fazer por ela algo que amenizasse sua culpa era tão esmagador que ele mal conseguia ficar parado. Colocou mais lenha no fogo. Ele caminhava incessantemente, o assoalho rangendo onde a madeira era polida pelo desgaste, e independentemente do quão insuportável fosse chafurdar na miséria da esposa, ele sabia que era uma opção melhor do que entrar em contato com a própria dor, aquele lugar de escuridão que vinha ignorando desde que August lhe dera a notícia indesejável. O silêncio da noite levantou-se contra ele. Contra a parede oposta, as sombras dos galhos das árvores mergulhavam como dedos tocando as teclas de um órgão. Ele retirou-se da noite para sua poltrona diante do fogo.

Foi somente na manhã seguinte que chegou a alguma conclusão como resultado de suas reflexões, então resignou-se com o que estava por vir e se sentiu ridículo por suas ações no dia anterior. Seus passos na escada, sua batida à porta do quarto de Caleb, o convite para comer: tudo a atingiu como uma decepção; o menino que ela queria ver, aquele que poderia emendar seu coração, nunca mais apareceria. E se era assim, por que ele pensou que ela abriria a porta?

※※※※

Três dias se passaram antes que algumas flores começassem a aparecer na varanda da frente. Alguns visitantes vinham a pé, outros, de carruagem, e o som dos cavalos trotando era o suficiente para mandá-lo aos fundos da casa. Ele esperava pacientemente as visitas irem embora, como antes esperava melhorar o humor dos pais que brigavam quando era um menino, escondido nas sombras frias do galinheiro e ignorando qualquer barulho que não lhe convinha. Eram as amigas de Isabelle, mulheres tagarelas que usavam chapéus da altura de vasos de flores.

Isabelle, por sua vez, também se recusou a atender aos convites delas, e ele pensou que talvez ambos compartilhassem o desejo de ignorar as mulheres e seus presentes. No entanto, bastou uma ida até o celeiro a fim de dar água para Ridley para perceber que as coisas não eram necessariamente o que pareciam, pois, quando voltou, encontrou o pote de cravos que havia sido deixado na varanda da frente de repente colocado sobre a mesa de jantar. No dia seguinte, um arranjo de lírios foi parar na cornija da lareira. A pequena prateleira acima do fogão foi a próxima a ser decorada, com um número razoável de potes para que a sala exalasse um aroma de jardim – terra e perfume –, e não o de uma cozinha.

Entretanto, parecia que ele estava vivendo com um fantasma. Isabelle apareceu no andar de baixo uma vez ou outra, mas apenas como um espírito faria, nas horas em que ele dormia, quando a presença dela poderia ter sido apenas uma parte de seus sonhos. Nas duas vezes em que ele acordou em sua poltrona, suas tentativas de falar com a esposa foram desprezadas e quase teve medo de olhá-la nos olhos, como se seus dias de dor e isolamento pudessem ter causado nela alguma transformação macabra e real.

Em uma dessas manhãs, ele preparava um prato de ovos para si quando ouviu batidas incessantes à porta. Os ovos ainda não estavam fritos, e a atração de sua atenção entre essas duas coisas – cozinhar e a batida agressiva à porta – tornou-se tão incômoda que ele pegou a frigideira, foi até a porta da frente e começou a repreender o visitante que se intrometeu em sua refeição antes mesmo de ver quem era. Então olhou para Mildred Foster e soube que qualquer paz que aquela manhã lhe trouxera logo desapareceria.

– George – disse Mildred.

Ela usava botas de montaria de couro lustroso, e seu cavalo estava amarrado ao portão da frente da cabana, onde agora pastava livremente.

– Sra. Foster, realmente não tenho tempo para isso. Estamos de luto.

– Eu sei o quanto vocês amavam o garoto – respondeu ela. – E lamento para sempre por sua perda. Sei o quanto sou afortunada por meus filhos já terem retornado e não poderia suportar o sofrimento se eles não tivessem, então eu me compadeço de sua situação.

Ele poderia ter tentado agradecer-lhe se não a conhecesse bem, mas sabia que um comentário de Mildred com o objetivo de apoiar era sempre seguido por outro que poderia muito bem colocar qualquer um no chão.

– Mas se eu devo acreditar que Isabelle está escondida em algum lugar nesta casa por conta própria, quero ver por mim mesma, e não simplesmente acreditar no que se diz na cidade. Esteja certo disso, Sr. Walker. Agora, por favor, chame-a; e se Isabelle quiser que eu vá embora, ela mesma deve me dizer isso.

Os olhos dela, como sempre, eram cortantes e hostis. Ela era mais velha do que Isabelle e, após a morte de John Foster, havia assumido o papel de pai de seus quatro filhos e se tornado mais masculina na viuvez do que o próprio John – que nascera doente – jamais conseguiu. Ela tirou as luvas de montar, longos brotos de cetim preto, e parou como uma rocha diante de George, indicando que nada poderia afastá-la de seu propósito.

— Pelo menos me deixe levar a panela — disse ele.

Os ovos já estavam arruinados. Ele colocou a panela no fogão, enxugou as mãos na camisa e gritou suavemente escada acima:

— Isabelle, a Sra. Foster está aqui para vê-la.

Mildred, nada impressionada com seu esforço, entrou. Outro homem no lugar dele poderia ter protestado, mas George não teve energia para detê-la.

— Isabelle! — gritou ela. — Isabelle, sou eu. Só quero ver se você está bem.

Então, assumindo um tom profissional, perguntou a George se Isabelle estava comendo.

— Um pouco.

— Tomando banho?

— Sobre isso, não tenho como falar.

— Entendi. Isabelle!

Mildred Foster era uma das amigas mais antigas de Isabelle, e estava claro desde o início que ela não o considerava adequado para ser marido dela. Não que alguém fosse. Ele mal conseguia pensar em uma época em que Mildred tivesse palavras gentis para qualquer homem, até mesmo o próprio marido, a quem ela frequentemente descrevia como sem estrutura ou "mole por natureza". O que George achava engraçado. John, embora tímido, era uma das poucas pessoas cuja companhia ele conseguia tolerar à mesa, cuidadoso com as palavras, inteligente quando as compartilhava.

Mildred depreciava sua condição e reconheceu os mesmos defeitos em George, sempre procurando mostrar o quanto ela era mais próxima de Isabelle do que ele. Não era surpresa que o silêncio da escada lhe tivesse trazido um toque de alegria agora. Ele estava quase feliz por ela ter vindo, apenas para ser rejeitada.

— Parece — disse ele — que minha esposa prefere ficar sozinha. Agora, se não se importa — ele acenou com a cabeça para a porta —, preciso tomar meu café da manhã.

Os olhos dela moveram-se rapidamente da escada para a porta da frente. Ele deixou o momento ocorrer, saboreando sua incerteza.

— Ajude-a a passar por isso — disse ela. — Você deve muito a ela, George.

Ele foi fechar a porta atrás dela.

— Eu aviso que você esteve aqui. Obrigado por ter vindo.

Atrás de si, ele se virou incrédulo ao som tamborilante da escada. Isabelle descia as escadas segurando o vestido, então passou flutuando por ele e saiu pela porta como se George fosse invisível.

Mildred se virou no quintal e deu um abraço prolongado em Isabelle, acariciando seu cabelo como se fosse a crina de um cavalo, arrulhando em seu ouvido.

– Oh, Isabelle! Está tudo bem.

George voltou à frigideira para comer seus ovos frios, observando a reunião das duas mulheres perdidas nos braços uma da outra. Não havia palavras para expressar o ressentimento que o dominava, um ciúme de tal magnitude que ele sentiu vontade de jogar a frigideira no quintal e fazer uma cena. Elas falavam quase sussurrando, então era impossível ouvir o que diziam. Depois de um tempo, ele parou de tentar ouvir. Sua curiosidade voltou-se para a aparência da esposa, que parecia não ter relação com seus medos anteriores – a ideia de que ela poderia ter murchado e se tornado algo horrível. O cabelo preso em um rabo de cavalo, cinza, mas com partes marrons, brilhava como canela ao sol; o rosto era suave e cheio, tão vibrante de vida quanto no dia em que ele a conheceu.

Por um breve momento, como um brilho de luz no olho de alguém, ele viu diante de si aquela jovem com quem um dia viria a se casar. Ele já estava na casa dos trinta, decrépito pelos padrões impostos a um solteiro, e ainda assim não se importava nem um pouco que sua casa pertencesse a ele e apenas a ele. Seus dias envolviam somente o que ele queria, e nenhuma mulher poderia ajudá-lo a encontrar contentamento, pois ele já o tinha de sobra. Talvez tivesse continuado assim se uma orquestra de sopros itinerante não tivesse ido a Old Ox. Um evento na sala de concertos ao ar livre a que Ezra insistiu que ele comparecesse, mesmo que somente para ficar na companhia dos outros por uma tarde. Não houve teatralidade naquela primeira vista. Ela estava com o pai, os dois falando com outro jovem rapaz, e quando ele se afastou, ela fez uma careta para as costas dele, como se as palavras dele tivessem sido sórdidas, forçando o pai a rir, e naquele leve jogo, mesmo com a vontade de colocar a modéstia de lado, George sabia que havia encontrado seu par. Ezra foi rápido em informá-lo sobre quem era a jovem e, o mais importante, que ela era solteira. Mas antes que Ezra pudesse perguntar se ele gostaria de ser apresentado, George já havia partido, assustado com a perspectiva de uma conversa.

Isabelle. Ele não conseguia se livrar do nome, da lembrança dela, não importava quantos dias se passassem, e logo ficou tão obsessivo que aquilo se tornou um assunto de grave importância; precisava tomar alguma atitude. Então ele esculpiu uma estatueta, com os traços e a forma de uma bela mulher (por mais definição que pudesse ser dada trabalhando na madeira), e lhe enviou pelo correio. Depois de uma semana, mandou uma cesta de flores, colhidas na fazenda, dessa vez contratando um mensageiro para que chegassem íntegras. Quando novamente não obteve resposta, finalmente reuniu coragem para fazer a viagem até Chambersville. Perguntou onde ficava a casa de Isabelle e logo estava diante de uma construção de tijolos em estilo colonial, com um grande gramado na frente sendo cuidado por um número modesto de negros, que estavam envolvidos em uma conversa tão animada que ele teve medo de interromper. Quando o olharam de cima a baixo, ele se sentiu encolher diante deles, como temia que tivesse ocorrido a suas flores dias antes. Eles perguntaram quem ele procurava.

— Acredito que seu nome seja Isabelle — disse ele.

Uma vez na casa, o anunciaram.

Quando o mordomo a informou de sua chegada, e quando ela veio atender a porta, ele ficou tão atordoado por lhe ter sido concedida a oportunidade de ver uma mulher tão bonita que mal conseguiu pronunciar uma palavra.

— É você quem está enviando os presentes, não é? — perguntou ela, antes mesmo de ter terminado de descer as escadas.

Uma gagueira. Algum balbucio. Ele não conseguia se lembrar dos detalhes, ou se ele mesmo havia conseguido emendar uma palavra à outra.

— Um simples bilhete teria sido suficiente, na verdade. Mais fácil de responder do que a uma escultura. As flores eram bonitas, mas teria sido muito melhor se tivessem sido trazidas pessoalmente. Achei melhor esperar até que você aparecesse para oferecer meus agradecimentos.

O linguajar, a sagacidade, para não mencionar a presença intimidante do pai do outro lado da sala, observando cada movimento deles. Ele logo compreenderia todas as razões pelas quais tantos outros pretendentes foram dominados por Isabelle, não ousando nem mesmo tentar torná-la deles. Mas ele não era como os outros. E ela não era como as outras moças.

Então, tudo começou naquela tarde. Uma vida de felicidade que transcendeu a antiga independência de George, uma vida de unidade. Duas vidas se fundiram. A beleza dela era secundária em relação à força de seu caráter, à firmeza com que ela abrigava suas crenças, seu modo de vida, a mesma teimosia que ele compartilhava. Com o passar dos anos, essa teimosia foi suavizando-se um pouco, à medida que ela tentava fazer parte do grupo de mulheres de Old Ox, que desconfiavam do marido dela, aquele estranho dono de terras sem nenhum amigo íntimo. Ela se tornou cordial e depois matrona quando Caleb nasceu. Mas aquela mulher feroz estava sempre presente de qualquer maneira, então talvez ele não devesse ter ficado tão surpreso pelo fato de ela estar aguentando muito bem o choque que agora havia sofrido.

Sua admiração só o fez querer falar com ela mais do que nunca e compartilhar a conversa que Mildred Foster estava agora lhe roubando. Depois de mais alguns minutos, Isabelle entrou, passando por ele com apenas um olhar superficial.

Mildred estava pondo as luvas.

— Descanse, querida — gritou ela duas vezes, para além de George.

Ele segurou a frigideira diante de si na varanda da frente, implorando interiormente pela mais ínfima informação, como um vagabundo atrai um transeunte com um caneco de lata na mão.

Mildred flexionou as mãos nas luvas. Sua pele, como porcelana, brilhava ao sol da manhã.

— Seja paciente com ela — pediu calmamente. — Ela ainda não sabe o quanto vocês dois vão precisar um do outro.

Surpreso com o comentário, ele a observou, em busca de algum sinal de sarcasmo, uma nota oculta destinada a atingi-lo, e quando registrou sua sinceridade, já era tarde demais. Ela já estava na metade do caminho. Ele largou o garfo na frigideira, voltou para dentro e colocou-a no fogão. Como tinha acontecido nos últimos dias, sentia-se preso na cabana, não pelos aposentos em si, mas pelas memórias que representavam. Elas estavam em qualquer lugar, para onde quer que se voltasse. Uma longa caminhada, sentiu, poderia tirá-las de sua mente.

Ele pegou o paletó pendurado nas costas da cadeira da cozinha, deu uma última olhada na escada e saiu pela porta da frente, para o ar da manhã. Não tinha uma trilha específica em mente, mas fez questão de evitar o caminho que tomara para encontrar Prentiss e Landry. Só depois de ter se afastado deles percebeu o quão grosseiro seu pedido tinha sido. O falante, Prentiss, tinha todo o direito do mundo de repreendê-lo. Mas se ele quisesse manter suas terras e produzir qualquer colheita, precisaria de ajuda, e não havia uma mão em Old Ox em quem confiasse o suficiente para levantar um dedo a seu favor. Além de sua privacidade, restava-lhe pouco no mundo, certamente agora mais do que nunca, e ele desejava mantê-la a qualquer custo.

As folhas farfalhavam ao redor dele como se tivessem sido pisoteadas, mas sem vento as árvores estavam paradas e não havia mais nada para ver quando ele olhou em volta. Essa era a beleza da natureza – estava sempre um passo à frente, a par de uma piada que ele não conhecia, uma charada sem resposta. Ele se sentou, recostou-se em um grande carvalho e se concentrou em um ponto à sua frente que corria infinitamente em redemoinhos de cascas acobreadas e camadas de folhagem verde, muitos deles se misturando à medida que uma parte avançava.

Ele tropeçou em uma porção da terra que lhe era familiar, um refúgio favorito de seu pai. Foi talvez ali que o pai incutira a ideia do animal na imaginação de George pela primeira vez, a ideia de que havia algo monstruoso, até mesmo sinistro, vagando pela propriedade. O pai segurava sua mão com tanta intensidade enquanto caminhavam que George podia sentir o sangue pulsar no mesmo ritmo de seus batimentos cardíacos. Benjamin falava em um tom tão baixo que o ato de ouvir exigia um esforço igual para acompanhar seus passos, mas a resistência de George sempre foi aumentada pela sagrada importância da história.

O pano de fundo da besta não era claro, mas seu pai a tinha visto uma vez enquanto caminhava sozinho e poderia descrevê-la com uma nitidez surpreendente: uma capa preta de pele que se agarrava às sombras, movendo-se com fluidez como se fosse parte da própria escuridão; parecia ereta, mas ficou de quatro ao ser vista, desaparecendo tão rapidamente quanto se materializou; seus olhos eram a maior revelação, mármores de um branco leitoso, como os de um cego, tão assustadores que até Benjamin fugira de medo (decisão da qual ele se arrependeria).

As caminhadas à tarde eram um chamado às armas para rastrear o animal, fosse real ou não, e até mesmo o jovem George percebeu que aquele tempo juntos, mais do que qualquer coisa, era simplesmente uma chance de estar com o pai e conhecer a terra que um dia pertenceria a ele. Isto é, até que certa noite ele mesmo viu a besta, da janela de seu quarto, e então em muitas noites depois disso...

Aquela memória foi interrompida por um grito. Ele não tinha certeza, mas parecia que Isabelle o chamava. Deu meia-volta e retornou por onde veio. Nada o levou a acreditar que aquilo seria qualquer coisa exceto sua mente lhe pregando peças, mas, quando chegou à clareira, lá estava ela na varanda, com a mão em concha na boca, olhando para longe. Ele havia caminhado rápido depois, e agora sentia o quadril latejando, como se alfinetes o espetassem.

– Estou aqui – disse ele ao chegar à varanda. – Estou bem aqui. – Ele ficou em posição de sentido e limpou a sujeira das calças. – Estava apenas caminhando.

Ele espiou para além dela, perguntando-se se ela havia recebido outra visita, mas a casa parecia vazia.

– Tenho certeza de que estava – respondeu ela. – Eu queria que você fosse à cidade enviar um telegrama. Para Silas. Ele precisa saber notícias do sobrinho.

– Claro, se é isso o que você quer. Mas lembre-se que, na última mensagem, ele disse que só iniciaria o retorno para casa na semana passada. Nesse caso, demorará algum tempo para receber.

– Mande para a casa. Emily receberá. Ela também precisa saber.

– Amanhã cedo.

– Obrigada. Eu não queria fazer uma... fazer qualquer cerimônia até o retorno de Silas. Ele iria querer estar aqui.

George não tinha nada a discutir e disse que, de todo modo, essa decisão deveria caber a ela. Eles ficaram ali, parados. Aquele era o momento. Pareceu a George que uma grande decisão estava sendo tomada. Isabelle ficaria na sala de estar ou se retiraria novamente para o andar de cima, para longe dele. Ele sentiu uma necessidade irresistível de tomar uma atitude, de mantê-la por perto, de consertar tudo o que havia de errado entre eles.

– Talvez pudéssemos ler algo juntos – sugeriu ele.

Ela não parecia exatamente perturbada, nem propensa a responder. Quando falou, foram palavras frias, como se quisessem extinguir as dele.

– Acredito que você não precisa da minha assistência para ler, George. Estarei lá em cima se precisar de alguma coisa.

Ele foi até a cozinha e descobriu que, em sua ausência, ela havia limpado a frigideira dos ovos e a pendurado de volta sobre o fogão. Pouco havia a fazer a não ser arrumar mais um pouco a cozinha, então foi o que ele fez, ponderando as ações dela mais uma vez, se seriam devido ao sofrimento ou ao desprezo – desprezo por ele ou sofrimento pelo que haviam perdido –, e chorou encostado na pia, o mesmo lugar em que ela estava quando ele lhe dera notícia, e ela soltou longos gemidos e soluços constrangedores. Quando chegou a hora, preparou ovos para o jantar, pois as galinhas estavam agitadas nas últimas semanas, e ele era o único que poderia comer os ovos agora, e também queria corrigir o dano causado ao seu café da manhã.

O único acompanhamento para o jantar, enquanto escurecia, era um romance de Dickens, que ele lia intermitentemente por algumas semanas, largando-o quando se distraía. Dessa vez, pretendia fazer um progresso significativo, mas, ao ouvir um sussurro na floresta, deixou o livro de lado. Uma voz proveniente de certa distância implorava em um tom sempre crescente. Ele não conseguia ver nada pela janela, nem mesmo a lua. Finalmente, houve um estalo, e um par de sombras errantes rompeu por entre as árvores e vagou em direção à cabana, uma à frente da outra. A sombra maior – Landry, George via agora – avançava um pouco na frente de Prentiss, que caminhava de costas para a cabana, falando asperamente e tentando dissuadir o irmão.

– Você não tá pensando, nunca pensou, eu devia era te dar uma palmada na bunda como o pai que você nunca teve até você rastejar de volta pra floresta.

Os dois homens já haviam chegado à casa. George se levantou com cuidado e abriu cautelosamente a porta da frente, para não fazer barulho. O ar estava fresco lá fora, e ele sentiu os pelos se eriçarem e o corpo enrijecer quando encontrou os irmãos na entrada.

– O que vocês querem?

– Sinhô Walker – disse Prentiss. – George.

– Fale baixo, Isabelle está descansando. Achei que vocês dois tinham ido embora.

– Eu até tentei – sibilou Prentiss, olhando para o irmão.

Landry o encarou de volta com severa concentração. Os dois estavam suando, Prentiss mais ainda, com o cabelo brilhando mesmo na escuridão, como se estivesse salpicado de gelo.

– Comece do começo – pediu George.

– Não tem *começo*. Esse idiota aqui... – e apontou para o irmão – ... não vai. O sinhô botou essa ideia de ensopado na cabeça dele dias atrás, e desde então ele não para de falar nisso.

– *Falar* nisso? – repetiu George.

– Sim, esse seu guisado.

– Certo, o guisado eu entendo – disse George impacientemente. – É sobre ele falar que não estou entendendo.

Prentiss retribuiu sua impaciência.

– Quer dizer, eu vi o rosto dele quando o sinhô disse que preparou aquele ensopado. Desde então, ele tem se esgueirado por aqui toda noite e não tá querendo sair da floresta, nem por mim nem por ninguém. A única razão que posso imaginar, além de ele ser mais teimoso que uma mula, é que o sinhô botou essa ideia na cabeça dele, e eu não consigo tirar por nada.

– Bem, posso assegurar-lhe – disse George a Landry – que comi o ensopado há algum tempo. E se ainda tivesse alguma sobra, eu não o daria a você, não porque quisesse ir contra minha palavra, mas porque já estaria estragado.

– Eu tentei dizer isso pra ele – disse Prentiss. – Mas a fome deixou ele louco.

A algazarra acalmou, e George notou o som dos sapos, mais alto agora do que a respiração ofegante dos irmãos. Os dois homens não pareciam bem. Landry tinha agora o corpo mais esguio do que quando George o vira pela última vez e estava claramente desnutrido, o que significava que Prentiss, orgulhoso demais para dizer isso, provavelmente também estivesse.

– Tenho um estoque de ovos – disse ele. – Não é um ensopado, mas há mais do que eu ou Isabelle poderíamos comer.

Tendo apenas o interesse do irmão em mente, Prentiss não se opôs.

– Se vocês esperarem aqui – disse George –, eu poderia preparar um prato para vocês.

– E a sinhora? – perguntou Prentiss.

– Ela já se recolheu e não vai se levantar tão cedo.

Landry passou pelo irmão e se plantou na escada da varanda, de costas para a casa.

– Bem, já que os ovos iam pro lixo de todo jeito... – disse Prentiss.

George entrou. Cozinhava com avidez, como sempre fazia para convidados. Ele sempre foi da opinião de que o que lhe faltava em personalidade, ou charme, era percebido em seus pratos, mesmo um tão simples como aquele: o toque perfeito de sal e pimenta, o pedaço de queijo derretendo na mistura, formando uma cobertura tão fininha que dava para se perguntar como ficara intacta. Foi seu ato favorito de boa vontade. Os irmãos pareceram surpresos quando ele voltou com os pratos, seguidos das fatias de pão e, por fim, canecas de água.

– Muito agradecido – disse Prentiss, e o irmão concordou. – Se eu tivesse um único dólar...

George o ignorou. Eles comeram devagar, inclusive Landry, ambos saboreando cada mordida. Quando Landry terminou, Prentiss deu a ele o que restava de sua comida, entregando seu prato sem pensar duas vezes. George ficou o tempo todo parado atrás deles na varanda e não disse nada.

Foi Prentiss quem falou primeiro.

– A terra que o sinhô quer limpar. É essa aqui na frente?

George deu um passo adiante e apontou para a floresta além do celeiro, à direita da casa. Estava pensando em limpar aquela área, disse ele, mais longe da casa, morro abaixo, ainda à vista, mas além da primeira fileira de árvores.

Prentiss tomou um gole d'água.

— O sinhô vai precisar de toda a luz do sol possível, e aquelas árvores não vão ajudar.

— Eu não sei de nada a respeito disso — admitiu George.

— Ainda queremos ir pro norte — contou Prentiss. — Mas precisamos de algum dinheiro pra isso. Não podemos trabalhar de graça, é o que tô dizendo.

Um choque percorreu todo o corpo de George ao pensar nessa possibilidade renovada. Seu dinheiro estava preso à terra, disse ele, mas falaria com alguém sobre isso. Não seria um problema pagá-los.

— O pagamento vai ser justo? Diga agora, porque, se não for, eu prefiro tirar esse moleque à força de suas terras do que trabalhar um dia que seja por uma miséria qualquer que nunca nos deixe sair daqui.

— Dentro do razoável. O mesmo que pagaria a qualquer outro homem pelo mesmo trabalho.

— Um homem branco?

— Eu nunca enganei homem algum — irritou-se George. — Dane-se a cor.

Prentiss recolheu os pratos, levantou-se e os entregou a George.

— Vou descontar o custo dos ovos do primeiro pagamento — disse George. — É o certo, eu imagino.

Quando Prentiss inclinou a cabeça, como se estivesse ouvindo palavras de uma língua diferente, George assegurou-lhe que era uma piada, uma brincadeira, algo para fechar o trato.

Prentiss não disse nada, e suas feições não suavizaram.

— Eu não quis ofendê-los com isso — George tentou novamente.

— Então boa noite — disse finalmente Prentiss.

— Boa noite, rapazes.

Ele os observou, o tamanho de Landry envolvendo Prentiss enquanto eles desapareciam na escuridão.

— Agora você me segue, depois de todo aquele absurdo — ele ouviu Prentiss dizer. — Andando igual a uma galinha empalhada.

Já era tarde para George. O andar de cima estava apagado, as cortinas fechadas, a casa silenciosa. Resolveu dormir na poltrona novamente, sabendo que a atividade da noite, dos últimos dias, o manteria bem acordado, e que se levantaria cedo, pronto para atuar em tudo o que agora ocupava seu pensamento. Parecia sensato não perturbar Isabelle e dar a ela a liberdade de vagar por sua parte da casa como julgasse mais apropriado.

Capítulo 7

George não foi o primeiro na casa a se levantar na manhã seguinte, e acordou sobressaltado com a voz de Isabelle.

O fogo havia se extinguido. A sala estava inundada de sol.

— George. Você tem visitas.

Ele seguiu Isabelle até a varanda. Prentiss e Landry estavam em frente à casa, cada um segurando um pacote com seus pertences. Até então, ele os tinha visto apenas sob as sombras das árvores ou na escuridão da noite. À luz da manhã, a visão de tudo o que já haviam suportado era ampliada; a cavidade das bochechas, as rachaduras dos lábios, as camisas tão finas que poderiam esfarelar como torradas queimadas em atrito.

— É esse — disse Isabelle, como se eles não pudessem ouvi-la — de quem eu falei, que veio até o varal.

— Me desculpa pelo meu irmão — disse Prentiss. — Ele nunca foi muito andarilho, mas se interessou pela sua propriedade. Eu sei que ele não queria assustar a sinhora ou roubar nada. Só ficou um pouco curioso.

Isabelle se virou para George. Ainda havia nela um esplendor resultante de seus rituais matinais, o cabelo penteado até ficar completamente brilhante, os malares carnudos corados pela aplicação de um pano quente. Ainda assim, George reconheceu sua irritação no franzir afetado dos lábios. Talvez ela julgasse que, depois de ele não ter lhe contado sobre Caleb, havia outro segredo que somente agora compartilhava com ela.

— Eu posso explicar — disse ele. — Não é nada de ruim. Tenho um projeto em mente.

— George — falou ela com a voz fraca.

Ela entrou e George gesticulou para que os irmãos esperassem um momento e depois a seguiu.

O café já estava fervendo. Ele se serviu de uma xícara e se juntou a ela na mesa da sala de jantar.

— Eu quero *ter* alguma coisa, Isabelle. Eu me senti tão impotente com essa perda. Não quero perder esta terra também. O que passamos me fez mudar. Não *totalmente*, mas uma parte. Assim como também mudou você. E aqueles rapazes, bem, eles acabaram de sair das terras do Sr. Morton e estão ansiosos por uma mudança também. Para ganhar um salário respeitável, fazendo o que sabem, como qualquer outro homem.

Ela tomou um gole de café e parecia perdida em pensamentos enquanto olhava pela janela.

— Quero usar esta terra para o que ela se destina — prosseguiu ele. — Quero plantar e trabalhar duro. Fazer algo tangível, algo… *real*. Quero que esta terra seja meu legado, assim como foi para meu pai. Diga-me que está tudo bem. Se você pudesse dizer algo assim, isso significaria tudo.

Só naquele momento ela se dignou a olhar em sua direção.

— Como isso pode ser diferente de qualquer outra coisa? Você faz o que quiser, e eu faço o que eu quiser, e toleramos o resultado.

Um momento antes, ele se sentiu alguém enquanto compartilhava seus sentimentos, mas uma parte dele foi perfurada pelo peso da frieza dela, e imediatamente retomou seu modo usual de ser, desleixadamente retraído.

— Você ainda vai conseguir um momento para enviar o telegrama? — perguntou ela.

— Sim.

— Você disse que seria a primeira coisa que faria hoje.

— Então eu vou.

Ele se levantou, pegou umas xícaras do armário e serviu um pouco de café, acreditando que os irmãos gostariam. Parou antes de voltar lá para fora.

— Isabelle. Você está se sentindo melhor hoje?

Ela respirou fundo pelo nariz, tomou um gole de café e, finalmente, deu de ombros, mais amigavelmente.

— É uma bela manhã.

***

George alojou os irmãos no galpão do armazém antes de ir para a cidade. Quando voltou, eles seguravam dois machados que haviam encontrado nas profundezas do lugar, em um canto coberto de excrementos de rato. Levaram bastante tempo para encontrar uma pedra de amolar, mas finalmente conseguiram, e trouxeram os dois machados para mostrar, o que George achou quase intimidante de contemplar.

Prentiss, que já havia pesquisado a terra que desejava limpar, explicou a George as dimensões que eles poderiam atingir em um grupo de três, uma estimativa calculada mapeando o tempo de trabalho de três homens na plantação de Morton.

– Bem, não há pressa – disse George. – A eficiência é importante, mas não queremos nos exaurir.

Prentiss o encarou inexpressivamente – uma reação que se tornava uma ocorrência regular –, pronto para continuar com seu plano.

Não houve menção à ida de George à cidade. Ele tinha levado o telegrama endereçado a Silas. O próprio homem estava voltando de mais uma iniciativa de venda de produtos por altos preços em locais onde outros não desejavam peregrinar, mais recentemente posicionado do lado de fora de um forte confederado rendido em Everglades, onde George o imaginou tomando uísque preguiçosamente diante de um pântano, da mesma forma que preguiçosamente bebia uísque em sua fazenda em Chambersville.

Foi um telegrama breve e direto: *Caleb morto em combate. Poucos detalhes. Sua irmã de luto.* Por um momento, ele considerou as palavras, para saber se seu próprio luto era notável (*Estamos de luto*; ou *Sofremos a perda*), mas não era da conta de Silas como George se sentia, então deixou o texto como estava.

Ele então atravessou a rua e passou dez minutos com Ezra, interrompendo uma reunião com seu pedido de um pequeno empréstimo, que Ezra concedeu com pouca curiosidade e sem pedir a assinatura de nenhum comprovante. A única coisa que deixou Ezra confuso foi o desejo de George de receber metade da quantia em moedas e metade em notas pequenas. Ezra primeiramente murmurou que não era um banco, mas depois fez como George pedira. E George chegou em casa com quase um dia inteiro de luz do sol pela frente, mas não queria trabalhar, embora Prentiss e Landry estivessem mais do que dispostos a começar o trabalho, o que o jovem Landry demonstrou ao permanecer estoicamente de costas para o celeiro.

Prentiss treinou um olhar observador sobre ele.

– Eu vi o sinhô sofrendo com a perna, com dificuldade até pra descer daquele burro.

Mas George não cederia. Se o trabalho fosse feito por outros, não permitiria a ele o propósito e a distração de todo o projeto. Ele não desejava admitir o quão pouco queria ficar em casa, e quão pouco havia no mundo que o interessasse. Insistiu que era vital trabalhar ao lado deles, para que, quando partissem, soubesse como continuar por conta própria.

– O sinhô fala que tá ansioso pra começar, Seu Walker, mas, pelo que vi, vou me atrever a dizer que acho que nunca trabalhou na vida.

– Como eu disse, pode me chamar de George. Eu não sou meu pai. E até agora sempre considerei que um dia de sucesso seria definido pela falta de trabalho, então não posso dizer que você está longe dessa estimativa.

Prentiss ficou em posição de atenção.

– Bem, você vai já recuperar o tempo perdido, vou dar um jeito nisso.

– Quem está no comando aqui, exatamente? – disse George.

Prentiss sorriu, sabendo, talvez, o que estaria por vir mais claramente do que o próprio George.

Aquele foi o primeiro de muitos dias juntos. Os três homens se revezavam com os machados. George roçava docilmente quando conseguia, passando a ferramenta adiante e enxugando o suor da testa quando não podia. A queda de cada árvore foi surpreendente, as últimas não menos do que a primeira. O próprio ato tinha um significado que o motivava, a casca se estilhaçando com o contato, o ranger da árvore, e então a queda e o golpe do impacto em cascata pela floresta como uma lufada de vento, súbita e ameaçadora, e totalmente arrebatadora.

George estava longe de ser capaz do esforço que os irmãos despendiam.

Quando o dia de trabalho se prolongava, e ele dava um golpe a mais – com o quadril ardendo e os braços doloridos –, Landry se inclinava e colocava a mão em seu ombro, como se quisesse dizer que já era o suficiente, e arrancava o machado de suas mãos. George exclamava que estava apenas começando, mas Landry, ignorando-o, assumia seu lugar, atingindo a árvore com golpes guturais tão violentos que silenciavam George.

Ele tinha o dever de pagar um dólar por dia a cada um, e esse valor era o suficiente para que, com o tempo, eles pudessem economizar para pagar não apenas as passagens de trem, mas também roupas extras, hospedagem e refeições até a situação melhorar. Para o almoço, George geralmente levava um pedaço de carne de porco da despensa e um pouco de pão duro das sobras da noite anterior, além de preparar duas refeições para cada um para passar o dia.

Ocasionalmente, eles deixavam o trabalho de lado e simplesmente caminhavam ou descansavam à tarde, embora George percebesse que isso deixava Prentiss impaciente. No entanto, ele ouvia atentamente as histórias de George, contos do passado de um velho homem. George entendeu que, assim como toleravam sua participação sem brilho no corte de árvores, Prentiss o ouvia apenas por cortesia. Mas ele apreciava tudo da mesma forma.

Um dia, quando terminaram mais cedo o trabalho e estavam sentados em uma árvore derrubada, pronta para ser cortada em toras menores que seriam empilhadas no trenó para Ridley puxar, George falou novamente sobre a fera. Prentiss considerou a ideia, parecendo reconhecer que a manifestação de tais coisas nascia na escuridão – criaturas que existiam na fronteira da realidade e da lenda.

George contou-lhes também sobre um exercício mental que seu pai havia desenvolvido: dia após dia, todos os anos, um homem deveria imaginar uma árvore em sua mente. A árvore, ao fazer o bem no mundo, poderia crescer forte e espessa, mas, a cada decisão errada, a podridão começaria a brotar – raízes retorcidas na base, galhos flácidos que se partiam ao mais leve toque. No fim de qualquer período – um mês, um ano –, era sábio considerar o crescimento de sua árvore e as decisões tomadas que a levaram até ali. Ela era sua para deixá-la crescer ou morrer.

– Eu gosto disso – disse Prentiss.

– Considere-se um dos poucos a dar crédito a isso – disse George. – Eu mesmo dou pouca atenção. O meu próprio pai falhou em seguir as instruções e inventou toda essa bobagem. Inferno, meu próprio filho zombou disso quando tinha a metade de sua idade. Mas parece bom, não é mesmo?

Prentiss olhou para ele, e George levou um instante para perceber que, talvez pela primeira vez desde a noite em que os conhecera, ele havia falado de Caleb, a quem cuidadosamente tinha evitado mencionar na presença dos irmãos. Prentiss perguntou-lhe, diretamente, mas com um quê de ternura, o que havia acontecido com seu filho.

George, por um momento, pensou em se esquivar, mas então contou.

– É uma pena – lamentou Prentiss, que parecia inclinado a acrescentar algo mais, mas não disse mais nada.

— É indescritível — confessou George. — Eu não desejaria isso nem para um inimigo. Espero que vocês nunca passem por algo assim.

Landry, até então sentado imóvel ao lado deles, segurando um machado pela lâmina como se fosse um brinquedo de criança, pegou um galho solto e começou a afiá-lo com a ferramenta.

— Perdi meu primo mais velho numa venda quando tinha treze anos — contou Prentiss. — Depois que a colheita pegou fogo. O Sinhô Morton vendeu nossa mãe alguns anos depois. Ela ficava dentro da casa, no tear, e um dia não conseguiu fazer o trabalho porque as mãos dela começaram a tremer, então ele se livrou dela. O meu pai morreu quando minha mãe tava grávida do Landry. Eu era muito pequeno e não me lembro dele.

George apertou os olhos sob o sol. Ele não soube o que dizer por um bom tempo e desejou ter confiado em seu instinto e se abstido de falar sobre Caleb.

— Acredito que ninguém é dono de todo sofrimento — disse ele por fim.

— É, acho que não.

Eles voltaram para a cabana quando o dia esfriou. Ele permitia que Prentiss e Landry ficassem no celeiro como uma forma de escapar da floresta. Isabelle estava na varanda, como tinha estado desde aquela manhã quando ele saiu, e eles se calaram ao vê-la. Ela recebera visitas uma ou duas vezes desde que Mildred Foster estivera na casa, mas ainda falava muito pouco com George. Naquele dia, Mildred deveria ter feito outra visita, mas George — para seu grande alívio — ficara na floresta tempo suficiente para perder a ocasião. Ele imaginou que os três juntos pareceriam um grupo de colegiais, suando, falando alto e de repente se calando na presença dela. Landry, mexendo desajeitadamente a camisa, parou atrás do irmão, embora o movimento para se ocultar fosse inútil, dado o seu tamanho.

George perguntou à esposa como tinha sido seu dia.

— Bom. Mildred perguntou por você.

— Que bom!

— Ela é uma mulher forte. Solícita em tempos como estes.

Ele esperava que Mildred pudesse levantar o ânimo de sua esposa, mas ela estava claramente taciturna. Ela se levantou e desapareceu dentro de casa, então reapareceu carregando uma jarra de limonada e canecas, com o dedo indicador enfiado em cada uma de suas alças. Desceu as escadas, entregou a cada um deles uma caneca e os serviu. O olhar fixo no chão, como se tivesse recebido a ordem de realizar uma ação que a irritara. Prentiss agradeceu, mais de uma vez, e George, embora perdido em sua confusão, finalmente também conseguiu expressar um agradecimento enquanto ela retornava para a varanda, onde serviu sua própria caneca. Até aquele momento ela havia ignorado os irmãos, de modo que o ato parecia indicar algum tipo de trégua, não com eles, mas com George e com as circunstâncias que envolviam o emprego de ambos.

– Penso que é bom deixá-la em paz – disse ele calmamente.

– Parece que ela tá bem – comentou Prentiss, bebericando a limonada. – Não acho que ela se importa muito com a gente.

Mas caminharam para o celeiro em silêncio, como uma equipe, amassando a grama sob os pés.

– O sinhô acha que ela está farta do sinhô – disse Prentiss.

– Eu não falei isso – retrucou George.

– O sinhô age como se fosse.

Parecia uma abertura, um convite, mas George, relembrando a conversa na floresta sobre Caleb, optou por não acreditar nisso.

– Deixe-me ir lá ver o que vamos decidir fazer para o jantar e trarei o que puder – disse ele.

Landry entrou no celeiro e tirou a camisa. Havia uma bacia do tamanho de uma pia, mas eles podiam enchê-la e se lavar ali. George os deixou à vontade.

Ele se lavaria e, para isso, teria que pegar roupas limpas no quarto. A noite era iminente, a casa estava silenciosa, o momento menos favorito de todos os dias para ele. O escritório era o primeiro cômodo subindo as escadas; o quarto deles, o último, e o de Caleb ficava entre os dois, onde a estreiteza do corredor se tornava mais aparente. A porta do quarto de Caleb, ligeiramente entreaberta, provocou George, atraindo-o, e aquela tentação era insuportável. Mesmo o mais simples olhar poderia revelar um fluxo interminável de memórias: a visão do menino entrando sorrateiramente em seu escritório como se George não o tivesse visto ali, ou, pior ainda, a imagem do jovem Caleb lendo na beira de sua cama, de frente para a janela, e se virando para ver o pai que passava, com um sorriso tão aberto que ocupava a largura de seu rosto de menino.

Se ele não abrisse a porta, pareceria que Caleb ainda estaria lá, lendo indefinidamente, e a compreensão de que ele não poderia enfrentar a verdade e preferia dar atenção a algum senso infantil de negação lhe doeu tanto quanto a morte do filho. Ele pode não ter sido um homem de força ou de grande determinação, mas sempre acreditou que poderia olhar para si mesmo com uma honestidade que poucos poderiam reivindicar. Exceto ali. Exceto diante da porta do quarto do filho.

Ele pegou uma camisa no quarto e desceu as escadas correndo.

※

Pela primeira vez desde que ele dera a notícia fatal, Isabelle jantou ao seu lado. E, nos dias que se seguiram, ela começou a retornar à ativa, embora naquela nova edição de si mesma, transformada em uma luminária fria na varanda, disposta a cozinhar, cuidar da casa e do jardim, a entreter os visitantes por uma tarde, mas sem a alegria que no passado envolvia sua conduta.

Ainda assim, eles dormiam separados. Todas as manhãs, George acordava em sua poltrona, em dúvida se os irmãos apareceriam para o trabalho. Ele tinha uma forte convicção de que eles poderiam pegar o pouco dinheiro que ele lhes havia dado até então e desaparecer. Mas todas as manhãs eles emergiam do celeiro e se aproximavam dos degraus da casa, e George, sentado na varanda, coçava as costas e se levantava agradecido para cumprimentá-los. Eles se encostavam no celeiro tomando café, discutindo o que estava por vir durante o dia, e então faziam o planejado, terminando no brilho calmo da noite que se aproximava em uma corrida para derrubar as árvores a tempo de começar a arar o solo em preparação para a eventual semeadura.

Embora falasse livremente com os dois, ele manteve para si a única mentira que havia contado, que a alegoria de seu pai não tinha importância para ele. Na verdade, em sua mente ele conjurou sua vida como um carvalho debilitado, estrangulado pelas intempéries do tempo, com galhos tão torturados que brotavam em ângulos emaranhados, a casca salpicada de fungos amarelados e as folhas queimadas pelo sol. O declínio só aumentou com o passar dos anos, mas George sentia que a árvore nascera podre, como se soubesse que havia começado em terreno infértil, com um senso de moralidade instável e inconstante, e que não haveria melhora.

Em uma manhã pesada pelo incomumente vento frio do início da primavera, eles encontraram uma árvore agonizante, uma réplica fantástica daquela em sua mente. George fez questão de cortá-la sozinho e, embora tenha demorado quase uma hora, exultou com o trabalho. Era como se, ao retirar da propriedade aquela árvore, tão insignificante em comparação com as outras, ele pudesse de alguma forma cortar o passado decepcionante de seu próprio ser. E então oscilou o machado com abandono, em uma crença ingênua de poder reverter anos de inércia, de terra desperdiçada e relacionamentos perdidos. Sentiu uma grande libertação, a abertura de um espaço dentro de si em que permitiria brotar algo novo, algo bom, algo pelo qual valesse a pena viver.

A árvore minguada fez pouco barulho quando caiu, o que significava que o som estranho que ouviu devia ter vindo de outro lugar. Agora, George distinguiu lamentos ao longe, como os de uma criança, e com Prentiss e Landry foi seguindo o som, inicialmente a passos lentos, e depois correndo em direção à cabana com uma grande apreensão apertando-lhe o peito. Quando eles emergiram na clareira, seus piores temores se concretizaram, pois era Isabelle quem chorava, mas em seguida se dissiparam.

Isabelle gemia, aos prantos, arrebatada pela situação, e George mal pôde acreditar no que viu: a longa cabeleira loira balançando ao vento como uma bandeira diante do rosto do filho. Caleb tentou se virar, mas a mãe o segurava com tanta força que suas feições permaneceram ocultas. Quando George se aproximou o suficiente para que seus olhos se encontrassem, eles eram estranhos um para o outro. Isabelle soltou Caleb por um momento, mas pai e filho ficaram paralisados, a alguma distância, como se precisassem ser apresentados.

– Pois bem – foi tudo o que George conseguiu dizer. – Ora essa!

Sua voz falhou, e ele lutou para conter a onda crescente, armazenada por tanto tempo. Ele não podia correr para encontrá-lo, pois as pernas não se moviam, mas havia tempo agora. Por fim, aproximou-se com cautela e finalmente conseguiu distinguir as feições daquele rosto, as mesmas que vira em sua mente, noite após noite, quando imaginava o rapaz lendo na beira da cama, acenando para ele. Como acontece com qualquer momento de emoção desenfreada, ele não sabia como reagir, ou o que se esperava que dissesse, e só conseguia pensar em como deveria se portar; como outro homem, um homem melhor, poderia agir em sua posição.

Ele tocou o rosto de Caleb, para ter certeza de que era real.

– Ouvi sua mãe, mas jamais imaginaria. – Em seguida, ele deslizou as duas mãos nos bolsos. – Por que não entramos?

Capítulo 8

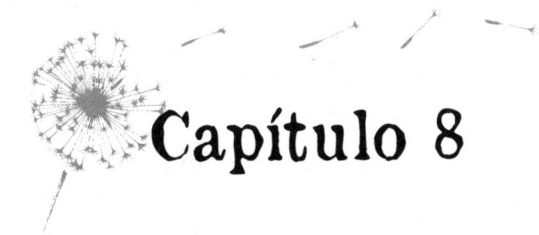

Se Caleb não conseguiu matar o pai, certamente o fez envelhecer muito. O velho caminhava pesaroso, e as linhas de seu rosto pareciam rachaduras em um vidro que foram se alastrando com o tempo. A mãe, à primeira vista, era mais um conforto. Ele sentiu a falta dela como os outros soldados sentiram falta de suas mães, sabendo que sua casa não era tanto a cabana, mas o lugar onde ela estaria, esperando-o voltar, esperando para abraçá-lo. Quando eles se abraçaram, quando segurou a forma dela em seus braços, sentiu-se um menino novamente, e desejou que pudesse se prender a esse sentimento pelo resto de sua vida.

Agora, na mesa da sala de jantar, ela acariciava seu rosto e passava a mão pela cicatriz na bochecha, o novo formato do nariz, e exigia saber se sua saúde estava intacta.

— Vamos chamar um médico? – propôs ela. – Acho que devemos. Está decidido, então.

— Estou bem. Já me restabeleci – disse ele. – Acabou.

Depois de sua longa ausência, a casa se apresentava como um sonho, e ele estava propenso a inspecionar cada cômodo, confirmar as particularidades de cada um em relação ao todo. E havia desejos mais simples: ver Ridley, de quem, imprevisivelmente, sentira profunda falta; tomar banho; dormir na própria cama.

A mãe preparou um prato de queijo branco e pão e lhe prometeu uma torta de maçã, sua única especialidade, assim que conseguisse os ingredientes necessários. Ela falou longamente sobre a torta, maravilhada com a empolgação de sua chegada, a tal ponto que sua mente se estreitou para este único raciocínio – a preparação da fruta, a extração de um pouco de sidra para preencher o interior, o preparo da farinha para a massa e assim por diante.

— Se continuar assim — disse o pai —, temo o que teremos de aturar quando você começar a falar do jantar.

Ele estava na grande sala, sentado em sua velha cadeira surrada.

Caleb não conseguiu conter uma risada.

— Não a irrite — disse ele.

— Já é muito tarde para isso, obviamente — argumentou o pai.

A mãe, ignorando o gracejo, respirou fundo e agarrou o antebraço de Caleb, esfregando-o com o vigor que seria empregado para acender uma fogueira.

— Uma mãe tem o direito de ficar feliz. Meu filho está de volta! Agora, diga-nos o que aconteceu com você. August esteve aqui. Ele nos deu as piores notícias. Que você...

— Que você tinha sido morto — concluiu o pai.

Não exatamente, disse Caleb. Ele tinha sido feito prisioneiro, trocado. Em seguida, em liberdade condicional, como tantos outros, recebeu um documento descrevendo como deveria se submeter à lei da União e voltar para casa. Essa condensação dos eventos parecia o primeiro passo para fazê--los não se prenderem ao passado. Improvável, mas ele tinha que fazer isso.

— Então, August está em casa — disse ele, sem trair nenhum sentimento.

— Parece que sofreu um ferimento — contou o pai —, embora eu não tenha conseguido avistá-lo. Uma queda feia, aparentemente.

Caleb se mexeu, e a lama seca escorregou de suas calças e pousou embaixo da cadeira. A mãe, apesar de toda a empolgação, não conseguia deixar de olhar para o tapete. Parecia que um animal tinha acabado de liberar seus excrementos ali.

O pai perguntou-lhe de quão longe ele tinha vindo.

— Das Carolinas.

—Você caminhou tudo isso?

Ele havia conseguido caronas em algumas ambulâncias, e certo fazendeiro com espaço na carroça lhe prestou solidariedade, mas, antes que ele pudesse explicar tudo, a mãe interrompeu.

— O que fizeram com seu rosto? Foi muito ruim? Você precisa nos contar tudo, sem omitir nada.

— Receio que não haja muito a dizer. Aconteceu antes de eu ser capturado. Brincadeiras dos rapazes, tarde da noite, nada de emocionante. Bebemos um pouco...

Ele mordeu o pão e, depois de um segundo, acabou com o queijo. Os pais esperavam que ele falasse, e a expectativa de que ele pudesse de alguma forma liderar o interrogatório que eles haviam iniciado era pior do que o monte de perguntas.

— E as coisas vão bem por aqui? — perguntou ele.

A mãe olhou novamente para o chão, perto de sua cadeira.

— Além da minha morte prematura — disse ele, em um esforço para tornar as coisas mais leves.

— São tempos difíceis para todos — disse o pai. — Acredito que sua mãe concordaria.

Foi então que ele percebeu a vastidão do espaço entre os pais: a maneira como ainda não tinham feito contato visual, nem se aproximado, nem mesmo trocado palavra alguma. Ele tinha vindo de muito longe para voltar ao pouco que conhecia, mas de repente nada daquilo poderia existir mais. Enquanto os pais esperavam, interminavelmente, que ele encontrasse o caminho de casa, eles mudaram, e agora os três haviam sido alterados, apesar de estarem no mesmo lugar que ocuparam por tantos anos.

Era difícil para ele ficar parado. Balançava o joelho e batia o pé no chão repetidamente.

— Talvez pudéssemos continuar a conversa mais tarde — disse ele. — Se eu pudesse descansar um pouco, acho que seria maravilhoso.

A mãe se levantou.

— Claro. Sua cama está feita. Tudo arrumado. Toalhas limpas na cômoda.

Ela o apertou com tanta força que o deixou sem fôlego, então escorregou a mão e a pousou no couro do coldre. Eles tinham a obrigação de entregar as armas à União, mas ele conseguira esconder a sua, sabendo o que poderia acontecer com ele na jornada de volta para casa, os perigos a que estavam submetidos homens sozinhos na estrada. A mãe se afastou e olhou para a arma.

O pai também se levantou e olhou para a pistola com cautela.

— Não há mais necessidade disso — disse ele. — Vou guardá-la com os rifles do seu avô no porão.

Caleb sabia que era melhor obedecê-los, retornar, o mais completamente possível, à versão de si mesmo que conheciam: um menino que nunca colocaria a mão em algo tão vulgar. Ele soltou a pistola do coldre e a passou para o pai.

No andar de cima, seu quarto, tão limpo quanto a mãe descrevera, exalava uma atmosfera macabra. As bengalas em miniatura que usara na juventude, encostadas na parede, haviam sido limpas e polidas; seus chapéus, empilhados em uma coluna, estavam imaculados, sem nenhum sinal de poeira. Por quanto tempo ela teria continuado com aquilo? Meses? Anos? Talvez tivesse tentado afastar a angústia de sua morte esfregando-a na tábua de roupa ou varrendo-a.

Ele tirou as botas, depois as calças, e caiu esparramado na cama. Dormiu pacificamente, mas ficou muito confuso ao acordar, sem saber onde estava ou como havia chegado ali, como acontecera tantos dias antes. A diferença dessa vez foi que, ao se virar na cama, não conseguiu encontrar as calças. Com o olhar sonolento através da janela, viu a mãe mergulhando as calças na água fervente do caldeirão de cobre. Ela golpeou as roupas com uma colher de imersão, forte o suficiente para tirar uma vida inteira de sujeira daqueles trapos. Ele pensou que teria que andar sem calças pela casa, até que se lembrou da gaveta cheia de roupas do outro lado do cômodo, uma recompensa para um homem que se agarrara profundamente a tão pouco, por tanto tempo.

O pai havia matado uma galinha para o jantar na noite anterior, mas Caleb não se levantou para comer. De manhã, serviu-se e comeu com avidez, e a mãe, sentada com ele à mesa, o observou como se aquilo fosse uma performance, um animal catando restos. Quando terminou, informou-a que desejava ir para a cidade, e a decepção dela quase o fez mudar de ideia.

— Você age como se eu fosse um prisioneiro *aqui* também – reclamou ele.

— Não diga isso, *nunca* diga isso. Eu só queria passar um tempo com você.

— Teremos todo o tempo do mundo. Não haverá nada a fazer além de ficar aqui sentados juntos. Não há razão para nos apressarmos. – Ele se inclinou, beijou-a na testa e empurrou a cadeira para trás. – Onde está o velho?

A mãe fez um sinal com a cabeça indicando o celeiro, de onde o pai voltava naquele momento. Caleb foi até a varanda. George caminhou cautelosamente até ele e perguntou como estava se sentindo.

— Perfeitamente bem – disse Caleb.

Filetes de vapor se elevavam da xícara de café do pai, e isso lhe trouxe à mente a última marcha sob as cores do inimigo, quando as planícies cederam a uma frente fria e punitiva. Os rapazes encarregados dele eram de sua idade, turbulentos e propensos a roubar de fazendeiros e moradores da cidade quando podiam se safar. Eles roubaram sobretudos para se protegerem do clima, mas quando o sol reapareceu certo dia, optaram por se livrar deles, mas não viram razão para deixá-los na floresta, onde seriam inúteis. Um tenente magricela mencionou quantas vezes Caleb choramingara por estar muito longe do fogo, e os demais decidiram que ele seria a melhor escolha para herdar os casacos excedentes, os quais colocaram em seus ombros até que dobrasse os joelhos com o peso. O calor foi tão forte com o passar do dia que o suor se acumulou em pequenas poças nos punhos das mangas e nas calças.

Ele ficou úmido atrás das orelhas só de pensar nisso e se alegrou quando a memória passou. Foi então que viu dois homens saindo do celeiro. Um era notavelmente alto, com um contorno inconfundível de músculos nos ombros, o corpo grande o suficiente para diminuir o tamanho do outro.

– Você pretende me explicar isso? – perguntou ao pai.

Os dois eram irmãos, contou George, e o estavam ajudando com uma plantação de amendoim que cultivaria morro abaixo.

– Se quiser, posso lhe mostrar como está.

– Uma fazenda produtora de amendoim? Você?

– É tão difícil de acreditar?

– Você nunca quis ajudar a mamãe com as rosas que ela plantava. Dizia que ela só as tinha porque a Sra. Foster também tinha e não havia orgulho em passar a vida competindo com pessoas que perdiam tempo com passatempos monótonos. Se bem me lembro.

– Sim, bem lembrado – disse o pai, tomando um gole de café. – Mas isso é diferente.

– Diferente porque é com você? – questionou Caleb.

Ele pensou em como a curta incursão do pai na fabricação de destilados fora julgada inigualável em comparação com outros entusiastas, já que seu gosto para uísque de qualidade era incomparável; ou então seu desejo espontâneo de construir um armário, um processo que ele considerava válido apenas até perceber que não tinha a menor habilidade, momento em que todo o campo da marcenaria de repente se tornara trivial, tão indigno de seu tempo que ele ainda balançava a cabeça ao passar pelos marceneiros na cidade até muitos anos depois.

Caleb cuspiu pelo parapeito e perguntou ao pai se aqueles homens estavam com ele no dia anterior, quando ele chegou. O pai confirmou; disse que o nome deles era Prentiss e Landry e explicou como eles vieram parar na floresta. Eles estavam ficando no celeiro por enquanto.

– Você tem os negros do Sr. Morton sob seu domínio, então.

– Eu não chamaria isso de uma interpretação justa. Eles escolheram ficar aqui.

— Sim, então suponho que ter negros também é diferente quando é com você.

O pai deu um gole no café e engoliu em seco.

— Sinto que você está sendo teimoso sem motivo. E isso é um pouco demais, a esta hora da manhã.

Não tinha sido a primeira vez que o pai reclamara de sua teimosia, e tais palavras foram perdendo o poder com o tempo. Dessa vez, com o humor melhorado pelo retorno à casa, optou por ignorar o comentário. O canto dos pássaros estava ganhando ritmo, e ele reconheceu as mesmas melodias que ouvia desde a infância.

— Eu disse a eles que hoje poderiam fazer o que quisessem — explicou o pai —, pois eu pretendia passar um tempo com você.

— Na verdade, eu queria perguntar se poderia pegar o Ridley. Estou pensando em ir até a cidade.

— Já o entediamos, então.

— Agora está falando como a mamãe. É que há outras pessoas para ver. Voltarei antes do anoitecer. Podemos terminar a galinha juntos.

— Você já é adulto agora — disse George. — Pode fazer o que quiser.

Caleb ficou diante dele, imóvel.

— Não precisa da minha permissão para montar Ridley. Se quer a sela, pode pegar; deve estar ao lado da bolsa com os alimentos.

Caleb deixou o pai na varanda e pegou Ridley no estábulo. O burro tinha mudado tão pouco — as orelhas de coelho se contorcendo, a crina espetada como uma cordilheira irregular que causava estremecimento ao toque — que o tempo de reencontro foi diminuído pela familiaridade do animal. Para o burro, parecia que Caleb não tinha ido embora. Houve pouca cerimônia para a escovação e o cabresto, e depois ele levou Ridley para fora do estábulo e passou pela casa, acenando para a mãe e pegando outro vislumbre de seu pai enquanto ele terminava o café na varanda.

— Diga olá a August por mim — disse o pai. — E quando você voltar, gostaria de ouvir o que realmente aconteceu com seu rosto. Sobre essa tal brincadeira.

Caleb não disse nada e continuou seu caminho. O som dos pássaros ainda se misturava na melodia do ar, e o sol tênue da primavera lançava um brilho dourado à estrada, como um presságio vindo de cima, encorajando-o, sugerindo que o dia diante dele seguiria seu curso.

Haviam aberto sua face com a coronha de um rifle. Ele segurara o rosto com as mãos, mas, por mais que tentasse enxugar o ferimento, não conseguia estancar o sangue escorrendo por seus dedos, molhando o chão. Naquela noite, chorou, não de dor, mas por medo da deformidade, a imagem de si mesmo como outra relíquia mutilada da guerra, uma curiosidade para as crianças. Digna de circo. Mais tarde, como se isso pudesse animá-lo, disseram que o golpe tinha sido uma punição pela deserção. Mesmo não sendo um soldado daquela tropa, a ação em si era digna de punição, independentemente das cores de seu uniforme.

Ele ficou aliviado por não terem atirado no segundo em que projetou a cabeça para fora das trincheiras onde havia se protegido com os outros. A influência do pai de August era forte o suficiente para mantê-los longe das linhas de frente – na verdade, do perigo em geral. E até encontrar aquela fileira de canos estourando tão quente que a fumaça assumia a aparência de um incêndio florestal, ele ainda não tinha visto nenhuma bala voar. Tinha certeza de que haviam enfrentado um ataque em grande escala, do tipo que se tornaria lenda quando voltassem para casa, coisas para contar aos netos. Mais tarde, porém, os de uniforme azul brincariam com seu rosto, o enchendo de bofetadas, rindo enquanto poliam os rifles com as cinzas do fogo e mascavam tabaco.

– Isso – disseram-lhe – é o que chamamos de combate.

Ele não considerou vergonhosa a deserção. Para ele era uma questão meramente pragmática, pois tinha em mente apenas sua sobrevivência, mas sabia como isso seria considerado pelos outros. Seu único arrependimento era ter abandonado August. Havia consolo, entretanto, no fato de que August, dentre os soldados que voltaram, tinha sido o único que testemunhara sua covardia. Mais uma vez, graças ao Sr. Webler, eles foram designados a uma campanha totalmente separada daquela para onde os outros rapazes de Old Ox foram designados. Enquanto tantos perdiam membros e até a vida, ele e August foram enviados para proteger ferrovias, ao longe, passando as noites sem preocupações, fazendo brincadeiras infantis e jogando damas, como se tudo não passasse de um passeio.

Até que a companhia foi para a floresta e se perdeu. Esse tinha sido o erro irreparável, um refrão que ele repetiu para os companheiros com o passar dos dias. Toda a empreitada estava terrivelmente errada, e ele não deveria estar lá, dissera ele. Mas, se imaginava que poderiam liberá-lo, não passava de um pensamento positivo. Sua única sorte fora que, quando se cansaram de suas reclamações, miraram em sua virilha, sem tocar no rosto machucado.

Ridley o carregava agora, e a primeira visão que o saudou em Old Ox foi a de uma velha prostituta se insinuando na calçada para um grupo de cavaleiros. Ela escorregou em um rastro de lama, se recompôs e voltou para o bordel de onde viera, rindo o tempo todo. A cidade havia crescido em sua ausência, e poucos rostos lhe garantiam que era o mesmo lugar do ano anterior.

Uma ou duas pessoas o notaram, mas rapidamente baixaram o olhar, e ele não tinha certeza se era a face machucada ou o fato de ter voltado do túmulo que chamava a atenção para si.

Os soldados da União haviam ocupado várias fachadas e, de seus postos na frente, o olhavam com desconfiança, mais com cansaço do que desprezo. A escola perto da rotatória parecia ser o quartel-general. Uma mulher parecia prestes a brigar com um soldado porque ele não tinha mais rações para fornecer, e Caleb não pôde deixar de se perguntar qual punição seria pior: a sua, por ter sido feito prisioneiro depois de se provar um covarde, ou a daquelas pobres almas, tão longe de casa, rodeadas por tantos que as desprezavam.

Ele desmontou de Ridley. O tráfego começava a diminuir, e os alpendres eram substituídos por casas reais e robustas – o tipo que pode sobreviver a um ou dois temporais –, residências refinadas com telhados inclinados e balanços pendurados nos galhos das árvores do quintal. Os raios do sol inclinado projetavam-se sobre duas garotas ao lado de casa jogando peteca, segurando a raquete com uma mão e o chapéu com a outra. Um menininho, sentado no colo da mãe perto delas, lutava para se desvencilhar de seus braços e ir jogar também. Nas outras casas, com a porta da frente trancada, não havia ninguém. As famílias continuavam a vida como se aquele fosse um dia como outro qualquer, e Caleb se deu conta de que, para eles, era mesmo.

No ponto que parecia ser o limite da cidade, a terra ganhou espaço e se expandiu, com grandes faixas de grama fresca dando lugar a propriedades maiores antes do início de mais bosques. Não havia mais do que dez dessas propriedades ao todo, e os habitantes da cidade denominaram esse conjunto de casas de Rua da Prefeitura.

A casa dos Weblers era a última, com telhado de mansarda inclinado e três andares de aposentos, e arbustos bem cuidados formando uma cerca viva, alta o suficiente para permitir privacidade, mas não tanto para deter visitantes. Da rua, Caleb olhou para o quarto de August, perguntando-se se, como tinha sido o caso em tantas visitas que precederam aquela, o rapaz poderia o estar esperando. No passado, depois de olhar pela janela e acenar, August desaparecia, surgindo em seguida na varanda da frente, para levá-lo para dentro. Mas dessa vez o quarto estava escuro. Ele se virou, como se o que estivesse atrás de si pudesse indicar algum comando do que ele deveria fazer em seguida, mas viu apenas arbustos. Caleb imaginou aquele momento desde que fora libertado pelos soldados da União e voltara para casa. No entanto, ali estava ele, montado em um burro, pingando suor, tão assustado quanto no dia de sua deserção.

A voz na porta da frente o chamando foi surpreendente o suficiente para chamar sua atenção e a de Ridley. Eles olharam para cima ao mesmo tempo, mas logo o burro voltou a pastar, enquanto Caleb era forçado a pensar em uma resposta. Não que isso fosse novo. Ele sempre teve dificuldade de falar na presença de Wade Webler.

— Olá! — foi tudo o que conseguiu dizer, para sua grande consternação.

— Caleb Walker, em carne e osso. August me disse... Minha nossa, ele me disse que você tinha sido morto. Mas não parece ser o caso. Olha você aqui. Parece que está quase derretendo, mesmo neste sol de tarde tão fraco. Você tem muita coisa do seu pai, dá pra ver. Nada de sulista no corpo.

Caleb amarrou Ridley e foi até a varanda. O Sr. Webler usava trajes formais, calças de alfaiataria e casaca, mas a camisa de seda expunha o peito protuberante, com grandes tufos de pelo despontando. Caleb nunca tinha visto o homem tão exposto e não tinha certeza se deveria oferecer um aperto de mão ou deixá-lo voltar para dentro para se recompor.

— Mal posso acreditar no que vejo — disse Webler. — *Mal posso acreditar!*

Os dois trocaram um aperto de mão. Caleb sentia o corpo tão rígido pelo nervosismo que parte dele desejou poder trocar de lugar com Ridley e passar o resto do dia comendo grama sozinho.

— Você está bem? Viu seus pais? Eles devem estar em êxtase.

— Eles estão muito felizes, senhor.

— É uma pena ter retornado apenas hoje. Você perdeu a festa de gala que dei ontem à noite. Foi um grande sucesso, se posso dizer.

O Sr. Webler fez um gesto indicando que entrasse, e Caleb o seguiu. Lá dentro, havia negros de joelhos limpando o chão e meninos e meninas passando pano atrás de armários e divãs onde os mais velhos não alcançavam; os copos ainda estavam sendo recolhidos em bandejas e, embora ele só tivesse tido um vislumbre da sala de jantar, pois em seguida a porta foi fechada, viu uma toalha de mesa manchada de vinho. Depois de ser levado para a sala de estar, Caleb foi forçado a se sentar ao lado de um relógio de pêndulo que badalava em intervalos que ele não conseguia decifrar. O Sr. Webler falava sem parar, como se Caleb tivesse vindo para vê-lo, e Caleb não conseguia pensar em algum meio de escapar da interação sem parecer rude.

— Achei sensato fazer uma espécie de arrecadação de fundos para a causa. Coletamos uma quantia da qual estou muito orgulhoso, que será usada para fazer um bom trabalho neste grande condado. As pessoas aqui, mesmo em tempos de emergência, ainda são tão cristãs quanto podem, e o exército inteiro de Grant poderia ser posicionado nesta cidade que ainda assim preservaríamos nossos valores e nossa herança...

Aquele homem era chamado de trem de carga, pois, quando as palavras ganhavam força, ele mantinha o motor alimentado com tanta bebida e fumo que podia divertir-se até tarde da noite sem repouso. Ele nunca havia se candidatado a um cargo público, mas sempre falava como um xerife e governava a cidade como se fosse o prefeito. Falou do ensopado de frutos do mar, de mulheres dançando enquanto os maridos cochilavam. Na verdade, todo o caso remontava a uma época em que o mundo estava certo e os fez pensar se Old Ox ainda poderia escapar completamente do abraço da União.

— Parece que foi um baile e tanto, senhor.

— Não um *baile*, Caleb. Uma festa de gala.

— Não tenho certeza se sei a diferença.

O Sr. Webler resmungou e Caleb percebeu, pela primeira vez, que ele ainda estava bêbado da noite anterior. O Sr. Webler fez uma pausa para se recompor, o suficiente para fingir um interesse maior por Caleb.

— Deixe isso para lá — disse ele. — Prefiro ouvir sobre você. Eu só sei que você se separou de August. A partir daí, as coisas ficaram... pouco claras.

Aquele era exatamente o tipo de declaração para a qual Caleb deveria estar preparado. No caminho para casa, depois de ter sido libertado pela União, sempre que era questionado por estranhos sobre seu serviço — as batalhas vistas, as labutas sofridas —, Caleb proferia uma linha de grande imprecisão que tendia a silenciar quem quer que colocasse a questão: *Não quero me gabar dos gatilhos que puxei ou dos lugares em que fiz isso.* (O que omitia o fato de que ele não havia puxado gatilho algum.) Mesmo assim, o Sr. Webler se esquivava de sua rotina com tanta facilidade que Caleb sabia ser sensato evitar a conversa desde o início.

— Creio que August tenha dito tudo o que havia para compartilhar.

O Sr. Webler olhou para ele com uma sensação pungente de desgosto ou remorso. Seu bigode eriçou como uma lagarta ao toque.

Ele se inclinou para a adega às suas costas e com certa acrobacia alcançou um decantador.

– Deixe-me contar uma coisa, filho.

Ele começou a se servir tão cuidadosamente de uma bebida que o líquido acompanhou sua história, o cheiro do uísque tão potente e o sabor de suas palavras tão cortantes que a mistura resultante dos dois parecia combustível no ar.

– Eu lutei no México – disse ele – quando August era apenas um bebê. Houve uma expedição em Puebla, antes que víssemos qualquer tiroteio. Quando entramos na cidade, eles já estavam hasteando a nossa bandeira, então passei a noite festejando com os rapazes, como normalmente fazíamos. Mas um daqueles mexicanos, provavelmente tão bêbado quanto eu, esbarrou em nosso acampamento, criando problemas. Eu vi naquela ameaça uma oportunidade de ganhar minhas condecorações. Então o chamei, o desafiei e imediatamente o derrubei no chão. Os rapazes gritavam, e aquele licor de insetos* me fez sentir invencível.

O Sr. Webler recostou-se e suspirou, como se tivesse acabado de desenterrar uma nova interpretação da história que anteriormente o iludira, e Caleb ouviu a performance como um espectador que busca uma reação apropriada – aplaudir, rir ou chorar –, sem saber para onde o homem a estava conduzindo, mas esperando pacientemente que acabasse.

– Eu obtenho um pequeno e bom ângulo, pressiono os dedos em seus olhos e aperto com tanta força que aquelas duas coisas vazam tão suaves e fáceis que você pensaria que eram duas lesmas sob meus polegares. Quando me levanto, estou sorrindo e nem tinha percebido, em todo aquele exercício, que tinha urinado nas calças. Então é claro que digo a eles que foi por causa de todo o esforço que fiz; confesso só para não ter problemas. Mas nem imaginava que, naquela noite, antes de dormir, eu me reviraria na tenda, choraria um pouco *e me urinaria de novo*. Eles nunca souberam dessa segunda vez. Eu mantive tudo escondido na camisola.

As mulheres e as crianças, em silêncio, ainda limpavam incessantemente ao redor dos dois, e o lugar parecia uma prisão. Era como se Caleb

---

* No original, *bug juice*. O licor amargo Campari foi inventado pelo italiano Gaspare Campari entre os anos de 1862 e 1867, e até hoje sua composição, ainda secreta, é a mesma, com mais de 60 ingredientes. Para as ervas, casca de árvore e cascas de frutas, Campari adicionou um corante vermelho natural chamado carmim, que conferiu ao licor sua cor vermelha característica. Essa coloração é obtida do *Dactylopius coccus*, conhecido como cochonilha. Esse inseto, para se defender da predação, produz ácido carmínico, usado na preparação de corante alimentício. (N.E.)

e os outros fossem internos forçados a suportar o discurso de um guarda exibindo seu poder sobre aqueles que estavam a seu cargo. Ele tinha pena daquelas pessoas ali, que haviam suportado o Sr. Webler por tanto tempo e agora trabalhavam por alguns centavos depois de anos de escravidão. Ficou imaginando se, caso ocorresse uma revolta, alguém além da esposa e do filho lamentaria o esmagamento de seu crânio.

– Acredito que lamento aquele dia – continuou. – Não por ter me urinado. Eu não fui o primeiro rapaz de uniforme a fazer isso. Mas porque aquele mexicano não fez nada para merecer minha violência. Não era como se ele tivesse desertado. Ele ainda estava em Puebla. Ainda procurando uma briga. Há honra nisso.

Caleb, por algum tempo, não conseguiu pronunciar uma única palavra. O relógio tocou mais uma vez.

– Parece uma encrenca e tanto, senhor – ele finalmente conseguiu dizer.

O Sr. Webler engoliu seu uísque de uma só vez e ofereceu a Caleb um leve sorriso.

– Tenho certeza de que você pode imaginar.

Nesse momento, a luz acima da escada foi interrompida pela abertura de uma porta que tapava o sol. A sala ficou tão escura e depois tão iluminada quando a porta foi fechada que até o Sr. Webler parou, embora a limpeza do chão continuasse sem parar.

Caleb se levantou.

– E aí está ele – disse Webler.

Quando os passos começaram escada abaixo, o Sr. Webler se levantou e pediu licença.

– Acho que vou deixar vocês dois a sós.

⊱━━━━⊰

August convidou Caleb para cavalgar até o refúgio favorito dos dois, lugar onde passaram grandes períodos da juventude. No caminho, August se desculpou pelo comportamento do pai. (Ele estava acordado, como Caleb tinha adivinhado, desde a festa na noite anterior, e aparentemente a ocupação da União em Old Ox o levara a buscar conselhos com a bebida quase todas as noites.) Mas nenhum dos dois amigos parecia disposto a falar sobre qualquer assunto mais sério.

Caleb perguntou a August sobre o restante do tempo que ele ficara em campo.

— Chato por longos períodos. Enfrentei alguns fugitivos retardatários e tive que apontar minha pistola para eles.
— Aposto que você gostou disso.
— Por um tempo.
Passos na grama. Aquele ruído familiar.
— Posso saber o que o trouxe de volta? – perguntou Caleb.

August ficou em silêncio, um lampejo de sorriso se formando no canto de seus lábios. Perto do fim, contou ele, eles receberam ordens para seguir na direção de Fort Myers, na Flórida. Enfim, uma verdadeira batalha. Infelizmente, no caminho, ele sofreu uma pequena queda encosta abaixo enquanto patrulhava e quase quebrou a perna. Passou uma semana na enfermaria e foi mandado para casa.

Como seu pai, Caleb não conseguiu encontrar nada de errado com a perna do amigo depois de observá-la. Ele não parecia diferente do dia em que deixaram Old Ox juntos, exceto o fato de parecer mais vigoroso.

Caleb sabia, é claro, que August nunca tinha visto um campo de batalha. Seu pai não teria permitido. Mas ele não admitiria isso nunca.
— Nem mesmo está mancando – observou ele.
— Não. Tive sorte.

Em vez de enchê-lo de perguntas, August contou a Caleb como vinha trabalhando para o pai nas últimas semanas, desde que voltara para casa, aprendendo sobre madeira e construção e as propriedades que eles poderiam ter e vender. Ele sempre teve a sensação de que o trabalho do pai não era empolgante o suficiente, mas sua conversa sugeria que ele já tinha tido sua parcela de aventuras, independentemente do quão breve e cheia de regalias tenha sido, e estava pronto para investigar a estagnação da vida cotidiana.

Quando a cidade ficou para trás, eles foram diminuindo a velocidade até parar e amarraram Ridley e o cavalo de August a uma árvore sem folhas. Procuraram uma grande pedra que haviam marcado quando crianças com uma pincelada de tinta branca. Fizeram isso com tanta intensidade que parecia outra oportunidade de se manterem longe um do outro, de evitar até mesmo compartilhar um olhar que pudesse encurtar a distância entre eles. A pedra parecia menor do que quando eram crianças, mas Caleb percebeu a marca desbotada, e eles caminharam além dela, rompendo as árvores e entrando no mato alto. O crepitar e o estalar das ervas daninhas sob os pés eram os únicos ruídos. Por fim, o lago se revelou, com lírios e morugens espalhando-se ao longo das margens de água cristalina.

— Não está diferente — disse August.

O tempo não tinha passado para aquele lugar. Eles nunca tinham visto outra alma ali. Certa vez, avistaram um pato nadando solitariamente, mas ele jamais retornara, e a memória parecia confusa para os dois, perdida em algum lugar entre o real e o imaginário. Caleb sentou-se diante da água e August fez o mesmo, e levou apenas um momento para se virarem e se encararem com seriedade.

Era isso, pensou Caleb. Isso que ele estava esperando. Os olhos de August eram tão infantis, tão azuis de inocência e charme, que ele resistiria ao escrutínio até dos superiores mais cruéis; seus lábios rosados, quase imperceptíveis, sugeriam uma falsa timidez que não afetava seus verdadeiros sentimentos em momento algum. Vê-lo foi um grande alívio, e Caleb se embeveceu tanto que era tarde demais para considerar a própria aparência. Ele desviou o olhar tão timidamente quanto uma garota faria.

— O que fizeram com você? — perguntou August friamente.

— Está tão ruim assim?

— Não exatamente.

Caleb disse que tinha sido espancado. August coçou o pescoço e olhou intensamente para ele antes de se virar novamente.

— Eles te humilharam?

— Creio que sim, mas a culpa por ter deixado você foi tão ruim quanto, ou pior.

August não disse mais nada, e o coração de Caleb acelerou com a reticência do amigo. Ele sempre se sentiu mais confortável recebendo orientações, e desde o dia em que ele e August se conheceram, quando meninos, Caleb encontrou em August alguém que poderia seguir, alguém cujos *hobbies* poderia adotar, cujos pensamentos poderia tornar seus. Era o caminho mais simples para o prazer. Mas se o arranjo oferecia a ele uma estrutura e um propósito prontos, era também uma fraqueza que, nesse caso, quando a instrução sobre o que ele deveria fazer ou pensar estava sendo negada, era usada contra ele. August conduzia a conversa tão lentamente que Caleb sentiu grande angústia, e também medo, pois se August jamais lhe desse uma chance de confrontar suas ações, eles jamais poderiam se reconciliar, e se eles não se reconciliassem...

— Sinto muito — disse Caleb. — Do fundo do meu coração. Tenho pensado sobre o que fiz, todos os dias desde então, e pensarei todos os dias até morrer. Fui lá para estar ao seu lado, e mesmo isso não consegui fazer. Eu não perderia um minuto de sono com a ideia de outro homem me chamar de traidor, mas não posso suportar que você pense uma coisa dessas a meu respeito. Perdoe-me. Por favor. Isso é tudo o que peço.

Ele não conseguia chorar. Não naquele momento, com tudo dito. Mas podia sentir as lágrimas prestes a cair.

August tinha dobrado as pernas até o peito, e sua postura fazia Caleb lembrar o velho August, o menino August; relembrava as noites em que vinham àquele lugar e se deitavam de costas no chão, pontilhando as estrelas com os dedos, confiando que seu olhar os levava até elas. Eram momentos que pareciam tão atemporais quanto o próprio lugar.

Mas isso tinha sido naquele tempo.

Caleb sentiu um toque no rosto e, de repente, uma mão agarrando seu queixo. August trouxe Caleb tão perto que quase tocou o nariz no dele; mantinham os olhos fixos um no outro, e logo analisavam o rosto um do outro tão de perto que Caleb se sentiu entregue ao amigo, como se esperasse uma ordem. Então August lhe deu um tapa, tão forte que tudo escureceu por um momento. Fagulhas brilhantes turvaram sua vista. Ele piscou, e então o mundo voltou, a aparência de August, os lábios contraídos, as bochechas vermelhas de fúria.

— Depois de tudo — disse ele —, você saiu do meu lado.

— Não precisa me dizer! Eu sei. Se eu pudesse voltar atrás...

Caleb suspirou, frustrado. Ele não conseguia obter o perdão dos outros como August; não era tão encantador.

— É tão difícil assim? — prosseguiu ele. — Apenas dizer as palavras? Deixar para lá?

— *Deixar para lá?*

August levantou a mão novamente, mas, antes de desferir o golpe, Caleb o conteve. Não foi um ato de defesa, e sim a erupção de tudo o que carregara naqueles longos dias enquanto voltava para casa, as ponderações reprimidas e o tormento obsessivo de seu arrependimento. Enquanto se lançava sobre August e o segurava no chão, o amigo lutava inutilmente contra ele.

— Me perdoe, me perdoe, me perdoe — Caleb continuou repetindo, e se tornou tão patético que depois de um tempo August parou de resistir e relaxou o corpo, e a raiva se transformou em pena.

Mas quando Caleb diminuiu a pressão, August conseguiu sair de baixo dele e inverter a posição. Com um olhar vago, prendeu-o na grama, com seu peso intenso e definitivo. Ele pressionou a garganta de Caleb.

— Terminou?

O aperto ficou mais firme, e Caleb resistiu por apenas um momento antes de assentir. August o soltou, desabando na grama ao lado do amigo, ambos exaustos demais para fazer qualquer coisa além de respirar, arfantes, os mosquitos sobrevoando-os. Era dessa mesma maneira que eles lidavam com as questões quando crianças, e parecia certo começar a consertar suas diferenças voltando-se para o passado, resolvendo tudo com punhos, tapas e grunhidos – punição básica, o mais antigo dos remédios.

– Você contou ao seu pai, não foi? – disse Caleb, ainda recuperando o fôlego. – Sobre o que eu fiz.

– Eu pensei que você estivesse morto.

– Gostaria que você não tivesse contado. – Caleb se apoiou nos cotovelos. – E para o meu pai?

– Só que você foi abatido. Honrosamente.

Deitado de costas, August olhava para o céu, os cabelos loiros longos o suficiente para esconder seus olhos.

Com isso confirmado, para seu alívio, Caleb examinou a lista mental de assuntos sobre os quais desejava falar, mas estava muito disperso para colocá-los em ordem. Nada de novo. Mesmo na escola, anos antes, dificilmente houve uma noite em que ele não tivesse elaborado uma sequência interminável de tópicos para compartilhar com August; passava longas horas inquieto não apenas pela distância que os separava, mas também pela ansiedade de esquecer alguma coisa. Na manhã seguinte, se encontrariam na aula, e Caleb seria forçado a agir com calma, para esconder o fluxo irresistível de conversa que aguardava a aprovação, a reprovação, a empolgação ou o desinteresse do amigo. No entanto, o maior prazer vinha sempre que August se dirigia a ele primeiro. "Estive pensando em algo esta noite", diria ele, com tamanha autoconfiança que Caleb, atormentado por querer dizer as mesmas palavras, ficava com ciúmes – uma emoção que, no entanto, não correspondia à sua felicidade por ambos estarem pensando um no outro e pelo fato de cada um ser a primeira válvula de escape do outro para tudo o que vinha à mente. Deitado ali à beira do lago, Caleb achou melhor, agora mais do que nunca, não parecer excessivamente zeloso; ele discutia as coisas simples e desenvolvia o assunto lentamente, casualmente.

Mas foi August quem falou primeiro.

– Não imagino que meu pai tenha contado para você... quando estava lhe dando uma bronca.

Na pausa que se seguiu, Caleb sentiu que viria algo que ele não quereria ouvir.

— Por que ele deu a festa de gala? Quero dizer, por que ele estava tão feliz?

— Ele levantou dinheiro — disse Caleb. — Isso geralmente traz felicidade a ele.

— Sim, mas apenas parcialmente — respondeu August.

Era verdade que seu pai havia recebido os contratos para a obra de reconstrução, e o dinheiro arrecadado seria destinado a essa causa, mas não era por isso que ele estava comemorando.

— Continue — disse Caleb.

— Foi um anúncio. Ele queria compartilhar a notícia com toda a cidade, para que eu não pudesse fugir disso. Um estratagema bastante cruel, de fato.

— August.

— Eles escolheram para mim aquela garota, Natasha. A filha dos Beddenfelds.

August sorria com certa diversão desinteressada, como se estivesse contando uma piada.

— Como assim? — disse Caleb, incrédulo. — Vocês...?

— Ela é uma boa moça. Um pouco chata, mas isso tornará a vida mais fácil. Tinha que ser alguém, suponho. Eu me convenci disso.

Caleb arqueou as costas, seu corpo ficou tenso contra sua vontade. Ele não tinha o direito, é claro, de considerar aquilo uma traição; pensar que o amigo estava de alguma forma se vingando dele por sua transgressão. Ele ergueu a mão, como se estivesse segurando uma taça de champanhe, e fingiu um sorriso.

— A você e à nova Sra. Webler.

August não parava de sorrir.

— Você é louco.

— Por favor. Acabei de lhe dar minha bênção.

— Não precisa fingir.

Mas isso tinha sido o que ele fizera durante toda a relação dos dois, sempre que lhe era solicitado. Cada gesto de amor de August era apenas um precursor do distanciamento, da frieza, que viria a seguir, e Caleb teria que fingir que o beijo, o toque, nunca aconteceram. Cada apagamento era como um hematoma, e cada um doía igualmente. Foi por isso que, quando eles finalmente consumaram seus sentimentos, naquele mesmo lago, apenas algumas semanas antes de August se alistar, Caleb decidiu ir com o amigo. A parte tola de seu cérebro, a mesma que o fizera amar August, acreditou que isso os aproximaria. O motivo principal, talvez, e ainda mais estúpido, era o temor do que poderia acontecer se August ficasse na presença de outros soldados sem ele. Imaginá-lo construindo laços que poderiam muito bem fazê-lo esquecer os deles era uma impossibilidade. Não, ele tinha que ir. Ele tinha que seguir seu amor. Não foi nenhuma surpresa quando August se aproximou dos outros rapazes, construindo amizades e ignorando Caleb como se ele fosse seu irmão mais novo, achando melhor deixá-lo na tenda enquanto os outros saíam para fumar ou conversar sobre as garotas da cidade de onde vinham. Tampouco era uma surpresa saber que ele se casaria com Natasha Beddenfeld. A única coisa que ele podia fazer era agir como se estivesse tudo bem. Fingir, como sempre fazia quando sofria a crueldade de August, que seu mundo não estava desmoronando, que seu coração não estava partido.

Caleb se sentou. As árvores, havia pouco tempo ainda lustrosas com o ouro do sol, tinham embotado, seu resplendor extinguido pelo impetuoso céu noturno.

— Talvez devêssemos ir — falou ele. — Eu disse a meu pai que jantaria com ele.

Ficaram de pé juntos. A paisagem estava imóvel, o lago diante deles, uma poça de tinta escura. Bateram a grama da roupa, limpando as manchas de lama.

— Não precisa se preocupar — disse August. — Isso não muda nada.

Mais uma vez, ele colocou a mão no queixo de Caleb, o polegar no lábio inferior. Dessa vez, não apertou seu rosto. Havia ternura. Não falou mais nada, simplesmente o soltou e dirigiu-se de volta para casa.

Capítulo 9

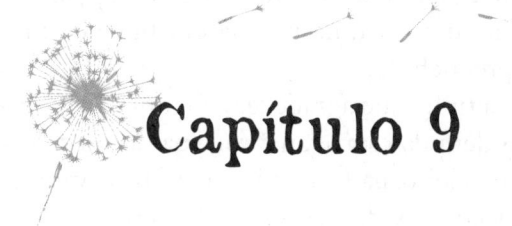

Ela estava sozinha. Da forma como deveria ser. A conclusão veio lentamente a Isabelle, surgindo como um receio, o indício de uma ideia que permaneceu após a morte de Caleb. Seu primeiro pensamento, com o retorno do filho, foi que aquelas inclinações desapareceriam. Em vez disso, haviam se fortalecido com o tempo, e agora ela estava a par de uma perspectiva de vida que antes poderia tê-la dominado: uma existência de liberdade sem compromissos. A compreensão tomou sua consciência como uma espécie de despertar, uma manifestação espiritual, então assumiu uma forma, nas partes de si mesma que ela descartou. As roupas pretas de viúva foram as primeiras a sumir, relegadas ao fundo do armário sem pensar duas vezes, mesmo antes de ela saber que Caleb havia de fato sobrevivido. Em seguida, seus projetos, aquelas obrigações de pouco significado: o gorro de lã roxo que ela estava tricotando de repente pareceu uma perda de linha e tempo, e sua caixa de trabalho desapareceu debaixo da cama e não foi vista desde então; ela deixou suas rosas abandonadas no meio do desabrochar, esquecendo-se por algumas semanas inclusive de regá-las, até que as pétalas murcharam e caíram, cadáveres ao longo do caminho à vista de todos.

No início, essa inatividade era uma vergonha pulsante. Ela sentiu seu antigo eu, o eu zeloso e produtivo, bater em sua consciência, implorando para ser admitido de volta em sua vida. Mas esse sentimento passou, e o que tomou seu lugar foi algo semelhante ao êxtase. Sentar-se na varanda com Mildred não era o adiamento de outra tarefa, e sim uma maneira de passar o dia. A limpeza da cozinha podia esperar até o dia seguinte; tirar o pó do escritório de George poderia esperar uma vida inteira. Houve períodos em que ela nem tomou banho. Uma vida sem movimento, sem expectativas, era o segredo que ela guardava do mundo exterior, pois ninguém mais compreendia o grande prazer no abandono, em desistir e recomeçar com uma página em branco, uma página que poderia nunca ser preenchida.

Sinceramente, ela tinha que agradecer a George. Ele se aventurou primeiro, alterando a ordem da casa, e ancorou sua dor nos dois rapazes que agora viviam em seu celeiro, na terra em que trabalhavam juntos. Depois disso, ela teve de encarar a vida sozinha, enfrentá-la novamente todas as manhãs ao acordar e continuar sem saber aonde a jornada a levaria, se é que a levaria a algum lugar.

Ainda houve momentos de dúvida. Quando Silas voltou, a galope em seu cavalo em um véu de poeira, a perturbação em seu semblante ao ver a aparência desgrenhada dela e os entornos malcuidados ao redor da cabana foi semelhante apenas à confusão de um instante depois, ao ver Caleb.

— Suponho que tenha recebido o telegrama — disse ela. — Felizmente, Caleb está vivo e bem.

— Isso está óbvio — respondeu, sem fôlego. — Um segundo telegrama com notícias atualizadas teria sido bem-vindo.

Com exceção de sua tez, agora de um bronze enlameado, transformada pelo sol da Flórida, ele era quase uma duplicata do irmão que Isabelle conhecera por toda a vida — o garoto de cabelo loiro e calças largas que costumava lhe fazer companhia nos longos dias de infância. Ele tinha mantido as terras do pai após sua morte, trabalhado nelas, e começara novos projetos nos anos mais recentes, então não tinha muito tempo para dar atenção à irmã.

Ele desceu do cavalo e foi até ela na varanda, recusando sua oferta de chá e lançando um olhar severo a Caleb, que estava sem jeito diante da porta, com as mãos nos bolsos.

— Então você está bem?

— Tanto quanto possível — disse Caleb.

— O que houve com seu nariz?

— Só um arranhão.

— Pelo pouco que vi, muitas coisas assim aconteceram com todos.

Caleb deixou a mãe a sós com Silas na primeira oportunidade. Havia tanto para conversarem que era difícil começar. Agora que não tinham mais que discutir sobre a morte de Caleb, nenhum assunto mais trivial parecia digno de uma conversa inspiradora. O silêncio pesou sobre eles e foi aliviado apenas quando ela perguntou por sua esposa, Lillian.

— Ela está ótima.

— E os meninos?

— Muito bem. Acredito que um dia serão algo na vida. Ambos gostam da escola. Quincy gosta de barcos a vapor. Consigo imaginá-lo como engenheiro.

Embora Silas nunca tivesse se importado com George, um fosso que só se aprofundou com o passar dos anos, na presença de Isabelle ele sempre ficava exultante, o que permitia conversas animadas. No entanto, havia se passado mais de um ano desde que ela o vira pela última vez, e agora eles, de certa forma, pareciam ter perdido a conexão um com o outro. Seu irmão, seu parente mais próximo, lhe era agora um completo estranho.

Ela o convidou para ficar para o jantar, mas ele se levantou em objeção, dizendo que não poderia. Como tudo estava bem, ele seguiria seu caminho. Silas girou a aba do chapéu na mão, sacudindo-o e agarrando-o, assim como o pai fazia para omitir o nervosismo. A ação a fez hesitar: ali estava o garoto que havia herdado toda a estrutura de outro homem – enquanto ela tentava se reinventar sem orientação ou assistência. Como tinha sido fácil para Silas. No entanto, ela estava orgulhosa do irmão, até mesmo aliviada por sua segurança.

Antes que ele se fosse, ela colocou a mão em seu ombro.

— Silas. Talvez eu tenha que recorrer a você algum dia.

O rosto dele se contraiu de preocupação.

Não era sua intenção preocupar o irmão, e ela confessou que não tinha certeza do que queria dizer.

— É que... Bem, hoje em dia, nunca se sabe.

— Estou a apenas um dia de viagem a cavalo daqui – disse ele. – Se precisar de alguma coisa, pode me procurar.

Satisfeita, ela soltou seu ombro e o observou se afastar, ponderando, mais uma vez, o quanto dois irmãos poderiam se distanciar sem nunca perder o vínculo que os unia. Pensou em chamá-lo e agradecer por ele ter vindo, mas percebeu, contendo-se, que, com um irmão como o dela, tal demonstração de gratidão nunca seria necessária. Ele simplesmente seguiria em frente, ignorando totalmente suas palavras.

Os dias que se seguiram foram tranquilos. Fiel à sua palavra, Caleb geralmente ficava em casa e comia ou se sentava com ela. Porém, como o tio, ele parecia ter ocultado parte de si mesmo e tendia a manter distância, indiferente como a maioria dos homens, na experiência dela, costumava ser. O rosto deformado do filho a enfraquecia se ela o observasse por muito tempo. A pele delicada e pálida desde o nascimento, o nariz, os olhos e a boca delicados demais para aquele rapaz. Quando ele partira, no ano anterior, Isabelle tinha certeza de que o filho, cujo corpo era frágil e fraco para o ambiente de guerra, seria mais propenso a se machucar do que os outros rapazes. A cicatriz traçava uma linha entre a bochecha e o nariz, separando-os como se fossem dois compartimentos, e o nariz tinha se curvado, como se perseguisse um cheiro que não podia capturar.

Recordações. Essas constantes recordações. Do tempo perdido, de relações desgastadas. Ela estava resignada com tudo, mas se recusou a deixar o filho residir no centro daquela dor. Nos momentos em que ele ficava distante, ela o cutucava, certa de que alguma atividade, qualquer atividade, era melhor do que nenhuma.

— Seu pai precisará de toda a ajuda que você puder lhe dar — sugeriu ela.
— Ele já tem ajuda.
— Tenho certeza de que ele ficaria feliz em ter mais, é o que quero dizer.

Caleb retirava os ovos dos ninhos no galinheiro, ou banhava Ridley, demorando-se com um olhar distante para o campo adiante. George não era receptivo com o filho, não mais do que com qualquer outra pessoa. Sua vida agora excluía a família, e estava tudo bem para ela, mas tal tratamento não poderia se estender a Caleb. Ela faria de tudo para que isso não acontecesse.

— Ele poderia pagar você por isso — disse ela. — Você poderia trabalhar com ele quando tivesse tempo.

Eles estavam sentados à mesa da sala de jantar. Conversavam sobre trivialidades e liam quando o assunto se esgotava. Era início de abril, e o clima estava ameno, com períodos abafados aliviados por ventos suaves, mas a extensão dos dias, talvez devido ao caráter apático que a vida havia assumido, parecia trabalhosa.

— E você sugere que eu vá oferecer a ele minha ajuda? — disse Caleb.
— Seria tão terrível assim?
— Eu consideraria a questão, se o pedido viesse dele. Mas nunca sem ele me pedir. Não quero mais discutir sobre isso.

Ele se abanou teatralmente com o jornal e desapareceu escada acima.

Naquela noite, enquanto George se preparava para dormir, Isabelle sugeriu ao marido que fosse conversar com Caleb e pedisse sua ajuda.

— Achei que ele ainda estivesse convalescendo — disse George, tirando as botas.

Ela disse que não e que seria bom para ele ter alguma ocupação.

George falou com o filho na manhã seguinte.

Caleb olhou para o pai, depois para a mãe, entendendo o que tinha acontecido, e assentiu, levantando os ombros.

– Se vocês precisam de ajuda.

– Estamos indo bem, mas... – O olhar de Isabelle o fez interromper a frase. – Sim – disse ele. – Acredito que precisamos.

※

Até então, Isabelle não tinha visitado as terras desmatadas para o cultivo, principalmente por desinteresse, mas agora que Caleb ia para lá todas as manhãs, passou a ter certa curiosidade pela atividade. Ela estava havia mais de uma semana sem receber visitas, nem mesmo uma carta de Mildred, quando calçou as botas e saiu pela porta dos fundos. Sentiu imediatamente o sol e se moveu rapidamente, como se quisesse ultrapassá-lo. Apesar da grande extensão, a terra nua onde antes havia uma floresta era visível o suficiente, e o sol lançava uma dourada capa fluida sobre o campo. A princípio, ela não conseguiu discernir sinal algum de vida humana. Protegeu os olhos com a mão, para conseguir um momento de adaptação, e a fazenda apareceu de repente à distância, com o espanto de um milagre. Não era o escopo da operação – Old Ox tinha muitas fazendas com o dobro, se não o triplo, do tamanho –, mas o fato de que essa tinha nascido do nada. Sua mera existência era semelhante a uma maravilha do mundo se materializando em seu próprio quintal.

Sulcos, como as linhas cuidadosamente desenhadas de uma caneta-tinteiro, estendiam-se em direção à borda da floresta. Eram férteis, de cor marrom-café, e exuberantes em comparação ao solo a seus pés. Ela podia ver os quatro homens agora. Cada um agarrado a uma enxada, com um sulco para lavrar por conta própria, e nenhum deles falava, priorizando o trabalho. Eles não estavam abaixo dela, mas de alguma forma pareciam estar, como se a terra estivesse escondida em um vale sob a sombra de duas colinas paralelas, seguras e à distância de um braço do restante do mundo.

Ela podia distinguir George, podia sentir os vigorosos golpes de sua enxada, a forma gentil que ele baixava a ferramenta e a erguia novamente, tomando precauções para revirar cada pedacinho de solo, cada golpe delicado, porém firme. O vento a atingiu então, e ela estremeceu como uma corda de harpa puxada, os dedos dos pés se apertando nas botas por causa do frio momentâneo. Não conseguia se livrar da sensação de estar testemunhando algo íntimo e percebeu que aquele não era um lugar para um observador; não era lugar para ela. Deu meia-volta, foi andando na direção da cabana e decidiu que não retornaria ao campo.

Essa promessa foi mantida por apenas um dia, mas não foi quebrada pelo desejo de Isabelle. Na tarde seguinte, enquanto ela estava deitada em frente à casa sobre um cobertor, aproveitando o sol temperado, visitantes a cavalo apareceram ao longe. Eram Ted Morton e seu braço direito, Gail Cooley, ambos diminuindo a velocidade conforme se aproximavam. Não desmontaram até que as sombras dos cavalos se projetassem sobre ela, e o sol desaparecesse por trás deles.

– Sra. Walker – disse Ted.

Ela se sentou e cumprimentou os homens.

– Estou procurando seu marido – continuou. – É urgente.

Conhecendo George e suas opiniões sobre Ted Morton, ela achava difícil imaginar que os dois homens pudessem compartilhar uma única preocupação, quanto mais alguma urgência. Mas ela estava bem ciente do assunto em comum que os unia e poderia supor o que trouxera o vizinho até ali.

– Ele está muito ocupado hoje – disse ela. – Posso dizer a ele que você esteve aqui.

– Eu sei que ele está ocupado. Eu conheço o caminho.

– Ted.

Ted e Gail seguiram para além da cabana em trote lento. Isabelle os acompanhou, tentando, sem sucesso, persuadi-los a voltar. Quando chegaram ao campo, os quatro homens estavam sem camisa, até mesmo George, que era rotundo como uma criança inocente, o estômago balançando a cada golpe da enxada. Ele parecia tão confuso com a visão de Isabelle quanto com a presença de Ted e Gail. Parou de trabalhar quando os visitantes desceram dos cavalos, e Caleb e os irmãos fizeram o mesmo.

– George! – chamou Ted. – Creio que você tem algumas explicações para dar.

Ele olhou para Prentiss e Landry, depois novamente para George.

– Sobre o quê? – perguntou George.

– Você não tem o direito de se fazer de bobo, George.

Houve um silêncio pesado, e essa seria a última indignidade que Ted poderia suportar.

– Pare com isso. Nós dois sabemos que esses garotos são minha propriedade!

O anúncio foi alto o suficiente para causar um movimento na floresta à beira do campo.

— Me enganando bem debaixo do meu nariz, a alguns quilômetros de minha própria casa, onde criei esses garotos desde o berço. Podemos não nos dar bem, mas você é melhor do que isso. Meu Deus, você sabe que esses dois me roubaram? Não apenas esses dois, todos eles. As chaleiras, a roupa de cama e todas as outras malditas coisas que lhes provi. Estoques inteiros destruídos da noite para o dia.

Os irmãos desviaram os olhos, e George deu um passo à frente.

— Acalme-se, Ted.

— Não!

Ele estava vermelho após seu ataque de fúria e arfava como se tivesse sido atingido e precisasse conter as lágrimas.

— Sua caridade não é diferente da minha. Eu os tratei da melhor maneira que pude. Você pode até enganar as pessoas daqui até o Mississipi com essa sua língua, mas isso não o torna melhor do que o restante de nós. O pouco que eu tenho eu consegui por meus próprios méritos, e você se mete e pega o que é meu, como o seu pai, que pegou tudo o que quis nesta maldita cidade. Estamos falando do meu meio de vida. Posso não corresponder ao seu padrão, mas sou boa gente. Gail também.

George, apoiando a barriga no cabo da enxada, parecia exausto sob o olhar do sol, mas ainda tranquilo.

— Eles são homens, e não garotos. E são donos de si. Se você pedisse a eles que voltassem, eu não os impediria.

Ted enxugou a saliva. Parecia angustiado por ter que enfrentar Prentiss e Landry e, a princípio, só conseguia apontar o dedo na direção deles. Finalmente se virou, e seus olhos encontraram os deles.

— Eu pus um teto sobre suas cabeças. Eu lhes dei comida e roupa. É vergonhoso vocês terem ido embora.

Landry, ombros acima dos demais, bocejou, impassível.

O campo ficou em silêncio.

— Ossos — disse Prentiss. — O sinhô nos alimentou com ossos. E o telhado pingava toda vez que chovia. Era o mesmo que dormir do lado de fora. E não tem uma alma naquela terra criada em um berço, tirando os seus parentes. Minha mãe me criou nos braços dela, eu e o Landry.

Ted olhou para George, depois para Caleb, como se esperasse que Prentiss fosse punido por aquele rompante, aquela insolência. Havia algo desconexo nele, Isabelle pensou, a angústia de alguém rejeitado.

— Por que não deixamos isso para outro dia? — sugeriu Gail. — Eles não vão a lugar algum.

— Isso, escute o Sr. Cooley — disse Isabelle com ternura, pensando, talvez, que a suavidade de uma mulher, embora falsa, poderia estancar sua raiva. — Isso não é nada que não possa ser resolvido no futuro. Ninguém precisa se machucar hoje. Você não gostaria que eu testemunhasse algo assim, não é?

As narinas de Ted se dilataram como as de um animal exausto. Ele se virou e montou no cavalo. Gail fez o mesmo.

— Já que estamos sendo honestos — disse Ted a George —, é bom você saber que isso aqui está tudo errado. Eu não sou agricultor de amendoim, mas até eu sei que se planta num canteiro elevado pelo menos o dobro do que você tem aqui, e não no chão, perto do sulco. Se eu puder dar um palpite, diria que sua semente não produzirá nada.

George enfiou o pé no chão.

— Agradeço a preocupação, Ted, mas, não me leve a mal, eu apreciaria ainda mais se você não voltasse aqui sem avisar. Não é de bom tom.

Parecia que um trovão estava prestes a irromper dentro de Ted, e Isabelle ficou surpresa por ele não ter se quebrado em pedaços bem diante de seus olhos. Ele conseguiu se recompor.

— Passar bem — despediu-se.

Dispararam a galope e deixaram grandes torrões de solo revirados em seu rastro. Uma nuvem de poeira se formou e lentamente voltou ao solo.

Quando eles se foram, George se virou para Prentiss, em tom brando.

— Isso é verdade? Eu nunca teria pensado em tal coisa, elevar os canteiros.

Prentiss ainda observava os homens partirem e não conseguiu elaborar uma resposta.

— Eles vão voltar — disse Caleb.

— Não devemos nos importar com Ted — retrucou George com desdém. — Há muito tempo que noto que ele sofre de alguma anomalia do cérebro, e isso só prova minhas suspeitas. Balançando os braços como se estivesse liderando uma orquestra. Realmente não convém a ele ficar tão irritado.

— Ele vai voltar — reforçou Caleb. — Pode esperar.

Ignorando o filho, George se virou para Isabelle.

— Espero que não tenham alarmado você também.

— Não. A mim, não.

— Bom. Bom. O que você acha da fazenda?

— Não sei, George — disse ela. — É impressionante.

Satisfeito com isso, ele agradeceu e ergueu a enxada, baixando-a novamente.

— E, se vale a pena dizer, acredito que Ted esteja errado. Dê um pouco de amor a essas plantas, alimente-as adequadamente, e elas crescerão muito bem.

Ele nem reparou que era o único trabalhando. Todos os outros ficaram parados no lugar, como se estivessem congelados pelo que havia acontecido.

Tinha sido bravura o que George havia mostrado? Ou apenas sua ingenuidade típica? Isabelle não saberia dizer, o que por si só fornecia mais um vislumbre de uma das maiores questões de sua vida: se ela sabia como o marido funcionava. Conscientemente ou não, na frente da família ele enfrentou aqueles homens sem a menor demonstração de medo ou hesitação, com a voz tão confiante como quando descrevia uma receita para ela, ou contava uma de suas piadas favoritas. Ele não se exaltou, mas foi o mais próximo disso que ela já tinha visto ele demonstrar, e isso a fascinou.

Ela girou um botão dourado no vestido. Estava usando sua melhor roupa de domingo, embora fosse quarta-feira, e havia recrutado Caleb para acompanhá-la de carruagem até a casa dos Beddenfelds. Mildred havia enviado um convite para uma reunião noturna, uma celebração de Natasha, a filha de Sarah, que se casaria com August Webler. Seria sua primeira ocasião social desde antes de ela e George pensarem que Caleb estava morto, a primeira aparição na cidade em que ela teria que fingir estar alegre e ser gentil.

Não foi por acaso que o convite lhe fora enviado. No auge da guerra, os Beddenfelds abrigaram um general confederado, um dos parentes de Sarah, e sua presença na mesa de jantar exigia algum luxo. Acontece que os Beddenfelds tinham vendido seus melhores talheres – o preço de manter as aparências nos outros aspectos. E quem melhor do que Isabelle – no campo, afastada da sociedade civilizada, uma mulher que não se metia em muitas fofocas e com pouco interesse em espalhá-las – para emprestar as porcelanas? Ela havia atendido ao pedido dos Beddenfelds e, desde então, como retribuição, Sarah desejava incluir Isabelle em todos os eventos que promovia em sua casa, incluindo aquele.

— Você parece nervosa – comentou Caleb.

Ele estava segurando as rédeas, seus olhos treinados não nela, mas na estrada. Os dois ficavam bem menos tempo juntos desde que ele começara a ajudar o pai no campo, e ela apreciava ainda mais os momentos com o filho.

Isabelle ainda se lembrava com frequência das cartas mandadas durante seu tempo na guerra. Pequenas notas, na verdade. *Estou bem. Caleb.* Ou *Ainda aqui. Seu filho.* Era típico dele cumprir seus deveres como filho, mas com o mínimo de esforço. Ela gostava de receber as cartas, e as mantinha em sua cômoda, para lê-las sempre que sentia a pontada de sua ausência. Agora, com ele de volta, cada conversa parecia uma daquelas cartas, para ser apreciada e guardada dentro de si. Mesmo a mais trivial troca de palavras lhe trazia felicidade.

– De jeito nenhum – disse ela. – Tudo já é passado. Elas nem vão se lembrar.

– As galinhas cacarejantes – brincou ele.

Esse era o termo dela para as mulheres com *pedigree* na cidade, e ele também o adotou desde cedo.

– Sim, gritando no galinheiro, bicando-se entre si.

Ele sorriu e continuou olhando para a frente, e não para ela.

– O pai fala muito de você, sabe. Quando estamos no campo.

– E eu estou lidando muito bem, como você viu.

– É o mesmo que acontece com os livros que ele lê. Ele pensa demais, até a última palavra, encontrando símbolos onde não há.

– É da natureza dele.

– Exatamente. Ele pensou que Ted a havia incomodado.

– Ted ainda censura seu pai por não ser amigo dele. O homem se curvaria aos pés de George se ele apenas lhe desse a mais leve demonstração de respeito. Ele deveria estar mais preocupado com Prentiss. O rapaz parecia prestes a fugir.

– Eu acho que ele tinha razão para isso. Nunca vi esse tipo de raiva surgir em Ted.

– Havia algo de desesperado nele – concordou Isabelle.

Eles se aproximavam de Old Ox. Ela enrijeceu, preparando-se para o que a esperava na festa. Lee havia se rendido apenas uma semana antes, e o momento não poderia ter sido pior para uma celebração; no entanto, se as galinhas tinham habilidade para alguma coisa, era fechar os olhos para a realidade e existir em um devaneio coletivo em que casamentos e romances eram as únicas coisas dignas de discussão. A Virgínia estava a um mundo de distância, então por que a decisão do General Lee deveria atrasar o dia especial de Natasha?

Caleb se recostou no assento.

– Para ser bem honesto, não sei bem por que meu pai teve um posicionamento tão rígido. A lealdade dele para com aqueles dois... Eles são realmente de grande ajuda, mas não tenho certeza se vale a pena a aflição. Nenhum outro homem no condado está disposto a pagar o salário que ele paga, e alguns nem pagam. Está se tornando o assunto da cidade. As pessoas dizem coisas cruéis nas costas dele.

O vestido estava meio apertado, a costura áspera a incomodando nas costas. Ela partira havia menos de meia hora e já sentia falta de sua cadeira de balanço na varanda da frente e da solidão da cabana, da distância do mundo, daquele espaço só seu. Nisso, além de tantas outras coisas, ela e George eram iguais, mesmo que nem sempre estivessem dispostos a reconhecer tal semelhança um no outro.

— É raro seu pai encontrar companheiros de viagem. Aqueles dois rapazes são forasteiros. Eles o entendem. E seu pai a eles.

— Não tenho certeza se compreensão significa tanto assim — disse Caleb.

— Não sei se entendi.

— *Você* o entende como ninguém mais entenderia. No entanto, vocês dois conversam menos do que dois colegiais que não se dão. É irritante.

— Sim. Bem...

Ela fechou os olhos, ignorando o gemido de um porco enjaulado, o tilintar do martelo atingindo a bigorna. Sons de excessos, vícios não de ordem religiosa, mas de ordem humana, os ruídos da sociedade afastando o desespero com a rotina.

— Não é tão simples quanto você imagina. Seu pai e eu... fizemos sacrifícios, não um pelo outro, mas pelo tipo de vida que buscávamos. Diante da alternativa. Do que está ao nosso redor.

Ela piscou, incomodada com as sombras rajadas da cidade. O barulho foi cessando, e logo eles tinham atravessado tudo. O tempo se desenrolou em sincronia com o tamborilar dos passos de Ridley, e nenhum dos dois perturbou o feitiço lançado por seu silêncio. Quando finalmente chegaram à casa dos Beddenfelds, ela desceu da carruagem com apenas um breve adeus.

※

As flores ao redor da casa pareciam ter sido colocadas indiscriminadamente, sua presença explicada não por qualquer senso de gosto, mas por uma preferência geral pela extravagância. Um tapete espalhafatoso estampado com desenhos parecendo uma caligrafia ilegível serpenteava pelo saguão de entrada.

As mulheres, seis ao todo, estavam sentadas na sala. Pelo menos, Mildred estava entre elas. Pararam quando Isabelle chegou. Agindo maternalmente, todas foram cumprimentá-la, arrastando as caudas dos vestidos, exceto Mildred, e a bajularam como se ela fosse um cachorrinho trazido do frio.

— Pensei que você não apareceria! — disse Sarah Beddenfeld.

— Você está simplesmente deslumbrante — elogiou Margaret Webler, passando a mão no vestido de Isabelle, o mesmo modelo que ela provavelmente descartara anos atrás.

A pele do rosto de Margaret parecia afilada por anos de sorrisos, e as sobrancelhas, do mesmo tom carmesim do cabelo, tinham sido desenhadas tão recentemente que Isabelle suspeitou que borrariam ao toque.

— Minhas desculpas se me atrasei — disse Isabelle. — A viagem demorou mais do que eu esperava.

Uma mentira, a primeira de muitas que viriam. Elas se sentaram à mesa de jantar de madeira polida, um centro de mesa de renda com pontas caindo de cada extremidade. Havia uma tigela no centro, tão transbordante de frutas que a mesa parecia ter sido posta para um banquete romano, ou era uma natureza-morta. Isabelle mentiu sobre a beleza da decoração e depois sobre a salada com alface flácida mergulhada em vinagre.

— Você é a inveja da cidade — disse Martha Bloom a Sarah, sentada à cabeceira da mesa. — Que mãe não desejaria tal noivado? August Webler está destinado a grandes coisas, assim como seu pai. Disso tenho certeza. Certeza absoluta.

— Você notou — disse Katrina em um sussurro — como às vezes até os cavalheiros da cidade ficam quietos quando ele aparece?

A irmã de Natasha, Anne, que não tocara no prato, fez que sim com a cabeça, vigorosamente. O aceno, Isabelle arriscou, era sintoma de ser a mais jovem presente, um sinal da necessidade de aprovação das mais velhas, mas a frequência do gesto foi aumentando, a ponto de surgir um orvalho de suor na concavidade do pescoço dela, e restava saber se ela aguentaria a noite sem que sua cabeça rolasse com o esforço e caísse de cara no prato.

— A pobre garota precisa relaxar para não desmaiar.

Era Mildred falando ao ouvido de Isabelle. Graças a Deus, sua amiga se sentara imediatamente à sua direita.

— Sim! — concordou Isabelle, ainda mais baixo, grata por ter suas observações mais sombrias compartilhadas. — Vai ser preciso trazer o vinho mais cedo, só para acalmar os nervos dela.

— Não acredito que você não tomou uma taça antes de vir! É etiqueta se garantir com uma taça, ou duas, antes de qualquer aparição em tal companhia.

Isabelle riu com vontade, e o restante das mulheres à mesa voltaram o olhar para ela. Foi uma indiscrição lamentável.

Ela enxugou a boca com o guardanapo e retomou a conversa dissimulada.

— Bem, Natasha certamente tem sorte de ter a mão de August — disse ela —, mas não vamos esquecer as qualidades da própria Natasha. Caleb teria sorte se encontrasse uma jovem tão encantadora.

— Você é muito lisonjeira! — comentou Sarah. — Ela pode ter seu charme, mas sabemos o quão sortuda ela é e não poderíamos estar mais animadas. Caleb e August são amigos, não?

— Melhores amigos, eu diria — acrescentou Mildred.

— Então, eu não ficaria surpresa se ele fosse um dos padrinhos de casamento — disse Sarah. — Isso seria maravilhoso.

— Seria uma honra para ele, tenho certeza — concordou Isabelle.

— Eu prometo que você terá um bom lugar na cerimônia — afirmou Sarah. — Para poder ver seu filho de perto enquanto ele estiver ao lado de August.

— Tenho certeza de que ficarei satisfeita em qualquer lugar que você me arranje.

Pelo canto do olho, Isabelle percebeu um sutil brilho na expressão de Mildred, como se a amiga reconhecesse a intenção, as notas falsas que soavam verdadeiras para todos, exceto para ela. Mas essa capacidade de alcançar seu interior e extrair os fragmentos sobressalentes de um antigo eu que ainda não tinham sido desmontados era mais desanimadora para Isabelle agora do que no passado. Talvez aquelas mulheres tivessem os mesmos sentimentos que ela, mas eram mais fortes, capazes de armazenar os pensamentos que não eram práticos e continuar como se não existissem. Ou talvez elas fossem simplesmente tão vazias quanto pareciam ser.

Foi servida uma sopa de cebola, uma película de caldo borbulhando na superfície. Ela reconheceu imediatamente sua porcelana: o padrão de salgueiro esvoaçante, os redemoinhos de azul continuando na borda das tigelas e se derramando até os pires abaixo.

— Espero que George também possa estar presente — comentou Sarah. — Ele é uma pessoa tão agradável e... singular.

Isabelle percebeu todos os olhares trocados pela mesa.

— Para uma ocasião como essa — disse ela —, tenho certeza de que ele reservará um tempo.

— Você deve nos contar — continuou Sarah casualmente — se o que dizem é verdade. George realmente iniciou algum tipo de plantação própria por lá? Algum meio alternativo de manter escravos? Ele sempre foi contra a maré, seria bem típico dele.

— Não foi o que fiquei sabendo — disse Margaret. — Embora o que eu tenha ouvido por aí não deva ser repetido.

Martha, do canto, perdida em sua ignorância, parecia confusa.

— Isso é novidade para mim. *Escravos*? Certamente não tenho autoridade para falar sobre mercadorias, mas esse tipo de propriedade neste clima... Bem, parece um mau investimento.

Foi uma piada, para a própria confusão de Martha, e uma rodada de risos soou ao redor da mesa.

Isabelle abriu a boca, mas sua voz falhou. Ela se virou para Mildred, em busca de ajuda, mas sua aliada estava ocupada olhando pela janela, em demonstração de neutralidade. Katrina não ajudaria em nada. Embora tivessem um bom relacionamento, não eram amigas.

— Ele começou a cultivar, só isso — disse por fim Isabelle.

— Isso é tudo? — perguntou Sarah. — Não vejo como os rumores começaram, então. Com tantas notícias sendo divulgadas, juro que as mais estranhas especulações surgiram nesta cidade. A maior parte é falsa. Não vamos falar mais sobre isso.

Isabelle cambaleou, depois se sentou ereta. Então era isso. Um acerto de contas inesperado. Pois, nas palavras passageiras, houve uma declaração, embora fugaz, contra o nome de George, contra sua família. Independentemente do que ela pensasse de George, de suas decisões, ela não se encolheria diante delas enquanto o caráter de seu marido era julgado.

— Ele tem alguns rapazes o ajudando — contou ela. — Vou deixar isso bem claro. *Homens*, devo dizer. Homens livres. É isso.

O ambiente ficou tão silencioso que era possível ouvir os barulhos na cozinha.

Então Margaret ajeitou o vestido e pousou a colher.

— Portanto, é verdade o que dizem. Convivendo com eles? Tratando-os como seu próprio povo. Nossa.

Ela ergueu a sobrancelha, então pegou uma colher de sopa, mas parou o talher diante dos lábios quando Isabelle se levantou.

— Peço licença, pois devo me retirar — disse Isabelle. — Minhas desculpas, Sarah.

— Algo errado?

— Não. Nada errado.

Sarah ficou em pé, por sua vez, as pernas de sua cadeira amontoando-se no tapete atrás de si.

— Oh, eu não deveria ter dito nada. Apenas quis envolver você na conversa, Isabelle. Mas não foi o que pareceu. Percebo agora. Perdoe-me se falei algo inapropriado. Margaret também.

— Eu não perdoo ninguém — disse Isabelle.

Uma onda percorreu a sala. Havia tantos olhos fixos na mesa que parecia que todas as mulheres presentes estavam suspensas em oração.

— Eu não estimo ninguém aqui — continuou Isabelle — que dê atenção a rumores cruéis e mentiras descaradas. Ou que falam dos outros pelas costas. Agora, ouçam bem. Meu marido é um homem bom. Um homem decente. E ele não fez nada, desde o dia em que entrou na minha vida, senão seguir suas paixões, por mais remotas ou estranhas que fossem, e sempre às claras, sem se importar com quem fosse pensar que ele é diferente. Mas nada do que ele fez foi com má intenção. Essas frivolidades de caráter estão abaixo dele. Alguém aqui pode dizer o mesmo de si própria? Certamente não. Mas eu admiro aqueles que, como ele, podem. Agora, me deem licença.

De todas as mulheres presentes, Anne, com os lábios trêmulos, foi a única que acreditou ser seu dever falar.

— Você não pode estar falando sério, Sra. Walker.

— Anne, você é uma criança. Nada do que eu disse a envolve. Mas eu confirmo cada palavra que disse.

Ela alisou o vestido e empurrou a cadeira, preparando-se para sair, mas se conteve. Então pegou o pires embaixo do prato de sopa e se virou novamente para Sarah, segurando-o como um pregador empunha uma bíblia.

— E esta *minha* porcelana, eu gostaria que fosse devolvida o mais breve possível. O conjunto completo.

Ela segurou o pires contra o peito como uma forma de proteção e o carregou consigo até a porta da frente, onde recusou a ajuda de um mordomo e tirou ela mesma o sobretudo do armário.

— Eu conheço a saída — disse.

A noite já estava caindo sobre Old Ox, e as sombras das árvores eram longas o suficiente para se arrastarem pelo caminho de forma agourenta. A pressa que ela sentia no momento da partida começou a diminuir, pois percebia agora o quão frio havia ficado e quão sozinha estava. Ela havia avançado apenas alguns passos além da Rua da Prefeitura quando o trote constante de um cavalo, o rangido de rodas de carruagem, seguiram atrás dela. Ela não olhou, temendo ser algum estranho envolto na escuridão, mas a voz atraiu seu olhar para cima.

– Suba. Você precisa ir para casa antes que cause mais estragos esta noite. Mildred Foster, rédeas nas mãos.

– Você deixou a festa por minha causa.

– Achei melhor vir encontrar você.

Isabelle agradeceu e entendeu que havia um pouco mais além disso. Embora ainda acreditasse em cada palavra que dissera na festa, ela sabia que o episódio alimentaria as chamas das fofocas de Old Ox por muitos anos. Por enquanto, o silêncio parecia a melhor opção. Para deixar as coisas se abrandarem.

Elas estavam na metade do caminho para a cabana quando Mildred emitiu um pequeno ruído, o início de uma risada. Isabelle balançou a cabeça e se juntou à risada. Em pouco tempo, as duas estavam gargalhando, ofegantes, e riram tanto que assustaram o cavalo.

– Meu Deus, a cara que elas fizeram! – disse Mildred.

– O que eu fui fazer? – ponderou Isabelle, enxugando as lágrimas dos olhos.

– Querida, você deu um espetáculo maravilhoso. Embora eu não acredite que receberá um convite de casamento afinal.

– Valeu a pena. Cada segundo.

– Nisso nós concordamos.

Demorou quase toda a viagem de volta para elas recuperarem a compostura. Àquela altura, já estava totalmente escuro. A fumaça da chaminé, e a visão da cabana, e tudo o que veio com aquela cena foram o suficiente para trazer Isabelle de volta à beira das lágrimas.

– Obrigada, Mildred. Nem é preciso dizer, mas não pensei em você durante meu discurso. Eu aprecio nossa amizade. Mais do que qualquer outra que eu tenha.

– Claro. Agora, vá. Descanse um pouco, querida – orientou Mildred.

Ela agarrou a mão de Isabelle e a ajudou a descer da carruagem.

– Se aceita um conselho de alguém experiente – disse ela –, não faça com que a odeiem subitamente. Vá devagar. No momento em que seu desagrado for exposto, elas estarão tão acostumadas com o seu desgosto que relutarão em dizer qualquer coisa.

— Talvez seja tarde demais para mim — respondeu Isabelle —, mas, assim como tudo o que aprendi com sua sabedoria, não me esquecerei de seu conselho. Boa noite, Mildred.

Ela nunca tinha ficado tão feliz por estar em casa. Quando entrou na cabana, o cheiro da madeira fresca na fornalha era calmante o suficiente para deixá-la sonolenta. Mas qualquer pensamento sobre descanso foi interrompido quando viu os olhos fixos nela. George, de avental, com a frigideira na mão, colocava comida em um prato estendido por Caleb. Ao lado de Caleb estavam Prentiss e Landry, ambos já servidos.

— Isabelle — disse George. — Pensei que você fosse demorar mais.

— Sim. Bem, terminou cedo.

— Olá, mãe — cumprimentou Caleb, sem tirar os olhos do prato.

— Estava ficando um pouco frio lá fora — explicou George. — Pensei em convidar Prentiss e Landry para jantar.

— Se a sinhora quiser, a gente sai. Sem problema — ofereceu Prentiss.

Isabelle caminhou até a mesa, mas não disse nada. Caleb já havia começado a comer. Houve um tempo em que todos oravam juntos. Houve um tempo em que esse tipo de cerimônia era importante. Ela percebeu que aqueles dias dos Walkers haviam ficado para trás. A mesa de jantar era agora uma variedade de corpos danificados reunidos para ganhar o sustento. Isso não a incomodava mais, e essa epifania por si só a teria incomodado no passado, mas agora não mais.

— Há outra cadeira? — perguntou.

Prentiss se levantou e fez um gesto em direção à sua.

— Sente-se — disse Isabelle. — Agradeço de verdade, mas não estou com humor para boas maneiras. Não agora. Se você puder, apenas me trate como trata George e Caleb. Como se eu não fosse diferente. Caleb, por que não vai pegar a cadeira no escritório do seu pai?

Caleb largou o garfo e fez o que a mãe pedira enquanto Prentiss retomou seu lugar.

— Pedi a Caleb que passasse no açougueiro a caminho de casa — disse George. — Assei vitela, com uma boa quantidade de cebolas fritas. Não é o seu prato favorito, eu sei. Eu teria mudado a receita se soubesse que você voltaria tão cedo.

— Parece ótimo — respondeu ela. — Melhor do que qualquer coisa que eu pudesse escolher.

Depois de servir a si mesmo e a Isabelle, George se sentou. Todos comeram vorazmente e trocaram poucas palavras.

Seu marido parecia estar preocupado com o que ela pensava a seu respeito, como Caleb havia sugerido. O próprio Caleb foi sufocado pelo silêncio de seus pais; e os irmãos, bem, ela os ouvia falar tão raramente que não esperava uma única palavra deles. O surpreendente foi Prentiss iniciar a conversa.

– George contou da festa – disse ele. – Espero que a sinhora tenha se divertido.

Ela ergueu os olhos. Havia sentado tão rapidamente que se esquecera de tirar o sobretudo. Desamarrou-o e o deixou cair sobre a grade da cadeira. Com um momento para respirar, ela percebeu que estava cheia. De forma satisfatória.

– Não vale a pena contar – disse ela. – Só posso dizer que a companhia aqui é mais agradável. Muito mais agradável.

Capítulo 10

Um emaranhado de relâmpagos no céu e o estrondo repentino de trovões desencadearam uma forte chuva que durou dias e dias. Então o sol voltou, enxugando a umidade dos campos. Logo as estradas vazias foram repovoadas com homens vestindo sobretudos, conduzindo cavalos em torno de poças e parando intermitentemente para liberar as carroças da lama que as prendia. George pouco se importava com o tempo. Embarcou para Old Ox preparado para enfrentar o que quer que aparecesse em seu caminho com nada além do macacão e o chapéu macio de feltro, com as barras da calça enfiadas nas botas, para mantê-las limpas.

Pretendia encontrar Ezra, cujo convite ele teria, provavelmente, recusado, se não tivesse ficado trancado por tantos dias, entediado com a familiaridade de casa, sem nem mesmo ter a chance de caminhar pela floresta. Tentou passar mais tempo com o filho, mas Caleb não se sentia mais ligado a ele, então, quando não estavam no campo, o rapaz passava seu tempo com a mãe ou escondido no quarto. Durante o período de chuva, ele ficava o tempo todo lá, trancado, fazendo Deus sabe o que, grandes atos monásticos de solidão que poderiam durar horas.

Quando o temporal ficou feio, George foi ao celeiro verificar se estava tudo bem com Prentiss e Landry, mas o telhado estava remendado e era tão resistente quanto no dia em que seu pai o construíra. Eles também tinham sua própria comida, comprada na cidade ou amealhada na floresta. Quando voltou uma segunda vez, e uma terceira, eles o olharam como se ele fosse um intruso, mas abrandaram a voz enquanto erguiam os olhos dos estrados onde jogavam cartas ou da lanterna, junto da qual compartilhavam seus segredos. O celeiro não era mais dele, e sim dos irmãos, e ele se sentia indesejado.

Muitas vezes, tinha a mesma sensação em sua própria casa, na presença de Isabelle: de que o espaço, embora compartilhado, havia sido isolado, com linhas invisíveis, demarcando quem pertencia a cada parte. Eles se falavam mais do que antes, desde a noite em que ela se juntou à mesa com ele, Caleb e os irmãos, mas a frente fria que os mantinha separados estava demorando para se dissipar, e, enquanto isso, ele andava em volta dela como uma criança que, à noite, na ponta dos pés, tenta não acordar a mãe.

Esses eram os pensamentos que pesavam sobre ele quando, certa noite, partira a contragosto para encontrar Ezra em Old Ox. As estradas ainda estavam um lamaçal, e ele pisava na lama macia como se fosse areia movediça puxando-o para baixo, mas a folhagem era ousada o suficiente para se passar por arte, e a floresta exalava o aroma agradável de folhas molhadas, de modo que toda a caminhada parecia tão revigorante que ele teria considerado sua chegada à cidade atividade suficiente para dar meia-volta e ir para casa se não tivesse nenhuma obrigação a cumprir.

A visão dos poucos moradores de rua por ali era deprimente. Estavam molhados como se a chuva ainda caísse sobre eles, e como George não viu nenhuma daquelas barracas, agora tão proeminentes, nas idas recentes, entendeu que os outros haviam encontrado refúgio em algum lugar seco, ou então voltado para as fazendas de onde vieram, resignados com o pouco trabalho que puderam encontrar. O curtume em frente à Taverna do Palácio colocara uma placa semanas atrás, advertindo: PROIBIDO SEM-TETO, DESOCUPADOS OU MENDIGOS NA FRENTE DA LOJA, e o aviso, desde a última viagem de George à cidade, recebera um adendo, um pedaço de papel sob a inscrição original: ...OU ATRÁS, OU AO LADO. No entanto, sob seus beirais, ao longo do outro lado do prédio, as sombras dos corpos se deslocavam e se afastavam, ruídos desamparados que poderiam muito bem ser as declarações finais dos moribundos.

Ele não era alheio à miséria que ficava a poucos passos da praça pública, meio escondida atrás de edifícios que os habitantes da cidade frequentavam todos os dias, mas desejava enfrentar essa realidade tanto quanto o restante de seus concidadãos – ou seja, não enfrentando –, e foi assim que, ao passar pelas portas da Taverna do Palácio, a vergonha o golpeou. Nesse ponto, houve algum alívio na visão de tantos jovens barulhentos, no cheiro acre de bebida, no odor de suor e no barulho do piano.

O fato de tantos rapazes estarem em casa (muitos ainda de cinza e claramente prontos para celebrar a liberdade, apesar da derrota) o surpreendeu, mas o verdadeiro choque foi a coleção de soldados da União agrupados perto da porta, sem uma única bebida na mão, totalmente ignorados por todos os outros. George mal havia processado a imagem quando sentiu alguém tocar seu ombro. Quando se virou, viu um homem baixo e gordo que foi rápido em se apresentar, com uma mão tão frouxa que quase escorregou da de George ao cumprimentá-lo.

– Brigadeiro-general Arnold Glass – disse o homem. – E você é George Walker. Muito prazer.

O homem tinha cabelos ralos e oleosos repartidos ao meio e aquele estilo particular de bigode rijo e desgrenhado que apontava para tão longe de seu rosto que parecia prestes a atacar os transeuntes. Ele parecia ter a idade de George e estava igualmente envelhecido pelo tempo, embora mais gracioso nos movimentos.

– Nosso querido líder – respondeu George. – Uma honra conhecê-lo.

– Você tem o humor seco que me garantiram que teria – disse Glass com um sorriso.

– Eu diria que você deve ter sua própria peculiaridade por ter vindo a este bar, mesmo sabendo que está entre homens... não muito afeiçoados ao senhor.

O sorriso de Glass não se dissipou, e George o reconheceu como o de um estadista, enervante em sua perpetuação, guardando algo calculado.

– Não diria que compartilho de suas preocupações – retrucou o general. – Dei rações às mães deles, vesti seus irmãos mais novos e esta noite desejo apenas mostrar-lhes minha boa vontade, pagando uma rodada de bebidas.

Ele ergueu uma sobrancelha, como um jovem patife escondendo um segredo.

– Claro, não faz mal que, ao fazer isso, eu tenha a oportunidade de registrar os indivíduos que podem ser mais *turbulentos* quando reabsorvidos pela comunidade. Caso surjam problemas em uma data posterior.

– Muito astuto – disse George. – Espero que seu rifle esteja à mão assim que a bebida fizer efeito.

– Na verdade, eu estava de saída – afirmou Glass, com aparente apreço pela réplica de George. – Mas, já que nos encontramos, adoraria pedir-lhe um favor pessoalmente, algo que me pouparia um telegrama.

– Eu tenho planos, mas, se for rápido, tudo bem.

Glass se endireitou, e George não pôde deixar de olhar para baixo, para verificar se o homem havia tentado parecer mais alto ficando na ponta dos pés (ele não o fizera). O general informou a George que gos-

A doçura da água • 111

taria de formar uma espécie de conselho municipal e havia falado sobre o assunto a Wade Webler em várias ocasiões.

— Permita-me interrompê-lo — disse George. — Eu não quero nada que tenha a ver com aquele homem. Alguém que se organiza com seus comparsas para um baile, enquanto outros não podem pagar nem por um saco de farinha? Que exibição horrível.

— Acredito que tenha sido uma festa de gala, para ser justo.

— Qual seria a diferença?

— Eu... bem... Ele me garantiu que promoveu uma. Embora não faça diferença alguma. Segundo todos os relatos, o homem agiu certo com Old Ox, arrecadando dinheiro para esta cidade. E, o mais importante, ele acredita profundamente nos esforços de reconstrução.

— Estou confuso, general. Você não sabe de que lado ele está?

A missão de Glass, explicou o general, era manter a paz. Por isso, se necessário, a política tinha que ser deixada de lado. Em sua opinião, um conselho formado pelos indivíduos mais estimados de Old Ox, unidos como um só, significaria um estatuto claro, que ajudaria a cidade a preservar sua unanimidade e renovar sua grandiosidade.

Enquanto o general falava, um fluxo de cerveja serpenteava sob o pé de George como um córrego ao longo da floresta.

— Grandiosidade? — disse ele. — Há homens livres espalhados pelo campo tendo que mendigar, pedir emprestado e roubar, enquanto você distribui rações para aqueles que cuspiriam em cada um deles se tivessem a chance.

Não, não havia grandeza naquela cidade, disse ele, nenhuma unidade de propósito. Pelo menos não com a União. Era tudo exatamente a mesma divisão que havia conduzido o lugar, com o restante do sul, à ruína.

— Sr. Walker, esses homens de quem você fala foram libertos pelas minhas mãos. E o custo é a restituição para as pessoas desta comunidade que perderam todo o seu estilo de vida. Isso não é injusto. Na verdade, pensando bem, é bastante justo.

— Dadas as mesmas informações, general, você e eu chegamos a conclusões bem distintas.

Glass, em uma demonstração de leve exasperação, sussurrou para George em uma inflexão completamente diferente do tom anterior, como se falar em confiança pudesse exercer um efeito encantador.

— Tive a impressão de que metade desta cidade já foi propriedade de seu pai. Creio que você gostaria de se sair bem com o legado dele, não? Vamos trabalhar juntos. Vamos ajudar os menos afortunados.

George teria recuado se já não estivesse encostado ao balcão.

— O que quer que meu pai tenha realizado não exige que eu trabalhe com gente como Wade Webler — disse ele. — Ele o enganou muito bem se você acha que ele tem qualquer outro desejo além de capitalizar sobre o declínio desta cidade.

— Entendo. Bem, se você puder reconsiderar.

— Permita-me esclarecer. Prefiro me deitar em um chiqueiro e deixar as feras me atacarem do que participar de seu conselho. Além disso, já tenho o suficiente na minha fazenda. Agora, preciso ir.

Mas foi Glass quem fez menção de ir embora. Ele ainda sorria e simplesmente estendeu a mão novamente.

— Então não temos mais negócios entre nós — disse ele, com uma simpatia inabalável. — Uma ótima noite para você, Sr. Walker.

— Para você também — respondeu George.

Os soldados da União seguiram seu líder porta afora, e George, em vez de sair, pediu um copo de uísque para se acalmar. Somente quando terminou o primeiro copo e segurava o segundo, virou-se para olhar para Ezra, sentado no segundo andar, na mesa em que habitualmente ficava, a única com algum charme, um sólido tampo de carvalho desbotado por anos de uso e bebida derramada. Ninguém o incomodava, a menos que fosse convidado, e ele parecia perdido em seu próprio mundo até que George se aproximou. Ele vestia roupas de trabalho, ainda usando seu chapéu derby. Diante dele, um banquete: um pernil de carneiro suculento, um único pêssego cozido e aspargos, que, colocados juntos, tinham a aparência de ossos de dedinhos infantis.

George perguntou se ele estava se divertindo.

— Aqui há entretenimento excelente para qualquer espectador apaixonado da humanidade.

— Seu passatempo favorito — disse George, sentando-se.

— Se não for meu único passatempo. Vi que você foi apresentado a Arnold Glass.

— Infelizmente. Ele quer que eu me junte a algum tipo de comitê ridículo.

— Ouvi algo a respeito.

— Bem, eu recusei, com certo preconceito, para dizer o mínimo.

— Assim como eu, embora talvez por razões diferentes. Para ser honesto, me tornei insensível aos que buscam favores.

Ezra pegou o pernil, examinando-o como a um diamante que precisasse de classificação.

— Não há uma alma nesta cidade, incluindo o general Glass, que não tenha me pedido uma coisa ou outra. Basta olhar para esses tipos lamentáveis. De volta do fronte e já implorando por um empréstimo, mendigando nas esquinas, apenas para esbanjar aqui o pouco que têm, todas as noites envenenando-se com sujeira. Contando suas insípidas histórias de guerra para qualquer um e reclamando dos negros que de alguma forma roubaram seus empregos. Como se fossem trabalhar pelo salário de um negro. Como se fossem sequer trabalhar. Uma cidade inteira chafurdando na própria tristeza. Patético.

Suas bochechas carnudas ondulavam enquanto ele engolia, os lábios brilhando com a gordura do carneiro.

— Sabe — disse George —, quando me olho no espelho pela manhã, vejo um velho desgraçado me olhando de volta. Mesmo assim, me consolo quando olho para você, por ver quanto progresso ainda tenho para fazer nesse mesmo caminho.

Ezra riu um pouco de boca cheia, então se conteve, e seu sorriso desapareceu.

— Você acha que tenho prazer em compartilhar meus pensamentos sombrios sobre a humanidade. — Ele lambeu os dedos até as juntas e os enxugou com o guardanapo. — Mas, para alguém acostumado com perdas, alguém que aceita sua inevitabilidade, o único recurso é buscar a alegria nos corredores mais sombrios da vida, mesmo quando a calamidade está se abatendo sobre os outros. Existe uma expressão para isso. *A alegria da tristeza. A tristeza de outro homem.*

— Não sei se desejo conhecê-la — disse George, e tomou um gole do uísque.

— Melhor assim. Eu não chamei você aqui para discutir essas coisas sem importância.

— Não foi para isso? Achei que estávamos aqui para nos divertir, nos alegrar.

— Talvez haja outros tópicos mais dignos de nossa conversa.

— Permita-me adivinhar — disse George. — Você deseja pedir mais um pedaço das minhas terras, ou que eu lhe pague minhas dívidas. Eu ousaria dizer que ambos os assuntos estão entrelaçados.

— Deus, não. Mas não podemos fazer companhia um ao outro sem a necessidade de tagarelar sobre bobagens triviais? Ora, acusar-me de tentar me apropriar de suas terras em todas as oportunidades. Acho isso ofensivo, de verdade.

Ezra completou o copo de cerveja que estava pela metade.

— Eu só estava brincando — murmurou George.

— Meu único objetivo, se quer saber, é lutar contra a solidão.

Agora Ezra devia estar brincando, pensou George, mas o amigo continuou em tom brando e sério.

— Minha esposa é tão familiar que muitas vezes se confunde com a estrutura de nossa casa. Uma lâmpada pode chamar tanto a atenção quanto ela ao longo do dia. E os meninos já saíram de casa.

— Mas você é bastante respeitado, Ezra. Recebe visitantes o dia todo, eu os vejo em seu escritório sempre que estou na cidade.

— São negócios. Antes de você vir aqui, eu estava sozinho. E quando você partir, ficarei sozinho novamente. Matando o tempo antes de ir embora dormir.

George não percebeu o que havia acontecido com o velho amigo do pai, pois ele não parecia diferente do que era desde sua infância. No entanto, parte de Ezra, pelo menos na bebida, esmoreceu como algo enfermo, débil. George levou um momento para perceber que aquela fraqueza podia simplesmente ser decorrente da idade. Ele viu então o que aconteceria com o velho, sua papada afrouxando ainda mais até que não fosse diferente das dobras de um cachorro, mesmo enquanto seu excesso de peso fosse diminuindo. Logo ele seria removido para uma cama, no canto mais distante de sua casa na Rua da Prefeitura, e seguiria o caminho de Benjamin, o pai de George, e não muitos anos depois, George temia, ele próprio tomaria o lugar de Ezra do outro lado da mesa, comendo com a gula de quem sabe que pode ser sua última refeição.

— Não é possível fugir disso — disse Ezra, como se tivesse lido a mente de George. — É como as coisas se dão. Nós envelhecemos. E precisamos ser honestos diante dessa verdade.

— Se você está sugerindo que a morte me preocupa mais do que a qualquer outro homem, eu diria que está errado. — George se afundou de volta na cadeira.

— Não tenho certeza se estou.

Nenhum deles falou enquanto Ezra comia. A confusão perto do bar havia diminuído e, no relativo silêncio, as cartas sendo embaralhadas nas mesas abaixo soavam como a agitação ondulante de pássaros voando.

Finalmente o osso do carneiro ficou limpo, e Ezra relaxou.

– Os negros – disse ele. – Deixe-os ir.

Ali estava. O motivo do convite para a conversa era aquele. George sentiu necessidade de outro uísque.

– Você também, não – respondeu ele.

– O George que eu conhecia não se importava com outros homens, muito menos com escravos libertos. Só posso deduzir que a velhice o levou à filantropia. Para consertar tudo o que está errado em seu coração. Mas você está se expondo publicamente, e está ficando feio.

– Achei que sua intenção não era *tagarelar sobre bobagens triviais*.

Ezra se inclinou para a frente.

– Não confunda a presença desses soldados com alguma certeza de segurança. Esta cidade não é tão tranquila quanto parece. Esses homens foram humilhados na guerra e agora estão inquietos. E isso está piorando cada vez mais por causa das suas indiscrições.

– Eu que estou inquieto, sentado aqui com você.

– George, há homens que precisam desses ordenados. Agora que voltaram da guerra, com pouco mais do que alguns ferimentos na bagagem. Homens como Caleb.

– Não coloque o meu filho nessa conversa. Eu não fiz nenhuma declaração por meio de minhas decisões. Os irmãos trabalham arduamente, não causam problemas, são bons companheiros e bons trabalhadores.

O rosto de Ezra endureceu.

– Simplesmente não dá para ter aqueles dois entrando na cidade para barganhar por roupas novas, com os bolsos cheios de notas enquanto passam na rua por homens brancos implorando por algumas moedas. Ao menos reduza o pagamento deles. Os outros proprietários criaram diretrizes perfeitamente razoáveis sobre como lidar com tais circunstâncias.

– Pare por aí. Não vou contrair dívidas com pessoas honestas e fazê-las ganhar seus salários como se fossem escravas novamente. Não estou dizendo que eles merecem jantar um leitão assado todas as noites, mas devem ter um pouco de decência, Ezra.

Ezra fez uma pausa, como se estivesse se recompondo.

– Está claro que terei que dizer isso mais diretamente, porque você é tão teimoso quanto seu pai. Você não percebe que, embora algumas vozes tenham sido suprimidas em Old Ox, elas não foram totalmente dissipadas? Existem certos indivíduos, aqueles menos inclinados a conversas amigáveis, como você ou eu, que deixaram claro, no fundo de suas lojas, nos becos à noite, até neste mesmo bar, que não vão tolerar o que você está fazendo. Homens frustrados. O que os torna homens imprudentes. Não posso expressar o quão problemático isso pode se tornar não apenas para a sua fazenda, mas para o seu bem-estar. O bem-estar da sua família.

Ele colocou a mão na mesa diante de George e estendeu a palma, em um sutil gesto de apontar para o espaço abaixo deles. E agora George não entendia como pôde não ter percebido algo tão óbvio. Os olhares superficiais. As caras fechadas de homens que ele não conhecia, olhando para cima antes de retornar a seus copos vazios.

— Você não me trouxe aqui pela companhia — disse George. — E sim para me dar um alerta.

Poucos minutos antes, Ezra parecia oprimido pela idade, desgastado pelo tempo. Mas ele não tinha ficado fraco, George percebeu. Na verdade, era o oposto: era George quem murchava da mesma maneira que ele interiormente havia atribuído a Ezra.

— Eu o trouxe aqui como um ato de bondade — explicou Ezra. — Para que saiba que todos estão enlouquecidos.

— Chega — disse George. — Vou embora.

Ele empurrou a cadeira para trás e se levantou, então colocou as pontas dos dedos sobre a mesa em um momento de tontura, sentindo de repente o efeito da bebida.

— Essa fala sobre sua solidão era verdade? Ou foi apenas parte do seu estratagema?

Ezra segurou a língua por um momento, diante do prato vazio.

— Não conheço nenhum homem feliz que venha aqui sozinho — disse ele.

Isso era tudo o que ele precisava ouvir.

— Por favor, cuide-se, Ezra. E tenha certeza de que farei o mesmo por mim e pelos meus. Vou passar para vê-lo no escritório em alguns dias. Não por pena ou para ver se está bem, mas simplesmente porque gosto de você. Até lá.

George se afastou do amigo com a sensação de que havia conseguido evitar uma armadilha. O andar de baixo do bar ainda estava tão lotado que precisou andar de lado para passar pelas pessoas. Ele abriu caminho sem dizer uma palavra, atento a cada passo, escondendo-se sob o estrondo da conversa, perdido no calor dos corpos comprimidos. Não sabia se os olhos estavam sobre ele, mas agora suava e ansiava por chegar à porta da taverna, para poder escapar daquele lugar e não voltar nunca mais.

Mas não seria assim tão fácil.

— Você é George Walker, não é?

Ele teria continuado em direção à porta se a voz não viesse de tão perto, o suficiente para parecer que as próprias palavras o alcançaram e o agarraram. Ele se virou e viu um jovem cercado por outros compatriotas de sua idade.

— Sou.

— Não é adorável? O papai de Caleb.

Ele foi pego de surpresa por um nome que não esperava ouvir.

— Você o conhece?

— Com certeza. Dê um recado àquele cara, sim?

O rapaz olhou para os amigos e então deu um soco em George com toda a força de seu punho.

— Diga a ele que é isso o que traidores recebem por aqui. E pode dar o mesmo recado para os seus negros, já que vocês são tão caridosos e gentis naquela sua fazenda lá, não é?

O garoto ergueu o punho, e George se encolheu, recuando com as mãos sobre o rosto em sinal de rendição.

— Não! — gritou.

— Olhem só que medroso! — disse o rapaz. — Deve ser de família, hein?

Estavam todos rindo. E George não passava de uma criança assustada.

Seu impulso foi voltar até onde Ezra estava, embora sua humilhação não pudesse ser pior, mesmo que o velho já tivesse testemunhado sua depreciação.

O rapaz o agarrou pelo colarinho e o empurrou para a frente.

— Agora, aprenda a apanhar como um homem — disse ele, baixando o punho.

Mas sua ação foi contida por alguém, um homem com o dobro da largura do rapaz, que agarrou o pulso do agressor e o torceu como se fosse um talo de aipo, fácil de partir ao meio. Era o filho de Mildred Foster, embora George não tivesse ideia de qual deles seria, pois todos pareciam iguais.

— Minha mãe se dá muito bem com a Sra. Walker — disse ele. — Acho que ela não ficaria feliz em saber que você pôs a mão no marido da amiga dela.

Ele largou o pulso do rapaz, que caiu para trás, xingando baixinho.

— Não estou querendo dizer nada com isso, Charlie — disse ele.

Charlie acenou com a cabeça para George sem um traço de sorriso e saiu do caminho.

– Charlie – disse George. – O restante de vocês, senhores, aproveitem sua noite.

E escapou pela porta noite adentro.

※※※※

Até seu pai tivera criados em Nantucket. Uma criança, Taffy, que ele comprara por um preço que George havia muito desejava saber, mas não conseguira localizar na pilha de livros que acumulava poeira no porão. Ela era um ano mais velha que George, que tinha onze anos na época, e chegou pálida, sem coragem de fazer contato visual.

Quando a menina entrou, a mãe dele cheirou-a no couro cabeludo e disse, em um tom sereno, que ela não precisava de banho.

– Um banho é um luxo – dissera ela. – Uma toalha molhada deve servir. Com a fricção do ar, você fica seca. Não é diferente de lavar pratos, algo que vou lhe ensinar assim que limparmos você.

Essa fora a primeira lição de Taffy. Muitas mais viriam. Arrumar a cama era um processo complicado – afofar os travesseiros, virar o colchão de maneira adequada –, e Taffy demoraria longos períodos da tarde para terminar cada etapa corretamente. No entanto, nem tudo era físico, e Taffy se destacava até mesmo nos exercícios mentais domésticos, memorizando demandas (as necessidades de uma cozinha: latas; cestos; uma caixa de costura com agulha, linha e barbante etc.) com a mesma meticulosidade que revolvia o solo para as sementes de flores na estação. George nunca perguntou por que Taffy tinha vindo, já que a mãe parecia perfeitamente feliz em limpar e cuidar da casa sozinha. E somente depois que Taffy se foi, alguns meses após a morte do pai, ocorreu-lhe que, mais do que qualquer coisa, sua mãe simplesmente desejava passar suas funções adiante para outra pessoa, conhecendo tão bem as excentricidades do filho: seu desejo constante por privacidade, sua falta de interesse pelos outros, o pouco cuidado que demonstrava em manter até o próprio quarto em ordem. Talvez ela tenha pensado que ele nunca teria uma mulher, e Taffy estava sendo preparada para cumprir esse papel.

Ele era favorecido por Taffy de várias maneiras. Quando estava lá fora sozinho – em seu lugar habitual no mundo –, ela o encontrava depois de ter terminado suas tarefas, com uma fruta na mão, entregue a pedido da mãe dele, e perguntava se ele gostaria de sua companhia. Ele sempre dizia que sim. Os dois esculpiam juntos algumas lanças com sua machadinha, depois as jogavam na floresta e fingiam que haviam derrubado a besta escura de que o pai falava com tanta frequência. Ela conseguia se lançar mais longe e escalar mais alto do que ele, mas nunca colocava sua diversão acima da dele. Ele sabia que aquela era a tarefa atribuída a ela, mas não permitia que esse conhecimento afetasse sua crença inviolável de que ela se importava profundamente com ele e o entendia de uma forma que os outros não conseguiam. Ele lhe disse, certa vez, que a amava, embora não soubesse o significado disso além do carinho que sentia pelos pais. Quando a mãe ficou desnorteada após a morte de seu pai e vendeu Taffy, George refugiou-se na ideia de que não tinha sentido amor, mas algo mais distante, e isso lhe permitiu esquecer os traços do rosto dela; a alegria palpitante em seu coração quando a sombra dela rastejava sobre ele na varanda da frente; o vento suave em seu ombro quando ela o ultrapassava em uma corrida, e a visão de suas costas enquanto ela desaparecia diante dele, tudo isso apagado. Na meia-idade, ele se lembrava dela como nada mais do que algo esquecido.

George seguiu em frente depois que saiu da taverna. Poças na lama refletiam o brilho da lua, e com esses fragmentos de luz ele sabia onde não pisar. Pretendia ir para casa, mas agora outra parada parecia necessária, uma que ele dissera a si mesmo que não faria ao partir naquela noite. Pegou a estrada secundária diante de si em direção à parte velha da cidade. Estava tudo silencioso, e o caminho estreitou-se conforme ele avançava, tanto que até mesmo o luar foi bloqueado da vista. Ele olhou por cima do ombro mais de uma vez e constatou que não estava sendo seguido.

Encontrou o bordel. As janelas eram as únicas acesas na rua, e os sons de dentro eram barulhentos, mas ele não se aventurava pela porta da frente havia anos e tinha pouco interesse no que poderia encontrar lá. Em vez disso, deu a volta pelos fundos e subiu os degraus sinuosos até o segundo andar. Não sabia se ela responderia, mas a porta se abriu na segunda batida.

Ele trocou apenas um olhar com Clementine, em cujo rosto ele sempre detectava o de Taffy, antes de segui-la para dentro e sentar-se na ponta da cama. Chegara em um mau momento?, perguntou. Imaginou que poderia conseguir vê-la antes que sua noite começasse.

– Sempre estou aqui para ouvi-lo, George. Diga como você está.

Era tudo o que ele pedia a Clementine: que o ouvisse. O que não queria dizer que ele não havia tido nada com ela durante o tempo que passara em sua companhia. Sabia que ela tinha uma filha. Ele a vira caminhando com a garota certa manhã, antes da primeira vez que se encontraram, quando passou a rastreá-la, incapaz de discernir a diferença entre Clementine e Taffy. A família dela, ele descobrira, era de mulatos da Louisiana. Contra sua vontade, seu marido a levara para a Geórgia, para viver como sua propriedade. Ela escapou de sua escravidão com a criança para se defender sozinha e ganhou o suficiente para se virar. Se poucos homens foram enganados pela cera branca e pela tinta que ela aplicava no rosto, estavam mais do que dispostos a se dar ao luxo de uma noite solitária – independentemente da pele morena, dos rumores de seu passado, de sua herança –, ansiosos por experimentar a revelação que a presença dela traduzia. Visto que poucos falavam mal de Clementine, eles aparentemente não se arrependiam de seu tempo com ela. A sociedade abria exceções em questões que envolviam grande beleza.

Tinha sido no inverno, no meio do destacamento de Caleb, a última vez que ele vira Clementine, e agora contou tudo a ela, como sempre fazia: falou primeiro da suposta morte de Caleb e, em seguida, de seu retorno chocante, de Isabelle, e dos irmãos, sobre os quais ela estava bem ciente, pois sabia da maioria dos acontecimentos em Old Ox. Ela não olhou para George enquanto ele compartilhava os detalhes de sua vida, ficou limpando o espaço da penteadeira, preparando o vestido para a noite e penteando o cabelo. No entanto, cada vez que eram incomodados por uma batida à porta, o que acontecia com frequência, ela deixava claro para o atendente que estava ocupada e dizia a George que prosseguisse.

—Você diz que está em dificuldades.

Dava para ouvir os sons de homens nos outros quartos, batidas contra a parede, os gemidos não reprimidos das mulheres. O cheiro de bebida, cujas manchas aqui e ali haviam apodrecido a madeira do chão, superava até o aroma do perfume.

— Foi só uma maneira de falar – disse ele.

—Você tem mais palavras na cabeça do que todas as que ouvi na minha vida inteira, George. Fale mais sobre isso, para eu entender o que você quer dizer.

Ela disse que ele podia relaxar e levar o tempo que precisasse, embora ela não tivesse nenhum a perder. Ele podia imaginar os clientes regulares no quarto, seus olhares fixos para a escada, esperando impacientemente que ela aparecesse. Teriam que esperar, pois era a vez dele de ficar com o quarto, de ocupar a cama dela.

Ele a usava. Isso não lhe escapou. Como ele a desnudava, invadindo-a pouco a pouco, enchendo-a com suas velhas memórias, ou as grandes preocupações que o atormentavam (a frieza da esposa, a vergonha do filho); como lhe perguntara – como se ela pudesse saber, como se ela fosse mais do que um receptáculo cheio de cicatrizes, forçada a sentar-se ali ao seu lado e enfrentar os ventos de suas palavras – a quem os gritos que ouvia à noite pertenciam, pois não eram dele, mas talvez viessem do celeiro, dos irmãos, ou da mulher dele, sim, Isabelle, que o tinha perdido e a quem ele havia perdido, ou talvez daquela fera da floresta, esperando que ele a encontrasse, como seu pai. Ou talvez fossem os gritos carregados vindos da cidade, os homens, as mulheres e as crianças ao longo do riacho em suas tendas sujas de lama, em casa, buscando novas terras e descobrindo que não havia nenhuma, que era isso, que, para muitos, a vida não ia além de Old Ox.

Clementine estava parada ao lado dele, a sala escura, uma vela de sebo tremulando ao lado deles como as asas de um pássaro. Ela ergueu a mão macia, que estava pousada no ombro dele, e o acariciou no rosto, enchendo-o com seu calor. Aquele era o único toque que desejava dela – o de uma cuidadora, como se ela fosse uma mãe cuidando de um filho doente.

– Diga-me o que mais posso fazer – disse ela.

– É isso. Nada mais.

A habitual vergonha o invadiu, por se revelar, por expressar tal escuridão, e ainda havia mais. Precisava admitir uma última coisa. A verdade real era egoísta, disse a ela. A esposa e o filho estavam amarrados a ele e deviam suportá-lo, mas Prentiss e Landry não. Para que os usava senão por mero entretenimento? Para que os pagava, a não ser por companhia? Para manter viva alguma faceta de si mesmo? Ele, um homem com tanto medo do desconhecido, que nunca tinha saído do condado. Sua terra era seu único refúgio, o único lugar onde um homem com uma existência tão limitada poderia encontrar um senso de aventura. Então manteve os irmãos por perto para garantir aquela parte de si viva. No entanto, onde ele ficaria na noite em que os homens da cidade carregassem tochas até sua propriedade e exigissem o pagamento da justiça distorcida que buscavam? Ele não pagaria com a vida. Mas não poderia dizer o mesmo de Prentiss e Landry.

– Temo que é tão provável eu andar pelas ruas com a sua mão na minha – disse ele – quanto eu ficar ao lado daqueles dois enfrentando a sede de vingança desta cidade. E esta é a verdade que parte meu coração, talvez mais do que qualquer outra.

Ele começou a suspeitar, sem qualquer evidência, que a sujeira no chão não era de bebida derramada, mas do suor de outros que não havia sido limpo; ouviu o som de água espirrando no chão em outro quarto, o gemido de um homem, e soube que não estava perdido em nenhum ato exceto o de entrar no banho. Curioso, George pensou, como soava diferente do barulho dos congressistas no fim do corredor. Menos pernicioso, saudável à sua maneira.

– É melhor eu ir – disse. – Para os outros poderem se divertir.

– Não há outros. Eu falei que temos o tempo que você quiser.

– É isso que você diz? Os homens acreditam?

Ele colocou o dinheiro na penteadeira. O restante do que trouxera para a cidade consigo. Ela permaneceu sentada na cama o tempo todo, pernas cruzadas, alerta. Ele a viu fazer um coque, passar uma pena no meio, para mantê-lo no lugar, como uma flecha pode perfurar um coração.

– Os homens pensam como querem – disse ela. – O próximo a subir as escadas pode acreditar que é meu único cliente, assim como você acredita que é o único que ouve esses gritos à noite, como se as outras pessoas não sofressem. Não posso dizer quem está mais certo.

Ele agradeceu e se despediu. Valia muito mais do que três dólares ter a bênção da compaixão dela concedida a ele. Tão real em seu coração, a cada leve passo que dava para descer as escadas do bordel, que pouco se importava se tais sentimentos nascessem naturalmente, do seio de Clementine ou simplesmente da visão do dinheiro colocado em sua mesa.

Clementine não apenas reanimara seu espírito, mas também iluminara o caminho que ele devia seguir, as decisões que deveria tomar. Ele sabia, agora, o que Ezra quisera dizer na taverna, mas o grito da cidade não era seu fardo. Não, era ele, George, o fardo: um fardo para sua família, um fardo para Prentiss e Landry.

Mais uma vez Taffy lhe veio à mente, a maneira como ela havia desaparecido de sua vida, como se lhe tivesse prestado um serviço, apenas para ser descartada por sua mãe quando tivesse terminado. Não importava que ele tivesse gostado dela como uma irmã e a tratado com a bondade que reservara para tão poucos em sua vida. O que significava sua gratidão, se sua mãe a mandou embora com apenas uma assinatura, um movimento trêmulo da mão, como se dissesse: "vá embora"? Ele também se lembrou daquele momento agora, por mais que doesse. Ele ficou perto da mãe, ao lado de sua mesa no escritório, Taffy na porta, a mão do homem – pois era um homem, é claro, pesado, alto, de rosto impassível – no ombro dela, como se ela já fosse dele. George não disse nada. Sem nenhum abraço, nenhum adeus. Ele estava atordoado com o que acontecia, mas tinha apenas quatorze anos, ainda triste e à deriva após a morte do pai. Em seu choque, não tinha como reconhecer os sentimentos da outra criança. O aperto da mão de um estranho no ombro dela. O medo devastador que a assolava quanto ao que poderia vir a seguir. George poderia desviar o olhar – e o fez. Mas ela viveria com esse medo para sempre, o conhecimento de que teria que obedecer a qualquer ordem que saísse da boca daquele homem. Exatamente como ela havia feito com seus próprios pais...

Mas, embora fosse tarde demais para salvar Taffy, ao menos a situação dos irmãos poderia ser resolvida. Se ele tivesse alguma coragem, poderia ajudar aqueles dois. De uma forma ou de outra, garantiria a passagem segura dos dois para fora de Old Ox para sempre.

Capítulo 11

Landry vagava pelo campo como queria. O desejo de fazê-lo, o fascínio, já tinham sido um medo: sempre que ele ficava com Prentiss diante da floresta, na luz do sol, a escuridão em seus confins sempre parecia um monstro à espreita, alguém que tinha anotado seu nome havia muito tempo, ansioso por reivindicá-lo. Esse era o pavor para o qual Prentiss era cego e que Landry não conseguia descrever: que esses eram dois mundos diferentes. Que esse novo mundo pudesse consumi-los como havia consumido sua mãe, o pequeno James e Esther. E depois? O que seria?

Mas, afinal, ele descobriu que cada passo não trazia perigo. O desconhecido levava apenas a mais clareza, mais luz do sol do outro lado, e então se deu conta de que havia menos a temer do que ele imaginava, o que talvez fosse uma verdade que ele desejava acreditar havia muito tempo – que todo perigo carregava o leve traço de conforto, todo erro, a pista do que pode ser certo. De que outra forma explicar um mundo de crueldade que também carregava consigo a grande alegria de ver sua mãe entregue ao som da rabeca do pequeno James em uma tarde de domingo, o milagre de um colchão fresco, a doçura da água depois de um dia de trabalho nos campos?

Ele sempre buscou prazer no silêncio, geralmente sozinho. Aos domingos, o único dia da semana em que ele e Prentiss não trabalhavam com George, Landry acordava no celeiro antes do restante do mundo e fervia uma chaleira ou uma panela de fubá. Comia sozinho e deixava metade na panela. Seu irmão, ainda na cama, se virava. Prentiss estava acordado, Landry sabia, mas eles não se falavam nessas manhãs. Ele partia, sem nada, em direção à floresta, em busca de vida, qualquer vida, desde que fosse diferente da sua.

Havia dias em que ele não encontrava nada mais do que uma corça com seu cervo, ou uma coruja piando em um galho, e se isso fosse tudo o que lhe era dado, ele voltava para casa satisfeito. Mas também havia as vezes em que ele vinha ao rio e encontrava mulheres. Elas estavam com crianças, bebês, banhando-os na água e acalmando seus choros com um coro de sussurros e suaves canções de conforto. Landry ficava ali parado por horas, observando-as secarem os filhos com a toalha, e elas mesmas se secando com as carícias do sol.

Um dia ele foi longe o suficiente para cruzar com uma plantação que nunca tinha conhecido. Era um campo de mulheres: cabeças envoltas em panos para se protegerem do sol, calças masculinas cortadas como ceroulas e camisas grandes demais para elas, revolvendo a terra sem parar. Ele contou as linhas, viu como poucas haviam sido limpas e sabia que o resultado não satisfaria aos chefes. De fato, quando ele voltou na semana seguinte, o lugar havia recebido uma série de homens endurecidos e amargos, condenados, ainda acorrentados, que trabalhavam ao lado das mulheres. Ele não voltou ao local.

Outra noite, vagava por uma distância tão grande que se embrenhou nas profundezas da floresta, com poucos meios de encontrar o caminho de casa, exceto a intuição. Estava escuro o suficiente para que a floresta se confundisse com a escuridão do céu e o mundo não tivesse começo nem fim, como se ele pudesse dormir no chão e acordar olhando as estrelas. Mas então, em algum lugar, na linha das árvores distantes, uma coroa de luz brilhou. Ele a rastreou atrás de si e, assim que desapareceu, foi seguida por outra.

Eram dois homens, ele vira agora, enquanto se aproximava da chama. Um dos dois apagou a tocha quando juntos começaram a escalar uma árvore em silêncio. Então, momentos depois, um deles acendeu sua tocha novamente, e os pássaros grogues que revestiam o galho ficaram assustados com a grande explosão de luz, atordoados demais para levantar voo. O outro homem os golpeou impiedosamente, e eles caíram no chão da floresta. A chama morreu, e Landry só podia ouvir seu farfalhar enquanto desciam de volta. O ruído das folhas no chão foi substituído por mais silêncio.

Ele podia sentir os olhos sobre ele, mas não podia vê-los na escuridão total. Percebeu que faziam parte da floresta de uma maneira que ele não fazia – aprenderam a viver na escuridão tão bem, a existir nas profundezas mais distantes da selva por tanto tempo que poderiam desaparecer nas sombras da noite, mas ainda assim ver tudo ao seu redor. De repente, sua mão estava molhada. Algo havia sido colocado lá: um pombo. As penas escorregadias ensanguentadas, o corpo flácido. Houve uma pequena crepitação de folhas novamente, e os passos diminuíram, embora seu som ecoasse aos ouvidos durante todo o caminho de volta para casa.

Ele estava com o pássaro nas mãos quando voltou para o celeiro. Colocou-o na mesinha entre os estrados. Prentiss ainda não tinha adormecido e estava na parte de trás do celeiro, um redemoinho de mariposas piscando em sua cabeça. O fubá que Landry deixara para ele naquela manhã não havia sido tocado.

Prentiss foi até Landry, inspecionou-o e olhou para o pombo.

— Como você fez isso?

Landry não fez nenhum gesto para responder, e Prentiss sentou-se em seu catre.

— George veio aqui — disse ele. — Falou que pensou muito no assunto e conversou com o pessoal dele. Ele acha que é melhor a gente seguir nosso caminho agora.

Landry olhou para Prentiss, e o irmão levantou-se, novamente inquieto, e começou a andar ao redor do celeiro.

— Você sabe o que eu respondi? Eu disse: "George, como você vem e me diz o que é certo para mim, mesmo sem saber o que eu penso? Passou os dias trabalhando do meu lado, falando alto, mas tem a coragem de dizer que falou com todo mundo sobre mim, menos *comigo*? Todos sabem o que é melhor, mas então o que eu sei? Eu nunca tive a menor ideia de nada, só quanto tem a ver com esses amendoim? É isso que você tá dizendo?".

Prentiss parou por um momento.

— Eu disse *nós*, é claro. Disse que ele não pode falar por nós.

Ele continuou andando.

— Eu mostrei pra ele o que guardamo. Tirei o pano e espalhei o dinheiro, e perguntei por aquele trem. Falei que nos acampamento dizem que tem um vagão que leva você no trilho pra onde quiser. É só pedir. Mas a gente pretende ganhar o suficiente pra durar, pra ter enquanto a gente estiver lá. Falei que a gente planeja ficar aqui no outono e ver o fim da temporada de amendoim. Se ele tiver problema com isso, a gente pode ir embora, mas não vamos tá fazendo isso por escolha, não importa com quem ele fale. E então ele disse que não vai ficar no caminho de nenhum homem pra fazer o que quiser, que a gente é bem-vindo aqui. Mas ele ainda ficou com aquela cara. Nunca vi George preocupado daquele jeito.

Landry parou de ouvir. Não havia mais nada de criança em Prentiss. Ele não era diferente de sua mãe agora – toda sua energia devotada a garantir que tivessem pratos cheios em todas as refeições, roupas sobressalentes suficientes para a jornada ao norte, economias suficientes para durar algum tempo quando chegassem lá. Um foco incessante na sobrevivência às custas de todo o resto. Mas também tinha o fato de que Prentiss se parecia tanto com a mãe. As sobrancelhas que se arqueavam tão delicadamente em torno dos olhos suaves eram dela. A preocupação no mover dos lábios. A preocupação de uma mãe. Ele podia vê-la de pé contra a parede oposta da cabana, os ombros erguidos, a bainha do vestido de dormir varrendo o chão.

A memória particular que sua mente havia desenhado, substituindo a imagem de Prentiss pela de sua mãe, era algo que ele sempre desejava esquecer. Ele ainda era um menino, sem quaisquer feridas exceto as bolhas resultantes do trabalho no campo e a constante dor causada pela colheita sem fim. Não demorou muito para ele ver, de sua fileira, pela primeira vez, a fonte do Palácio da Majestade, brilhando lá no calor do verão, cada jato de água subindo e descendo, jorrando com tanta beleza que Landry pensou que a água devia conter alguma propriedade especial. Ele pediu para escolher os sulcos mais próximos da fonte, só para poder ficar olhando. Uma vez, a esposa do Mestre Morton até levou seu filho lá. Ela o mergulhava na água, rindo o tempo todo, os sons descendo pelo sulco como um riacho, embora ele não soubesse dizer se eram reais ou algo produzido em sua mente.

Quando a noite caiu, a lua lançou uma exclamação sobre o Palácio da Majestade, raios de claridade lunar tocando suas janelas e curvando-se para a terra abaixo delas com tal iluminação que a casa parecia estar viva. Landry podia ver muito da janela oca de sua cabana, e quando se virou e encontrou a mãe e Prentiss dormindo, caminhou até a porta e a abriu.

Ele ainda não tinha medo de vagar a esmo, e seus pés se moviam por conta própria. Não usava calças, apenas uma camisa e a noite fria sobre si. Conforme ele subia a alameda, a visão era exatamente como imaginava: a fonte corria sem parar, como se alimentada não pelo trabalho de um homem, mas por algum poder maior. A água era tão branca contra o brilho da lua que se assemelhava a faixas de gelo jorrando no ar. Ele manteve suas roupas. Não andou na ponta dos pés, nem avançou lentamente. Saltou na água como uma criança faria, uma criança que esperou a vida inteira por isso, mergulhando de barriga para baixo e raspando o fundo da fonte enquanto a água o carregava, o atravessava, e engasgou com o frio, mas então riu, pois não conhecia brincadeira como aquela, não pensava que tal coisa fosse possível.

Banhou-se avidamente. Correu para a frente e para trás, fingindo que Prentiss o estava perseguindo, então mergulhou de volta para baixo. Prendendo a respiração. Ele imaginou que a água poderia descer e descer para sempre: afinal, ela tinha que ir para algum lugar, e não havia razão para que ele não pudesse segui-la por um tempo, então voltar para sua mãe e o irmão, e trazê-los junto de si.

Ele se ergueu, encharcado. O som seguinte não era seu. Levantou os olhos e não conseguiu dizer quem estava a distância. A porta da frente do Palácio da Majestade estava entreaberta, e havia uma figura no enquadramento, observando em silêncio. Landry tropeçou na bacia e se segurou, então começou a correr, a terra batendo em seus pés.

Houve um momento, quando ele parou sem fôlego diante das cabanas, em que pensou ser aconselhável continuar: para além do Palácio da Majestade, além de Old Ox, até encontrar um lugar ainda desconhecido onde o oprimido poderia ser libertado, onde os erros poderiam ser esquecidos. Mas apesar de ainda ser uma criança, não era burro – não o suficiente para pensar que tal lugar existisse.

Dentro de sua cabana, a silhueta da mãe, ainda de camisola, se projetava contra a parede oposta. Ela sempre dormia profunda e tranquilamente, e com um dia de trabalho pela frente, não tinha motivos para acreditar que ela fugiria de seus sonhos ao notar sua ausência.

Mas agora ela avançava como se fosse lhe dar uma surra.

– Garoto – disse ela, segurando o lado de seu rosto antes de recuperar um pano.

Quando ela tirou sua camisa encharcada e o limpou, ele começou a chorar silenciosamente.

– Eles tão vindo, né? – perguntou ele.

– Quem, menino? – ela falou baixinho, tentando não acordar Prentiss. – Em nome de Deus, pra onde você fugiu? Você tá encharcado.

Mas foi tudo o que ele conseguiu dizer: eles tão vindo.

Ela não o pressionou mais. Simplesmente o colocou na cama e se sentou ao seu lado, ainda enxugando as lágrimas de seus olhos.

– Você dormiu a noite toda, criança. Passou a noite bem aqui nesta cama. Essa é a verdade, ouviu?

Ele choramingou por um tempo, e em um instante uma grande escuridão caiu sobre ele. Quando acordou novamente, a mãe estava vestida para o campo, dizendo-lhe para se apressar, como se tudo, na verdade, tivesse sido um sonho.

Não sabia quantos dias haviam passado entre aquela noite e as chicotadas que se seguiram, a quebra de sua mandíbula, mas foram alguns anos, distantes no tempo, o suficiente para imaginar que cada chicotada de couro de boi, cada golpe em seu corpo, correspondia à passagem de um dia desde sua sublime invasão à fonte, mas perto o suficiente para ele acreditar que provavelmente não era uma vítima aleatória sacrificada pelos fugitivos; em vez disso, era culpado de um crime, o de uma criança que desejou brincar em um mundo que não lhe pertencia. Se fosse esse o caso, cada gota de diversão que reunira naquela noite na fonte seria drenada com peso de sangue.

Após cada surra, a mãe o colocava como uma lápide caída no chão da cabana e cobria suas feridas com salmoura. Não é que ele tenha perdido a capacidade de pensar, mas, sempre que ia falar, as palavras ficavam presas em sua garganta. Poderia produzir o M de Mamãe, mas emperrava no meio da palavra e não conseguiria produzir o fim. Se perguntassem o que queria dizer, ele poderia começar de novo, mas as palavras só inchariam ainda mais dentro dele.

Com o tempo, mesmo após a cura, mesmo quando sua mandíbula permitia, mesmo quando os rios em suas costas se fortaleceram e não mais pulsavam com as batidas de seu coração, ele não conseguia pronunciar as palavras em unidades inteiras, então começou a se perguntar por que desejaria fazer isso, considerando o quão pouco o ato de falar fez por ele. Nos meses seguintes, a mãe seria colocada no Palácio da Majestade. Em mais alguns, seria vendida. Seu irmão choraria todas as noites até as estações mudarem, mas todas as lágrimas de Landry já haviam se esgotado. Além disso, ele pensou, havia mais liberdade no silêncio.

※

Era início de junho, e os amendoins floresciam. Mesmo com suas pequenas flores amarelas espalhadas, não eram tão bonitas quanto o algodão, aqueles longos trechos de pureza com os quais o Sr. Morton fazia poemas, mas nesses campos estava a sensação de imperfeição, a crescente dilatação do solo com cachos verdes projetando-se enquanto se divertiam.

A aleatoriedade parecia desenfreada, mas em acordo com um mundo que parecia continuar sem rima ou razão.

Havia pouco trabalho a ser feito agora. A lavoura precisava de tempo antes da colheita. Ainda assim, George os separou, cada um dos quatro começando em um canto do campo para examinar a saúde das plantas.

Landry inspecionou algumas, todas pareciam resistentes, e sentou-se à sombra de uma nogueira. Colocou o chapéu na cabeça e se preparou para cochilar. Frequentemente, ele roubava esses momentos, saboreando o prazer inconstante de tirar uma soneca quando se esperava mais dele. Mas foi interrompido por uma voz que o cumprimentou com um olá.

Ele tirou o chapéu da cabeça e, entre as sombras, espiou Isabelle, que estava ao sol, além da penumbra, com as mãos cruzadas na cintura.

— Pensei que pudéssemos conversar — disse ela.

Ele ainda se lembrava de seu encontro no varal, o momento em que ela se materializou e se fez conhecer; aquelas meias que ela desejava dar a ele, sua confusão, aquele vislumbre de dor quando ele se afastou. Ela era uma pessoa inquieta, mas uma observadora, e nisso ele sabia que compartilhavam um terreno comum. Ela provavelmente tinha planejado aquela reunião muitas vezes em sua mente. Não foi surpresa, então, que quisesse falar com ele novamente, por mais indesejável que isso pudesse ser naquele momento.

— Você mora na minha propriedade, a visita com frequência, por isso creio que deveríamos nos conhecer melhor e nos apresentarmos apropriadamente.

Ela apertou as mãos e começou de novo.

— Isso não soou bem. Como se você me devesse algo ou se eu quisesse colocar alguma responsabilidade sobre você por estar dormindo no celeiro. Não foi isso que eu quis dizer. É que, como nos falamos aquela vez e não falamos mais, quero remover qualquer sensação de que eu possa ter desaprovado você ou ainda possa estar desaprovando.

Ele acenou com a cabeça e sorriu, algo que fazia apenas nas mais raras ocasiões, devido ao queixo, e esperava que isso pudesse ser o suficiente para satisfazê-la. No entanto, ela permaneceu.

— Eu sei — gaguejou ela. — Eu sei que você não fala. Perguntei ao seu irmão sobre isso, mas tudo o que ele disse é que sua mandíbula não o impede. Você também não tem nenhum déficit de interação social, o que concluí sozinha. Contudo, opta por permanecer em silêncio. Às vezes, também me sinto assim. Muitas vezes eu disse a coisa errada ou desejei reverter minhas palavras.

Ele se perguntou com quem ela estaria falando. Não era com ele. As Isabelles do mundo podiam vê-lo, mas não o *enxergavam*. Elas certamente não queriam ouvir sua voz. Embora admitisse que ocasionalmente, nos últimos tempos, sentia com mais frequência o desejo de ser ouvido. Mas aquele não era o lugar para isso. Isabelle estava mais interessada em si mesma. Nas próprias necessidades.

– Você tem ajudado George imensamente – continuou ela. – E Caleb também. Acredito que ele ainda sofre, às vezes. Ele não conhece seu lugar no mundo. Mas eu também não, talvez nem mesmo George. É possível ficar mais perdido à medida que envelhecemos? Eu não teria pensado assim antes da guerra. No entanto, aqui estamos. Todos nós. O que quer dizer que, bem, você e Prentiss têm sido uma força calmante...

Landry se levantou. Se antes sua força tinha sido uma rocha cujos cumes eram afiados demais para serem tocados, confissões como essas e o fardo que precipitavam sobre ele o haviam transformado em uma pedra opaca. Isabelle o perscrutou. A blusa dela era da cor das flores que ele tinha visto na natureza, flores tão lindas que os nomes que George lhes deu, por mais adequados que fossem, apenas reduziam sua beleza.

– Oh – disse Isabelle. – Você deve estar voltando ao trabalho.

Não estava. Pelo menos ainda não. Estava simplesmente a deixando com os próprios pensamentos e levando os seus para algum lugar em que pudessem ser ponderados em particular, como ele preferia.

O que ficou no campo do não dito foi o fardo da liberdade. Não que Landry sentisse falta de ser propriedade do Sr. Morton, longe disso. Não, era apenas o fato de que ele e o irmão estavam amarrados um ao outro naquela época. As correntes que os prendiam também os mantinham juntos. Em sua nova vida, Prentiss viajava à sua própria maneira: havia sua apreciação pelas viagens à cidade com George para reunir suprimentos; suas brincadeiras alegres com Caleb, que estava se aproximando de Prentiss desde que começou a trabalhar ao lado deles. A ideia de uma conversa simples, de encontrar amizade, atraía seu irmão de uma maneira pela qual Landry não tinha interesse. E seu próprio silêncio, que antes havia sido obscurecido pelas sombras de sua escravidão, era uma paz calmante que deu a Prentiss tempo para pensar pelos dois, e agora havia desnudado um espaço que se expandiu entre eles. Eles se tornaram seus próprios eus. Indivíduos.

Ainda assim, Landry sabia que nunca se separariam. Que Prentiss sempre estaria lá, não importava o que acontecesse, esperando no celeiro ou vigiando atento por cima do ombro enquanto trabalhavam no campo.

E Landry, por sua vez, sempre voltava ao celeiro para mostrar que não tinha partido para sempre, e inevitavelmente devolvia os olhares do irmão para assegurar-lhe que ele também estava atento.

No domingo seguinte, ele acordou cedo, ansioso para ir à floresta, e encontrou Prentiss já sentado. As sobras da noite anterior ferviam na chaleira, tocos de repolho e nabo, sementes de algodão e um pouco de presunto que George lhes dera. O irmão parecia inquieto, brincando com um cacho do cabelo, sugando o ar pelos dentes.

— Bom dia — saudou Prentiss.

Landry enxugou o sono dos olhos, o suor do dia anterior ainda sobre ele. Entraria na água quando o sol nascesse, pensou. Ele se banharia ao lado dos peixes, se esconderia sob a superfície e não seria visto.

— Tive pensando — disse Prentiss, como se estivesse lendo sua mente — que talvez eu pudesse ir junto. Sei que você gosta do seu tempo sozinho, mas você me deixa tão curioso quando está fora que às vezes não consigo olhar para nada sem ser a sua cama, me perguntando onde você tá. Achei que eu podia ir junto. Talvez ver o que você vê.

Landry nunca havia considerado que o irmão pudesse ter o menor interesse em se juntar a ele.

— Pode me dizer — disse Prentiss. — Se quiser tentar, espero as palavras vir.

Ele não estava disposto a gaguejar na frente de Prentiss. Já tinha feito isso antes, embora apenas raramente, pois até Prentiss ficava impaciente com o excruciante desenrolar de cada palavra, até que começava a adivinhar o final de uma frase que Landry havia se esforçado tanto para desenvolver. Mas mesmo que ele quisesse expressar seus sentimentos sobre isso, havia algo inexprimível sobre seu tempo fora. Ele compartilhava uma vida com o irmão, o celeiro que ocupavam, todos os bens materiais, mas aquelas manhãs eram suas. Colocar em palavras não deixaria o irmão impaciente. Mas ele temia que elas pudessem machucá-lo.

Landry se aproximou do irmão, que o observou com cautela, como se Landry pudesse saltar sobre ele como fizera quando crianças, forçando-o a uma briga. Mas ele apenas colocou a mão na cabeça de Prentiss, segurou-o contra o peito.

— O que é isso? — disse Prentiss.

Landry esperava que isso bastasse, esse toque. Talvez o irmão pudesse até mesmo apreciar mais isso do que uma caminhada de domingo. Então Landry se virou e se encaminhou para a porta.

— É só isso? — indagou Prentiss. — Vai sair assim? Levanto cedo, preparo essa comida, e você nem come? Às vezes, você não faz o certo, sabia? Provavelmente fica lá fora espiando gente das árvores e fazendo papel de bobo. Eu nem *queria* ir, tá bom?

Mas agora Landry estava além da porta do celeiro, e se Prentiss disse mais alguma coisa, ele não ouviu. Embora os dias estivessem sempre quentes, aquela manhã estava fria. Enquanto ele caminhava, as palavras brincalhonas do irmão, o tom mais alto de sua voz, ecoavam na mente de Landry, agradando-o.

Claro que Prentiss não estava realmente chateado. Ele conhecia Landry muito bem — respeitava suas ociosas manhãs de domingo, passara a entendê-las, da mesma forma que entendia tudo sobre o irmão. Eles estavam sempre a apenas alguns passos de distância. Prentiss provavelmente retornaria a seu catre para dormir pela manhã, e Landry agora lhe faria companhia em seus sonhos.

※

Naquela primeira hora, ele não foi longe. George uma vez lhe mostrou uma mancha de capim cobre que ocupava um trecho da floresta; eles estavam procurando certa planta que, de acordo com George, era um acréscimo excepcional a um determinado ensopado. Mas, algum tempo depois, Landry avistou o pequeno refúgio de isolamento por conta própria, e aquele se tornou um de seus recantos favoritos.

Suas coisas estavam escondidas ali, sob o canteiro de folhagens, e ele as buscava passando a mão no solo, até que roçou no frio das agulhas de tricô, no abraço macio da lã. Ele as comprara de uma mulher idosa nas tendas, cujas pernas estavam emaranhadas em uma multidão de crianças competindo por sua atenção. Ela as alimentaria por um ou dois dias com o dinheiro. Em troca, ele redescobriu um passatempo perdido.

Era verdade que a mãe havia sido transferida para o Palácio da Majestade, para trabalhar no tear e revisar os projetos com a esposa do Sr. Morton, mas ela não foi selecionada por acaso, como pensava Prentiss. Seu irmão, Landry percebeu, tinha esquecido como ela era habilidosa com as mãos. Depois das chicotadas, quando Landry permanecia na cabana, se recuperando, com medo de voltar para fora e arriscar mais alguma punição, a mãe ficava com ele, e ele a observava trabalhar, os dedos guiando as agulhas de tricô como se ela estivesse tocando um violino afinado, as juntas dos dedos pontudas e tensas, nós de lã formando-se e juntando-se uns nos outros em cachos cuidadosos.

– Venha, criança – disse ela uma vez.

E quando se encostou ao lado dela, havia um conjunto de agulhas para ele trabalhar também. Não sabia que suas mãos podiam ser delicadas como as dela, não sabia que eram capazes de tal criação.

As sessões de tricô terminaram quando a colheita tirou a magia dos dedos dela, e, quando foi levada ao Palácio da Majestade, não pôde viver de acordo com sua reputação. Essa foi a última vez que a viram. Seu desaparecimento aconteceu muito rápido. Então a cabana deles ficou silenciosa, e passaram muitas noites sem dormir, olhando para a cama vazia até o amanhecer, esperando que ela aparecesse.

Ele nunca tricotou em todos os anos da ausência dela, não até encontrar a liberdade. A primeira coisa que fez foi um xale, que não ficou bom, e o escondeu no celeiro para não ser encontrado. A segunda, um par de luvas que pareciam feitas para alguém com três dedos, obteve o mesmo destino. No entanto, lá na grama ele estava se saindo melhor na terceira tentativa, um par de meias. Trabalhava nelas incansavelmente, ignorando a saliva que escapava da boca, o entorpecimento que colonizou suas pernas – cruzadas na grama – enquanto se esforçava naquela tarefa. Só naquele dia ele se sentiu satisfeito com o produto final. Agora colocava as ferramentas embaixo de um canteiro turvo de flor-de-bico e, por apenas um momento, voltou para a casa.

Ele evitou o celeiro. Prentiss ainda estaria em repouso ou fora com George, emprestando-lhe os ouvidos. Parecia não haver ninguém na cabana, mas ele observou por um tempo para ter certeza. Quando não houve movimento na cozinha, nenhuma sombra no segundo andar, ele foi para o quintal. Naquele primeiro encontro com Isabelle, viera apenas para ver as meias no varal – para averiguar um trabalho bem-feito, um modelo que o pudesse guiar – e encontrara, além disso, uma mulher implorando para ser ouvida, uma mulher que também tinha ficado invisível. Ele conhecia essa dor. E não era de deixar isso passar despercebido. Um gesto – as meias – serviria. Não havia roupas no varal, que estava solto ao vento no calor do verão. As meias eram um pouco maiores do que o tamanho adequado para um pé de criança, o que ele esperava que fosse servir para uma mulher. Olhou para as peças apreciando o próprio trabalho. Pegou um prendedor de roupa e pendurou-as orgulhosamente.

※

Ele percebeu que recomeçara a suar. Escapuliu para a floresta e seguiu pela estrada que levava à cidade, desviando para a pradaria quando pareceu conveniente. Havia leveza em seus passos, e ele chegou rápido. O lago estava exatamente como o havia deixado – os lírios sobre a água se uniam como uma ilustração cuidadosamente desenhada; a água refletindo sua imagem, embelezada ainda que apenas pelo encantamento que o cercava. Ele adorava o silêncio, tão abrangente que seus pensamentos chegavam como se estivesse falando com frases cheias e vivas, do tipo que um pregador trovejaria para uma audiência, que responderia com gritos e améns selvagens. Ali as coisas eram diferentes. Pelo tempo que lhe era permitido, o lago era seu.

Ele tirou a roupa e entrou na água lentamente. Cada passo era um golpe de frio que ele deixou se espalhar até se sentir dissolvendo, todo o seu corpo entorpecido. Quando seus sentidos voltaram, foi como se tivesse se recomposto parte por parte, tudo em pedaços e de repente emendado. O lago sempre o enchia de pensamentos extravagantes. Ele não sabia quem era o dono, mas talvez, imaginou, uma casa pudesse ser construída na margem. Por que não? Talvez George gostasse de um novo projeto. Talvez Prentiss abrisse mão de sua determinação em deixar Old Ox se ao menos mergulhasse um dedo do pé na água em que Landry agora flutuava, se ao menos pudesse aceitar o conforto, a crença de que pertenciam àquele lugar. Que finalmente um lugar podia ser deles. Landry havia até mencionado isso para ele. E o faria novamente no devido tempo.

Mas ele sabia que a perspectiva de ficar depois da colheita do amendoim era improvável. Prentiss falou que deveriam partir assim que tivessem economias suficientes. Landry estava satisfeito ali, com um catre só seu e tanta terra do lado de fora que parecia toda a liberdade de que um homem poderia precisar em uma vida. Mas Prentiss os mantinha acordados à noite com conversas sobre locais distantes. Talvez eles pulassem de uma vila a outra, de cidade em cidade, até encontrar aquela em que se encaixassem perfeitamente, um lugar com mais trabalho do que se poderia esperar, um lugar onde os homens gastariam dólares como centavos sem se importar com isso. Ou então pegariam o trem, sem definir o rumo, e desembarcariam onde quer que a paisagem os chamasse, encontrando um pedacinho de terra onde o tempo estivesse fresco e ninguém soubesse seus nomes, onde pudessem saborear limonada em sua própria varanda e nunca mais serem incomodados.

Porém, embora essas fantasias envolvessem apenas os dois, a mãe sempre estava presente no pensamento deles. Prentiss lhe perguntava que meios ele achava que poderiam empregar para encontrá-la quando chegasse a hora. Landry sentia um aperto no estômago. Tentava pensar que estava longe do celeiro como costumava pensar que estava longe da plantação, como costumava pensar que estava longe do próprio corpo quando o chicote o atingia. Seu irmão falou em ir de porta em porta, por todo o estado da Geórgia, perguntando sobre o paradeiro da mãe. Chegou ao ponto de considerar perguntar ao Sr. Morton, sabendo muito bem que ele nunca diria, pois já haviam tentado isso antes, apenas para serem ridicularizados por sua risada e ouvirem que ela nem valia a pena o registro no livro de transações comerciais. Uma mentira, sim, mas tão dolorosa quanto qualquer coisa que alguém já tivesse dito a eles. Era melhor para Landry, então, se despedir de tais pensamentos, desaparecer completamente dessas conversas e deixá-las girando na mente do irmão.

O lodo no fundo do lago roçou seus dedos dos pés. Pequenos peixes se precipitavam diante dele, disparando um atrás do outro como crianças brincando. Ele respirou fundo e mergulhou a cabeça. O silêncio o consumiu. Estava tomado pela tranquilidade, na imensidão da flutuação, na leveza de seu corpo. Como capturar esse sentimento? Como fazer isso durar para sempre?

Ele os ouviu apenas quando emergiu para respirar. Manteve o corpo escondido sob a água, e o monte pantanoso de plantas no centro do lago o ocultou do outro lado, mas podia vislumbrá-los. Caleb estava embaixo do outro, o maior. Ambos de costas, longe dele. Landry nunca tinha visto um homem branco nu, tão pálido sob o sol. Nos campos, Caleb era um homem feito, ou pelo menos no limiar de sê-lo, mas agora ele parecia um menino, emitindo gemidos infantis enquanto o outro rapaz o sufocava, segurava seu cabelo, e dava pesados golpes em seu traseiro.

A princípio não passou pela cabeça de Landry sair da água, se esconder. A lagoa, como ele pensava, era legitimamente sua. Sua imaginação vagava tão longe e livre que ele pensou que de alguma forma poderia ter conjurado a cena, por razões desconhecidas. Mas a possibilidade evaporou conforme os gemidos do rapaz ficavam mais altos. Sim, aquele era certamente Caleb, o filho de George, o tesouro de Isabelle, e não importava quantas vezes Landry tivesse vindo àquele lugar, não importava como ele pensasse nisso, a presença daqueles dois ali significava que o lago era inteiramente deles – era ele quem o estava invadindo. Talvez pudesse mergulhar, suspender-se em silêncio, esperar que partissem e encontrar um novo refúgio. Ele e Prentiss poderiam partir para o trem. Poderiam procurar outro lugar como aquele.

Seus corpos estavam contorcidos, com Caleb de bruços e o outro garoto montado nele. Landry deslizou para trás, a água pingando do peito e dos cabelos quando saiu do lago, tremendo. Eles não se viraram enquanto ele pegava as calças, a camisa e as botas. Nem quando se vestiu. Ele podia desaparecer. No entanto, sabia que esse seria seu último vislumbre do lago, a última vez que teria aquela imagem tão clara na mente. Ele inspirou e o deixou para trás.

Foi então que o outro rapaz se virou. Landry não congelou por medo, foi pela estranheza de tudo: que depois de tantos anos invisível, seria notado por um rapaz como aquele, e de uma grande distância. Ele começou a voltar para o celeiro. Primeiro andando e depois mais rápido, quando ouviu passos atrás de si.

Capítulo 12

O mundo oprimia o segredo deles. Caleb sentia, mais profundamente do que o calor da respiração de August em seu pescoço, os golpes cortantes da lâmina de cada folha de grama contra o corpo nu, preso ao chão. Mas prudência não significava nada. Suas preocupações foram transportadas pelo suor escorrendo, pelo retorcer dos dedos dos pés e pelo aperto dos dentes, enquanto ondas de gozo o percorriam. Era como se um sino sob seu peito tivesse ficado em repouso desde a última vez que o amigo o reivindicara, naquele mesmo lago, um ano atrás, e agora August o penetrou tão profundamente, com tanta força, que o repique desse sino sacudiu todo o seu ser, grandes choques de deleite sacudindo-o, um após o outro, tão intensos que ele ansiava por um momento de alívio, ao mesmo tempo que temia que a felicidade da tarde pudesse acabar e talvez nunca mais voltasse para ele, se seu desejo fosse atendido.

Foi August quem parou. Puxou Caleb, com o corpo escorrendo de suor, e se virou, pronto para lutar.

– Tem alguém ali – disse.

Mas Caleb não tinha palavras para responder. Estava exausto e, embora conhecesse o medo e a ameaça que as palavras de August deveriam inspirar, não conseguia reunir forças para se importar.

– Levante-se – falou August.

O corpo de Caleb estava vermelho com a delícia do tormento da tarde, todos os seus músculos contraídos, a sensibilidade dolorida o atingindo quando voltou a si. Ele nunca havia seduzido outra pessoa – August fora o agressor ambas as vezes –, e em cada ocasião em que foi tomado, ficou chocado com o quão perdido em suas emoções ele se tornava, o furacão violento de sua submissão: em um momento, lúcido, perdido no cotidiano, e no seguinte, transportado para outro mundo, com as calças nos tornozelos e grama colada nas coxas úmidas.

Além de seu único encontro anterior, naquele mesmo local, antes da guerra, o comportamento dos dois juntos sempre foi mais comedido. (Caleb se contentava apenas com a fricção do corpo de August contra o seu, ou com um beijo, que mantinha sua mente em frenesi pelo restante do dia.) Mas não abrigava o menor arrependimento. Também não ficou chateado por ter sido visto. Que a verdade de seu vínculo fosse liberada sobre Old Ox, sobre o mundo inteiro. Mas sabia que, para August, o escolhido, essa invasão de privacidade era uma ameaça e apenas confirmaria que Caleb era um problema, melhor mantido a distância, se não esquecido completamente. Talvez tenha sido essa constatação que finalmente lhe dera sobriedade.

Ele subiu as calças e ouviu o amigo.

– Junte suas coisas antes que ele vá embora – disse August, já se movendo em direção à floresta.

Não havia nada a fazer a não ser obedecer, e enquanto caminhavam cada vez mais rápido por entre as árvores, tentou prender na mente os detalhes daquela tarde agradável: a reverberação de cada movimento brusco ainda ondulando em seus ouvidos; o lugar na beira do lago onde seu corpo deixara uma marca na grama; as correspondentes depressões na lama onde August colocara os joelhos para montar nele. Mesmo que o mundo descobrisse seu segredo, e mesmo que a punição fosse severa, ele sempre teria acesso a essas memórias. Elas eram apenas suas, para serem preservadas, protegidas do mundo exterior, mesmo nos momentos mais sombrios.

※

Durante muitas semanas, antes de ver August, ele passou os dias trabalhando nos campos, esperando as flores de amendoim surgirem. Não se importava com o novo *hobby* do pai, ou com a agricultura em geral, na verdade. Achava o trabalho tedioso, mas o fazia todas as manhãs por falta de um propósito maior e também para satisfazer ao desejo da mãe de que ele se aproximasse do pai. E eles *eram* próximos. Ele fazia os mesmos truques de quando menino, ameaçando bater no traseiro de Ridley para fazê-lo galopar enquanto o pai cavalgava em cima do burro e protestava furiosamente: "Não se atreva, não se atreva". E quando o pai baixava a enxada com tanta força que caía para a frente, de cara no chão, Caleb tinha que correr com os irmãos para ajudá-lo, e lágrimas de diversão corriam por seus rostos. O incidente virava tema das conversas no jantar por muitas noites. Ele e o pai tocavam em assuntos mais sérios também: um plano para usar um novo terreno para o próximo ciclo de plantio, talvez até mesmo semear outra safra no outono. Pepinos cresciam muito rápido no calor e podiam amadurecer antes da primeira geada e, embora fosse um pouco tarde para o arroz, talvez houvesse tempo, se eles se apressassem, ainda que o trabalho de irrigação necessário pudesse ser um impedimento naquele ano.

Quando as discussões eram sobre negócios, eles frequentemente estavam em campo e falavam como homens falam. De pé e cuspindo, enchendo o silêncio com grunhidos. Caleb se perguntou se esses eram os únicos dois modos em que eles poderiam existir: conversando sobre questões práticas ou evocando sua história compartilhada, sobrepondo o momento presente com a nostalgia de tempos longínquos. Não era exatamente incômodo, apenas a consciência de que o pai tinha limites, e que havia corredores de pensamentos, de emoções, que sempre permaneceriam atrás de portas fechadas. O que eles tinham entre si não era nada parecido com o que Caleb compartilhava com August. No entanto, era uma grande fonte de sofrimento o fato de que seu amigo não o visitava havia semanas desde esse dia no lago. Nas duas ocasiões em que Caleb tentou vê-lo, a mãe de August disse, em tom gelado, mal encontrando seu olhar, que o filho estava no trabalho. Não demorou muito para ele entender o motivo daquela afronta. Se a fazenda do pai tinha direcionado a ira de todos os homens de Old Ox contra sua família, então a explosão da mãe na casa dos Beddenfelds tinha feito o mesmo com o humor das mulheres. Por ordem do marido, informou a Sra. Webler, nem ele nem August deveriam ser incomodados. Quando Caleb perguntou, na segunda visita, quando August estaria livre, ela disse que estava ocupada demais organizando o casamento do filho e não poderia ajudar.

Em Old Ox, ele também era tratado com frieza. Wade Webler, ou alguém com quem ele estava envolvido, espalhou a notícia de sua covardia, e os habitantes da cidade o receberam com atitude ainda mais gélida que a da Sra. Webler. O garçom do bar tinha um jeito de desviar-se quando ele erguia a mão para pedir uma cerveja. Quando procurou os serviços de Jan e Albert Stoutly, que tinham começado a trabalhar com ajustes de arreios e carrinhos (perfeitos para aliviar um pouco a carga de Ridley), os dois disseram que novos pedidos seriam atendidos no ano seguinte, mas o homem fora da loja ficou encantado com a rapidez com que produziram o seu e, aparentemente, prometeram-lhe mais para

A doçura da água • 141

o restante de seu estábulo nas semanas seguintes. Mesmo algo tão simples como comprar ração tinha se tornado problemático, com todos os olhares voltados para ele. A possibilidade de um corte de cabelo estava fora de questão; ele ficava sentado na cadeira de espera do barbeiro por tanto tempo que ouvia as mesmas histórias repetidas para três clientes diferentes, que tinham chegado bem depois dele.

Então ele passava o tempo em casa. Os dias eram exasperadamente lentos, e a distração de August na cidade o acompanhava como a sombra do sol se arrastando sobre os campos. Frequentemente, ele ia sozinho para uma parte da terra e revirava o solo descuidadamente, odiando o esforço de seu anseio, a natureza patética de seu ser. O pai, lutando contra os próprios demônios desconhecidos, não deu atenção à sua apatia, mas Caleb ficou surpreso ao ouvir dele certa noite que Prentiss e Landry pensavam que o tinham ofendido de alguma forma e o estavam evitando.

— Você tem algo contra eles? — o pai perguntou. — Alguma consequência do que passou na guerra?

— Pai, por favor. Não é nada disso.

— Bem, então tente ser civilizado. Até porque parece que você não tem mais ninguém para lhe fazer companhia.

Caleb fez um esforço. Em uma noite de domingo, antes do jantar, foi até o celeiro para dizer olá e encontrou Prentiss sozinho, lavando as calças em uma bacia com água quente. Algumas semanas antes, ele havia informado a Caleb e George que comprara calças novas para si e para Landry. Os irmãos chegaram aos campos de certa forma orgulhosos, exibindo-se como os meninos que haviam desfilado pela cidade em seus tons de cinza recém-engomados antes da guerra. Agora as calças estavam manchadas com grandes borrões de cor, e a lavagem não estava sendo suficiente para limpá-las.

— O que aconteceu com as calças? — perguntou Caleb, em vez de dizer olá.

Prentiss pareceu surpreso ao vê-lo, secou as mãos na camisa e olhou para a bacia em contemplação.

— Só um pouco de tinta.

— Entendi. Seu irmão está por aí?

— Saiu.

— Para onde?

— Isso é problema dele — disse Prentiss.

Ele tirou as calças da bacia, colocou-as no chão e começou a esfregá-las com um escovão. Ficou trabalhando nisso por algum tempo.

Caleb imaginou o pai observando, da casa. Deveria ficar ali por algum tempo – mas quanto? – antes que fosse apropriado voltar para dentro. Ele pensou que poderia simplesmente esperar em silêncio, pois não havia como expressar a verdade a Prentiss: que o invejava, principalmente o que ele compartilhava com o irmão; que sempre desejou desesperadamente ter um irmão; que na infância, quando se deitava na cama e sentia os lençóis amarrotados ao lado dele, desejava que fosse outro garoto, e que a cada manhã, ao acordar, fingia se vestir ao lado de um menino imaginário, ajudando-o a amarrar os sapatos, a pentear o cabelo. Ele nunca poderia descrever o quão angustiante era quando a mãe chegava à porta do quarto pela manhã e o menino desaparecia. Ele ficava em silêncio, olhando para a mãe, como se a desejasse morta, como se a mera presença dela tivesse feito o menino desaparecer. Ou, pior ainda, lhe negado a existência daquele irmão.

– O que houve? – perguntou Prentiss.

– Eu estava zanzando pela casa. Fico inquieto às vezes quando estou apenas com meus pais.

– Bem, você é sempre bem-vindo aqui. Droga, este é o seu celeiro, não é?

Caleb pensava que sabia o bastante sobre Prentiss, mas às vezes percebia que não sabia nada.

Lembrou-se da vez que discutiu com o pai sobre quais plantas poderiam prosperar nos campos, e Caleb mencionou como o algodão crescia bem. Prentiss, que até aquele momento estava em silêncio, disse: "Melhor eu ir embora se vocês começarem a mexer com isso. Eu não vou tocar naquela planta de novo. Nem chegar perto para ver o branco da cápsula". O pai não respondeu, e o assunto foi encerrado.

Houve também a noite em que Caleb tentou ajudá-lo a limpar a frigideira, mas Prentiss a puxou como uma criança segura um brinquedo, informando-o que havia uma técnica para limpar, usando a palma e a lateral da mão para apanhar os fragmentos queimados nas fissuras e no fundo, que de outra forma não se soltariam. Esses restos poderiam ser usados para preparar outra refeição. Ele ficaria feliz em ensiná-lo, Prentiss disse, assim como a mãe o ensinara, mas ele não estava disposto a ver o trabalho malfeito.

A fúria oculta. O orgulho, às vezes enfraquecido e ferido, mas sempre presente. Havia um aspecto de Prentiss que Caleb não tinha. Se eles fossem irmãos, seria Prentiss a instruí-lo a como amarrar os sapatos e quem lhe mostraria como o mundo funcionava. E talvez fosse por isso que Caleb mal conseguia pronunciar uma palavra para ele além de uma simples saudação. Para fazer isso, seria necessário expor suas vulnerabilidades a outro homem, e ele não sabia como se revelar dessa maneira. Era uma forma de confronto, uma ideia que o fez se encolher. Ele nunca puxaria a chaleira da mão de um homem. Ele não tinha aprendido tais coisas.

– O que você estava pintando? – perguntou Caleb, incapaz de pensar em outra coisa para dizer.

Prentiss ainda esfregava as calças com a escova.

– Eu não pinto coisa nenhuma. Eu vi um rapaz nos acampamento vendendo uns calendário, então fui lá escolher um, pra poder contar os dias até a colheita. Aconteceu que eu tava lá cuidando da minha vida, passando pela capela na cidade, e tinha um bando de idiotas pintando a parede. E do nada, um deles jogou um balde de tinta em cima de mim. O restante do bando começou a rir, e ele disse "Ops!", como se nem tivesse a intenção de fazer aquilo. Eles me deixaram enfurecido, e então...

Ele esperou um momento, depois balançou a cabeça, descartando o comentário.

– Não é que eu fosse fazer alguma coisa. Só quero dizer que ele me deixou um pouco nervoso. Nada que o tempo não dê jeito.

Prentiss não confiava nele, pensou Caleb. Se pelo menos ele soubesse que esses mesmos rapazes, se tivessem a chance, provavelmente jogariam aquele balde de tinta na cabeça do próprio Caleb. Ele deixou a história passar despercebida e perguntou se Prentiss tinha conseguido seu calendário.

– Dizem que o homem dos calendário foi para o norte – respondeu Prentiss. – Eu desencontrei dele por um dia.

Caleb espirrou e percebeu que havia algo acumulado no celeiro, uma espécie de poeira. Pareceu-lhe estranho, inicialmente, que alguém morasse ali, entre equipamentos agrícolas espalhados, ratos correndo e corujas que piavam durante a noite e soltavam excrementos no chão, em que um descuidado poderia pisar.

Como isso não passara por sua mente antes?, ele se perguntou. Claro que haveria um homem com calendários. Quem vivesse nessas condições contaria os dias antecipadamente, marcando o tempo até o futuro em que poderia seguir em frente. Para o homem com os calendários, esse dia havia chegado.

Ele enfrentou a ida até a cidade no fim da tarde de um dia de semana, determinado a não ser rejeitado dessa vez. A escuridão estava ainda a algumas horas de distância, mas a tarde já avançara. Ele amarrou Ridley diante da casa de Ray Bittle. O chapéu do velho estava bem baixo na testa, o rosto escondido, o corpo tão afundado na cadeira de balanço que parecia fundido à madeira. A imagem era preocupante. Talvez seu sono pudesse ser interpretado da maneira como alguém estuda uma palma: que na peculiaridade de tão tremendo desleixo, na ocultação proposital de suas feições, ele estava transmitindo alguma mensagem de uma verdade enterrada que não suportava enfrentar em sua vida desperto. Caleb foi tomado pela visão, mas não o suficiente para se demorar. Ele tinha vindo muito tempo antes de August voltar para casa e pretendia pegá-lo no trabalho, o mais longe possível da Sra. Webler.

August trabalhava com o pai em um prédio incrivelmente modesto, uma casinha de tijolos vermelhos de dois andares. Poucos transeuntes reconheciam sua presença, inocentes do fato de que qualquer outro prédio para onde estavam indo, ou de onde vinham, provavelmente tinha sido alugado pelos homens que estavam dentro desse. À sua esquerda ficava um hotel e à direita, um depósito de móveis, ambos com muito mais tráfego. Caleb ficou enrolando na calçada, então respirou fundo e caminhou até a porta da frente, banindo da mente qualquer maior hesitação.

Ele encontrou um funcionário sentado atrás de um balcão, analisando papéis. Caleb tinha imaginado que o saguão estaria vazio e ele subiria as escadas, interrompendo uma reunião, ou invadiria a biblioteca nos fundos do prédio onde os clientes estavam sendo entretidos, mas qualquer que fosse o tipo de invasão pretendida, foi prontamente frustrada pela presença do rapaz que agora olhava para ele com curiosidade.

– Posso ajudar? – prontificou-se.

Não era mais do que um junco, um cordão de um corpo, uma pena que poderia ser carregada pelo vento.

– Estou procurando August Webler.

– O Sr. Webler está em uma reunião.

Sr. Webler. Era isso que August era agora? Que seja: Caleb não seria obrigado a esperar para ver nem mesmo um *Sr. Webler.*

– Vai levar apenas um minuto – disse ele.

– Senhor...

Caleb subiu as escadas e não diminuiu a velocidade quando o atendente o chamou. Houve uma pressa inegável na maneira como subiu até o segundo andar. Ele não tinha ideia do que poderia encontrar lá, mas sabia que August, se ainda se preocupasse com ele, acolheria bem a imposição. De que outra forma poderia responder a alguém tão disposto a lutar por uma amizade, alguém que poderia colocar todas as barreiras sociais de lado para arriscar a chance de dizer olá?

O cômodo principal no andar de cima estava vazio. Dois escritórios flanqueando-o ostentavam a placa de identificação "sr. webler". Caleb não tinha ideia de qual poderia ser o de August. A última coisa que desejava era invadir o de Wade Webler, mas, visto que havia forçado o caminho até ali, uma precavida batida à porta parecia incongruente com o espírito de seu esforço.

Sentiu o pânico tomar seu corpo como uma onda. O calor do dia, tendo se acumulado no segundo andar, se abateu sobre ele como uma pesada manta. Finalmente, ouviu murmúrios escapando por baixo da porta à direita. Ele seguiu o som e, apesar da resolução tomada um momento antes, bateu à porta. A voz áspera de Wade Webler, sem perguntar quem era, o mandou entrar. Apenas com o esforço inicial para pegar a maçaneta Caleb percebeu o quanto estava suando. Com esforço, ele conseguiu girar e entrar.

– O que é isso? – Wade Webler estava sentado atrás de sua grande mesa de carvalho, recostado na cadeira com uma expressão de perplexidade.

Ao lado dele, August estava sentado com um bloco de papel e uma caneta na mão. Caleb conhecia o homem do outro lado da mesa por causa dos panfletos distribuídos pela cidade. O brigadeiro-general Glass mantinha-se tão ereto que parecia estar no meio de uma apresentação.

– Caleb? – disse August.

O Sr. Webler não lhe deu tempo para responder.

– Como entrou aqui? – Ele se inclinou sobre a mesa. – Jeffrey! – gritou.

Teve então um leve ataque de tosse e precisou beber um pouco de uísque do copo ao seu lado antes de voltar a gritar.

Sons rígidos ecoaram da escada, como batidas à porta, e em um momento o rapaz chegou ao escritório, suando profusamente.

– Lamento muito, senhor – desculpou-se –, mas ele passou por mim mesmo depois de eu ter dito que não fizesse isso.

Chocado com a exaustão no rosto do rapaz, Caleb olhou para baixo e então reparou em sua perna de pau.

– Pelo amor de Deus, Caleb – disse Webler. – Eu sei que você tem dificuldades para seguir ordens como subordinado, mas é muito pedir que aceite as instruções do meu secretário?

Por um segundo, Caleb ponderou a questão com bastante sobriedade, e se perguntou, com uma lógica calculada, se ele poderia servir melhor ao momento desculpando-se e pulando da janela.

– O que diabos é tão importante para você escapar de um homem com uma perna só e subir as escadas furtivamente?

– Eu não sabia que ele era coxo – resmungou Caleb.

– Eu deveria ir embora – disse o general Glass.

– Absolutamente não – retrucou Webler. – Você tem um compromisso aqui hoje. Homens com *compromissos*, que se obrigam ao decoro, não devem ser obrigados a se curvarem a egoístas que desafiam os procedimentos da civilidade. Um soldado estimado como você sabe bem disso.

– Já vou indo – disse Caleb, com a voz submissa de um estudante castigado, como se seu lugar fosse em um canto de frente para a parede.

– Mas, aparentemente, só depois de ignorar as súplicas de um jovem que está apenas trabalhando para comprar uma prótese de perna? Para um soldado que teve o rosto desfigurado, era de se julgar que você entenderia a situação de um companheiro mutilado.

Caleb tocou espontaneamente as cicatrizes no rosto.

– E então você simplesmente interrompe o correto e honrado general Glass – continuou Webler. – Este homem, um militar, que entrou em nossa comunidade para servir até mesmo aqueles contra os quais lutou, que simplesmente deseja obter um empréstimo para a mãe enferma, que precisa de uma cirurgia de emergência. Imagine o que deve ter custado para ele se humilhar e vir aqui hoje. E você o interrompe exatamente quando estava fazendo seu pedido.

O único som agora era de Jeffrey, arfante de fadiga. Caleb viu o general Glass olhando para o chão, de certa forma humilhado, e a alegria depravada do Sr. Webler. E August estava ali. Caleb procurou desesperadamente detectar um resquício de simpatia em seu olhar – do tipo que ele poderia oferecer-lhe quando deitavam um ao lado do outro. Ou pelo menos esperava que August estivesse olhando para longe, para ter certeza de que o amigo compartilhava de seu constrangimento.

Mas o Sr. Webler, no comando da sala, não os deixava trocar ao menos um olhar. Virou-se para o filho e chamou sua atenção imediatamente.

– Você se importaria de dizer ao seu amigo para seguir seu próprio conselho e nos deixar em paz?

August pousou a caneta sobre a mesa. Houve o início de uma longa respiração, como se ele estivesse com dor, e isso foi o suficiente para Caleb.

Um sinal de sua angústia. Ou talvez Caleb estivesse tão destruído que poderia interpretar a respiração do amigo como se fosse o mundo.

— Temos muito trabalho a fazer — disse August, profissionalmente. — É melhor você ir.

Caleb não precisou ouvir mais nada.

※

Caleb tinha um sonho recorrente, cujo cenário eram os estábulos de Wade Webler. Ele sabia por que estivera lá. Certa vez, quando era criança, o Sr. Webler deu uma festa, e ele e um grupo de meninos foram para os estábulos brincar no feno. Ele lembrava bem do calor do lugar, o grupo de meninos correndo, os cavalos inclinando a cabeça sobre os portões, como se supervisionassem a algazarra. Mas, no sonho, Caleb estava crescido, e os outros meninos também, e de cada baia, no lugar dos cavalos, cada um deles o observava.

Ele está pendurado na sela, de barriga para baixo, seu corpo se ajustando suavemente ao couro, as costas arqueadas no encaixe. Os estribos estão acorrentados a dois postes em sua parte traseira, e suas pernas, amarradas aos estribos. Ele não pode ficar livre. Ao seu lado há um calor crescente, um estalo, semelhante ao som de folhas pisadas: uma cesta de brasas alinhada à sua orelha. Todos os olhares estão fixos nele.

É August quem aparece atrás dele. Caleb pode virar o pescoço e distinguir seu cabelo loiro, o vigor de seu andar lento. O amigo tira do fogo o ferro em brasa, levantando-o para que os outros vejam e, em seguida, ameaça encostá-lo no rosto de Caleb.

— Um T, para marcar um traidor — diz August, e os outros rapazes vibram.

O ferro brilha tão quente que ele pode senti-lo em todo o corpo. Não é uma dor lancinante, e sim como uma gota de cera, lentamente espalhada por um único dedo até cobri-lo por inteiro. Caleb sente August puxar sua camisa, roçando as mãos em suas costas, e ele apenas cerra os dentes quando o ferro toca sua pele, e naquele momento acorda, tão aflito, tão perversamente excitado, que não tem outra opção a não ser aliviar-se da energia de dentro de si da maneira mais repugnante, os resquícios do sonho se desfazendo à medida que são drenados de seu ser. Então vai buscar um trapo no andar de baixo. Limpar-se de seu constrangimento. Era assim que ele se sentia agora, enquanto caminhava de volta para a casa de Ray Bittle: com repulsa por suas próprias ações, por ter pensado que seria uma boa ideia ir encontrar August, ou mesmo voltar para casa depois da guerra, para começo de conversa. Talvez o plano de Prentiss e Landry seja o mais certo. Ir para o norte. Fugir de Old Ox para sempre. Ridley estava à vista agora, e Caleb estava decidido a montar nele e deixar a cidade de vez.

Então ouviu uma voz familiar o chamando. Ele continuou em direção a Ridley como se não tivesse ouvido nada além do grasnar dos corvos pousados na casa de Ray Bittle. Mas não podia ignorar o puxão em seu ombro, as unhas cravando em sua camisa.

Caleb recuou ao toque. Virou-se e pegou August de surpresa.

– Não – disse Caleb. – Deixe isso para lá.

Ele alcançou o burro e começou a desamarrar as rédeas, mas August não saía do lado dele.

– Ele o ataca esperando exatamente essa reação – explicou August.

– Pois que se considere bem-sucedido. Você pode escrever isso em seu pequeno bloco de notas e relatar para ele.

August estendeu a mão e agarrou as rédeas de Caleb.

– Você acha que eu gosto disso? – questionou August. – Ver você sofrer assim?

– Considerando que não tenho notícias suas há semanas, imagino que seja indiferente ao que sinto.

– Não acredito que você seja assim tão sensível. Isso não tem nada a ver com você. É que o casamento é na próxima terça-feira, e o planejamento acontece do momento em que sou dispensado do trabalho até o pôr do sol.

– Por favor. Como se alguma coisa o tivesse impedido antes. Nós dois sabemos que seu pai está por trás disso, como também, sem dúvida, está por trás da decisão de não convidar a mim e minha família para o casamento.

Era típico dos Weblers planejar um casamento para uma terça-feira, roubar um bom dia de trabalho da cidade e forçar todo mundo a vir prestar seus respeitos ao príncipe e à sua noiva, a nova princesa.

Eles estavam de costas para a cidade, com Ridley protegendo-os da via pública, e diante deles estava Ray Bittle, ainda profundamente adormecido em sua varanda. Estavam sozinhos. Era difícil suportar o olhar de August, pois o azul de seus olhos era tão penetrante e tão repentino como o centro de um fósforo aceso diante do seu rosto.

– Você não faz ideia – disse August. – Tenho que viver com ele, Caleb. Suportá-lo. Pelo menos até conseguir minha própria casa, e nem estou ansioso para que isso aconteça. Meu Deus, a perspectiva de morar com Natasha. Quando a vejo, tenho o mesmo tédio que sinto quando leio os relatórios na minha mesa todas as manhãs. São assuntos incômodos, casamento, mulheres e trabalho. Eu tive muito mais clareza na guerra do que aqui. Também quero dizer isso. Preferiria cavar sepulturas no solo mais endurecido a me casar com Natasha e trabalhar para o meu pai, e ter que ouvir um general da União se rebaixar por alguns dólares.

— Você acha que eu não me sinto assim? Trabalho no campo o dia todo, brincando com a terra, e à noite meu pai me põe para ler livros sobre agricultura. Como se eu tivesse o mínimo interesse em saber se aparas de grama ou palha funcionam melhor do que adubo. O único alívio seria nosso tempo juntos, que você nos negou sem motivo algum, até onde eu sei.

— Permita-me deixar isso claro para você — disse August, fazendo um esforço para manter a voz baixa —, porque eu vou. Se é o que você precisa.

Caleb encolheu os ombros com indiferença deliberada, mas seu coração batia tão rápido que ele o sentiu reverberando sob seus pés como um tremor no chão.

— Ele sabe — disse August. — Ele sempre soube. Como nos sentimos em relação um ao outro. E agora isso é motivo de ridicularização. Ele se refere a você como "garotinha", e qualquer menção que eu faça a você é recebida com escárnio por causa de sua covardia. Mesmo em público, ele o cita como um exemplo de tudo de errado que houve com a causa do sul, a falta de espírito que nos fez perder tanto.

Caleb tentou recuperar as rédeas das mãos do amigo, mas August não as soltou — e não parava de falar.

— E nem me fale dos seus pais. O comportamento ultrajante de sua mãe na casa dos Beddenfelds, agindo como uma espécie de lunática...

— Ela foi ofendida e estava apenas protegendo sua família.

— Ou então do seu pai, com aqueles negros. O desplante de deixá-los morar na casa de vocês...

— Eles não moram em nossa casa. É um boato ridículo que não posso controlar. — Caleb se conteve. — E se eles morassem?

— Caleb — disse August. — Você sabe que não há ninguém além de você com quem eu prefira passar meu tempo, mas não é possível.

— Mesmo assim, você disse que nada mudaria. Exatamente com essas palavras.

— *Você* mudou. Todos vocês, Walkers, mudaram.

— Nós *perdemos*, August. O *mundo* mudou. Você não vê isso? Ou é tão obtuso quanto seu pai?

— Fale baixo — pediu August, contendo a irritação.

Ele olhou em volta, mas a estrada estava vazia, e até mesmo Ray Bittle ainda não se mexia.

Caleb balançou a cabeça, e finalmente puxou as rédeas, com tanta força que escorregaram das mãos de August. Ele montou em Ridley e voltou-se para o amigo.

— Recentemente, ouvi Prentiss, um daqueles negros que seu pai odeia tanto, contar a meu pai que viu um sujeito que ele conheceu quando menino, outro escravo, mendigando nos campos fora da cidade. Prentiss não lhe concedeu um único centavo. *Isso foi um crime?* Ele queria saber. Ser tão frio com alguém com quem crescera? E se essa distância acontecesse entre ele e seu próprio irmão? Lá no fundo, ele parecia ter receio de que eles estivessem se distanciando. Meu pai disse a ele que não fosse bobo. Que duas pessoas tão próximas nunca deixariam tal coisa acontecer. O que os unia um ao outro era um laço muito forte. Achei que meu pai lhe havia dado um conselho sábio. Pergunto-me agora se ele se enganou.

A mandíbula de August estava travada de raiva. Não havia remédio para aquela ocasião, e Caleb sabia como isso o teria abalado — o que significava perder o controle do relacionamento que August dirigira sob forte comando, tanto que a obediência de Caleb nunca fora questionada. E agora, ao que parecia, seus velhos hábitos não eram mais os mesmos.

— Cuide-se, August. Dê a Natasha minhas melhores saudações. E pode também dizer a seu pai que o considero um idiota insuportável.

Montado em Ridley, ele partiu e, quando chegou em casa, decidiu deixar Old Ox de uma vez por todas. Era apenas uma questão de decidir para onde ir. Algum lugar de clima mais temperado, talvez — certamente um lugar onde ninguém o conhecia, uma vila, ou mesmo uma cidade, onde um homem com uma cicatriz no rosto e disposição tranquila poderia passar despercebido na multidão.

Esses pensamentos o ocuparam até o fim da manhã seguinte, quando estava se lavando na bomba d'água ao lado do campo durante um intervalo do trabalho. Então a mãe apareceu com um papel nas mãos.

— Uma mensagem da cidade.

— De quem? — perguntou ele, secando as mãos na calça.

— Não se importaram em dizer.

Havia apenas duas palavras, escritas a lápis: *Lago. Domingo.*

Ele sabia pelo andar pesado, o colosso dos ombros, a imensidão do homem, que não poderia ser ninguém além de Landry fugindo deles pela floresta, já que não havia ninguém como ele em toda Old Ox. A princípio, parecia que, como Landry era de um mundo e August de outro, alguma força, algum equilíbrio maior das coisas, os manteria separados. A crença persistiu em Caleb mesmo quando August agarrou um galho sólido descartado, grosso como um braço, e o carregou sobre o ombro como um rifle de carabina; mesmo quando eles emergiram do fim da floresta no início da fazenda do pai, a cabana distante à vista, e encontraram Landry caído no chão, segurando o tornozelo.

August parou diante dele, e Caleb, finalmente entendendo o momento, gritou para que ele parasse. Ele nunca tinha ouvido Landry emitir qualquer som, mas agora o irmão de Prentiss desprendia gemidos terríveis, tão lamentáveis e agudos que lembravam os de uma criança ferida.

No entanto, August parecia alheio a tudo, exceto à fonte de escuridão dentro de si que lhe trouxera tanto prazer na guerra. Ele perguntou a Caleb por que o protesto, pois aquele era simplesmente um negro, que não sabia seu lugar. Caleb explicou a relação deles e August riu. Disse a Caleb que lhe estava fazendo um favor. Que até seria bom para sua família.

Landry tentou se levantar, mas August pressionou a bota contra o peito dele, mantendo-o imóvel. Onde estava a força de Landry?, Caleb se perguntou. Ele nunca tinha visto um homem mais feroz com um machado, mas Landry agora choramingava sob a sola de uma bota. Seus olhos procuraram em volta com medo, e a mandíbula, aquele apêndice solto, tremeu sob o peso dos próprios gritos.

Caleb estava no chão. Ele não fazia ideia de como tinha ido parar lá, sentado na lama e nas folhas escorregadias, cobrindo os olhos com as mãos. Se ao menos pudesse se levantar, ele mesmo impediria August. Poderia consertar as coisas. Mas estava tão apavorado que não conseguia suportar a visão, muito menos pensar em se mover. Ele observou por entre os dedos enquanto August tirava friamente o galho dos ombros com as duas mãos. Então, no que pareceu o último momento, Caleb gritou para August que Landry não conseguia falar. O homem não tinha nenhuma palavra em si mesmo. Ele nunca contaria a ninguém o que tinha visto.

Caleb deixou as mãos caírem ao lado do corpo e, por um momento, August vacilou. Landry olhou para o agressor intensamente, tão decidido em seu olhar, que Caleb pensou que ele poderia ter encontrado alguma fonte de força. E ele tinha. Apenas de uma forma que Caleb não poderia ter previsto.

— Eu sss — Landry gaguejou sem parar, recusando-se a interromper qualquer declaração que estivesse formulando, fazendo um esforço para ser ouvido. Isso o fez suar. Cada grama de seu ser foi derramado na articulação das palavras. — Eu sss sei falar. Não sô diferente de você.

August se virou para Caleb com um sorriso maldoso, e imediatamente Caleb soube que a velha amizade deles não existia mais.

O primeiro golpe foi na cabeça de Landry. Os gritos do homem pararam imediatamente, e a floresta ficou tão silenciosa que o segundo golpe ecoou com um estalo nauseante, como uma árvore rachada por um raio. Um filete de sangue escorreu de sua cabeça, onde um sulco havia se aberto. A cabeça inclinou-se para a frente e para trás, depois caiu com o torpor de um pássaro voando do céu.

Caleb fechou os olhos com força e cobriu os ouvidos, para se proteger do som dos baques violentos. Ele não conseguia se mover. Sentia a garganta seca demais para emitir qualquer ruído. Sentou-se agarrado a si mesmo, esperando desesperadamente que a barbárie acabasse. Ele poderia ter ficado lá até o anoitecer se não tivesse sentido a mão em sua cabeça, a familiaridade dos dedos tocando seu couro cabeludo para confortá-lo. August disse que era decepcionante que ele agisse de forma tão sensível. Caleb não pôde deixar de olhar para Landry e ver o rosto mutilado, as órbitas manchadas de sangue. Ele se perguntou se o amigo faria o mesmo com ele. August ainda segurava o galho, como um brinquedo de criança, e tudo parecia possível. Foi então que duas figuras apareceram na névoa do sol do outro lado do campo.

— Encontre uma desculpa para você — disse August. — Eu não estava aqui.

A longa sombra que se projetava sobre ele se dissipou. August não estava mais lá.

Capítulo 13

George acordou cedo e passou uma xícara de café forte. O primeiro gole foi tão gratificante que ele poderia muito bem ser um cachorro solto de um canil entregue ao cheiro de um gramado recém-cortado, tamanha a adrenalina que sentiu. Deixou isso submergir dentro de si e não pensou em mais nada por um tempo, mas logo foi para a varanda da frente, onde se sentou sozinho na cadeira de balanço da esposa sem nenhum outro objetivo além de observar o nascer do sol que projetava suas luzes pelo fundo do vale. Domingo era o único dia de descanso que ele, Caleb e os irmãos se permitiam. Na noite anterior, ele fora falar com Clementine novamente, para saber notícias da filha dela e contar mais detalhes de sua própria vida desde a visita anterior. A caminhada de volta fora dolorosa para seu corpo e, embora Isabelle não tenha feito nenhuma menção à sua ausência, comentou que ele parecia debilitado nos últimos dias. Sua única resposta foi pedir a ela, amavelmente, que parasse de mencionar sua decrepitude. Algum pensador havia se dedicado a questões de envelhecimento e morte, mas os pensadores morriam na mesma proporção que os idiotas, e assim George ficou bastante satisfeito com a ideia de ignorar o processo por completo. Mesmo assim, depois desses últimos meses na fazenda – primeiro cortando as árvores e depois trabalhando no campo de amendoim –, ele sentia dores todas as tardes depois que deixava o trabalho e, pela manhã, as juntas estavam rígidas, como se fosse preciso descongelá-las. A xícara de café quente preenchendo suas entranhas foi o único remédio adequado que ele encontrou.

A manhã avançava. Isabelle ia à igreja de carruagem naquele dia. Isso era estranho, visto que nenhum dos dois comparecia à igreja havia algum tempo, mas ele não questionou os motivos da esposa. Landry desaparecera na floresta, como era seu hábito. Prentiss não havia saído do celeiro. E Caleb estava dormindo. Não houve nenhuma ruptura na rotina usual, nada que sugerisse os horrores que o aguardavam. E seria isso o que afligiria George mais tarde, ao se lembrar desse dia, muito depois de tudo terminar. Ele até observou Landry naquela manhã, sentado em uma clareira na floresta, de costas para ele, totalmente relaxado. Por isso foi ainda mais chocante descobrir seu corpo massacrado horas depois – as pernas dobradas nas juntas, enroladas em resposta aos golpes; o rosto indistinto de tão mutilado. Nenhum resquício de vida nele.

George estivera conversando com Prentiss sobre a natureza do gado, a produtividade de uma vaca abatida em seu peso de carne *versus* um galinheiro que produzisse ovos indefinidamente, quando os gritos rasgaram a floresta.

Seu primeiro vislumbre do corpo foi de uma distância suficiente para não reconhecer o que estava à sua frente. Ele pensava que era a besta da floresta, capturada e morta, e a ideia (embora justificada) era um anátema para seu desejo de vê-la viva, a majestade dela vagando pela floresta. Mas Prentiss correu para o corpo tão rapidamente que a mente de George reorganizou seu pensamento, e então ele soube. Sentiu vontade de vomitar. Ficou lá parado inexpressivamente, com a mão na boca, até que viu a criatura amedrontada sentada na lama à beira da floresta e correu para encontrar o filho.

O rosto de Caleb estava tão vermelho que parecia queimado e, quando ele tentou falar, fios de saliva se formaram nos cantos da boca, e ele não conseguia pronunciar uma única palavra.

– Você precisa nos contar o que aconteceu – disse George.

Prentiss estava com a cabeça acima do desastre de sangue e sujeira no peito do irmão, suplicando loucamente para o corpo sem vida nos braços.

– A gente tem planos, Landry, bons planos, planos sólidos, então levanta agora, vai. Eu sou o preguiçoso aqui, e não você. Levanta.

Ele gemeu e agarrou o peito de Landry como um bebê agarra o seio da mãe.

– Olha pra sua calça nova – continuou ele. – Como você suja sua calça desse jeito logo depois de brigar comigo por causa da minha? Como você se atreve? – perguntou, e continuou perguntando. – Como se atreve?

Logo sua raiva era tanta que ele batia no peito do irmão, exigindo que ele respondesse. A dor no peito era tão grande que poderia se expandir e tomar a floresta inteira, o mundo inteiro.

Caleb nada dizia, estava lá, apenas olhando para a frente, como se o acontecido o tivesse deixado mudo. George o sacudiu repetidamente e disse que sabia que ele não era capaz daquilo, implorando para que ele admitisse não ter participado, até que finalmente Caleb balançou a cabeça, negando que tivesse sido o responsável.

– Então quem? – George exigiu saber, devastado. – Quem poderia ter feito uma coisa dessas?

Caleb ainda não conseguia falar. Ele olhou através da floresta, como se visse além das árvores, e havia apenas um lugar que ficava lá. George não fazia ideia de por que o filho estaria na floresta – a essa parte ele chegaria mais tarde –, mas sabia para onde os olhos do filho apontavam: diretamente para o homem solitário que poderia ter motivação para cometer um ato tão hediondo, pois já havia causado muita dor na vida de Landry antes.

George deixou Caleb e Prentiss para trás com o corpo de Landry e partiu rumo à propriedade de Ted Morton em um ritmo incomumente rápido. Em vez de contornar a cerca, saltou-a miseravelmente e escorregou pelo outro lado, permitindo-se um momento para recuperar o fôlego. Estava exausto quando caminhou pelos campos de algodão, mas seu sangue ainda fervia de raiva, não importava para onde isso o levasse. Se fosse necessário, se fosse justo, ele daria a Ted Morton o mesmo fim que teve Landry.

Os caules em volta tinham trinta centímetros de altura, e vários homens e mulheres raspavam a camada superficial do solo, talvez pela última vez antes da florada. Eles o olharam confusos antes de voltarem ao trabalho, alguns acenando com a cabeça ou até sorrindo, mas ele não retribuiu, considerando a natureza de sua visita. Já estava diante das velhas cabanas de escravos quando Gail Cooley apareceu, quase irreconhecível com manchas de lama no rosto, as calças enroladas até as pernas e o chapéu de aba larga protegendo os olhos.

Era estranho vê-lo sem Ted Morton conduzindo-o de um lado para outro a cavalo, e pareceu causar grande consternação a Gail ter que começar a conversa por conta própria.

– Sr. Walker – disse ele. – O senhor, caminhando pelos campos.

– Onde está Ted?

– Nos campos.

– Em pleno domingo?

– Não temos mãos suficientes para poder tirar muitos dias de folga. Ele diz que vai descansar no próximo domingo, talvez, se todo aquele algodão estiver limpo.

– Leve-me até ele.

Gail enrugou o rosto, parecendo avaliar se obedeceria ao pedido de George. Mas acabou concordando e disse a George que o seguisse. Encontraram Ted em um dos sulcos, cortando grama da superfície do solo ao lado do filho, William. Ted parecia tão abatido quanto Gail. O trabalho parecia tê-lo encolhido, mas ele bufava ordens como se os trabalhadores diante dele ainda fossem sua propriedade. Quando identificou George, parou por um momento, e as pessoas ao seu redor fizeram o mesmo. Ele e George se mediram com o olhar.

– Vou lhe dar apenas esta chance de confessar o que fez – disse George. – Você afirma ser um homem honesto. Um bom homem. Então admita seu crime.

Ted desabotoou a parte de cima da camisa e se abanou com o chapéu.

– George, não tenho a menor ideia do que você está falando. Mas estou pensando em enfiar esta enxada bem no seu traseiro.

– Sempre com ameaças, de um jeito ou de outro.

– E ficaria muito feliz em torná-las realidade para você. Vou te segurar no joelho e enfiar o cabo desta enxada tão fundo que você vai conseguir revirar o solo só de agachar e arrastar os pés.

A fúria contida de George era algo que ele acumulara ao longo da vida, mas, ainda assim, sua raiva repentina foi uma surpresa para todos. Ele correu na direção de Ted com um uivo feroz. Por uma fração de segundo, os olhos do vizinho brilharam. Ele agarrou George pelo ombro, saiu do caminho e, com o impulso, o velho foi parar no chão.

– Você enlouqueceu? – gritou Ted.

A plantação ficou paralisada. William riu como um cachorro latindo, e Gail se juntou a Ted, em demonstração de solidariedade.

George se levantou devagar, com o quadril dolorido, e limpou a sujeira das roupas.

– Admita o que você fez – exigiu ele.

– Admitir o quê? Droga, George, estou aqui dia após dia quebrando as costas por alguns centavos, trabalhando como um escravo para ganhar um salário decente. Então, o que quer que você pense que eu tenha feito, a menos que envolva uma enxada ou um arado, simplesmente não aconteceu.

– Você o matou. Você matou Landry. E agora vai confessar. Diante de mim. Diante do seu Deus. E diante da Lei.

Ted o olhou confuso. Então, de repente, o reconhecimento despontou em seu rosto.

— Você está falando daquele meu negro que você roubou? Ele está morto?

George fez menção de atacar Ted novamente.

— Espere um pouco — disse Ted. — Acabei de falar que não faço *a menor ideia* disso de que você está reclamando. É como eu disse, estou aqui trabalhando tanto que, à noite, minha esposa grita comigo porque não tenho tempo nem para cumprimentá-la com um aceno. E você acha que saio por aí matando negros no meu tempo livre? Nesse caso, meus próprios negros.

Ele riu.

— Você não era o dono dele — disse George. — E é exatamente por isso que o matou.

— Quando isso aconteceu, posso perguntar?

George ainda estava fervendo, mas foi a primeira vez que teve de considerar a soma das circunstâncias e respondeu, enquanto pensava sobre a questão sozinho.

— Eu o vi hoje mais cedo. Então, deve ter sido em algum momento desta tarde.

— Eu tenho uma dúzia de homens que podem confirmar que estou aqui quebrando as costas desde o amanhecer.

George sentiu a cólera enfraquecer. Ainda podia sentir o cheiro de solo úmido nas narinas por causa da queda, argila úmida com um toque de estrume.

— Por Deus — disse Ted —, eu não pus a mão naquele rapaz. Há alguns anos, pelo menos. Quer dizer, quase o esfolei vivo, mas isso já faz tempo. Mesmo assim, fui inteligente a ponto de não o matar. E você sabe que eu até gostava do irmão dele, aquele que fala. Ele tinha um talento especial para a colheita.

Gail fez que sim com a cabeça.

— É verdade.

— Agora — continuou Ted —, se você acha que deve trazer a Lei aqui, e acha que tem um caso, terei o maior prazer em ter outra folga no meu dia para fazê-lo de idiota. Mas, se já tiver acabado, vou lhe dar o mesmo conselho que você me deu há um tempo: dê o fora da minha propriedade. Perdoe-me por não saber palavras mais bonitas para me expressar tão bem quanto você.

Estava claro que não tinha sido Ted. Entre ele e Gail, os dois mal tinham sagacidade suficiente para conseguir montar um cavalo sem cair, quanto mais matar um homem, elaborar um álibi e defendê-lo com tanto vigor. Não havia escolha a não ser se desculpar, sair do Palácio da Majestade e voltar para a floresta, contendo a raiva que não poderia mais direcionar para Ted ou qualquer outra pessoa. Não era mais raiva. Quando ele pulou a cerca novamente, foi a tristeza que o feriu, que ecoou por ele com o mesmo tom dos gritos de Prentiss, sacudindo-o como as mãos trêmulas do filho.

Capítulo 14

Prentiss aprendera com Landry que a linguagem da dor, muitas vezes, nada mais era do que o silêncio. Ele próprio havia sentido ocasionalmente, mas nunca com o fervor do irmão. Até agora. Até aquele exato momento. Havia algo estranho naquela dor, e ele não conseguia entender. Por tanto tempo Landry fora o foco de seus sonhos, seu mundo, e Prentiss sentiu que havia um egoísmo na ausência repentina do irmão, como se, em vez de morrer de verdade, Landry tivesse sido libertado, apenas para deixar Prentiss no horror de viver sem a única pessoa que fizera sua vida valer a pena.

Não havia nenhuma palavra para descrever o que estava diante dele. Ele não conseguia dizer *corpo*. Não conseguia dizer *cadáver*. Era uma profanação. Algo ímpio. Os pés levando às pernas, as pernas ao torso, o torso até...

Quando se recompôs, ele se levantou e se recusou a olhar para baixo. Seus olhos pousaram em Caleb, aquele rapaz tão patético, tão carregado do próprio medo, que Prentiss precisou de cada fibra de seu ser para não colocar as mãos nele ali mesmo. Caleb se levantou, os olhos esbugalhados como os de um animal, olhando ao redor, perdido no próprio delírio.

— Sente-se — disse ele.

— Eu preciso ir para casa — respondeu Caleb. — Preciso limpar esta sujeira de mim. Preciso me livrar disso.

Prentiss avisou-o que ele não iria a lugar algum. Nenhum deles iria.

— Eu mal consigo respirar. Meu coração. Não posso ficar aqui.

Prentiss sabia que não deveria tocá-lo. Sabia, pelo que já havia acontecido, por sua posição naquela circunstância, que mesmo o menor erro significaria mais ruína. Mas bloqueou o caminho de Caleb com uma postura ameaçadora, os ombros largos, a boca curvada, emanando cada partícula de raiva que tinha na esperança de manter o rapaz no lugar. Caleb se encolheu mais uma vez no chão e cobriu o rosto com as mãos. Sem sangue nas mãos, Prentiss notou. Apenas lama.

O rapaz tagarelava agora, resmungando sobre uma contração muscular, um movimento do corpo, uma chance de trazer Landry de volta à vida. Prentiss, lutando contra as lágrimas que ameaçavam dominar sua raiva, pediu que não falasse mais. Nenhuma palavra.

A floresta estava quieta, o único som era o do pé de Caleb tremendo no lugar, o ruído ritmado da lama sob o sapato, como se o próprio solo quisesse bradar seu testemunho, mas não pudesse pronunciar as palavras.

— Vamos resolver isso — disse Prentiss. — E vamos precisar de sua ajuda. Dá pra se recompor e ser útil? Pode fazer isso por mim?

Era como se Caleb tivesse se transformado inteiramente em uma criança, as palavras vindo entre soluços.

— Mãe! — gritou ele. — Preciso falar com minha mãe. Deixe-me ir. Ela vai saber o que fazer. Ela pode me ajudar a me equilibrar, e então posso falar sobre isso, tudo isso, mas estou lhe implorando que me deixe ir embora daqui.

Prentiss ficou entorpecido e mais uma vez sentiu o silêncio arrebatador que havia sufocado o irmão por tantos anos, como se a dor de Landry tivesse deixado seu corpo após sua morte, penetrado o ar naquele cheiro horrível (de ferro, de sangue, de um corpo aberto e desnudo) e entrado na própria alma de Prentiss. Pela primeira vez, ele sentiu uma pontada de simpatia pelo rapaz à sua frente. Porque Prentiss também ansiava desesperadamente pela própria mãe. Ele não podia culpar Caleb por chamar a sua; por desejar ouvi-la dizer seu nome e dar-lhe o conforto pelo qual ansiava mais do que qualquer coisa no mundo.

E o pai dele estava sempre a um passo de distância. Mesmo agora, George já estava em busca de respostas, já encontrando maneiras de consertar os erros do filho. O que Prentiss não daria para ter os próprios salvadores. Sua mãe, com a coragem, com a mão firme que usava para mantê-los, Landry e ele, na linha, havia ficado tão assustada quanto eles. Nunca foi dito, mas ele podia sentir isso escondido por trás dos falsos sorrisos que ela dava ao Sr. Morton em todas as oportunidades, desesperada para manter os filhos longe do perigo; as caretas que fazia quando os filhos comportavam-se mal, sabendo que eles poderiam encontrar o próprio fim com o menor movimento errado. Afinal, ela já não tinha visto o resultado de Landry simplesmente ter estendido a mão para tocar uma mosca no ar? O amor de uma mãe não parecia tão completo quando ela não podia oferecer nem mesmo um lampejo de segurança de que o dia seguinte traria a satisfação que buscavam, que mereciam.

Mesmo assim, ele queria chamá-la pelo nome, sentar-se ao lado de Caleb e rolar na lama. Sentir qualquer coisa, menos a dor. Ter esperança, orar, que alguém pudesse vir e tornar as coisas melhores. Ele até orou para ter um pai, durante o tempo em que parecia certo acreditar que o homem estava em algum lugar por perto, apenas esperando para ser conhecido, para entrar em sua cabana e abraçar sua mãe de um lado e Prentiss do outro (pois seus braços eram largos, abrangentes, disso Prentiss tinha certeza). Logo ele também abraçaria Landry. Todos juntos. E informaria à sua mãe, finalmente, que havia feito uma vida para si além de Old Ox e agora estava em condições de levá-los consigo. Era até uma espécie de jogo. Trabalhar duro no campo sem reclamar, para que papai voltasse e consertasse as coisas.

Ele deixou a ideia escapar uma vez para outro garoto de sua idade enquanto limpavam a sujeira dos pés em uma tarde de sábado. A água do poço estava tão fria que eles correram até a varanda da cabana para secar os pés ao sol; enquanto contavam o trabalho da manhã, Prentiss disse que seu próprio pai estaria tão orgulhoso que poderia voltar para casa e arrastá-lo para longe. Não seria incrível?, perguntou ele. Talvez, disse Prentiss, seu papai também tivesse espaço para ele. O menino nem piscou antes de relatar o que sua própria mãe havia lhe contado sobre o assunto. Que o pai de Landry e Prentiss morrera quando o sol estava se pondo depois de um dia no campo. Ele estava trabalhando duro a fim de, talvez, ganhar um pouco de comida extra para a mãe de Prentiss e começou a gritar sobre uma vertigem, berrando por um pouco de água, mas ninguém respondeu. Disseram que seu coração desistiu tão rápido que ninguém o vira cair. Ele foi encontrado na fileira da plantação, o algodão de sua bolsa aberta cobrindo seu rosto como lençóis limpos soprados pelo vento. Até mesmo o garoto, ouvindo a si mesmo contar a última parte, ficou quieto com o mistério trazido à tona. Não demorou muito para perceber que Prentiss nunca tinha ouvido uma palavra do que ele acabara de compartilhar. Mais tarde, Prentiss entenderia que a mãe devia estar esperando Landry na época. Dos dois irmãos, apenas Prentiss era nascido, um bebê visto e sentido pelo pai, antes que o homem falecesse e se tornasse algo imaginário.

Depois o menino foi embora, e Prentiss, abandonado na varanda, foi atingido pela mesma dormência que a morte de Landry agora ocasionava nele. Naquela época, fugindo da dor causada pela imagem de um homem que ele considerava invencível sozinho nos campos, a mão no peito, o algodão entrando na boca antes que o vento o enxotasse, a mente de Prentiss se concentrou apenas no positivo: que o pai realmente estivera lá, trabalhando nas mesmas fileiras de algodão em que o filho trabalhara. Se ele bloqueou a dor, havia uma emoção nesse único fato. Nos dias que viriam, ele se perguntaria que outras semelhanças poderiam existir entre seu pai, ele e Landry. Sabia que isso irritava a mãe, sabia que ela não tinha interesse em revisitar o passado, mas Prentiss não podia deixar de bombardeá-la com perguntas. O pai deles era desajeitado e cuidadoso, como Landry? Ou corria como Prentiss, com a velocidade que deixava todas as outras crianças com inveja? Qual deles tinha o sorriso do pai? E os olhos?

Ele não se lembrava mais das respostas a essas perguntas. Nenhuma. Em vez disso, lembrou-se da briga dela com a mãe do menino que contou a verdade sobre a morte de seu pai. Ela repreendeu a mulher por ter colocado na cabeça do filho coisas horríveis de que ele não precisava saber, muito menos contar aos seus garotos. Prentiss, do lado da cabana, a observou, sua voz crescendo com fúria. Era um segredo, que ela contaria quando achasse apropriado, gritara ela. A morte do marido, sua dor ao ter de compartilhar isso com os filhos.

Na época, Prentiss não conseguia imaginar o que poderia ter sido tão terrível, a ponto de ela fazer toda a plantação jurar proteger as informações por tantos anos. Mas, voltando-se e enfrentando o que restava do irmão, percebeu o que devia vir à mente dela toda vez que ele mencionava o pai: aquele corpo no campo, a tortura da perda. E ele percebeu qual imagem lhe viria à mente, daquele ponto em diante, sempre que o irmão fosse mencionado. O horror era tão inimaginável que ele queria desabar, mas quando Caleb se moveu novamente para tentar deixar o local e ir para casa, Prentiss mais uma vez se ergueu, mantendo-se firme.

– Eu posso consertar isso – disse Caleb. – Eu só preciso...

Prentiss colocou a mão no ombro de Caleb, de leve. Apenas um toque. E então sussurrou em seu ouvido:

– Não tem como voltar atrás, Caleb. Você não pode consertar nada disso. Vamos esperar bem aqui. Como eu disse.

Com o canto do olho reconheceu, erroneamente, a sombra que passara a intuir como a do irmão, sempre um passo para o lado, fora de vista, mas sempre presente. Mas era George, segurando o quadril e mancando em direção a eles, coberto de lama. George falaria agora e assumiria o controle, e tudo bem. Por sabe-se lá quanto tempo Prentiss tivesse tentado guiar seu próprio caminho no mundo, naquela ocasião ele desejou renunciar a esse impulso e viver sem sentir, sem pensar, sentar-se no escuro e contemplar nada além da escuridão do interior de suas pálpebras, ou da escuridão do próprio mundo, como fez por tantas noites insones durante a juventude, depois que a mãe fora vendida.

– Graças a Deus! – disse Caleb, reanimado pela visão do pai, seu protetor. – Agora vamos realmente consertar isso, Prentiss. Eu juro.

Era instintivo para Prentiss pensar que o rapaz estava tentando fugir de novo. Deu um passo até ele mais uma vez. Dessa vez Caleb não se assustou, ficou lá olhando Prentiss, que já não tinha poder agora que eles não estavam sozinhos. Ele e Landry jogavam um jogo assim quando meninos. Um avançaria, como uma provocação, uma ameaça, testando se o outro hesitaria. Em seguida, Landry iria persegui-lo, com os olhos arregalados, os dois correndo em círculos até Landry pegar o irmão mais velho, pendurá-lo no ombro e, em seguida, jogá-lo em uma pilha de folhas ou feno no estábulo, com um movimento dos braços.

Não haveria perseguição aqui. Prentiss recuou, se afastou da abordagem de George e olhou novamente para o corpo de Landry (pois era isso que era, ele havia decidido e a palavra deveria ser dita). Os olhos que antes eram tão arregalados quanto poderiam agora estavam turvos de sangue e não veriam mais Prentiss. A visão o deixou de joelhos. E pela última vez ele segurou o irmão que havia perdido.

Capítulo 15

Prentiss se recusou a sair do lado do irmão. George o deixou lá e foi levar Caleb até a cabana para ficar com a mãe, que havia voltado da igreja. Ela não fazia ideia do que tinha acontecido, mas sentou-se ao seu lado no sofá. O rapaz não a deixava tocá-lo e mudava de posição no assento quando ela se aproximava demais. Ele afastou sua mão, olhou além dela quando ela procurou seu olhar.

— Houve um assassinato — disse George. — Landry.

— Um assassinato! Como assim?

Ela tinha tantas perguntas quanto George, e ele só podia dizer que não tinha sido Ted, a quem ele já havia abordado, e que Prentiss ainda estava na floresta.

— Eu preciso avisar o xerife — disse ele. — Mantenha-o calmo.

Ela tremia agora.

— E Caleb? O que aconteceu com Caleb?

— Não sei nada a respeito.

— Céus — disse ela. — Oh, meu bom Deus. Vá.

George foi buscar Ridley no estábulo. Cavalgou até a casa de Henry Pershing, seu vizinho mais próximo em direção à cidade, mas, embora pudesse ouvir vozes lá dentro, ninguém veio saudá-lo.

— Henry! Apareça! — gritou ele. — Seus cavalos estão no estábulo, eu sei que você está em casa.

Não houve resposta. O mesmo aconteceu com Robert Cord. Blair Duncan espreitou pela porta, mas não tinha interesse em sua causa, devido ao conflito no jantar dos Beddenfelds, e logo George percebeu, com desânimo, que não havia ninguém que levantaria um dedo para ajudá-lo em coisa alguma, e que os vizinhos, outrora prestativos — colegas do colegial, vizinhos de toda uma vida —, consideravam-no agora indigno de um favor.

Ele estava quase na cidade quando se deparou com um homem descalço. Após uma inspeção mais detalhada, percebeu que não passava de um garoto alto. Na verdade, ele parecia um pouco com Landry. Foi o primeiro momento em que George se sentiu vencido pela perda recente e não conseguiu articular palavra alguma.

O garoto olhou para trás, confuso.

— Senhor? — disse ele, após um momento de desconforto. — Posso ajudar?

George se recompôs e puxou um dólar do bolso.

— Eu preciso que faça um trabalho para mim. Não me importo quanto tempo leve, contanto que você o finalize.

Se seu plano daria certo, não poderia dizer, mas as autoridades deveriam ser convocadas, com certeza. O xerife do condado, certo Osborne Clay, era uma visão rara. Quando ele estava por perto, costumava investigar o bordel na cidade — operações que duravam até altas horas da noite. Mas, além de suas inclinações noturnas, ele era conhecido por ser um homem decente, e se houvesse alguma chance de descobrir mais informações sobre a morte de Landry, eles teriam que esperar que Osborne pudesse estar à altura de sua reputação.

George voltou correndo para a fazenda, mas não foi à cabana. Deixou Ridley carregá-lo direto pelos campos, até a orla da floresta.

Prentiss já não mais chorava. Estava deitado, com o rosto para cima, a nuca no peito do irmão, olhando para o céu, com os olhos tão vermelhos de tristeza que parecia possuído. As mãos entrelaçadas sobre o próprio peito.

George desceu com cuidado e esfregou o quadril, dissipando um coágulo dolorido. Caminhou até Prentiss e disse que tinha chamado o xerife.

— Eu não o conheço bem, mas é um bom homem, me disseram. Ele pode ajudar a resolver isso.

Um pequeno teatro de moscas circulava no ar acima da cabeça dos irmãos. Prentiss fungou alto e esfregou o nariz com as costas da mão.

— Imagino que os vermes vão aparecer logo — disse ele. — Quanto tempo você acha que a gente tem? Algumas horas?

George achou melhor ficar em silêncio.

— Por que você não fala nada? — indagou Prentiss. — De todas as vezes pra você ficar calado, tinha que ser agora?

George admitiu que não sabia o que dizer. Sua esperança era que o xerife pudesse aparecer para começarem a juntar as peças do crime.

— Você acha que um xerife vai ajudar?

— Se não puder, encontraremos outros recursos. Vamos trabalhar nisso de forma inteligente. Rever os detalhes. Preparar um cronograma de eventos.

Prentiss se levantou tão rápido que George parou de falar. Eles se encararam. O rosto de Prentiss estava inteiramente inchado pela tristeza. As bochechas redondas como as de um recém-nascido. O cabelo emaranhado com a sujeira da morte do irmão.

— Prentiss, por favor.

Prentiss ergueu o punho, e George se encolheu com o golpe pendente, mas Prentiss apenas pôs o dedo em seu rosto. Uma mancha de sangue. George tocou a bochecha, instintivamente sentindo a umidade entre o polegar e o indicador.

— Você tem tudo isso — disse Prentiss, fazendo um gesto amplo.

— Isso o quê?

Prentiss deu um passo para o lado e o olhar de George pousou em Landry: a cavidade ensanguentada que um dia fora sua bochecha, o pântano de sangue enlameado que prendia seus olhos.

— Que tal tudo isso como *pista*, George?

Por mais que quisesse falar, George sabia que suas palavras não ofereceriam nada a Prentiss. Que pedir desculpas seria uma vulgaridade. O único ato de compaixão foi enfrentar o momento com nada mais do que uma pose de simpatia, fornecer ao amigo sua companhia. Eles ficaram juntos por algum tempo, sem pronunciar palavra alguma, até que Prentiss voltou de suas profundezas.

— Onde está seu filho? — perguntou Prentiss.

— Na casa.

— Eu gostaria de dar uma palavra com ele.

— Não foi ele. Não tenho certeza se ele conseguiria, mesmo se quisesse.

— Não foi ele, eu sei. Mas acho que ele sabe quem foi.

George não podia discordar disso.

— Talvez seja melhor eu falar com ele primeiro. É mais provável que ele conte o que sabe ao pai.

Prentiss respirou fundo e deixou a ideia se estabelecer.

— Mas precisamos carregar — George fez uma pausa — este corpo para o celeiro. Não podemos esperar o xerife para isso. Como você disse. A natureza e tudo o mais…

— Eu posso carregar ele — disse Prentiss. — Eu carreguei ele a vida toda. Você resolve as coisas com seu filho.

— Pelo menos pegue Ridley e o trenó. Não há necessidade de tornar isso mais difícil do que já é.

— Só se preocupe em buscar respostas. No fim das contas, quero saber quem é que eu vou matar.

George voltou para a cabana pelos campos de amendoim, ainda florescendo magnificamente com suas fileiras radiantes de folhagem e flores amarelas. Ele só podia imaginar a abundância sob o solo. Ele sabia, passando por aquelas plantas, que talvez nunca mais fosse trabalhar no campo. Mas mesmo assim sua beleza era radiante, até mesmo pacífica, e ele considerou se os meses de trabalho valiosos, até necessários, serviriam para compensar o menor fragmento de horror que havia passado naquele único dia.

※

Durante todo aquele tempo desde que George tinha ido quase até a cidade e voltado, e depois ido ver Prentiss, Caleb ainda olhava apaticamente pela janela e ainda estava assim quando o pai entrou na cabana. A mãe o observava de perto, avaliando cada movimento dele. O rapaz não dissera uma palavra, não fizera contato visual com Isabelle nem com ele. Quando criança, George se lembrou, Caleb costumava esconder a cabeça dentro das dobras do vestido da mãe quando estava perturbado, e Isabelle andava pela casa como se lhe tivessem brotado aquelas perninhas pálidas durante a noite. Agora, como George, Caleb tinha aprendido a se esconder nas dobras da própria mente.

A esposa e o filho o olharam. Ele foi até Caleb e o puxou pelo ombro.

— No meu escritório — disse George.

— Dê um tempo a ele — pediu Isabelle.

— Não temos tempo.

Isabelle se levantou e observou George pegar Caleb pela mão e o conduzir escada acima, pelo corredor e para o escritório.

— Sente-se — disse George.

Caleb obedeceu.

George foi para o outro lado de sua mesa e sentou-se também, sentindo-se como o monte pastoso de carne e ossos que era, aparentemente à beira de se desfazer, o culminar de tantos anos cedendo e rangendo. A fadiga veio no segundo exato em que entrou no escritório. Seu corpo estava tão ansioso para desistir do dia que ele precisou apertar os olhos para se manter alerta. Considerou chamar Isabelle para um café, mas pensou melhor, avaliando que tinha energia apenas para aquela única conversa antes de um colapso.

– Por que você estava na floresta, filho?

Caleb, de cabeça baixa, ergueu os olhos.

– Estou bem – disse ele. – Para o caso de estar se perguntando isso. Para o caso de um pensamento sobre o meu bem-estar ter passado por sua mente.

– Estou vendo isso. Que você está saudável, que está seguro dentro da sua própria casa, que sua mãe o está esperando, de coração aberto. Por que você estava na floresta?

– Deus o livre de perguntar como estou. Não, isso não aconteceria. Porque nada escapa do todo-poderoso George. Porque você vê que estou bem e é impossível, simplesmente impossível, que eu possa me sentir diferente. Que você suportasse me perguntar, em vez de me dizer, como me sinto.

– Por que você estava na floresta?

– Eu sempre fui apenas mais um projeto seu. Como os seus armários. Como sua fantasia. Como seu jardim. Como Prentiss e Landry.

– Caleb, vou perguntar mais uma vez.

– Sei que fui uma causa perdida. Assim como os outros projetos. E estou bem com isso. Mas como você deve estar amargurado, não? Saber que é você quem está por trás de cada falha que aconteceu em sua vida e em face de tão pouco sucesso.

O chão tremia, como se algum tremor tomasse conta da cabana, e George sentiu um momento de pânico, pensando em correr para fora, antes de perceber que a sensação nascera em seu peito, uma fissura em seu coração. Ele se levantou da cadeira. As cortinas estavam fechadas contra o sol poente, e não havia luz de velas. As sombras dos livros projetavam uma escuridão sobre a sala. George não se lembrava de ter abraçado o filho desde que ele voltara da guerra. Ele contornou a mesa e ficou atrás de Caleb, então se inclinou e cruzou o braço em volta de seu peito. O rapaz começou a chorar como uma criança.

George fez a pergunta mais uma vez. Por fim, Caleb contou o que August havia feito.

Capítulo 16

Ao cair da noite, George esquentou água para um banho. Pediu a Isabelle que o informasse se Prentiss saíra do celeiro, se Caleb saíra do quarto (onde ele estava desde o fim da conversa), ou se o xerife chegara. Ela se sentou na sala de jantar, conforme o marido lhe pedira. Sabia que Caleb não desceria, pois se recusara a abrir a porta por mais de uma hora. Tudo estava mortalmente quieto. Cada rangido da casa ou gemido do vento chamava sua atenção, mas nenhuma alma apareceu. Ela estava ficando inquieta quando George, do banheiro, a chamou.

– Sim? – disse ela, aproximando-se.

– Você poderia vir até a porta para conversarmos?

Ela pegou uma cadeira da mesa da cozinha e a colocou ao lado da porta.

– Você está aí? – perguntou ele.

– Estou aqui. Mas daqui não consigo ver o lado de fora da casa, George.

Ele não disse nada.

– Todos devem estar dormindo – disse ela. – É muito tarde.

Não havia luz, exceto a vela no parapeito da janela. Ela vislumbrou as sombras da casa, cada inclinação específica da escuridão, intensamente familiar: elas caíram sobre a sala de estar como ecos padronizados dos móveis, como se a noite, em conversa com seus projetos, oferecesse sua própria interpretação.

– Vamos precisar de um caixão – disse George.

Ela abriu a porta ligeiramente. Uma vela também estava acesa ali, mas o compartimento ainda estava perdido no vapor do banho. Dava para ver apenas os fios encharcados do cabelo de George e a inclinação de seus ombros antes de seu corpo se fundir com a borda da banheira.

– Deve ser de bétula-doce – disse ela. – Tem um toque de gaultéria, mas... notas mais fortes. Mais ousado. Talvez hortelã-pimenta.

– Hortelã-pimenta?

Ela se afastou. De volta para as sombras.

– Eu sei que parece bobo. Mas meu tio foi enterrado em um caixão de bétula. Foi entregue enquanto ele ainda estava vivo. Parece estranho, não é? Mas minha tia poderia ser qualquer coisa, menos despreparada. Ela o guardou no porão enquanto ele sucumbia no andar de cima. Silas e eu descemos lá para ver, e tinha um cheiro delicioso. Imagine, o porão talvez fosse o lugar mais odioso de toda a propriedade. Lembro-me de ter pedido a Silas que tirasse a tampa para eu me deitar. Era espaçoso, de modo geral. Ele se opôs a colocar a tampa enquanto eu ainda estava lá dentro, mas acabou fazendo, e eu fiquei ali em silêncio, sozinha comigo mesma. Foi peculiar. O interior não cheirava a nada. Como se tivessem de alguma forma conseguido manter o cheiro do lado de fora do caixão. O que eu não acho possível.

– Você estava de luto – disse George, depois de um tempo. – Talvez não houvesse cheiro algum. Por dentro ou por fora.

Sua voz foi abafada pela porta, e então ela entrou no banheiro. O cômodo girou com o vapor do banho, grandes nuvens de calor. Ela colocou a cadeira alguns metros atrás dele e então chegou mais perto, agarrou a toalha de George e enxugou o rosto antes de deixá-la cair de volta no banquinho ao lado dele. Depois de uma pausa, ela a pegou novamente, dobrou-a corretamente e colocou-a ali de novo.

– Você vai contar a Prentiss? – perguntou ela.

George afundou ainda mais na banheira. Ele contou o que Caleb havia confessado. Havia tantos elementos horríveis na história que ela teve dificuldade em separar suas emoções: aquelas voltadas para o filho e aquelas voltadas para Prentiss, pelo que acontecera a Landry. Sem mencionar o ódio pelos Weblers havia muito reprimido, mas agora avassalador.

– O que você acha? – perguntou George. – O que deveríamos fazer?

Ela não conseguia se lembrar de um momento recente em que ele tivesse pedido sua opinião sobre alguma coisa significativa. Sua parte mais superficial entendeu isso como uma fraqueza, como se o marido, em sua crescente fragilidade, agora tivesse que pedir ajuda à esposa de uma maneira que nunca tinha feito antes. No entanto, sua parte mais verdadeira saboreava a necessidade que ele demonstrava.

– Você deve contar a ele – disse ela. – Qualquer omissão da verdade apenas o machucaria mais.

– Porém, se ele quisesse se vingar...

— Devemos fazer o melhor para dissuadi-lo de tal inclinação. Talvez seja melhor você esperar um tempo para contar. Espere até que a raiva dele diminua.

— Não mais do que um dia.

— Mais do que isso seria errado — concordou ela. — E o xerife?

George acreditava que Osborne, que tinha escrúpulos, ao contrário de quase todos os outros no condado, era sensato o suficiente para levar aquilo a sério. Ele queria fazer tudo o que pudesse para evitar o envolvimento do exército, pois a cidade já os odiava o bastante sem eles proclamarem lealdade ao lado inimigo de uma vez por todas.

Ele relaxou um pouco mais na banheira. A última coisa que ela queria era sobrecarregá-lo, mas uma pergunta final e embaraçosa pressionava sua mente.

— George, o que nosso filho estava fazendo lá com August? O que há entre eles?

Ele respirou fundo.

— O que há entre quaisquer pessoas? — George perguntou a ela. — Não sei dizer. Confiança. Sofrimento. Algum elemento de amor, com certeza. Quantas vezes vimos Caleb chegar em casa em lágrimas, xingando o amigo, e ficar de olho na janela durante todo o jantar, esperando que ele aparecesse? Eles tinham um vínculo. Para que querer investigar isso mais a fundo?

— Talvez seja mais fácil para você — disse ela. — Eu simplesmente não sei mais. Esse negócio com August… foi um alívio, creio. A ideia de outra pessoa poder assumir a responsabilidade quanto ao que ele se tornou. Mas eu olho as cartas de Caleb, em busca de alguma semelhança com o menino que criamos, e elas são tão vazias. Tão ocas. Temo que isso sempre esteve nele. Esse espaço em branco. E não percebemos.

George parecia sem palavras, mas, quando finalmente falou, foi em tom confiante e definitivo.

— Todas as vezes que ele caiu, estávamos lá. Isso é tudo o que se poderia esperar de nós.

Ele parecia tão indefeso, tão em repouso. Ela moveu a cadeira para mais perto da banheira, tão perto que dava para ver a sujeira da água, as ondulações da barriga de George indo até as profundezas da banheira.

— Olá — disse ele.

— Olá — respondeu ela.

Ela estendeu a mão e acariciou sua bochecha, roçando o dedo pela extensão de seu queixo.

— Se Prentiss concordar — disse ele —, acho que bétula-doce serve.

Isabelle fez um pequeno ruído em concordância.

— É a melhor opção — enfatizou ela. — Adequada para a ocasião.

E com isso, exausta, ela se levantou para sair. Era hora de descansar um pouco.

                       ✦

Quando Isabelle se levantou pela manhã, George dormia profundamente. Depois de vestida, pensou em bater à porta de Caleb, mas percebeu que ele também estava dormindo, então desceu as escadas. Lá fora, na penumbra do amanhecer, a grama estava tingida de orvalho. Ela saiu pela porta dos fundos para alimentar as galinhas e, ao fazer isso, avistou o contorno de Prentiss, apenas com as roupas do corpo e um balde na mão, caminhando em direção aos campos. Uma parte dela desejava não se intrometer em sua manhã, mas a outra parte sentia profundamente que, em tempos de luto, a hospitalidade dos outros era fundamental para superar a perda. Quando suas amigas trouxeram flores, depois de ficarem sabendo sobre o que acabou sendo o boato da morte de Caleb, aquilo foi uma fonte de conforto. Ninguém, ela sabia, traria absolutamente nada para Prentiss. Ela calçou as botas de George, já que eram as únicas deixadas nos fundos, e foi atrás dele.

A fazenda ainda estava envolta em escuridão, as plantas manchadas pelas sombras da manhã. Por um momento, ela simplesmente observou Prentiss. Ele estava arrancando ervas daninhas de um dos sulcos — puxando a grama pela raiz e jogando-a no balde, trabalhando cuidadosamente em torno de cada planta.

Quando ela se aproximou, chamou-o e acenou. Ele lhe ofereceu um olhar antes de continuar. Estava ao lado dele agora, mas poderia muito bem estar invisível.

— Você deveria estar trabalhando? — perguntou ela. — Tenho certeza de que George não espera isso de você. Não depois de tudo o que aconteceu.

— Eu não me importo — disse ele.

— Existe alguma maneira de fazer você parar?

— Não, sinhora.

— Estava pensando em preparar uma torrada para mim. E poderia preparar um pouco de café também. Por que você não vem comigo lá para dentro?

Ele balançou a cabeça resolutamente.
— Não tem nada pra mim naquela casa.
— Café não o interessa, então.
— Não quis dizer isso.
— O que você quis dizer?

O balde pendia em sua mão. Ele olhou para ela, os olhos faiscando de raiva.

— Eu quero dizer o que eu disse. Não é complicado, sinhora Walker. Tô bem onde quero estar. Com essas plantas. Tá vendo? Elas tão *prosperando*. Eu que fiz isso. Eu e meu irmão. E vou manter elas prosperando, manter elas forte, porque não tem mais nada que eu...

Ele não conseguiu terminar. Esfregou a mão da testa à boca, depois de bochecha a bochecha, como se isso pudesse extinguir sua dor.

Embora a dela tivesse diminuído com o retorno milagroso de Caleb, Isabelle conhecia o sentimento: o desamparo absoluto, a dor que tudo consumia. Ela só podia dizer o que estava pensando. O que lhe veio naturalmente.

— Ele me deixou um par de meias. Não poderia ter sido outra pessoa. Bem no varal, no mesmo lugar onde o conheci. Da cor do céu, azul-claro, e servem perfeitamente, como se ele tivesse tirado as medidas do meu pé. Foi talvez o gesto mais gentil que já vivenciei. Mal trocamos uma palavra, mas sua ternura era incomparável. Havia uma pureza nele que nem consigo expressar. Eu não tenho certeza se eu mesma entendo.

Prentiss olhou para ela vagamente.

— Você pode ficar com as meias, se quiser — disse ela. — Como uma maneira de lembrar dele.

Ele balançou a cabeça.

— Se ele tricotou as meias pra sinhora, então elas te pertencem.

Ele se abaixou para pegar o balde e continuou a capinar. Isabelle ficou parada por um tempo, imaginando se eles poderiam continuar conversando, até que percebeu que o momento havia acabado.

— Talvez seja melhor eu entrar. Sinta-se à vontade para se juntar a nós, se desejar. Nossa casa está aberta para você.

— Uma vez ele me falou sobre um campo — disse Prentiss, parando-a. — Levou quase uma manhã inteira pra fazer as palavras saírem da boca, mas ele me disse. Disse que saiu na floresta e encontrou um campo de dente-de-leão, tantos que o chão tava branco como a neve, e ele ficou sentado ali por um tempo, pensando, e no tempo que leva pro coração bater, uma ventania passou por esse campo, e cada semente saiu disparada no ar. Não tinha uma única no chão, e o céu brilhou com elas viajando, e então elas foram embora.

Isabelle ficou ali congelada, contemplando a imagem.

— Meu irmão viu mais coisas nas últimas semanas na floresta do que um homem comum podia ver em uma vida toda.

Seus olhos procuraram os dela e a observaram com uma curiosidade que ela nunca tinha visto antes.

— Você sabe que lugar é esse? — perguntou ele. — É onde eu queria que ele descansasse. Acho que ele ia gostar.

Ela não sabia, mas perguntaria a George, disse ela. Um sorriso lamentoso cintilou no rosto de Prentiss e desapareceu, e ele voltou a atenção para a remoção de ervas daninhas. Não havia mais nada que ela pudesse fazer, ou dizer, para confortá-lo. O que tinha acontecido era tudo o que havia.

Ela voltou para a casa, que ainda estava em silêncio, e sentou-se sozinha na sala com seu tricô. Foi uma surpresa agradável quando George apareceu e perguntou o que ela gostaria para o café da manhã, um leve choque que foi superado quando ouviu um galope na estrada. Ela abriu a porta, e uma auréola de poeira rolou na direção deles. O xerife passou por ela a cavalo com seu assistente a reboque.

George pediu a ela que fizesse mais café enquanto ele se vestia, e ambos estavam preparados quando ouviram uma batida à porta e os dois homens entraram. Embora o marido conhecesse Osborne Clay, ela o vira apenas uma vez, a distância na cidade, caminhando em um dia de folga com um grupo de outros homens. Por essa razão, ela demorou um momento para notar como ele parecia maior, como se tivesse aumentado de peso, mas ainda assim não percebeu nada mais em sua aparência do que a estrela em seu peito antes de pegar o café na cozinha. Só quando George a seguiu e sussurrou em seu ouvido é que ela soube que Osborne Clay não tinha ficado maior. Não. O homem diante deles não era Osborne Clay.

Capítulo 17

A notícia sobre o xerife Clay foi inesperada. Ele voltou para casa certa noite após ter estado com uma de suas consortes, uma mulher de reputação duvidosa, e encontrou a esposa com uma pistola na mão. Ela o acertou no abdômen e ficou assistindo-o sangrar até que os gritos e as profanações se transformaram em desculpas. Só então ela chamou um médico. Clay conseguiu se segurar por vários dias, mas seu corpo acabou cedendo. Seu sucessor, escolhido a dedo, Lamar Hackstedde, estava agora sentado à mesa da cozinha, tomando café e compartilhando a história com George e Isabelle.

Quanto à liberdade da Sra. Clay, Hackstedde explicou que o ex-xerife exigiu que nenhuma acusação fosse feita contra a esposa.

– Ele deixou bem claro que seus crimes de infidelidade cometidos em números extraordinários foram suficientes para justificar sua punição. A esposa enxugou sua testa quando ele expirou, e ele parecia partir deste mundo nas melhores condições com ela.

George mexeu seu café.

– E você o substituiu.

Hackstedde apontou para a estrela na camisa.

– Está vendo a insígnia – disse ele. – Corretamente ungida por Osborne um dia antes de sua morte. Ele não estava disposto a passar o trabalho para Tim, que é estúpido e tudo o mais.

Tim, o assistente, alheio ou indiferente, guardando a porta enquanto eles falavam, observava a rua deserta como se uma horda de bárbaros pudesse vir em sua direção a qualquer momento.

– Bem... Você mandou dizer que tem um cadáver aqui.

George apenas confirmou com a cabeça.

– Então nós temos um trabalho a fazer. O que estou prestes a dizer é estritamente confidencial e, senhora – ele olhou para Isabelle, que estava atrás de George –, isso fica entre nós, não vá sair correndo para fofocar com suas amigas. – Ele olhou de volta para George. – Recebi um telegrama de um colega do interior informando que oficiais do governo chegarão em uma semana. Bem, Arnold Glass tem se comportado bem, mantido o focinho fora dos negócios de outras pessoas, incluindo os meus, mas esses rapazes que estão vindo pretendem estabelecer a lei. Ouvi dizer que colocaram um negro no comando da força policial em Cooksville quando viram que os oficiais responsáveis não estavam à altura de seu padrão. Eu nem consigo imaginar. Olhe aqui! Fico com o braço arrepiado só de pensar. Então, prometi a mim mesmo que este condado não teria o mesmo fim. Vamos mostrar a eles que mantemos as coisas pacíficas por aqui, portanto resolveremos esse assunto rapidamente.

Hackstedde era talvez uma década mais jovem do que George, um homem robusto com um aglomerado de verrugas peludas adornando o queixo como uma pilha de excrementos de guaxinim em miniatura. Ele tinha um jeito próprio de cerrar e abrir a mandíbula e enchia a sala com um ar geral de ansiedade.

Tudo já ia contra o plano que George havia traçado: Osborne chegaria. Eles iriam até Prentiss e então examinariam o corpo. Caleb – atualmente trancado no quarto, no andar de cima – daria seu testemunho (ou George o ofereceria em sua ausência, se ele se recusasse a comparecer). Osborne pegaria essas informações e tomaria as decisões apropriadas.

Mas Hackstedde não era Osborne Clay. Como era do conhecimento de todos em Old Ox, o homem havia se tornado um capitão de escravos – bastante incompetente, por sinal –, então concebê-lo como qualquer coisa além de um xerife incompetente era uma impossibilidade. E uma impossibilidade ainda maior era ele se importar com a morte de um negro liberto. Hackstedde não iria embora agora que um assassinato fora relatado, mas não haveria justiça para Landry se dependesse daquele homem. Não se a história de Caleb fosse verdadeira. A cidade já era hostil a George. Sem a ajuda do xerife, e com uma acusação tão incômoda dirigida a homens como August Webler, ele precisava ter certeza de não ver nem mesmo um indício da reação que atingiria sua fazenda se o caso fosse levado adiante.

– Que tal darmos uma olhada nesse corpo? – propôs Hackstedde, que começou a enrolar um cigarro na mesa da cozinha. – Pode mostrar o caminho.

Prentiss esperava no celeiro sentado em seu catre ao lado do corpo de Landry, que havia sido enrolado em um pano, tão firmemente e com tantas voltas que sua forma era quase imperceptível. George se ofereceu para colocar o corpo no estábulo, talvez no gelo, mas Prentiss recusou. Ele queria acordar com o irmão ao seu lado. Quem era George para dizer não?

Hackstedde colocou um lenço no nariz para não sentir tanto o forte odor e apontou para Prentiss.

– E quem é este?

– Ele está a meu serviço – respondeu George.

– Certo – disse Hackstedde. – Creio que ouvi falar desse acordo que tem com eles.

– É meu irmão – disse Prentiss. – Ele foi morto. Não tem dúvidas sobre isso.

– Não sabemos ao certo – falou George, com os olhos tão arregalados que poderia estar acenando para Prentiss.

– Como tem tanta certeza? – perguntou Hackstedde a Prentiss.

– Me pergunte depois de ver o rosto dele – respondeu Prentiss.

– Tim – disse Hackstedde.

Ele chamou o assistente com um movimento do dedo indicador, e o rapaz se aproximou, agachando-se ao lado do corpo.

– Eu não gostaria que Prentiss revivesse a cena – pediu George a Hackstedde. – Os dois eram irmãos...

Hackstedde não hesitou quando George colocou a mão no ombro de Prentiss e o conduziu para fora do celeiro. Suas palavras foram apressadas, e ele sussurrou para Prentiss sob o barulho das galinhas cacarejando e o cata-vento no telhado rangendo como a dobradiça de uma porta enferrujada.

– Aquele homem já foi capitão de escravos – disse George. – Juro que daremos a Landry o enterro que ele merece. Seu irmão vai descansar em paz. Mas não podemos dizer mais nada a ele. Isso só vai causar problemas. Estou certo disso.

Prentiss estava inexpressivo. Uma sombra foi lançada sobre ele, e George viu a escuridão como resignação, uma derrota total, em que nenhuma outra palavra era necessária. Ele não precisava dizer a Prentiss para se render àqueles homens. Ele já tinha se rendido.

– Quando partirem – disse George –, devemos falar novamente sobre sua saída daqui. Acho que agora nós dois sabemos que é o melhor.

O tempo deles juntos pareceu terminar naquele momento fora do celeiro. O silêncio entre eles abarcava tudo, e ambos pareciam vagar por ele em busca de uma resposta, um meio de explicar aquela brecha repentina que agora parecia permanente. George conhecia bem a sensação. Quantas vezes em sua juventude havia tentado criar uma amizade e a viu romper-se quando ela expressasse uma opinião indesejada ou se comportasse de alguma forma que a outra parte achasse estranha, embora perfeitamente normal para George. Não haveria desprezo nesse caso, nenhuma raiva. Muita coisa havia acontecido entre ele e Prentiss nos meses desde que se conheceram. Não havia culpa de nenhum dos lados, mas tudo era irrevogável.

– Você vai manter esses amendoim vivos, né? – perguntou Prentiss.

– O quê? Não precisamos nos preocupar com isso.

– George, me escuta. Eu vou embora daqui. Eu prometo. Acho... Acho que vou procurar minha mãe em algum lugar. Deus sabe que é meu único sonho, encontrar ela num lugar seguro, poder ver ela novamente. E se não der certo, eu queria que, pelo menos, você cuidasse dessas planta aqui. Fazer o certo por elas é fazer o certo por mim e pelo Landry. Não quero que elas morram, George.

Vozes se ergueram do celeiro, e logo Hackstedde e Tim surgiram.

Hackstedde falou enquanto tirava as luvas.

– Sabe – disse ele –, minha filha tinha um namorado que lutou em Long Point. Ele teve o rosto metralhado por um canhão e morreu mais rápido do que se gagueja. Nós nunca mais o vimos. Acabei de receber um telegrama informando seu trágico fim. Mas quando vejo aquele negro morto lá dentro, não consigo deixar de pensar nesse rapaz. Provavelmente ele teve o rosto estourado como aquele grandão ali. Uma situação péssima. Uma situação realmente lamentável.

– Qual das duas situações é lamentável? – perguntou Prentiss, quase inaudivelmente. – O namorado dela ou meu irmão?

Hackstedde colocou as luvas no bolso de trás.

– Uma situação realmente lamentável – repetiu para George, balançando a cabeça. – Mas não vejo razão para pensar que houve algum jogo sujo aqui. Um garoto desse tamanho, passeando pela floresta... Bem, uma queda feia não está fora de questão.

Uma queda. A pura loucura da conclusão – ou da mentira – era o suficiente para fazer George rir na cara do homem. Ele não poderia pelo menos ser mais criativo? Sua imaginação era tão atrofiada assim?

– Com tudo o que está acontecendo nesta cidade – continuou Hackstedde –, preocupar-se com um negro que caiu sozinho aqui... Simplesmente não consigo ver como investir nossos recursos no que parece ser um acidente.

Ele olhou para George com um olhar firme e apenas acenou com a cabeça em resposta. Isso poderia acabar aqui, pensou, com Prentiss seguro e a fazenda poupada. Era como Hackstedde disse: ninguém se importava com um negro morto.

– Acredito que isso faça mais sentido – disse George. – Podemos considerar a questão encerrada.

Os olhos de Hackstedde, duas pequenas balas pretas, iluminaram-se, e ele deu um tapinha nas costas de George.

– Tudo bem, então – disse. – Bom, já vamos indo. Tim.

Seu assessor foi buscar os cavalos, e Hackstedde falou com vigor, o entusiasmo de um trabalho bem-feito.

– Aquela mata não é segura. Alguns garotos simplesmente não são criados com qualquer senso de cautela. Talvez um urso o tenha atingido. Você deve ter ursos por aqui, não?

Sentindo que Prentiss estava a ponto de explodir, George pôs a mão em seu ombro para contê-lo, para sinalizar que estava quase no fim. Era melhor ignorar a incompetência do xerife, a idiotice total, com paciência, e isso valeria a pena quando Hackstedde finalmente partisse. Mas quando ouviu a voz atrás de si, soube que o dia mudaria completamente.

– Espere! Espere aí!

Caleb saiu pela porta da frente usando seu pijama de uma peça só. Estava pálido, com os olhos fundos, como se não visse a luz havia dias. Definitivamente não parecia seu filho.

– Quem é esse? – perguntou Hackstedde. – O que o rapaz está dizendo?

George apresentou Caleb e balançou a cabeça com veemência, indicando ao filho que parasse. Mas Caleb estava tão agitado e decidido que não havia como o deter.

– Gostaria de fazer uma confissão – declarou ele.

– Caleb, não – pediu George.

Mas o filho fez que não com o dedo, com lágrimas escorrendo pelo rosto.

– Chega de mentiras – falou Caleb. – A verdade precisa ser conhecida.

George baixou a cabeça. Assim como o filho havia lhe contado sobre o crime de August, agora estava tudo, como um fluxo, entregue a Hackstedde.

Um dia havia se passado desde o assassinato de Landry. O mau cheiro do corpo havia se intensificado, embora nada tivesse sido dito a respeito, e Prentiss continuou a andar pelo celeiro como se não houvesse cheiro algum. Ele estava embalando uma pequena bolsa que George havia lhe dado, e o próprio George estava parado na entrada, observando a uma certa distância. Se Prentiss guardava algum ressentimento por Caleb não ter tomado uma atitude, mantinha isso velado.

— Devo estar de volta com o caixão em breve — disse ele. — Há um fabricante de móveis na cidade que tem uma sala cheia de caixões nos fundos. Ele fez negócios com isso durante a guerra. Deve ter exatamente o que procuramos. Podemos realizar a cerimônia mais tarde, ainda hoje, se estiver tudo bem para você.

— Sim, tá.

— Que bom!

— Você quer ajuda? — perguntou Prentiss.

George balançou a cabeça.

— Eu consigo com Ridley. Continue fazendo as malas.

O burro estava letárgico com o calor, mas George o atrelou à carroça e o levou para a estrada principal em um trote lento. O clima não estava favorável naquele dia. O piado de um rouxinol o atingiu como o badalo de um alarme. A exaustão o atormentava. Ele tinha dormido agitado na noite anterior, um problema tão comum recentemente que começou a se perguntar se algum dia teria bons sonhos, ou se sentiria novamente o bom humor que segue um sono verdadeiro.

A manhã havia sido sobrecarregada pelo caos da confissão de Caleb, que logo levou ao desmoronamento emocional de toda a casa. Isabelle foi rápida em assumir a responsabilidade pelas ações de Caleb; ela tinha subido e implorado a ele que falasse a verdade ao xerife, sem saber o quão duvidoso o título de xerife de Hackstedde poderia ser. Depois que acabou, Caleb andou sem parar pela sala, caminhando até a estante de livros, de volta à cozinha, dizendo-lhes repetidamente como apenas desejava fazer o certo. Era tudo o que lhe restava agora. Uma vida inteira de erros que devia ser corrigida.

— Você mal cresceu — disse George. — Se pelo menos soubesse os muitos erros que o esperam.

Esse era diferente, disse Caleb. Sua omissão, seu medo, levaram à morte de Landry. O que acontecera era inteiramente responsabilidade dele.

Com isso, Prentiss se levantou da mesa da sala de jantar e se dirigiu a todos.

— Meu irmão tá lá fora! — exclamou, e a sala ficou em silêncio. — Como um porco sangrado. Se vocês não pretendem me ajudar a enterrar ele, vou fazer isso sozinho.

Aquelas palavras ecoavam na mente de George agora que ele alcançava os limites da cidade. Havia algum alívio na atividade de Old Ox. Os corpos, as vozes, os ruídos abafaram as emoções das últimas 24 horas, e George apreciou a distração. Deixou Ridley em seu posto habitual e continuou sozinho. Ninguém o incomodou, embora um momento de desorientação o tenha deixado tonto. Parecia que a cidade não tinha mais o aspecto que ele conhecera. Cada edifício era ao mesmo tempo familiar e estranho, e ele parou por um momento sob o toldo de um comércio vazio para se equilibrar. Ele precisava de descanso. Com a proteção da riqueza de seu pai, toda a sua vida mantivera o ar de uma longa viagem, mas agora ele sentia a necessidade de uma de verdade. Tempo longe de tudo. Mas havia muito o que fazer. Ele precisava se concentrar; precisava pegar aquele caixão.

Aproximou-se da praça, mas parou ao ver dois garanhões amarrados na frente do pequeno escritório de tijolos de Webler. Os mesmos cavalos que tinham acabado de sair de sua casa. Hackstedde e seu assessor. Não foi um choque. Afinal, Hackstedde estava lá, impassível, com uma promessa superficial de investigar a veracidade das afirmações de Caleb. Mas George achou difícil imaginar um Webler saindo pela porta da frente algemado.

Ele tinha a necessidade de entrar. Não sabia o que diria ou faria, mas percebeu que o pouco poder que lhe restava na cidade lhe estava escapando. Acordos eram feitos naquele exato edifício, mas ele estava ausente da mesa. Não daria certo. O depósito de móveis ficava logo à frente, mas ele se virou e caminhou direto pela rotatória, evitando os arranjos coloridos da sociedade de jardinagem, e foi direto para a escola onde outrora fora alfabetizado e que agora funcionava como sede do posto avançado do exército da União.

— General Glass — gritou enquanto se aproximava da porta.

Não lhe passou pela cabeça notar a fila de homens e mulheres parados ao lado do prédio, papéis ou chapéus nas mãos, todos esperando sua vez. Algo que George não costumava fazer.

Um soldado de rosto sombrio bloqueou a porta antes que George pudesse prosseguir.

— Visitantes são recebidos por ordem de chegada — disse ele.

— É uma questão de certa urgência — disse George. — Glass! É George Walker. Preciso lhe falar.

Apontando com o dedo, o soldado disse-lhe que recuasse.

Em resposta, George colocou o próprio dedo contra a porta.

— Você tem que me deixar entrar. O que eu tenho a dizer merece atenção urgente.

Para alívio de George (e talvez para o do soldado também), o general Glass apareceu na porta, seguido por um jovem com dificuldade para equilibrar uma pilha alta de papéis com as duas mãos. Um pequeno alvoroço percorreu a fila quando Glass surgiu. George estava no encalço do general desde o momento em que começou a descer a via principal.

— Sr. Walker — disse Glass, sem fazer esforço algum para mascarar sua irritação —, você não viu a fila? Voltarei em breve para falar com quem precisa de minha atenção, incluindo você.

— Não é um assunto trivial, general.

— Não? Você quer dizer que é mais importante do que as rações para crianças famintas e atualizações sobre a situação de parentes feridos?

De repente, George foi engolido por um fluxo de tráfego que se aproximava e tropeçou em uma mulher que carregava uma bagagem. Ele quase perdeu Glass de vista antes de voltar para seu lado como uma criança perdida voltando para a mãe.

— Como esse escudeiro consegue acompanhá-lo segurando tantos papéis? — perguntou George. — Ele pode muito bem atuar como acrobata de circo.

— Este homem não é um escudeiro — disse Glass. — Ele é meu ajudante.

— Como assim?

Eles tinham acabado de chegar à madeireira quando Glass parou, girando tão rapidamente que deixou George paralisado.

— Os brigadeiros têm ajudantes, e não escudeiros. Refira-se aos meus homens com respeito, por favor.

Um soldado se aproximou com um papel, que Glass assinou sem olhar uma segunda vez.

George se desculpou e acenou com a cabeça para o ajudante, depois se voltou para Glass.

— Gostaria que soubesse que decidi me juntar a esse seu conselho — disse ele. — Ficaria mais do que feliz, na verdade. Chegarei cedo, sorrirei e cumprirei o que você disser. Em troca, você me permite cinco minutos de seu tempo.

— O conselho tem funcionado em perfeita concórdia sem a sua presença.

— Que seja. Ainda posso ter um momento? O que tenho a dizer não terá importância no seu dia. Eu poderia ter sido mais gentil com você, mas também não fui cruel. Conceda-me este único favor. Apenas alguns minutos. Estou implorando.

O rosto de Glass pareceu se condensar a um único ponto, os olhos ao longe em profunda contemplação e o nariz franzido. Ele exalou profundamente, pegou metade dos papéis dos braços do ajudante e os entregou a George, que quase tombou com o peso repentino.

— Seja útil e alivie a carga do meu ajudante — disse Glass —, e lhe concedo dois minutos.

— Bom, acordo é acordo — respondeu George, cerrando os dentes.

Eles entraram na madeireira, e George ficou impressionado com o aroma dominante do lugar. Conhecia o cheiro de nogueiras, de terra recém-cavada, negra e acre, mas, nos aposentos em forma de tenda próximos do depósito, os elementos eram nocivos o suficiente para trazer lágrimas aos seus olhos. Além do depósito, os soldados estavam ocupados carregando em vagões as filas e mais filas de tábuas cortadas no tamanho certo.

— Estou ouvindo — disse Glass.

George o seguiu até o escritório improvisado — uma mesa sombreada por vários soldados e repleta de plantas e telegramas — e começou a explicar o que acontecera a Landry; que não apenas a cidade, mas também seus próprios vizinhos o haviam abandonado. Como, sem nenhum outro lugar para se virar, ele precisava saber que havia pelo menos um homem honrado com quem poderia contar como aliado. Uma pessoa que o ajudaria a buscar a justiça que Landry merecia.

Glass se sentou enquanto George falava e agora escrevia uma nota. O ajudante estava parado como uma estátua resoluta ao seu lado. Apenas ao ver o rapaz de mãos vazias George percebeu que ele mesmo ainda segurava sua metade da pilha de papéis, então os colocou sobre a mesa.

Tendo concluído seu monólogo, ficou quieto, sentindo-se incrivelmente pequeno no turbilhão de movimento ao redor — todo um universo de atividades que ele nem sabia que existia antes daquela tarde.

— Já falei com o Sr. Webler — disse Glass. — A questão será delegada exclusivamente ao xerife Hackstedde. Ele é mais do que capaz de investigar esse incidente com imparcialidade.

George ficou pasmo.

— Mas você não ouviu uma palavra do que eu disse? Hackstedde é um tolo, e buscar o conselho de Webler, o pai do acusado, é tão tolo quanto qualquer coisa que o próprio xerife possa fazer. Isso é um completo abandono do dever.

Isso, mais do que qualquer declaração anterior, chamou a atenção de Glass. Ele cruzou as mãos sobre a mesa e lançou a George um olhar tão severo que George quis se esconder atrás da pilha de papéis que acabara de colocar sobre a mesa.

— Meu dever? — disse Glass, incrédulo. — Duvido que você tenha a menor ideia de qual seja o meu dever. A própria definição da palavra está além de sua compreensão, assim como para tantos homens que têm tanto e precisam de tão pouco daqueles ao seu redor. Permita-me explicar claramente para não haver qualquer confusão. Meu dever é com o meu país. Nesse caso, meus superiores acharam por bem atribuir esse dever a uma única tarefa de pouca estima, mas de grande importância, que é operar uma madeireira em uma lamentável cidade do interior, cheia de pessoas que me desprezam. Esse dever também requer que eu mantenha a paz entre as mesmas pessoas que desejam me ver, e todos esses soldados ao meu redor, longe de suas casas. Esse é o meu destino. E eu tenho feito isso, e continuarei a fazer, até que seja liberado.

— Eu não pretendia ofendê-lo.

— Esse é o problema. Seu egoísmo não conhece limites. Você não vê além de si próprio. Deus o livre de considerar que aquelas pessoas que esperam na fila durante toda a manhã do lado de fora daquela velha escola possam ter prioridade sobre suas próprias necessidades.

— Apresentei meu caso de maneira inadequada — disse George, retrocedendo o máximo que pôde. — Não sou perfeito, o que lhe digo sem nenhuma reserva. Mas isso não muda o fato de que existe um homem morto, um homem que foi bom para todos que conheceu, que merece coisa melhor do que ter seu assassinato tratado como uma questão sem importância. Francamente, estou estupefato que você tenha caído no feitiço de Webler. Para alguém atento às artimanhas dos homens que buscam favores, você se alinhou com o pior deles.

— Wade Webler é tão egoísta e insensível quanto você, ou eu, ou qualquer homem ou mulher que deseja isso ou aquilo de mim. No entanto, ele foi o primeiro a me cumprimentar quando entrei nesta cidade. O primeiro a me dizer quem podia me ajudar com nossos objetivos comuns. Devo acrescentar que, em um momento de grande necessidade pessoal, quando precisei de dinheiro para um parente em apuros, ele me ajudou sem questionar. A generosidade foi incomparável, Sr. Walker.

– Você está na mão dele – murmurou George, mas Glass continuou como se ele não tivesse dito nada.

– Nestes últimos meses, apenas hoje o Sr. Webler me pediu algo em troca. E quer apenas que eu me recuse a me meter nessa história da morte de um negro liberto, para que não se torne um problema grave. Se esse é o único requisito para manter a paz entre os cidadãos desta cidade esquecida por Deus, deixar meus superiores felizes e ainda ajudar um homem que me ajudou muito, bem, eu alegremente fecharei os olhos.

Com isso, Glass voltou a atenção para os papéis em sua mesa e não mais se dignou a notar a presença de George.

– Esforcei-me para que esta cidade fosse um modelo para outras no estado – continuou ele –, e quando o Departamento dos Libertos chegar, acredito que eles verão exatamente isso. Esse triste sujeito ajudará a tornar isso possível. Se você me perguntar, o sacrifício dele tem mais ressonância do que muitos que morreram no campo de batalha. Fique contente sabendo disso. Por mais triste que seja.

George não tinha notado os soldados em posição de sentido, esperando ordens de seu superior – pela própria partida de George. Havia algo neutro e impassível nos olhos deles que se traduzia em depreciação. Esse lamentável estranho se debatendo freneticamente diante deles, negado de tudo o que buscava. Ele envergonhou a si próprio.

– Suponho que seja como você falou no salão, então – disse George. – Não temos mais negócios a tratar.

Glass olhou para cima, confuso, ao que parecia, com o fato de George ainda estar em sua presença.

– General Glass – disse, já se virando para partir.

※※※※※

Ele pensou em visitar Ezra, mas não conseguiu reunir forças para suportar qualquer tipo de reprimenda; em vez disso, foi até o depósito de móveis, ainda de mau humor. Teve que passar por uma privada – uma lata enferrujada embaixo de um banquinho de madeira lascada – e um carrinho de bebê só para chegar à porta da frente, e dentro havia uma coleção de outros produtos indesejados. O caminho para o caixa era definido menos por qualquer direção clara do que pela ausência de obstáculos bloqueando a passagem. A certa altura, George se virou e correu direto para um globo do tamanho de sua cintura e, em seguida, quase tropeçou em um colchão de penas, o que parecia um final aceitável para sua tarde.

A essa altura, o proprietário, um homem de camisa branca e colete preto que cheirava a tabaco, o encontrou. Quando George declarou seu propósito, ele o levou para os fundos da loja, onde os caixões estavam alojados.

– Se os mantivermos à vista, os clientes tendem a não ter disposição para gastar – explicou o homem.

Tendo falado com Prentiss e obtido sua aprovação, George solicitou um caixão de bétula.

– Tenho nogueiras atrás da minha casa – disse o homem. – Então vendo caixões de nogueira.

Não adiantaria protestar.

– Alinhado, aparado e saliente – disse o homem. – Tudo pelo preço que você pagaria por um barril decente de licor. Pode não ser bétula, mas é uma pechincha.

George olhou para ele, mas o homem apenas retribuiu o olhar, então simplesmente pagou e pediu ajuda para carregar o caixão até onde Ridley estava amarrado.

– Isso pode ser arranjado – disse o homem. – Mas temo que o trabalho seja extra.

– São apenas cem metros pela cidade.

Um longo silêncio pairou entre eles e, nas pequenas curvas de luz que alcançavam a sala dos fundos, a poeira antiga do lugar pairava no ar. O homem acendeu um charuto e ficou ali parado.

– Ah, bom Deus – disse George enquanto tirava todas as moedas que haviam sobrado, e então as colocou sobre a mesa. – Só pegue uma ponta e me ajude.

– Jessup! – gritou o homem.

Da porta dos fundos apareceu um garoto vestido de forma idêntica ao homem – camisa branca, colete preto, uma aparência mórbida transposta para ele pelo ambiente.

– Sim? – respondeu o garoto.

O homem apontou o charuto para George.

– Ajude este homem a carregar seu caixão.

Era pesado para um, mas tolerável para dois. Desceram as escadas carregando-o, mas George disse que precisava de um momento, então colocaram o caixão no chão. O cavalo de Hackstedde havia partido agora, com o de Tim – o de Webler também. Nenhuma vida se mexia por trás das janelas acortinadas do prédio de tijolos.

O rapaz ficou inquieto.

– Não tenho o dia todo, senhor.

Quando o caixão finalmente estava na carroça atrelada a Ridley, o garoto se demorou.

George balançou o dedo.

–Você não vai receber um centavo meu. Pode ir.

O garoto revirou os olhos como se George tivesse acabado com seu mundo e espasmos o percorreram, então se virou e desapareceu em um piscar de olhos.

George se recompôs e subiu em Ridley. Como assim? Cumprir apenas uma única tarefa e já dar o dia por terminado? Ele poderia tornar o ato de sentar-se na cama por dez horas seguidas, sem mover um único dedo do pé, uma tarefa, e ainda assim se sentir exaurido. Era inacreditável, mas verdade.

–Vai! – disse a Ridley com um empurrãozinho da bota.

O burro não se mexeu.

– Anda – insistiu ele.

Nada ainda. Ridley balançou as orelhas, como se rejeitasse os comandos. George deu um chute para enfatizar o comando, mas isso também não produziu efeito.

– Mova esse seu traseiro gordo! – gritou George. –Vai! Vai! Vai! Droga.

Ridley não se moveu um milímetro, olhando para longe, para a longa estrada, o grande trecho de floresta a distância, talvez para um esquecimento que só ele podia ver.

George se inclinou para o ouvido do burro.

– Não há nada lá – disse, furioso. – Esta estrada dá em outra cidade como esta, e depois outra, e não há nada em nenhuma delas, só a mesma coisa repetida, diferente, mas idêntica, as mesmas lojas com fachadas diferentes, os mesmos cidadãos simplórios com faces diferentes, e absolutamente nada disso deveria interessá-lo, porque você é um maldito burro sem cérebro que arruinou meu dia.

George escorregou de Ridley em um acesso de raiva, pronto para entrar em conflito com a criatura, mas no momento em que seus pés tocaram o chão, Ridley começou a trotar.

— Entendi — disse George, bufando. — Muito bem.

Então eles caminharam lado a lado. Ele se escondeu na sombra de Ridley, e seu humor era de conciliação.

— Se a carga era muito grande, você só precisava avisar — sussurrou. — Não dá para simplesmente ficar parado em silêncio.

Como se o burro pudesse falar. Mesmo assim, foi o único pedido de desculpas que George conseguiu administrar. Ele colocou a mão na base da crina de Ridley, e apenas sentir o bicho deu-lhe conforto, por estar na presença de outro animal de sangue quente, sem maiores desejos além de dar um passo após o outro até chegar em casa.

Houve pouco tempo para preparar o enterro, mas Isabelle recolheu rosas do jardim, as poucas com qualidade, e fez um buquê. Prentiss, George e Caleb carregaram o caixão, Prentiss na frente e George e Caleb lado a lado atrás. George contou a eles sobre uma clareira na floresta, que ele havia mostrado a Landry algum tempo atrás, e onde o viu em várias ocasiões desde então. Presumiu que era seu lugar favorito na floresta, intocado pela vida humana exceto por ele — e que seria o melhor lugar para um enterro.

— Você quer que eu diga algumas palavras? — George perguntou a Prentiss. — Eu sei alguns versículos de cor.

Prentiss estava focado no caixão tão intensamente que George pensou não ter sido ouvido, mas então Prentiss olhou para ele.

— Deixe ele ir como viveu.

Então cavaram em silêncio, os três se revezando, Isabelle parada ao lado. Demorou quase uma hora para fazerem um buraco suficientemente grande.

Quando o caixão foi enterrado, Caleb se virou para Prentiss e falou pela primeira vez.

— Se você não me quiser aqui...

Prentiss mais uma vez manteve os olhos no caixão.

— Você não matou meu irmão — disse ele. — Não vou te impedir de dizer adeus.

Todos os quatro ficaram em silêncio sob a abóbada que começava a se fechar como uma pálpebra, rodeada pelos galhos das árvores que se estendiam uma na direção da outra no vento oblíquo.

— Isabelle — disse George.

Ela deu um passo à frente e tirou da bolsa uma estaca de madeira, não mais comprida do que a perna de uma criança, e a enfiou no chão na ponta do caixão. Então puxou outro item da bolsa, uma meia, do mesmo azul que Landry havia tricotado para ela, mas grande o suficiente para um homem adulto – para o próprio Landry.

– Eu sabia que, se vocês dois fossem para o norte – disse ela a Prentiss –, um dia o tempo esfriaria e, visto que seu irmão foi tão gentil em tricotar um par de meias para mim, pensei em retribuir o favor. No mínimo, ela pode celebrar sua bondade, para marcar o lugar onde ele encontrou um pouco de paz, afinal.

Ela cobriu o topo da estaca com a meia e prendeu-a com um pedaço de barbante. Quando a luz do sol a tocava, o azul era intensamente brilhante em meio à extensão de grama verde, de modo que podia ser avistado de qualquer ângulo na orla de toda a floresta.

– Eu gostaria que você ficasse com a outra – disse Isabelle.

Ela puxou da bolsa o outro par da meia e o entregou a Prentiss. Ele esfregou o tecido com os dedos, colocou a meia contra o peito e agradeceu.

Ela abriu os braços e eles se abraçaram.

– Não pense nem por um segundo que me esqueci de você – disse ela, falando quase em um sussurro. – Seu par está em casa. Vou terminar em breve.

Ele não conseguiu conter um riso tímido.

– Cuidando de mim como se eu fosse da família. Não vou esquecer a sua gentileza, sinhora Walker.

Ficaram ali por mais um tempo, nenhum deles desejando apressar o processo, até que Prentiss olhou para eles.

– Se vocês não se importar – disse ele –, eu queria ficar um momento sozinho com meu irmão.

– Eu gostaria de ajudá-lo a cobrir a sepultura. Imagino que vá levar algum tempo.

– George – disse Isabelle.

– Eu consigo – garantiu Prentiss. – Posso fazer isso sozinho.

Eles voltaram para a cabana. O jantar foi curto e, quando acabou, George lavou a louça com Isabelle e Caleb, guardando os pratos em silêncio enquanto os outros limpavam a mesa da sala de jantar. Quando Caleb subiu as escadas, George ficou vagando em direção à janela, olhando para a noite sem estrelas, os quilômetros de nada, o último suspiro da lanterna morrendo dentro do celeiro para o qual Prentiss havia retornado.

– O que se passa nessa sua cabeça? – perguntou Isabelle, que se aproximou silenciosa e parou atrás dele.
– Nada – disse ele. – Nada que valha a pena mencionar.
– Para você, tudo vale a pena ser mencionado, George.
Ela estava parada ao seu lado agora. Seu cabelo, embora elegante, parecia ter adquirido um pouco mais de cinza, e havia rugas que ele não tinha notado antes, constelações tão bonitas quanto aquelas no céu durante uma caminhada noturna.
– Você se lembra da escrava do meu pai? Taffy?
– Você já me falou dela.
– Éramos muito próximos – disse ele. – Ainda assim, consigo lembrar pouco dela. Apenas uma sombra ficou comigo depois que ela foi vendida. Não posso descrevê-la além de dizer que eu ainda a sentia correndo ao meu lado enquanto brincava sozinho. Ou a ouvia lavando roupa do lado de fora quando eu acordava.
– Senti o mesmo quando meu pai morreu – disse ela. – Silas e eu. Nós o ouvíamos gritando para nos chamar. Os gritos de uma lembrança.
– Não é assustador?
– Foi você quem disse que eu imaginei o cheiro do caixão do meu tio. Suponho que não seja diferente disso de que está falando. As crianças lidam com as coisas da maneira que podem.
George se sentou à mesa da cozinha novamente. Isabelle permaneceu perto da janela, olhando em direção ao celeiro.
– Bem, parecia real para mim – disse George –, e me entristeceu mais do que consigo falar. Eu critiquei minha mãe por dias. Ela não estava bem, mas eu não pude evitar. Ela apenas me disse que tais relacionamentos devem ser rompidos rapidamente. Que era melhor focar as memórias de nossas brincadeiras e nosso tempo juntos, em vez da partida dela. Mas a ausência de Taffy foi muito mais aguda do que qualquer lembrança de tempos melhores. – George batia na mesa agora, enquanto os pensamentos se confundiam em sua mente. – Isabelle, Prentiss precisa ir. Agora. Para o bem dele e o nosso.
Ela colocou a mão no ombro dele.
– Deixe-o terminar de fazer as malas – disse ela. – Deixe-o chorar esta noite. Até a primeira luz da manhã...
– À primeira luz da manhã – disse George.
Mas a primeira luz poderia não chegar cedo o suficiente.

Capítulo 18

Era sua última noite na fazenda, e Prentiss mal conseguia fechar os olhos, quanto mais adormecer. Seu catre parecia uma sólida laje de rocha, e ele se mexia e se virava sem parar. Ao seu lado, o lugar onde Landry costumava dormir. A verdade é que ele não confessaria a ninguém, mas lhe dera grande conforto estar ali com o irmão morto. Entre ficar sem nada ou com o corpo, ele ficaria feliz em ficar com o corpo, olhar para ele, falar com ele e amá-lo como ao próprio Landry. Ele tinha pensado em abordar a ideia com George, recusando o funeral. Tanta coisa havia sido tirada dele – a terra deveria reivindicar o corpo também? Mesmo assim, o funeral foi correto. Ele se perguntou se era o mesmo campo de que seu irmão havia falado, aquele com os dentes-de-leão, mas não viu nenhum e não ousou perguntar a George, já que preferia ter esperança de que fosse a descobrir o contrário.

Seus pensamentos flutuaram, e ele se virou de bruços apenas para se equilibrar. Ele tinha dinheiro para hospedagem e alimentação suficiente para pelo menos um mês. George disse-lhe para ir para o norte até que a paisagem lhe conviesse; encontrar um emprego, uma esposa, uma casa. Fácil de imaginar, ele disse a George, mas difícil de realizar. Especialmente se ele fosse ficar sozinho.

—Você não está sozinho – disse George. –Você nunca estará sozinho.

O que era mentira. Seu isolamento era entorpecente. Ele não era mais um irmão; não era mais um dos muitos que povoaram as terras de Morton; e, muito provavelmente, não era mais um filho, pelo menos não da maneira que importava. Pelo que sabia, sua mãe não pisava mais naquela terra. E o que importava se ela o fizesse? Suas chances de algum dia encontrá-la pareciam tão plausíveis quanto as de trazer Landry de volta à vida. A ideia que ele acalentava por muito tempo – a mãe morando em outro lugar, talvez até no norte – soava verdadeira apenas para uma parte dele que ainda alimentava fantasias. Ele a via caminhando à frente por uma trilha empoeirada, uma mulher com cabelos negros como um ninho na cabeça, seu vestido de prímula brilhando sob os raios do sol; ou a imaginaria pegando água da bomba em uma estrada empoeirada, seus dedos delicados levando água à boca do filho. No entanto, ele sempre soube que tudo isso era obra de sua mente. Imaginou que Landry também sabia, que era um segredo que ocultavam um do outro para manter aquela falsa verdade, para manter a história e a essência dela vivas para sempre.

Agora ele enfrentava a realidade de que só restara ele. Sozinho. O pensamento era um raio de medo, mas ele sabia que chegaria a conhecer essa nova vida assim como conheceu todas as que vieram antes – pois cada passo na vida tinha sido um obstáculo, mas ali estava ele, ainda de pé, dia após dia, pronto para o que quer que acontecesse a seguir. O fragmento de esperança parecia a salvação e o levou a um sono profundo.

Ele acordou com uma orquestra ritmada de cascos de cavalo. Correu para a porta do celeiro e espreitou, colocando a cabeça para fora para observar o grupo que vinha pela estrada. Vários homens a cavalo lideravam o ataque. Atrás deles, uma carruagem negra.

Prentiss gritou por George e caminhou em direção à cabana. Sem esperar uma resposta, foi direto pela porta dos fundos e quase escorregou para cima do fogão com a pressa. A sala estava vazia; a casa, adormecida.

– George! – ele gritou para cima. – É melhor se levantar!

Lá fora, os cavalos pararam na rotatória, a carruagem pousou em uma nuvem de poeira. Os homens puxaram as rédeas dos cavalos, embora os animais ainda saltassem agitados. Os dois da frente estiveram ali no dia anterior, e os outros, nos fundos, eram ninguém menos que Ted Morton e Gail. Prentiss pensou em ir até o andar de cima e bater, mas, quando deu um passo à frente, a porta do quarto foi aberta.

George apareceu de camisola.

– Que barulho é esse? – perguntou ele, com os olhos semicerrados.

– Lá fora – disse Prentiss. – É aquele xerife. E ele não tá sozinho. Eu também vi Morton. É um bando deles.

George arregalou os olhos.

— Não saia — disse ele. — Deixe-me colocar uma calça. — E voltou para o quarto.

Na rotatória, o cocheiro abriu a porta da carruagem, e lá de dentro saiu um homem em trajes de noite, mais formal do que qualquer um que Prentiss já tinha visto. Um segundo homem, mais ou menos de sua idade, desceu em seguida, e os dois ficaram ao lado da carruagem, falando pouco. O mais velho falou com o mais jovem, ajeitou a gravata e deu alguns passos em direção à casa. O que se seguiu se deu quase em sincronia: a porta do quarto de George se abriu, assim como a de Caleb, e, um após o outro, pai e filho desceram as escadas.

— Eu os vi pela janela — disse Caleb. — August está com eles.

— Que coragem — disse George. — Vir sem avisar. Se eles ousarem tentar alguma coisa...

— George! É você aí? — Era o mais velho, de terno, que Prentiss presumiu ser o pai do assassino de seu irmão. — Por que você não sai, assim eu não preciso entrar.

— Se você passar por esta porta eu dou com uma panela na sua cabeça, Wade. Pode acreditar.

George mancou até a varanda.

O homem de terno acenou para ele, com o rosto contraído de nojo.

— Ameaças não combinam com você, George. Você é melhor do que isso.

Hackstedde e seu ajudante ainda estavam montados, com Morton e Gail, enquanto Wade e o filho ficaram diante da carruagem. Prentiss nunca tinha visto o rapaz, embora ele fosse como Caleb o descrevera — reservado no comportamento, mas com algo selvagem nos olhos. Ele queria atacá-lo de uma vez. Prentiss não gostava de briga, mas abriria uma exceção, pegaria aqueles cachos loiros em seu punho e levaria aquele rosto até o chão. E faria isso repetidas vezes, até o rapaz não mais tentar se levantar.

— Não tenho interesse algum em conversar de manhã tão cedo — disse George enquanto ele e Prentiss saíam —, então é melhor você resolver isso rapidamente. Nada dessa sua costumeira tagarelice.

— Tagarelice — disse Wade alegremente. De repente, seu rosto se contraiu e ele ficou sério. — Hoje, como podem ou não saber, é uma ocasião muito especial. August vai se casar. E ainda ontem, no meio de nossos preparativos, fomos surpreendidos com o que só podem ser consideradas denúncias nefastas, feitas a August por seu filho. Você pode imaginar como isso foi angustiante para o meu filho. Não é verdade?

Wade agarrou o ombro do filho, que permaneceu com a mesma expressão impassível do pai. Prentiss rastreou o olhar do garoto até Caleb, que parou ao lado do pai na varanda e olhava de volta para August, os olhos ainda endurecidos pelo sono.

— Eu não me dignaria a repetir as acusações perversas — disse Wade —, mas achei melhor virmos vê-lo pessoalmente, apenas para que August enfatizasse o quão inocente ele é dessas acusações.

August o interrompeu, falando como se estivesse lendo um papel, em um tom monótono, um fluxo rápido de palavras.

— Temo que Caleb tenha passado por um trauma de guerra severo e que sua condição o tenha levado a inventar uma ficção sobre o tempo que passamos juntos, mas isso não aconteceu.

— Ah, pare com isso — disse Caleb. — Só pare. Meu Deus. Você nunca foi bom, mas achei que fosse honesto, ou pelo menos tentei acreditar nisso. Quer dizer, você mentir sobre ser ferido na guerra era uma coisa, mas isso passa dos limites. Se eu soubesse que você era apenas uma versão mais doente de seu pai, e igualmente sem coração...

— Não fale sobre o que aconteceu na guerra — disse August.

Mas Wade foi rápido em pisar nas palavras do filho.

— Basta dizer que as debilidades de Caleb estão evidentes agora — murmurou.

Foi nesse momento que Isabelle apareceu, de camisola, o cabelo ainda preso em um coque.

— Você sabe que é melhor não falar mal de um filho na frente da mãe, Wade Webler. Não vou admitir isso aqui.

— Isabelle! Bom dia para você — Wade ergueu o chapéu. — Não se preocupe. Não vou dizer mais nada. O xerife pode assumir a partir daqui.

Hackstedde saiu de uma postura desleixada e endireitou-se sobre o cavalo. Parecia não ter dormido, os olhos fundos nas órbitas, com bolsas tão inchadas que era como se seu rosto tivesse dobrado sobre si mesmo.

— Muito bem — disse ele. — Temo não termos encontrado nada sobre esses rumores que seu filho eclodiu, George. Eu entrevistei o Ted aqui. Ele disse que tinha pelo menos uma dúzia de homens em seus campos, e ninguém viu ou ouviu nada fora do comum naquela floresta. Nem um pio.

— É isso, eu não poderia ter dito melhor — admitiu Morton.

Hackstedde continuou.

— August nega as acusações e tem um bom álibi. Ele e o pai estavam trabalhando no escritório quando tudo aconteceu. Então, isso é tudo o que há para ser dito. Caso encerrado.

O peito de George subia e descia tão rapidamente que Prentiss temeu que o coração do velho pudesse parar. No entanto, todos intuíram que deveria ser o plano, como antes, permanecer em silêncio e deixar o resultado rolar. E assim George fez sua parte.

— Muito bem — disse ele.

— Se você quiser — disse Wade —, em demonstração de boa vontade e em nome da perda que sofreram, tenho alguns cavalos que estou disposto a doar para a sua fazenda. Sei que você só tem esse asno, e odeio vê-lo tendo problemas com essa coisa toda vez que passa pela cidade, parecendo um mexicano triste abrindo caminho por uma trilha de cânion.

Morton e Gail riram, ambos colocando a mão na boca como se fossem gêmeos a par dos movimentos um do outro.

— Estou muito feliz com Ridley — disse George, fervendo de raiva. — Se eu quisesse um cavalo, ou três, eu mesmo os compraria. Mas aprecio sua gentileza.

— Que seja — retrucou Wade. — Seguiremos nosso caminho. Tenho que pegar minha mãe. Tentei mandar um condutor para ela, mas não, devo buscá-la eu mesmo.

Esse homem era um indivíduo, Prentiss agora via, inteiramente diferente dele. Não era sua astúcia, ou o mal que o dominava, mas sua confiança — o conhecimento abundante no largo sorriso, que indicava que, embora o filho tivesse sido acusado de um assassinato a sangue-frio, tudo no mundo estava alinhado para facilitar sua vida, não importava quem ou o que atravessasse seu caminho.

— Posso oferecer minhas desculpas — disse Wade — por não lhes estender o convite para o casamento? O que posso dizer? Acabamos decidindo fazer uma cerimônia mais reservada.

Ele então encerrou um bom acordo e seguiu para a carruagem com o filho.

— Um homem morreu — manifestou-se Caleb, sua voz estridente de emoção, como era de sua natureza. — Deixando de lado quem fez isso, ou o pouco que penso dessa pessoa para o resto da vida, o fato em si não significa nada para vocês? Que uma vida foi ceifada?

Foi um consolo que os capangas não tivessem resposta. Wade e o filho pararam e se viraram, aparentemente incitados por um sutil desconforto.

— O nome dele era Landry — disse Prentiss. — Ele não era um homem qualquer, era meu irmão. A melhor pessoa que eu já conheci. A melhor pessoa que eu vou conhecer. E não tem cavalo no mundo pra compensar a morte dele.

— Já basta — ordenou Morton. — É melhor lembrar o pouco que pôde aprender com seu irmão e manter a boca fechada.

George se aproximou, enfiando a camisa nas calças, os olhos brilhando.

— Você é um tolo insensível, Ted — disse. — Você não tem direito de pronunciar uma palavra sequer numa sociedade civilizada, ou em qualquer sociedade.

— Se pretende começar algo de novo — disse Ted —, pode ter certeza de que eu termino mais uma vez.

— Acalmem-se, todos — disse Hackstedde, elevando a voz.

— Uma vez o vi colocar as patas no Sr. Morton — lembrou Gail —, e não vou deixar isso acontecer de novo.

Os cavalos ficaram tensos e relincharam, e o pátio inteiro, ainda inundado pela ventilada luz da manhã, parecia estar fervendo. As vozes se atropelavam agora, mas Prentiss estava quieto em meio ao tumulto.

Embora Morton fosse uma criatura patética, menor do que ele, não conseguia se desviar da figura de Wade Webler: a grandiosidade de seu traje, a presunção de seu semblante, a autoconfiança em seu controle total da situação. Ele ficou encostado na carruagem sussurrando algo para o filho, sorrindo mais uma vez. Diante de sua força, Prentiss sentiu uma timidez repentina, como se fosse um menino de novo, se escondendo de medo atrás do vestido da mãe. Ele não podia ter medo, não podia mais ser inferiorizado. Os insultos continuaram em ondas, e a energia o empurrou para a frente. Ele estava na metade do caminho até a carruagem quando o xerife o notou se movendo em direção à sua comitiva.

— Pare aí — disse Hackstedde.

— Prentiss! — advertiu George. — Volte aqui.

Mas ele não receberia ordens ou comandos. Não mais.

— O que esse rapaz está tramando? — indagou Wade, ainda encostado na carruagem enquanto Prentiss se aproximava.

O xerife e os outros viraram os cavalos para a carruagem. Atrás dele, Prentiss podia ouvir o barulho dos passos vacilantes de George na estrada empoeirada.

— Prentiss! Por favor.

Entretanto, os olhos de Wade eram sanguíneos, de um marrom suave, seus lábios carnudos como os de uma mulher, o queixo projetado para a frente. Mas, por fim, o poder daqueles olhos se dissipou diante de Prentiss, que estava perto o suficiente do homem para sentir seu hálito de charuto. Isso era primitivo. Wade não conseguia manter a calma em tamanha proximidade, com as mãos nuas.

– George – disse. – Tire seu cachorro de cima de mim.

Prentiss respirou fundo e, quando exalou, parecia que uma vida inteira de luto emanava dele, exorcizada e oferecida de volta ao mundo como uma justa retribuição. A sensação era tão agradável, tão libertadora, que ele teria ficado contente sabendo que aquela única respiração tinha sido sua última. Na verdade, foi tão arrebatadora que ele não pensou muito no que veio com ela: a bola de catarro que disparou como bucha de canhão no rosto de Wade.

Wade ficou imóvel, os olhos inabaláveis, sentindo o muco escorrer pelo nariz. O tempo parou. O pátio estava em silêncio. O próprio mundo gaguejou e fez uma pausa. Quando começou a se mover novamente, estava incrivelmente lento, disposto como uma melodia escrita nota por nota em tempo real. O olhar de Prentiss caiu sobre o estofamento da carruagem, extremamente branco; então olhou para a frente: pela janela traseira, para o mar de manta verde, a grama serrada pelo vento, e viu a brisa antes de senti-la no pescoço, talvez a última da manhã antes de o calor varrer aquelas paragens.

A coronhada do rifle veio após o vento, acertando sua caixa torácica, seguida por uma segunda, bem na cavidade da perna, atrás do joelho. Ele sentiu que estava caindo, mas agarrou-se à lateral da carruagem e se virou para Hackstedde quando a coronha do rifle do xerife caiu sobre ele novamente. Prentiss se esquivou e foi atingido no ombro.

– De joelhos! – gritou Hackstedde.

A essa altura, o ajudante também já havia descido do cavalo. Quando avançou, Prentiss sentiu um aperto no pescoço: Wade Webler prendendo-o com um estrangulamento.

– Basta! – gritou George, aproximando-se.

O ar lhe saía com força, e Hackstedde recuou para um golpe fatal quando George se interpôs entre eles e acenou para o xerife sair.

– Abaixe essa maldita arma, Lamar. Wade... – Os olhos de George se voltaram para os de Prentiss com uma expressão de terror. – Já está bom, – disse ele calmamente.

A doçura da água • 201

O coração de Prentiss batia tão forte que ele o sentiu na cabeça. Não conseguia se livrar daquele homem urso e começou a entrar em pânico, contorcendo-se, já quase inconsciente. Havia um círculo ao redor deles agora: Isabelle e Caleb imploravam, e os outros permaneciam em silêncio, os olhos fixos em Prentiss e Wade. A pressão no pescoço dele era implacável.

George ergueu as mãos, em uma tentativa de pacificar Wade.

— Você sabe tão bem quanto eu que tem uns agentes vindo para a cidade. A morte do irmão dele foi motivo de alarme. Se matar este homem bem aqui, agora, o que acha que vai acontecer?

Wade falou entredentes, praticamente no ouvido de Prentiss:

— Por acaso você acha que eu me importo?

Prentiss foi erguido no chão. Ele não podia acreditar na força do homem, cujo braço estava tão fortemente envolto em seu pescoço que sua língua se contorceu involuntariamente na garganta.

— Considere a chance real — disse George — de que eles decidam torná-lo um exemplo. Glass pode ser um aliado, mas esses que estão vindo não dão a mínima para quantos edifícios ou quanto dinheiro você tem. Esses desgraçados querem homens como você. Eles vão saborear a chance de punir o mais poderoso que puderem. Pense nisso. Para o bem do seu negócio. Por August.

Prentiss acreditava ser pura invenção tudo o que George falava, mas funcionou. Wade o soltou, e ele caiu amontoado no chão, ofegante. Antes que pudesse se recompor, Hackstedde estava atrás dele, colocando ferros em seus pulsos. Ele agarrou Prentiss pelo cabelo da nuca e o puxou para cima. Sua cabeça ainda zumbia — o mundo ainda girava.

Wade respirou fundo e enxugou o cuspe do rosto. Seu filho o olhou com tanto ódio que Prentiss tinha certeza de que o rapaz o atacaria, como fizera o pai. Mesmo assim, ele não disse nada.

— Coloque esse rapaz num maldito buraco no chão — ordenou Wade. — Quero que chamem um juiz. Até amanhã.

— O único juiz que está circulando é Ambrose — disse Hackstedde. — Ele estava ouvindo casos em Chambersville da última vez que o vi.

— Se eu pagar, com que rapidez ele chega aqui?

— Imagino que assim que o dinheiro tocar a palma de sua mão.

— Avise-o. Eu cobrirei as despesas. Quero esse garoto sob custódia e quero isso na forma da lei. Qualquer coisa menos do que um enforcamento seria uma farsa. Certifique-se de que meu recado chegue ao juiz Ambrose.

Prentiss trocou um olhar com George e, na cavidade das bochechas do velho, a tensão em seu rosto, encontrou uma expressão de decepção tão profunda que teve que se virar.

Wade ajeitou o colarinho e, como se fosse um sinal, o cocheiro saiu e abriu a porta para ele e para August.

— Agora, temos um casamento, se não se importam.

Morton, ainda montado no cavalo, enfrentou Wade com remorso nos olhos, o chapéu na mão.

— Antes de ir — disse —, posso apenas apresentar-lhe minhas desculpas pela cusparada desse rapaz? Eu assumo a responsabilidade, visto que ele é problema da minha terra. Deus sabe que ele nunca cometeu tal ato profano antes, nem contra mim, nem contra ninguém em minha casa.

Sob o feitiço da raiva, o corpo inteiro de Wade parecia inchado, e sua cabeça, igualmente inchada de raiva, da cor de um tomate, girou para enfrentar Morton em seu cavalo.

— Imagino que ele estivesse esperando alguém que valesse o esforço. Boa tarde.

E com uma única chicotada do cocheiro, os Weblers partiram.

Foi um momento desconfortável até que Morton acenou com a cabeça para Gail segui-lo pela estrada.

— Eu e o Sr. Webler nos damos bem — disse ele, preparando-se para partir. — Ele só está de mau humor. Apenas isso.

Morton deu uma breve ordem ao cavalo, e os dois partiram.

Restavam o xerife e seu assistente. Hackstedde puxou um pedaço de corda do alforje, amarrou uma extremidade à sua sela e a outra aos pulsos já algemados de Prentiss.

George só conseguiu balançar a cabeça para Prentiss em uma demonstração de derrota.

— Você estava tão perto de partir — disse. — Por quê?

Não havia meios suficientes para explicar o prazer: como tinha sido fantástico reunir coragem, dar um passo à frente, ceder pela primeira vez a um ato proibido de protesto. A alegria de estar diante de Wade como se tivesse poder — apenas por aquele segundo — era indescritível.

— Foi bom — disse a George. — É tudo o que eu sei.

O puxão da corda, arrancando-o em direção ao cavalo, produziu uma punhalada perfurante em seu corpo, no ponto onde havia sido atingido. Ele tinha vontade de vomitar, mas ficaria de pé, não importava a dor, até chegar aonde quer que eles pretendessem levá-lo. O cavalo parou quando Hackstedde o montou.

– Vamos dar um jeito – disse George.

– Deixe as coisa como estão – pediu Prentiss. – Deixe a sua família descansar.

George abriu a boca para falar, mas se conteve. Talvez tenha percebido que não havia palavras.

Isabelle se despediu de Prentiss.

– Sinhora – disse Prentiss, acenando com a cabeça. – Caleb.

– Prentiss – respondeu Caleb.

– Ele estará na prisão do condado – disse Hackstedde. – Sem visitantes.

Prentiss olhou para cima e admirou as nuvens, suaves como penas presas a um céu severo. Houve um segundo puxão, e eles começaram a descer a estrada.

Capítulo 19

John Foster havia construído sua casa às margens de um riacho sem nome que serpenteava por toda Old Ox. O riacho convergia em ponto estreito, e os níveis das águas estavam tão baixos que mal havia uma correnteza de que valesse a pena falar; em dias calmos, se alguém escutasse de perto do pórtico posterior, o som daquele fio infinito de água podia ser ouvido rio acima, tão distante que parecia provir do buraco de uma concha. Ainda assim, quase sempre passou despercebido, já que os endiabrados filhos de John espalharam terror pela casa até o dia da morte do pai. Depois disso, sua esposa, Mildred, aplicou disciplina na casa com uma força tão rápida que muitas vezes a água era ouvida não apenas na parte de trás da casa, mas também por todos aqueles que passavam diante da construção. Mesmo assim, os filhos, agora crescidos, não se comportavam da melhor maneira, e Mildred estava sempre ansiosa para informar Isabelle sobre as provações contínuas de seu papel na criação dos filhos e as falhas ocasionais – mas a realização geral ainda era suficiente para lhe trazer uma sensação de satisfação, e embora não fosse o heroísmo que se poderia ler em um romance, seu lugar nos anais dos triunfos domésticos estava garantido no que dizia respeito às mulheres de Old Ox.

Isabelle ouvia o riacho muito bem no início da tarde, enquanto caminhava pelo portão diante da casa de ripas. Mildred havia colocado duas cadeiras na varanda e uma mesa de serviço entre elas. Um vaso de girassóis repousava sobre a grade, e a luz do sol brilhante projetava-se sob o telhado, reluzindo um amarelo tão forte que parecia das próprias pétalas. Com o dedo no ar, para notar algum item esquecido, Mildred entrou novamente e voltou com um balde, que deixou cair na frente da cadeira vazia ao lado de Isabelle. Contra o peito, segurava uma tigela de batatas.

Isabelle se desculpou pelo atraso, explicando que teve que ir a Selby para ver Prentiss.

— Eles o levaram para a prisão de lá, como certamente você deve saber. O imbecil do Hackstedde está liderando a acusação.

A princípio, Mildred ficou em silêncio, ocupada em descascar as batatas. O riacho voltou a ser ouvido – como o oco sibilar de uma cobra. Ridley estava imóvel diante da estrada, estoico como sempre, a carruagem atrás dele.

— Foi quase o único assunto na festa de casamento – contou ela, por fim. – Wade não hesitou em mencionar o ocorrido, mesmo quando se tratava das acusações contra August. Alegações horríveis, devo dizer. Era como se a coisa toda fosse uma piada para ele.

— Estremeço ao imaginar outro momento na presença daquele homem. Seria como reviver o que aconteceu ontem.

— Imagino – disse Mildred. – Como foi sua ida até lá?

— Não foi muito bem-sucedida. Hackstedde disse que visitantes não seriam admitidos, mas eu levei algumas frutas, talvez para convencê-lo, por mais estúpido que pareça. – Ela pegou um pêssego e jogou-o de volta na cesta. – Argumentei com ele sobre quanto tempo eu tinha viajado, e ele apoiou sua declaração em permitir que apenas a família fizesse visitas, já que essas eram as regras. Não foi uma concessão. Ele sabe muito bem o que aconteceu à única família que Prentiss tinha.

— Foi um belo gesto seu para justificar a viagem, pelo menos – disse Mildred.

— Algo precisava ser feito. George definitivamente não irá a Selby. Ele acha que nada será realizado com uma visita, mas acredito que é apenas o medo de viajar que o impede. No entanto, ele fala incessantemente de Prentiss. Ficou tão cansativo que senti a necessidade de deixar de lado o par de meias que estava tricotando para ele e ir ver o homem eu mesma.

— Então você foi. – Mildred largou o descascador e esfregou a palma da mão, apertando-a com o polegar. – E Caleb? Como está se saindo?

— Por onde começar? Ele come migalhas e não diz nada. Esta manhã apareceu das sombras como uma assombração. Não sei se ele voltará a ser o mesmo.

Isabelle tirou o chapéu e colocou-o no corrimão. Considerou fazer o mesmo com os sapatos, mas pensou melhor.

— Depois do que Wade descreveu... – disse Mildred – Bem, se for tudo verdade, e não duvido de seu filho...

Ela balançou a cabeça e pegou o descascador, segurando-o diante de uma batata ilesa.

— Ele viu o mal, Isabelle.

Então ela largou o descascador de novo e se levantou, repentinamente carregada pela conversa e erguendo a voz como se um tornado tivesse se formado em seu peito.

— E talvez você não devesse repreendê-lo por agir como age. Meus meninos, bom Deus. No dia em que voltaram da guerra, preparei um jantar de peru para eles, e eles falaram quase que exclusivamente sobre os horrores que causaram a outros soldados. A conversa não foi uma celebração por estarem vivos, mas pelas mortes que causaram. Eu não conseguia ver o menor sinal de sensibilidade naquela mesa. O que quer dizer que talvez haja algo de bom na transformação de Caleb. À luz da alternativa.

A história se desenrolou tão rapidamente que foi descartada como uma anedota inofensiva, mas Isabelle nunca tinha ouvido a amiga falar de seus filhos em termos tão rígidos. Que eles pudessem ser um motivo de vergonha era surpreendente.

— Mildred — disse ela.

— Já enfrentei coisas piores do que o comportamento de meus filhos — ressaltou Mildred.

— Sim, mas você não precisa enfrentar sozinha. É para isso que temos uma à outra.

Mildred estava olhando para a estrada, o avental amassado contra o parapeito. Seu rosto era anguloso, e a firmeza de sua disposição quase garantia que suas feições nunca se suavizassem e permanecessem como estavam pelo restante do tempo.

— Não uso isso contra você — disse ela —, mas, por favor, não me diga como lidar com meus demônios. Não a julgo por levar frutas a prisioneiros para aliviar a dor de sua casa. Deixe-me lidar com minhas emoções como julgar melhor.

Isabelle enrijeceu-se contra o encosto da cadeira. Depois de algum tempo, Mildred voltou ao seu lugar. Ambas as mulheres pareciam desconfortáveis o suficiente para ficarem sentadas lá, presas permanentemente na varanda, antes que uma dirigisse uma palavra à outra novamente. A paisagem diante delas era de uma imensa quietude, o que só trouxe mais atenção para essa rara dissonância entre as duas.

— Devo me desculpar — disse Mildred por fim.

— Você está errada — respondeu Isabelle, e colocou a mão para o ar. — Não há nada para se desculpar porque você simplesmente está errada em sua acusação. Você não tem ideia de como me sinto. Você pode sufocar sua dor, mas isso não reflete a razão que me levou a Selby. Qualquer dor que eu tenha não deve ser escondida. É um ponto forte. E a usarei bem. Um objetivo tão valioso como ajudar um homem inocente acusado injustamente... seu pedido de desculpas apenas macularia isso.

Mildred olhou para ela como se estivesse avaliando um estranho, e seu olhar se suavizou, minuciosa, mas perceptivelmente. Ela acenou com a cabeça, como se o ato carregasse uma pitada de encorajamento.

— Muito do que você fez recentemente é... Deixe-me colocar desta forma: sua postura não é a mesma de antes. E isso pode ser confuso. Mas seria tacanho desdenhá-la, como fizeram todos os outros. — Mildred deu um sorriso profundo e reconfortante à amiga. — Você é imensamente corajosa — disse ela. — Eu não falei mal da sua viagem para Selby por qualquer desgosto sobre a ação. Acho que estava me referindo a mim mesma. Minhas próprias fraquezas.

— Suas próprias fraquezas? — exclamou Isabelle. — Aprendi a me comportar observando você. Qualquer coragem que eu possa ter é mera performance em comparação com a sua.

— Que bravura existe em me sentar na varanda girando os polegares? É uma enorme falta de propósito, e isso me assombra. Sempre me assombrou.

Isabelle se inclinou para a frente.

— É o John? — perguntou ela. — Você sente falta dele?

Mildred franziu o rosto, parecendo uma uva-passa.

— O sentimento era tão presente quando ele estava vivo como é agora, com ele no túmulo. O problema é que não consigo identificar o que é. O que não torna a falta mais fácil de suportar. Na verdade, a dor só é maior por causa do teimoso mistério disso.

O semblante da amiga desmoronou lentamente. A mandíbula tremeu, os olhos amendoados ficaram lacrimejantes, e quando a mão dela começou a tremer, Isabelle estendeu a sua e a segurou, entrelaçando os dedos aos dela, dizendo que estava tudo bem, que ficaria tudo bem. O calor úmido da tarde era como um selante em suas palmas, e parecia que nada poderia separá-las, nada poderia desfazer seu vínculo. Se dependesse de Isabelle, elas poderiam ficar sentadas ali pelo resto da tarde. Ela não tinha para onde ir.

— Está tudo bem — disse ela. — É bom sentir, Mildred.

— Não é só isso. De todo modo, não agora.

Isabelle se inclinou para a frente.

– Então o que é?

Mildred suspirou.

– Não gosto de tocar no assunto, mas, Deus, se eu puder introduzir outro tópico, por mais espalhafatoso que seja, para nos desviar deste, seria o maior favor que você me faria.

– Qualquer coisa – disse Isabelle.

– Mesmo que diga respeito a você?

– Diga o que se passa em sua cabeça.

Mildred segurou a mão de Isabelle com firmeza.

– Algumas pessoas no casamento falaram com a maior confiança sobre uma certa mulher. Uma mulher da noite.

– Posso assegurar-lhe que não tenho nenhuma ocupação além dos deveres de minha casa.

Mildred não riu.

– Outra mulher. Uma que George, aparentemente, tem visto com bastante frequência. Por algum tempo. Pode ser que a acusação seja apenas para caluniar ainda mais sua família. Não sei dizer.

Isabelle soltou a mão de Mildred, quase involuntariamente. Estremeceu, vacilante, e então se recuperou, pois mesmo isso, em todas as suas sugestões sombrias, não poderia desvendar totalmente seu temperamento. Ela se levantou e começou a andar. O sol parecia um holofote sobre a incerteza que crescia dentro dela.

– Eu ouvi isso na festa – continuou Mildred –, e pensei que deveria contar-lhe pessoalmente, para não haver o risco de alguém lhe transmitir isso por malícia.

Isabelle parou diante do vaso de girassóis.

–Você sabe quem ela é, então?

– Sim – disse Mildred. – Em certos círculos, ela não é um segredo.

– Então não precisa dizer mais nada. Apenas onde posso encontrá-la.

※

O lugar era conhecido de Isabelle; ela já havia passado por ali: uma pequena casa inclinada de latão, não exatamente um barraco, não exatamente uma casa. Tinha assumido a cor da lama e era tão indistinta que Isabelle nunca em sua vida teria notado. Até agora.

Aquela não tinha sido a primeira vez que ela confrontara o espectro da infidelidade de George. Houve aquelas longas noites de ausência dele, e ela não era ingênua. Ele as justificava com suas caminhadas noturnas, mas não havia explicação de por que a caminhada às vezes exigia o paletó, as melhores botas. Ele lhe teria dito – não mentia para ela –, mas ela nunca perguntou. Se de fato ele havia experimentado outras frutas, acabava voltando para a de que mais gostou. Ele imediatamente deslizava na cama ao lado dela, suspirando em conforto e, com o corpo perto do dela, ela sentia uma renovação de sua devoção. Além disso, os casos eram suficientemente raros – e tão fugazes – que funcionavam para ela como uma confirmação de seu vínculo.

Mas a aleatoriedade não se correlacionava com o relatório que Mildred lhe dera. Se havia uma mulher em particular, então o que ele tinha era uma amante, independentemente de pagar por seu tempo. O pensamento magoou Isabelle, sim, mas não pela sugestão de adultério apenas; também havia um ressentimento pelo fato de outra pessoa ter resolvido o único quebra-cabeça que ela reivindicara a vida adulta inteira: a compreensão de como seu marido funcionava. Então desejava conhecer a mulher que havia conseguido tal façanha.

Ela estacionou Ridley e a carruagem no centro da cidade e andou o restante do caminho. Quando chegou à casa, estava como ela se lembrava, aninhada entre duas outras no lado mais pobre de Old Ox. O telhado não tinha mais do que galhos apodrecidos amarrados um ao lado do outro, e um cano se projetava acima dele, expelindo fumaça. Ela perguntou a um homem do lado de fora da casa vizinha se havia alguém ali dentro. Ele olhou para ela sob as sobrancelhas grossas, resmungou alguma coisa e finalmente fez que sim com a cabeça. Ainda carregava a cesta de frutas, que baixou para bater à porta.

Depois de um momento, a porta se abriu ligeiramente. Os olhos da mulher eram animalescos, como se ela sentisse uma ameaça.

– Posso ajudar? – perguntou ela.

– Gostaria que pudéssemos conversar – disse Isabelle.

– É sobre o seu marido?

– Como você sabia?...

– Senhora, muitas vezes me confundem com outra mulher semelhante em aparência. Mas não tenho negócios com homem algum. Bom dia.

– Espere – pediu Isabelle, mas a porta já havia sido fechada e trancada.

Ela espiou pela janela, um único painel coberto por uma cortina grossa. Então bateu mais uma vez.

– Eu não tenho nada contra você – gritou ela. – Nada mesmo. Só gostaria de algumas respostas.

Ela esperou.

— Já disse, você me confundiu — a mulher respondeu lá de dentro. — Eu não conheço nenhum homem.

— Você deve conhecer *algum* homem — disse Isabelle.

— Não o seu.

A porta era pouco mais do que um lençol que poderia ser levado pelo vento. Isabelle teve o desejo de empurrá-la. Sentiu-se desesperada, quase nua, demorando-se na esteira da rejeição daquela mulher.

— Juro a você — implorou ela. — Vamos falar civilizadamente. Meu marido... — Ela respirou fundo. — George Walker. Esse é o nome dele. E se você não o conhece, realmente não o conhece, eu vou embora daqui e não volto mais.

O tilintar de talheres foi seguido pelo barulho de passos. Ainda sem vozes. Nenhum movimento. E, mesmo assim, só então, a porta se abriu ligeiramente.

— É você? — disse a mulher. — A esposa dele?

— Eu sou Isabelle. Isabelle Walker.

— Espero que você não traga problemas para a minha casa. Porque tenho uma filha. Este é um lugar de paz.

— Vou respeitar sua casa — respondeu Isabelle. — Você tem a minha palavra.

A mulher pareceu refletir sobre sua decisão mais uma vez, então abriu a porta completamente.

Exceto pelo tamanho, a casa era curiosamente elegante, quase sem relação com os ornamentos externos. Numerosas lâmpadas traziam um brilho tênue ao local. As cadeiras da mesa da sala de jantar eram esculpidas em mogno, estofadas, os encostos em forma de crista e ornamentadas; a cama do lado oposto do quarto era elevada e bem cuidada, e encostada na parede ao lado dela havia uma cômoda espelhada digna da realeza.

— Recebo muitos presentes — disse a mulher, como se sentisse a surpresa de Isabelle com a decoração.

Estava insuportavelmente quente. Diante da lareira, um assado com brilho esmaltado era preparado em um espeto, gotas de gordura adornadas como joias pingavam na frigideira embaixo dele. Isabelle podia ver por que a mulher vestia apenas uma camisola, pois qualquer peça a mais poderia fazer alguém derreter.

— Gostaria que houvesse um pouco mais de espaço para preparar o jantar — explicou a mulher. — Mas nos ajeitamos com o que temos por agora.

— Não é nenhum incômodo — disse Isabelle, e deixou de inspecionar os aposentos para encarar a mulher, que se apresentou como Clementine e ofereceu um aperto de mão gentil. — Eu sei o seu nome — disse.

Os muitos atributos da beleza da mulher eram evidentes. Suas bochechas se registravam como duas encostas bem-feitas caindo em direção a um queixo macio e arredondado, e o traçado de todos esses pontos era tão fino que Isabelle sentiu o desejo de estender as costas da mão e correr os dedos por todo o comprimento do rosto dela. Seu cabelo solto pairava sobre os ombros como uma amoreira, e seu desprezo por seu penteado desalinhado e provocador fez Isabelle queimar de insegurança por manter o seu confinado ao chapéu.

— E esta é Elsy — disse Clementine.

Como ela não notara a criança aos pés da mulher? A menina, que não tinha mais que dois ou três anos, estava quieta, e olhou para Isabelle com uma inocência cativante, olhos imensos como os da mãe.

— Olá, Elsy — disse Isabelle, acenando.

A criança olhou para trás com cautela, segurando a perna da mãe, e disse "Oi" com uma voz miúda.

— Ela está prestes a tirar uma soneca — acrescentou Clementine.

— Lamento me intrometer assim. Não vou demorar muito.

— Você está aqui agora.

Elas se sentaram à mesa da sala de jantar, e Clementine juntou as mãos, ainda cautelosa.

— Mamãe, mamãe — chamou a criança.

A mãe agarrou um brinquedo do chão, entregou-o à criança e conduziu-a até um espaço perto da cama, depois voltou para junto de Isabelle.

— O que posso fazer por você, Sra. Walker?

Justamente naquele momento, Isabelle perdeu a linha de pensamento e não conseguia descobrir por onde começar. O único ponto em comum entre elas era tão vulgar, e seu desejo de ser educada, tão esmagador, que ela se sentiu relutante em mencionar o motivo da visita. Ficou ali sentada olhando para a mesa, como se estudasse a cesta de frutas que havia colocado lá, e ficou imensamente aliviada quando Clementine falou primeiro.

— George fala muito de você — disse ela. — Sempre que passa por aqui.

Lá estava. O nome dele saindo da boca daquela mulher. Isso por si só era gratificante, já que a ouvir dizer aquela palavra era uma admissão. Mas embora a honestidade — a confirmação — fosse estranhamente reconfortante, a menção a George por alguém que era tão familiar a ele e, ao mesmo tempo, tão distante de Isabelle, a perturbou ainda mais.

— Ele tem um grande respeito por você — continuou Clementine. — Um profundo carinho.

Não pareceu irônico, mas era difícil interpretar de outra forma.

— Meu marido nutre poucos sentimentos — disse Isabelle. — Mas é bom saber que, pelo menos, ele deixa claro seu amor por mim quando está com você.

Clementine abaixou a cabeça, e a luz das lâmpadas suavizaram suas feições.

— O que eu disse soou errado — disse ela. — Isto é... uma situação incomum. Outras esposas já vieram me ver antes, mas nunca as recebi.

— Ainda assim, você me deixou entrar.

— Eu tenho certa afinidade com George. Ele é um homem gentil. Atencioso.

— Tenho certeza de que você diz isso em relação a todos os homens que recebe — zombou Isabelle.

— Sra. Walker... — Clementine ergueu a mão da mesa e colocou-a de volta. — Não estou trabalhando agora e não tenho incentivo para confortá-la. O que estou fazendo é um favor. Meu tempo é valioso. A única coisa que peço é que me respeite e acredite na minha palavra.

O assado estalava, a sala fervia, e Clementine parecia terrivelmente mais fria do que Isabelle naquele momento.

— Peço desculpas pelo meu tom — disse Isabelle, respirando mais fundo para se acalmar.

— É compreensível. Mas pode ir direto ao ponto.

Houve outra pausa. Então a voz de Isabelle saiu baixa, vazia e rápida.

— O que ele pede a você?

— Lá vamos nós — disse Clementine, como se estivesse esperando exatamente por aquela pergunta. — George e eu nunca fizemos nada impróprio. O toque físico... não parece interessá-lo.

Isabelle, então, conseguiu olhar para cima. Ela se demorou no olhar de Clementine, em seu charme cuidadoso, na tranquilidade de seus olhos e, finalmente, viu por trás de sua beleza a reserva protegida de magnetismo que se escondia dentro dela. Certamente era isso que os fazia vir até ela, e então, nos dias seguintes, voltar.

— George é mais um amigo do que qualquer coisa. Ele gosta de se sentar ao lado da cama e conversar. Sobre você e seu filho. E aqueles dois irmãos com quem ele trabalha. Sobre seu passado. Ele fala bastante, se tiver oportunidade.

— Isso, sim, soa como George.

— Ele pode ir adiante, mas sempre respeita meu tempo. Embora pague como os outros, ele sempre pergunta pela Elsy e pede que eu invista na educação dela. Que, no fim das contas, é para onde vai todo o meu dinheiro.

A criança brincava no chão com uma caixa de música, uma pequena bailarina girando sem parar em uma plataforma de madeira. A caixa devia estar quebrada, já que nenhuma música acompanhava o rodopio, mas ela não parecia se incomodar com isso.

Isabelle foi encorajada pela ousadia de Clementine, sua transparência total, pois representava um distanciamento que não falava de amor, e sim de um simples afeto, do tipo profissional. No entanto, isso não dissipava todas as suas preocupações, não explicava a principal questão em sua mente.

— Eu me pergunto...

Ela olhou para Clementine com incerteza. Sua voz trêmula. Sentia-se como um cão, perguntando a uma estranha sobre as intimidades do marido, como se ela não o conhecesse por completo. O constrangimento queimava por dentro, e ela tinha vontade de se levantar e ir embora.

— George... baixa a guarda com você? Ele se abre dessa forma?

Foi a primeira vez que Isabelle viu emoção na expressão de Clementine, e isso lhe deu a resposta que buscava sem que uma única palavra precisasse ser pronunciada. Clementine respondeu quase inaudivelmente, e seu olhar era simpático quando encontrou o de Isabelle.

— É para isso que ele paga. Tem pouco a ver comigo.

— O que exatamente ele faz? — perguntou Isabelle. — Ele a abraça? George quer abraços?

Parecia uma piada, mas Isabelle não poderia ter soado mais séria.

— Às vezes, talvez, sim.

— É mais do que isso? Ele chora para você?

Clementine olhou para o chão, os lábios apertados, os olhos velados.

— Entendi.

Isabelle se levantou rapidamente, pegando a cesta de frutas, preparando-se para sair.

— Podia ser qualquer mulher — disse Clementine.

— Mas ele escolheu você.

O quarto estava sufocante de calor, e Isabelle se sentiu desesperada por ar fresco. Ela alcançou a porta, e então Clementine agarrou seu pulso. Isabelle se afastou com vigor, virando-se para ver a outra mulher respirando pesadamente, com uma intensidade que rivalizava com seu próprio estado.

– Ele não me escolheu – disse Clementine. – Ele escolheu você.

Ela falava como um chefe a um subalterno, e essa espécie de comando magoou Isabelle.

– Ele a teme. E não teria nada se perdesse a sua confiança. Então não pode chorar para você. Porque a ama. É assim que ele funciona. Sim, é falho, mas é George. Você pode ficar com raiva de mim se isso a ajudar de alguma forma, mas se for porque acha que eu tirei algo do seu casamento, você está enganada. Para George, pelo menos, eu o estou ajudando a manter-se forte.

Isabelle abriu a porta e saiu. O calor de dentro da casa era tão terrível que a luz do sol caiu nela como uma brisa fresca. Ela parou ao longo do parapeito da casa, olhando para a rua, onde um homem conduzia um cavalo de reboque pelo caminho.

Quando passou por ela, ela estava calma e, quando se virou, Clementine estava encostada no batente da porta, a cabeça inclinada de preocupação.

– Eu desisti de tanta coisa por aquele homem – disse Isabelle. – Vinte e dois anos. E mal o conheço.

Não havia nada que Clementine pudesse dizer. Isabelle sabia disso e ficou contente por não receber nenhuma resposta, apenas um olhar de compreensão; o mesmo, ela tinha certeza, que Clementine dava aos homens que lhe pagavam.

Isabelle a encarou profundamente, pressionou as pregas do vestido com a mão livre e endireitou-se.

– Obrigada por seu tempo – disse ela. – Você foi muito acolhedora.

– Se precisar de mais alguma coisa – falou Clementine, com sua preocupação ainda aparente –, não tenha receio de pedir. Eu sinto por você. Ser esposa de George não é uma obrigação fácil.

Ela acenou com a cabeça e voltou para dentro.

Isabelle se recompôs e tentou dar um sorriso para qualquer pessoa familiar que pudesse encontrar ao reentrar no fluxo da cidade. Depois de apenas alguns passos, sua mente se aventurou. Não tendo comido o dia todo, estava faminta. Poderia devorar todas as frutas da cesta e ainda ter espaço para mais ao chegar em casa. Imaginou os sucos manchando seu vestido, os restos pegajosos do pêssego cobrindo seus lábios. Talvez ela voltasse para a cabana como um pagão fugindo da selva. O pensamento quase a fez rir.

Perto da praça, parou no Café Blossom. Ela nunca tinha jantado lá, mas parecia um lugar perfeitamente válido para se sentar e ruminar.

Encostou-se na lateral de um dos barris na frente, colocou a cesta no chão e pegou um pêssego. Estava quase dando uma mordida quando avistou alguns homens dentro do estabelecimento, jogando dominó, deslizando as peças pela mesa, ligando-as a outras. Seu irmão tinha um dominó quando criança. Certos dias, quando o pai estava trabalhando e a mãe fazendo sala, Silas e os outros meninos vizinhos ficavam ocupados com o jogo por horas.

Eles não jogavam o jogo real, mas a versão infantil, arrumando as peças em uma fileira até cair. Seu irmão e os amigos alinhavam os dominós no local mais exótico possível: sobre os livros, debaixo da cama. Ela assistia, mas não tinha permissão para jogar sozinha. Por nunca ter sido incluída, ficava pensando no quão pouco havia para fazer. Agora, neste dia, ela ponderou o oposto: não no pouco que havia para fazer, mas em tudo que já havia sido feito – uma viagem a Selby, para a casa de Mildred, para a casa de Clementine – com tão pouco realizado. Ela comia um pêssego. Assistia a homens jogando dominó. Pensava em como a vida se parecia com os jogos do irmão, a cada dia uma peça caindo em direção à próxima, levando a nada além do fim da linha.

Um rapaz do café apareceu. Ele era jovem, e o cabelo, tão claro que possivelmente escureceria com o passar do tempo, absorvendo cores do mundo ao redor. Poderia ter sido seu filho. Disse que ela precisaria comprar algo se pretendesse ficar sentada ali na frente. Ela ainda comia o pêssego. Tirou outro da cesta e o estendeu ao rapaz sem dizer uma palavra. Ele não fingiu recusar e o colocou na boca imediatamente.

– Você joga? – perguntou ela, e apontou para o dominó lá dentro.

– Não, senhora – respondeu ele, com a boca cheia.

– Inteligente – disse ela, pegando a cesta. – Bem inteligente.

Ela foi embora, mas não para casa. Em vez disso, virou-se e encontrou o caminho, após um momento de hesitação, para a casa de Clementine.

Desta vez, bateu rapidamente.

Quando Clementine atendeu a porta, Isabelle disse:

– Há algo. Um favor. E não me sinto humilhada de lhe pedir isso.

– Bem, fale baixo – pediu Clementine. – Minha filha está dormindo.

– Você é melhor com as palavras do que eu. Muito melhor. E o trabalho que tenho em mente exige essa habilidade.

Isabelle apoiou a cesta de frutas.

Clementine olhou para dentro, verificando a filha.

– Vamos dar uma volta – disse ela. – E discutir sobre isso.

– É uma boa causa – garantiu Isabelle. – Algo digno. Eu prometo.

Capítulo 20

O mundo era visível para Prentiss apenas quando passava diante dele. Pela porta da frente, no fim do corredor de sua cela, ele tinha um vislumbre de manchas de luz, um fluxo borrado de corpos, as cores recortadas de roupas. Ouvia o estrondo e o desaparecimento de vozes. Mas nem uma única alma apareceu para visitar o homem que logo seria enforcado.

Havia outras celas, todas vazias, como estavam desde quando ele chegara, no dia anterior. A única pessoa que prestava atenção a Prentiss era o próprio Hackstedde, que ficava sentado a uma mesa, alternadamente jogando dardos ou enrolando cigarros, assobiando e brincando com o relógio. Ele estava, de alguma forma, mais inquieto do que Prentiss e, depois de suas primeiras horas juntos, não podia deixar de puxar conversa, o que para Prentiss era muito pior do que a dor do silêncio. O xerife parecia acreditar que Prentiss estava interessado em seu trabalho anterior como capitão de escravos. Ele disse que ganhou o apelido de cão de caça, embora Prentiss não pudesse adivinhar motivo algum para essa concessão, uma vez que nenhuma história terminava com Hackstedde encontrando o escravo que caçava.

— Houve certo garoto nas terras de Aldridge — disse Hackstedde. — Nós o encurralamos na floresta, mas fui picado por um enxame de abelhas. Sabe, eu fiquei tão inchado, da cabeça aos pés, que tive que deixar o negro para trás e fazer o restante do grupo me carregar de volta para a cidade. Fiquei de cama um mês inteiro.

Havia um balde de lixo na cela, usado até a metade pelo último prisioneiro. Sem cama. Apenas um espaço vazio. Uma prisão indigna até para um porco.

— Outra vez — disse Hackstedde —, me mandaram para Pawnee. E quando chego à porta da frente da casa da fazenda, quem é o dono do lugar? Um negro. Sim, você ouviu direito, eles tinham lá um negro que comprara alguns outros negros. Eu mal podia imaginar um arranjo daqueles. E esse negro tenta me dizer que isso não é tão incomum. Esse pode ser o caso em Pawnee, digo a ele, mas não é exatamente uma ocorrência natural em Old Ox. De qualquer maneira, seu escravo já tinha sumido no mundo, e não tivemos nem sinal do garoto. Provavelmente está no Canadá agora.

Prentiss nunca interagia e, eventualmente, Hackstedde se ofendeu, parando para lançar um olhar errante sobre as celas vazias e tentando Prentiss a preencher a calmaria silenciosa. Quando não obteve sucesso, o xerife fez uma careta para ele.

— Não falta muito — disse ele malignamente. — Tim deve estar de volta ao amanhecer com o juiz. Bom cavalheiro sulista. Ele vai aceitar a palavra de Webler sobre as coisas, com certeza. Isso eu garanto.

Prentiss se retraiu para dentro de si. Ele sabia como viver em sua cabeça. Fazia uma jornada semelhante todos os dias nos campos, vagando em sua mente para um lugar onde nunca tinha estado, um lugar que era, em partes, destino; e em partes, ideia. *Outrolugar* era o único nome que carregava. O celeiro ao lado da cabana de George era *Outrolugar*; um pedaço de terreno livre, ao norte, era *Outrolugar*; sua mãe era *Outrolugar*; a salvação era *Outrolugar*; todas aquelas vidas que passavam fora da prisão existiam em *Outrolugar* (louvada seja a boa sorte delas); e um destino, qualquer destino, diferente daquele que estava diante dele, seria um caminho perfeitamente bom para *Outrolugar*. O mapa, com todas as suas muitas variações, estava em sua cabeça, mas ele sabia muito bem que nunca faria a viagem.

— Tim tem má reputação — disse Hackstedde, retomando seu bom humor. — Ele é estúpido, admito, mas é um veterano, lutou naquele primeiro ano antes de levar um tiro, e se alguém mostra coragem no campo de batalha, quem sou eu para dizer que ele não pode ser um agente do condado? O mínimo que posso fazer é dar a ele algum tempo para mostrar sua coragem. Além disso, falei com o médico, que disse que o garoto tem "trauma de guerra". É assim que estão chamando. Ele ouve passos e pensa que sua retaguarda está ameaçada, fica com os olhos arregalados, suando e seguindo em frente. Mas o médico diz que ele vai melhorar. Uma questão de tempo.

Por nenhuma outra razão além do tédio, Prentiss começou a tabular os muitos sintomas que a figura de Hackstedde inspirava. A boca do homem se fechava apenas quando precisava engolir; ele ficava instável na cadeira, propenso a cair, mas nunca fazendo o favor a Prentiss; a pele manchada; e quando respirava, especialmente depois de um de seus monólogos, soava como o gemido aéreo de uma criança ao fim de uma pirraça, tão ofegante que a chama da vela na escrivaninha costumava tremular.

Sua filha, uma jovem mulher, trouxera o almoço embrulhado em papel; da taverna ao lado, Prentiss supôs. Estava quente demais para comer, mas depois de alguns minutos Hackstedde enfiou o dedo no purê de batatas, avaliou a temperatura e começou. Ao contrário do que se poderia esperar, dada sua aparência desleixada, ele comia delicadamente, em silêncio e com uma devoção solene à tarefa, como se aquele fosse um ato de oração.

O silêncio não durou.

– Sabe – disse Hackstedde, manipulando uma coxa de galinha –, você recebeu uma visita esta manhã enquanto cochilava.

Prentiss se apoiou contra a parede.

Hackstedde acenou com o osso em seu rosto.

– Isso chamou sua atenção, não foi? – Ele riu e soltou o osso. – A Sra. Walker apareceu. Cavalgando naquele burro até aqui para ter certeza de que você chegou inteiro. Tentou me subornar com uma cesta de frutas para ver você. Eu disse a ela: "Sra. Walker, pareço alguém que fica agitado ao ver um pêssego?"

– Você não deixou ela entrar?

– Eu te fiz um favor, garoto. Você precisava daquele descanso.

Prentiss ainda podia sentir a marca dos ferros nos pulsos, embora essa não fosse a pior das punições que enfrentara na jornada para Selby: quando alcançaram Stage Road, Hackstedde encurtou a guia, e Prentiss foi amarrado tão perto do cavalo que não pôde evitar os excrementos quando caíam em seus pés. O cheiro, forte e pútrido, ainda estava nele. Ele não podia deixar de pensar, por mais que doesse, que era melhor Isabelle ter ficado do lado de fora.

O xerife pegou o osso de galinha mais uma vez.

– Não pense que sou mau porque a dispensei. São as regras: apenas família. E mesmo isso é um privilégio.

Ele se levantou e continuou comendo. O resto do purê de batatas, temperado generosamente e salpicado de manteiga, desapareceu após algumas mordidas.

– Você sabe, eu não adorava aquele negócio de caçar escravos. Mas é preciso haver capitães do mato, assim como é preciso que existam garotos para construir trilhos de trem, empurrar carrocinhas, cuidar de bares, entende? – Ele caminhou até a cela de Prentiss, cheirou com desgosto, então bufou e cuspiu em direção ao balde de mijo do outro lado das grades. – A mesma coisa um xerife. Veja, você cheira a traseiro de cavalo, mas ainda estou aqui te alimentando como a qualquer outro prisioneiro. É um trabalho. Eu não tenho favoritos.

– Talvez porque não tem ninguém aqui pra preferir – Prentiss murmurou baixinho.

Hackstedde se abaixou, os olhos grudados em Prentiss, e deslizou o prato de lado entre as barras. Ossos de galinha caíram no chão da cela.

– São boas sobras – disse ele, e voltou para a cadeira. – Se você deixar a comida esfriar, é por sua conta.

Era lixo, mas Prentiss estava tão faminto que não conseguia tirar os olhos do prato. Um resto de batatas, muito brancas, deslizou pelo chão da cela alguns centímetros além do prato; os restos da galinha ainda exalavam uma nuvem de vapor que o tentava. Hackstedde observava com uma intensidade obstinada. Prentiss notou os olhos do xerife sobre si e pôde sentir, bem no fundo do homem, um desejo terrível de ver seu prisioneiro se render.

Prentiss ergueu o nariz, assumindo um ar de decepção.

– Você jogou seus resto, xerife. Melhor pegar uma vassoura e limpar.

– Eu diria que depende de você manter sua cela em ordem, filho.

– Eu tô me preparando pra morrer – disse Prentiss. – Você não pode me obrigar a fazer coisa nenhuma. Então pode pegar seu lixo você mesmo. Ou, se tiver com preguiça, o que parece bem a sua cara, pode esperar que aquele seu assistente faça isso. Ouvi dizer que ele vai voltar logo.

O rosto do xerife reluziu em um tom de vermelho brilhante; sua boca se curvou para baixo e seu queixo duplo começou a tremer. Então, como um rio sem barreiras, ele irrompeu, não de raiva, mas de riso, o tronco se agitando de prazer, até que balançou as pernas da cadeira. Ele bateu na mesa com alívio, acendeu um cigarro com uma última risadinha e balançou a cabeça de satisfação.

– Você é deliciosamente linguarudo – disse ele. – Não há nada como um crioulo inteligente no que diz. – Ele deu uma longa tragada. – Prontinho para a corda. Sim, é isso que você está.

Prentiss se afundou na cela. Era mais escuro lá. Ele se virou, encostando o rosto na parede e fechou os olhos mais uma vez.

– Havia um sujeito que trabalhava ao meu lado quando eu era mais jovem – disse Hackstedde. – Ele era exatamente como você. Goodwin era seu nome.

— Eu ia adorar um pouco de silêncio — pediu Prentiss. — Se o sinhô pudesse me fazer esse favor. Não é muito, xerife.

— Não. Escute, essa é uma boa história. Eu achava Goodwin o tipo mais engraçado que já tinha conhecido, preto ou branco, vermelho ou amarelo. Caramba, a pele do garoto era tão clara que ele era quase tão branco quanto eu. Sempre tinha um sorriso estampado no rosto. Deus o abençoe, ele sempre encontrava o lado ensolarado de uma sombra...

Se se concentrasse, Prentiss poderia ouvir os passos do irmão. Um tamborilar suave atrás dele, como grossas gotas de chuva caindo lentamente das folhas de uma árvore. Esse era todo o barulho de que precisava em um dia. Nem ao menos a pronúncia de uma única palavra. Apenas a garantia de que aqueles passos seguiam os seus. Tentou se apegar a eles, mas a cada momento ficavam mais distantes, e ele se preocupava com o que preencheria o vazio quando partissem para sempre.

— ...Dá para imaginar meu choque quando nos contaram que aquele idiota tinha fugido. "Temos um desertor", foram as palavras do chefe. Pode-se dizer que aquela foi a primeira vez que cacei outro homem. O chefe me fez acompanhar os cachorros e passei a noite toda assim. Eu, pelo menos, estava certo de que ele tinha partido havia muito tempo, estava prestes a dizer isso a eles, mas então, à luz da lanterna, vi as dobras sobre os olhos dos cães se erguendo por um momento, seus olhos brilhando, e de repente estavam todos latindo para a mesma árvore...

— Xerife, se eu limpar os resto de comida, você me dá um pouco de paz?

— ... Sabe, eu era o único ágil no grupo, ainda um menino na época, e visto que eu já tinha escalado muitas árvores, me fizeram subir sozinho. Quando cheguei ao primeiro galho e eles me iluminaram um pouco, vi Goodwin agachado ali, nu como veio ao mundo. Quase molhei as calças. Ele cheirava tão mal que quase vomitei. Seu rosto estava radiante, os dentes, brancos como marfim; e percebi algo estranho. Levei um minuto para notar. Ao redor dos lábios, na testa e por todo o corpo, ele tinha espalhado merda, se sujado todo. Se era humana ou animal, eu não sabia, mas era uniforme, como se ele tivesse levado tempo para fazer aquilo, talvez tivesse usado uma faca de manteiga. Era quase da cor do tronco, e por isso ele quase desaparecia na árvore...

Prentiss tentou ouvir além de Hackstedde, buscando ficar atento aos passos do irmão, mas o xerife prendeu sua atenção. Ele só conseguia pensar nos rituais. Não do seu próprio povo, mas dos que ouviu falar em outras plantações. Homens e mulheres se reunindo quando certas estrelas se alinhavam. Eles aqueciam argila, a espalhavam em si mesmos, e dançavam nus, primeiro em uníssono, mas depois sozinhos, girando sem parar, como se pudessem ir chão adentro e retornar à terra se girassem rápido o suficiente.

– ... Então ele colocou o dedo na boca, com o sorriso mais largo que já vi em seu rosto, como se estivéssemos contando uma piada juntos. Somente quando olhei de perto percebi que os olhos dele estavam vermelhos, e havia um fio constante de lágrimas escorrendo pelo seu rosto.

Hackstedde deu uma longa tragada, e Prentiss sentiu o cheiro da fumaça quando o xerife exalou.

– Eu pulei daquela árvore e disse a eles que não havia nada lá em cima além de um ninho de pássaros.

Prentiss abriu um olho e se afastou da parede para olhar Hackstedde.

– Eu sempre achei que eles sabiam que eu estava mentindo – disse o xerife. – Ainda fico me perguntando isso. Como os decepcionei. Mas, droga, eu era apenas um menino. E gostava do sujeito. Mas amanhã não é tarde demais. Tenho você para consertar minha consciência. Fazer a coisa certa.

Prentiss não se demorou nas palavras do xerife. Fechou os olhos mais uma vez, pensando que o juiz chegaria, se manifestaria e ele acordaria com o suspiro da porta de ferro entreaberta, e em seguida faria um ajuste de contas com a forca – seu próprio retorno à terra.

※

Parecia a cena de um sonho quando a voz de uma mulher chamou seu nome. Quando voltou a si, ficou tão surpreso ao ver a figura à sua frente que quase saltou. Mas ela disse seu nome mais uma vez em tom suave.

– Pensou que nunca mais veria sua prima de novo, não é?

A mulher piscou, e Prentiss acenou com a cabeça, como faria a qualquer sequência de palavras que saísse de sua boca. Já era noite, mas, mesmo no escuro, sua beleza era exuberante: os olhos como flores desabrochando, os cílios parecendo pétalas. Ela usava um vestido azul esvoaçante com franjas na parte inferior, que pareciam inflorescências penduradas em uma árvore. A vida dele sempre foi uma espiral tensamente preenchida pela disciplina do trabalho árduo, a fidelidade aos deveres de cada dia, mas podia sentir como a simples visão de uma mulher como aquela afrouxaria tudo e sacudiria uma vida inteira de disciplina.

Ela estendeu a mão pelas barras, segurando um pêssego, que ele agarrou mecanicamente, e lhe garantiu, em um sussurro, que tinha vindo ver um certo Prentiss.

— Você não sentiu minha falta? – perguntou, mais uma instrução do que uma pergunta.

Ele não havia considerado que precisaria responder. Parecia uma tarefa quase impossível.

— Sim – ele conseguiu dizer. – Muito.

O rosto dela se acalmou – a resposta dele a satisfez –, e ela se recostou na cadeira do outro lado das barras. Hackstedde os observava atentamente de sua mesa.

A mulher olhou para o xerife e então se virou para Prentiss novamente, mais uma vez sussurrando.

— Você deve estar com fome, coitadinho. Coma.

Ele olhou para o pêssego em sua mão, cuja existência já havia esquecido. Não comia havia dois dias, desde a noite do enterro de Landry, mas, embora estivesse com uma fome de lobo, deu apenas uma pequena mordida, mantendo os olhos naquela mulher enviada dos céus cujas intenções ele ainda não conhecia.

A mulher explicou seu encontro com Isabelle e a missão de visitá-lo.

— Meu nome é Clementine – disse ela.

— Prazer – disse Prentiss.

— A Sra. Walker manda lembranças.

A cadeira de Hackstedde rangeu quando ele se inclinou.

— O que são esses sussurros aí? – gritou.

— Só estou sendo educada, xerife – disse a mulher. – Respeitando seu espaço.

Ela flexionava a voz com o mais suave dos tons, e Hackstedde caiu sob o feitiço de suas palavras. Ele apenas grunhiu e não disse mais nada.

— Você está bem? – perguntou Clementine.

— Isso aqui não é exatamente o paraíso – disse ele. – Me desculpa pelo cheiro. Ele me fez andar pela sujeira antes da gente chegar a Selby. E eu não tenho como me limpar.

Ele mal conseguia olhar para ela, mas ela retribuiu seu olhar com tanta generosidade, com tanta gentileza, que sua vergonha foi apagada.

— Você deveria ver minha casa – disse ela. – Às vezes, fica bem suja. Não há nada de vergonhoso em uma bagunça.

Ele deu outra mordida, pensou em falar, mas precisava comer mais um pouco antes de continuar.

— Você conhece a Isabelle? — perguntou ele, baixando mais ainda a voz.

— Um pouco — respondeu ela com hesitação. — Estamos mais familiarizadas agora. Na verdade, ela está cuidando da minha filha enquanto conversamos. Mas conheci George primeiro. Ele passa pelo meu local de trabalho de vez em quando.

— O que você faz?

— Sou prostituta, principalmente — disse ela, como se contasse que era costureira.

Ele continuou mastigando, contemplando a imagem de George ao lado de uma mulher tão bonita, sozinho na companhia dela. Até então, ele nunca pensaria que George sequer falaria com outra mulher que não fosse Isabelle.

— Tem suas vantagens — continuou ela. — É possível que o xerife tenha caído nessa desculpa de sermos parentes, mas provavelmente tem mais a ver com a minha promessa de que ele poderia fazer algumas visitas gratuitas, a qualquer garota de sua escolha. Vou ficar devendo um favor a alguém lá da casa. Um favor bem grande. — Ela avaliou Hackstedde novamente. — Mas a vida é feita de acordos.

— Por mim.

— Por você e pelos seus conhecidos. Os Walkers são boa gente. Se eles dizem que há um homem passando necessidade e pedem que eu traga uma cesta de frutas para ele, não é pedir muito. Mas estou divagando. Fale-me sobre você, Prentiss. Estou curiosa para conhecer o homem que cativou os Walkers.

Ninguém jamais lhe havia pronunciado tais palavras, nem mesmo George tinha sido especialmente curioso a seu respeito, e ele não conseguia falar de si mesmo, nem ao menos sabia por onde começar. Contou sobre a plantação de Morton, sobre o sofrimento que encontrou lá, e ela foi rápida em interrompê-lo.

— Não precisamos disso — disse ela. — Não agora. Não aqui.

Ela deu um tapa no joelho e colocou o punho sob o queixo, sorrindo maliciosamente.

— Conte-me um segredo. Algo que você nunca disse a ninguém.

Ele teve que pensar muito sobre o que compartilhar, o que era ainda mais difícil com os olhos de Clementine fixos nele.

— Sabe, uma vez, tinha uma garota... — disse ele, e olhou para baixo timidamente.

— Conte — pediu ela.

— Eu me sinto é um bobo falando isso.

— Aposto que você nunca fez besteira alguma a vida toda, e um homem tem direito a isso. Recuperar o tempo perdido.

Então ele contou. Primeiro sobre o irmão, pois a história começava ali. Ele nunca tinha visto um homem tão obcecado como Landry pela fonte dos Mortons, e ficava curioso cada vez que via o irmão a encarando. Ele contou sobre o amor de Landry pela água e como ele nunca entendeu como alguém poderia ter um fascínio tão intenso por qualquer coisa até certa tarde, quando sua própria obsessão teve início.

— Foi do nada — disse ele —, comecei a pensar nas garota como nunca tinha pensado antes. Coisa da idade, eu acho.

Havia uma em particular, disse ele, chamada Delpha.

— Ela tinha os olhos igual os seus, de se prender neles e não conseguir sair dali por uma tarde toda. Ela era magrinha que nem um galho, não conseguia trabalhar direito na colheita. Ela era pequena demais pra levar uma surra, mas o capataz sabia fazer a vida dela um inferno, que nem a de todos nós, e um dia eu não aguentei. Fiquei olhando pra ela o dia todo e sabia que o saco dela tava só na metade. E já tava quase na hora de pesar. Eu tinha que fazer alguma coisa pra ajudar ela.

Ele riu com a lembrança, e a alegria repentina em seu rosto trouxe outro sorriso para Clementine também.

— Oh, você bancou o salvador dela.

— Se você ficar me envergonhando, não vou conseguir terminar a história. Mas eu tentei, é, eu tentei. Eu fiquei de olho no capataz, o Gail, um cara grande, burro que nem uma vaca, na metade do caminho, cruzando o campo, prestando atenção em outro garoto, aí corri pra fileira dela.

— Não acredito.

— Meti a mão no saco que eu tava carregando, já tirando uns punhado de algodão, pronto para colocar no dela, pra mostrar até onde eu ia por amor.

Clementine tapou a boca com a mão.

— Aí eu tava a umas três, talvez quatro fileira, chamando o nome dela, "Delpha, Delpha, olha aqui", e assim que ela se virou eu tropecei nos meus pé, caí pra frente, bem em um pé de algodão, e quebrei ele pela raiz, e o que sobrou de mim escorregou pro outro lado. Fiquei com o rosto todo arranhado, umas rebarba no cabelo, e a próxima coisa que eu vi foi os casco do cavalo do Gail cavalgando até mim, e aí eu sabia que ia ter uma noite ruim pela frente.

Eles riram juntos, tão alto que Hackstedde os mandou fazer silêncio.

– Mas você foi corajoso – sussurrou Clementine. – As mulheres sempre se derretem com bravura.

– Não tinha bravura nenhuma quando levei aquelas chibatada, vou te contar. Você sente a pele descascar e... – A centelha de desconforto nos olhos dela o fez parar.

Ele tentou rir de novo, para reacender a alegria do momento anterior, mas já havia sumido.

– A Sra. Walker me contou o que você fez – disse Clementine. – Com Wade Webler. Isso é coragem, Prentiss. Talvez não seja inteligente. Você está atrás dessas grades, não esqueçamos disso.

Ele riu de novo, embora o humor direto dela quase partisse seu coração.

– Mas há algumas coisas que temos de fazer – disse ela. – Por ser mulher e uma autoridade em tais assuntos, posso dizer que estou impressionada e tenho certeza de que Delpha também ficou.

Esses minutos preciosos e inesperados passaram rapidamente, e a noite se alongava. Hackstedde a faria partir logo, Prentiss sabia, e ele estava com medo de ser roubado da presença dela, de perdê-la para as sombras e ter que enfrentar novamente a escuridão sozinho. Ele sabia o que viria após a escuridão, o fim que o encontraria quando o carregassem da cela. Estremeceu e varreu o pensamento da mente mais uma vez.

– Me conta sobre você – pediu ele.

Ela perguntou se ele já tinha ouvido falar de Nova Orleans. Era de onde ela era. Em Nova Orleans, disse ela, os homens usavam roupas mais extravagantes que as mulheres, e havia festas todas as noites. As bebidas fluíam sem parar. Os rostos eram escondidos por máscaras. O porto foi construído para receber centenas de navios, escunas e vapores, e aqueles que estivessem dispostos poderiam viajar pelo mundo todo. E havia um mercado do tamanho da própria Old Ox, com barganhas em tão alto som que não dava para ouvir a própria voz.

– Numa corrida de cavalos – disse ela –, se vê negros, mulatos, brancos, franceses, todos juntos.

Prentiss nunca tinha ouvido falar de um lugar tão peculiar, e só podia imaginar como devia ser distante de Old Ox. Como ele devia parecer estúpido para ela em seu estado de choque.

Ela riu, um pouco provocadoramente.

— Você tem que ver para crer, eu sei.
— E você saiu de lá? Pra cá?
— É uma história mais longa — disse ela. — E receio não haver tempo para eu lhe contar.

Cada minuto com Clementine foi tão espontâneo, tão libertador, que ele achou que não suportaria vê-la partir.

— E se eu fosse livre? Você me recebia?
— Os homens que recebo... — Ela revirou os olhos. — Você não vai querer ser associado a eles, acredite.

Não em seu local de trabalho, disse ele. Nova Orleans. Baltimore. Qualquer outro lugar serviria.

— Fugiríamos juntos! Mas e a minha filha? Minha Elsy? Não acho que você gostaria de uma preocupação extra.

Eles estavam brincando um com o outro. No entanto, ele não podia deixar de acreditar no mundo imaginário que estavam conjurando. O que mais havia para ele a que se agarrar?

— Eu perdi muito — disse ele. — Não preciso te dizer. Mas meu coração cresceu com essa dor toda, é o que prefiro pensar. Sempre abrindo espaço pro que ainda tem pra vir. Uma filha ia dar certinho nessa história. Talvez mais de uma, até.

Talvez ele estivesse enganado, mas Clementine parecia estar gostando do jogo tanto quanto ele.

— Essa é a coisa mais doce que um homem já me disse — disse ela.
— Eu tenho mais coisa assim guardada — respondeu ele. — Nunca tive nenhuma garota pra compartilhar.
— Exceto Delpha.
— Já vimos no que deu.

Ela ficou estranhamente severa, seus olhos estreitos e perscrutadores.

— Você já tocou em uma mulher, Prentiss?

Ele se contorceu, encolheu-se e balançou a cabeça.

— Só minha mãe — confessou ele. — E dei um abraço na Isabelle.

Ela olhou para Hackstedde, que fingia ler o jornal a poucos metros deles, mas naquele momento parecia a Prentiss que o homem estava a um oceano de distância. Clementine estendeu a mão por entre as barras e acenou com a cabeça para Prentiss, e ele estendeu a sua, entrelaçando os dedos nos dela, selando as mãos uma na outra. Foi a coisa mais suave que ele já sentira na vida. Nada poderia ser comparado àquilo.

Ela se inclinou para a frente. A voz tão perto que sacudiu algo lá no fundo da mente dele.

— Eu iria com você — sussurrou ela.

Houve um estalo, como o som de um chicote atingindo o alvo. Hackstedde dobrava o jornal.

— Estou muito feliz por vocês dois terem se reunido — disse ele. — Mas o horário de visitas acabou. É hora de dizer adeus.

Quando Clementine não se mexeu, Hackstedde a encarou com firmeza. Finalmente ela se levantou, e o movimento repentino pôs Prentiss de pé como se estivessem amarrados à mesma corda.

— Fala pros Walker que eu tô bem — pediu ele. — Mais do que bem.

— Direi — disse ela, então fez uma pausa, olhando para ele. — Não perca as esperanças, está bem? Encontre sua força e proteja-a.

— Estou aqui de pé, né?

Ela lhe deu um último sorriso.

— Adeus, Prentiss.

Em seguida, caminhou até Hackstedde e colocou a cesta de frutas na mesa.

— Se quisermos manter nosso acordo, meu primo vai conseguir qualquer uma dessas frutas sempre que quiser.

— Nós dois sabemos que isso não fazia parte do nosso acordo — disse o xerife.

— Então, considere a mudança.

Hackstedde entrelaçou as mãos atrás da cabeça e se recostou, entretido com a negociação.

— Uma visita para você. Quatro para mim. A garota que eu quiser.

Clementine olhou para Prentiss uma última vez, não com vergonha, mas como se dissesse: *isso é o que farei por você*.

— Que seja.

— Bom, bom. — Hackstedde gesticulou para a porta. — Vá em segurança. Tenho certeza de que há muitos homens aguardando sua chegada.

Ela entrou na noite sem olhar para trás. Hackstedde falou mais — ele sempre falava —, mas Prentiss não ouviu nada. Ele estava estranhamente em paz. Viajou de volta para o sono. Pensou que havia uma chance, por menor que fosse, de acordar com a voz de Clementine mais uma vez. E se esse desejo fosse muito para ser concedido, talvez pudesse encontrá-la em seus sonhos. Mas, como era de se esperar, ele teve pouco descanso. Com a partida de Clementine, a realidade de sua situação avançou como um lento trem de carga em direção à sua cela. E a próxima pessoa a entrar pela porta da prisão foi o adjunto de Hackstedde.

O xerife reagiu como um pai orgulhoso de um filho que havia cumprido uma tarefa acima de sua posição. Tim, muito orgulhoso, informou-o que o juiz Ambrose havia chegado a Selby e estava hospedado do outro lado da rua. O processo podia acontecer na primeira hora da manhã.

– Muito bem! – disse Hackstedde, tirando o chapéu. – Se tivéssemos medalhas, o premiaria com uma. Com toda certeza.

Tim sorriu, e Prentiss ficou atormentado porque, ao cumprirem seus objetivos mesquinhos, todos destinados a ocasionar sua morte, esses dois, até recentemente estranhos um ao outro, haviam encontrado um profundo sentimento de realização.

Hackstedde disse que descansaria um pouco e pegaria uma carona para buscar Webler com as boas notícias na manhã seguinte.

– Fique aqui – ordenou a Tim. – Vigie nosso prisioneiro por mim.

Prentiss fechou os olhos novamente, e dessa vez a exaustão o tomou. Quando acordou de seu cochilo, Tim era o único homem na prisão. Tinha puxado uma cadeira até a cela de Prentiss. A vela na mesa atrás do policial havia queimado até virar um caroço. Agarrando um pêssego da cesta de Clementine, monitorava Prentiss com um fervor extasiado, os olhos afiados, como se Prentiss pudesse levantar voo a qualquer segundo. Ele deu uma mordida no pêssego, e o suco escorreu da fruta aberta.

Ali estava um homem simples, pensou Prentiss. Ele não estava vendo as grades? Por que observá-lo tão atentamente? Mas quando considerou o que estava por vir, aquela atitude não parecia tão estranha. De todas as formas que contavam, exceto uma, a corda já estava bem apertada em volta do pescoço de Prentiss. Um homem esperando para morrer era um espetáculo por si só. Tim apenas tinha chegado cedo.

Capítulo 21

Caleb encontrou a pistola do exército no porão, embrulhada em um tecido, deixada para definhar na companhia dos rifles de caça do avô. A casa estava cercada por uma escuridão envolvente. Não era nem noite nem manhã, mas aquela longa calmaria de horas entre ambas, um período de nada, que Caleb conhecia muito bem. Ele tinha acordado a essa hora muitas vezes quando era menino, meio adormecido, paralisado pela forma como as batidas do próprio coração penetravam em seus pensamentos, consumido pela terrível sensação de que o restante do mundo estava adormecido, em paz, enquanto ele jamais teria descanso. Naquela época ele teria feito qualquer coisa para evitar aquele poço de desespero. Nessa noite, no entanto, ele lhe deu as boas-vindas.

Ele deixou o porão e entrou na escuridão lá fora. Quando seus olhos se ajustaram à falta de luz, a cabana já tinha ficado um pouco para trás. Cada passo parecia limitado a nada. Old Ox não era mais um lar. Nada daquilo era. Até mesmo a casa tinha um ar desconhecido. Ele juraria que seu quarto era menor e que a passagem que levava às escadas era mais estreita. Era como se o espaço, em sua ausência, tivesse começado a se moldar aos contornos dos pais, completamente esquecido do filho que havia se afastado. Em seu coração, porém, ele sabia que a casa não havia encolhido. Ele simplesmente aprendera como o mundo era imenso. Provavelmente, qualquer homem que voltasse à infância descobriria exatamente o mesmo fenômeno.

Estava no campo agora. As plantações do pai ainda eram modestas, e o fato de terem passado tanto tempo cuidando delas, com tão pouco para mostrar, era uma lição de perversidade. Caleb se abaixou, apalpou a camada superficial do solo sob uma das plantas, agarrou suas raízes sinuosas e deu um puxão. Não as puxou para cima. Ainda faltavam meses para isso. Ele só queria fazer contato, para ver a que distância desciam e que distância teriam que subir para ver a luz do dia. Qualquer um poderia dizer que ele não fora criado como fazendeiro, mas o feito o surpreendeu. Pequenos milagres.

Retirou a mão da terra e sentou-se com os joelhos dobrados contra o peito. A pistola na cintura, a ponta do cão beliscando a lateral de seu corpo. Com um olhar furtivo e um pouco de imaginação, ele pôde discernir a cabana, *locus* daqueles terrores noturnos de sua infância. Por que ele era forçado a cruzar o abismo entre os quartos no escuro para acordar os pais? Por que sua mãe, em seu entendimento celestial, não ia até ele? Por que ela não fizera um esforço para entender a solidão que tomava conta dele naquelas horas vazias? Era egoísmo perguntar, ele sabia, mas o sentimento nunca o havia abandonado. Mesmo agora, ele esperava que a mãe saísse para encontrá-lo no campo e o guiasse de volta para a cama. Que tipo de homem se sente assim? Foi por causa dessa covardia que Landry morreu. A verdade é que não havia nada nele que valesse a pena salvar. Ele era uma vergonha.

Tocou o solo novamente, sabendo que não estaria presente quando a generosidade da terra fosse revelada, sabendo que não veria o sutil deleite no rosto do pai, aparente apenas na intensidade de seu olhar sobre as plantas, uma expressão radiante de amor distante que ele dispensava com certa parcimônia. Depois de um silêncio, declararia os amendoins débeis, improváveis de serem comprados por alguém, antes de voltar atrás e declarar: *Eles vão servir*. Era o movimento fundamental do pai: abraçar suas falhas em manter um senso de ambição. Mas essa vida – quieta, respeitável, repleta de recompensas escassas – não seria a de Caleb. Não. Sua própria jornada, ele estava determinado, o levaria a outro lugar, a qualquer salvação insignificante que ele pudesse encontrar longe desse lugar.

Começou a voltar para casa. A escuridão ainda era quase impenetrável, mas ele se sentia unido a ela, como se estivesse vagueando leve sobre a água, e percebeu que o tempo que passava sozinho, todas aquelas longas horas em seu quarto com as cortinas fechadas, o condicionara para esse exato momento. Entrou na cabana e colocou o pé em uma tábua familiar, pisando nela como a única tecla de um piano, saboreando o barulho uma última vez.

Sem se demorar mais, voltou para o porão. Poderia localizar o tronco apenas pelo cheiro, as gotas de graxa de limpeza que pairavam no ar décadas atrás, antes mesmo de ele nascer. Os rifles estavam ali esperando. Ele pendurou um no ombro, sem ter certeza se ainda disparava. Sua imprudência combinava com seu estado de espírito. O mais importante era seguir em frente – seguir o desejo que o acordou e o trouxera até ali.

Ainda dava para ver as estrelas, pequenos abismos brilhantes que marcavam a escuridão, mas ele não precisava delas para encontrar o caminho. Stage Road bastava, pois ele já conseguia ver o caminho em sua mente: além de Old Ox, passando pela praça silenciosa, vazia, exceto por alguns vagabundos bêbados; despejando-o na Rua da Prefeitura, pouco antes da mansão de Wade Webler. Não era onde ele pretendia terminar sua jornada, mas onde a começaria.

Ele sabia, mesmo sem saber, que os Weblers dormiam profundamente. Essa era outra noção antiga, nascida de nada mais do que a narrativa que ele havia traçado, anos antes, de como seria dormir ao lado de August por uma noite, sob um lençol branco, deleitando-se com ele à luz da lua; contorcer-se para retirar o braço de debaixo do travesseiro e prendê-lo, como se guiado por um sonho, ao redor do torso de August, puxando-o para mais perto, ambos se permitindo a entrega aos desejos do corpo até o amanhecer.

O quadro do sonho nunca se estendeu para além do quarto de August. Mas Caleb teve que presumir que Wade e Margaret dormiam com a mesma paz de espírito do filho deles. Ele podia imaginar Wade atracado ao seu lado da cama, tranquilo com o dia que tinha se encerrado, ou com o que em breve teria início, entregue ao seu descanso como um recém-nascido no berço. E talvez esse fosse o grande mal do mundo, que aqueles propensos ao mal eram deixados intocados pela culpa em um grau tão vasto que poderiam dormir durante uma tempestade, enquanto homens melhores, homens com a consciência maculada, ficavam acordados como se aquela mesma tempestade persistisse inflexivelmente nos confins de sua alma.

Ele parou diante da mansão, a poucos metros de distância das cercas vivas, ainda à vista da janela de August. O hábito era forte. No entanto, a urgência do momento o expulsava agora como um suor. Ele se forçou a passar pelo portão e deu a volta pela lateral da casa, passando pela cisterna e indo para os estábulos.

O corredor estava escuro como breu. Fazia anos que ele não entrava nos estábulos, e o lugar não se parecia em nada com o de seus sonhos, onde velas projetavam nas paredes as sombras lúgubres dos cavalos e dos outros meninos, espectros empenhados em aplaudir sua humilhação. Contra aquele romance brutal, a sensação intensificada de admiração com que suas fantasias estavam imbuídas, não havia nada de especial ali. Na verdade, era menor do que se lembrava, e qualquer ar majestoso que tivesse era obscurecido pelo cheiro pungente de esterco. Como sua imaginação tinha sido falha em criar tanto a partir de tão pouco! Ele se sentiu libertado da ilusão.

Os cavalos estavam dormindo, exceto um. Não o viu por sua forma, envolta pela noite, mas pelo brilho dos olhos, uma incandescência irradiando na escuridão. O cavalo preencheu a porta da baia quando Caleb se aproximou, como se esperasse que ele lhe jogasse algum alimento ou, melhor ainda, abrisse a porta. Ele ofereceu a mão, e o animal não se intimidou. Algo se perdeu quando ele se aproximou, pois os olhos do animal agora estavam encobertos em vez de brilhantes. O cavalo não se assustou, para seu grande alívio, embora não esperasse menos de um cavalo dos Weblers. O lacaio de Wade era conhecido por domesticá-los muito bem. Caleb foi até a sala de arreios, pegou uma rédea e uma sela, e depois um alforje, para garantir. Esgueirou-se para dentro da baia. O cavalo não tentou fugir, simplesmente ficou parado, sacudindo o pescoço, como para dizer olá. Quando colocou a mão em sua crina, um tremor percorreu o animal, uma onda deslizando em suas costas, que lembrou Caleb de Ridley, então deixou sua mão descansar ali como em um feitiço, para facilitar seu vínculo com ele, antes de soprar em suas narinas.

— Preciso de um cavalo para me levar daqui — sussurrou ele. — Você sabe voar?

Era uma égua de pelo de camurça, linda, embora ele não estivesse certo se teria destreza para guiá-la. Não havia como saber até subir nela. Era bem-educada, e ele a prendeu antes mesmo de fazer uma pausa, para ter certeza de que ainda estava sozinho. Estava quase pronto para conduzir a égua até o corredor quando passos soaram no caminho. Ele olhou para fora, assustado demais para pegar a pistola. Mas era apenas outro cavalo, reassentando-se no ar úmido.

— Você está pronta? — sussurrou ele.

Não poderia haver obstáculos para a fuga. Ele teria que se erguer e arrancar rapidamente. Havia se preparado para o desastre — certo de que, com a sorte que tinha, um grupo de homens de Webler cairia sobre ele no segundo em que se aproximasse dos estábulos. No entanto, ali estava ele: pela primeira vez, de alguma forma, executando um plano da própria autoria. A noite estava diante dele. Ele montou, e a égua bufou, alto o suficiente para chamar a atenção dos outros cavalos.

Alguns acordaram de seu sono, e ele pôde sentir seus olhos em suas costas enquanto a guiava. Entretanto, os cavalos estavam quietos, e logo a égua galopava estrada abaixo.

Estavam a meio caminho de Selby quando percebeu que nunca veria a casa dos Weblers novamente. Mesmo com tudo o que tinha sido irreparavelmente danificado nos últimos dias, ele não podia deixar de imaginar – quase torcer – que August estivesse na janela, com as cortinas fechadas, assistindo à sua fuga. Provavelmente sua descrença seria grande demais para dar algum crédito à visão. Ele desarrumaria o cabelo, voltaria para a cama e, pela manhã, balançaria a cabeça ao pensar no sonho que parecera tão real.

⊱────⊰

A égua ganhou velocidade até planarem, e logo eles estavam voando. A estrada estava vazia naquela hora esquecida, e não demorou muito para que chegassem a Selby. A cidade era menor e mais silenciosa do que Old Ox. Ele estava familiarizado com a estrutura, pois já tinha viajado para lá antes, e facilmente localizou a prisão, apoiada de um lado pela taverna e do outro por um pequeno cemitério de terra fechado, sem qualquer marcação. Com a vela dentro da prisão esmaecida e contorcida pela vidraça, o lugar escondia-se nas sombras – sem nenhuma delas se mover, todas paradas. Ele não tinha ideia de quantos homens estariam lá dentro. Havia apenas um cavalo solitário amarrado na frente. Quando Caleb pisou na varanda, uma voz falou lá de dentro.

– Xerife? É você?

Com espontânea teatralidade, Caleb chutou a porta, puxou a pistola da cintura e mirou no primeiro corpo que apareceu do outro lado do campo de visão. Era Tim, o assistente, tão chocado e trêmulo que quase caiu.

– Onde está Prentiss? – perguntou Caleb.

Tim recostou-se na mesa, apertando os olhos, aturdido.

– Você é o filho de George?

– Vou lhe dar mais uma chance – afirmou Caleb, e, como se estivesse em transe, puxou o cão da pistola.

– Tô a apenas alguns metros de você – disse uma voz.

Virando-se em direção ao som, Caleb avistou Prentiss sentado na penumbra da cela mais próxima com as pernas cruzadas, como se não se incomodasse com o tumulto.

– As chaves – Caleb disse a Tim. – Agora.

Tim pôs a mão na cintura, e Caleb imediatamente se deu conta de que ele seria um homem morto se o policial pegasse uma arma, pois, embora tivesse puxado o cão, não conseguia atirar ou mesmo responder ao fogo. Seu dedo amoleceu no gatilho, e ele ficou surpreso ao descobrir que se sentia inclinado a aceitar tal destino. Encarar a morte de frente, em um acesso de aventura, de grande ousadia, seria algo que valeria a pena. Ele morreria sendo nada além de um ladrão de cavalos, mas pelo menos outros poderiam ouvir os rumores de sua coragem, e da forma mais egoísta. Esse pensamento foi o suficiente para trazer uma paz solene a um momento de outra forma tenso que quase o fez molhar-se pela segunda vez na idade adulta.

Mas parecia que Tim tinha outras ideias além de abrir fogo. Depois de bater freneticamente na cintura, ele passou direto pela pistola e foi para os bolsos, mas os encontrou vazios.

– Juro que estão por aqui – disse ele, um pouco sem fôlego.

Caleb começou a perceber que, por mais difícil que fosse acreditar, ele podia estar na presença de um homem mais nervoso do que ele.

O oficial esbugalhava os olhos e tinha uma camada de suor se formando na testa.

– Estou implorando – disse ele, e levantou um dedo trêmulo, indicando a Caleb que aguardasse.

Caleb olhou para Prentiss, em busca de alguma orientação, mas ele também se mostrava confuso.

– Acho que o xerife as levou – falou Tim, dando um passo à frente. – Por favor!

Ele se contorcia, acenando para Caleb em demonstração de derrota, tão curvado em súplica que estava quase agachado.

– Faça o que quiser, mas sem armas – implorou. – Eu não posso usar armas, não mais. Por favor. Não mais. Não mais.

Prentiss acenou com a cabeça para Caleb, como se fosse um direcionamento, e Caleb colocou a arma de volta na cintura. Ele estava muito mais abalado agora, com o colapso do oficial, do que com a chance de levar um tiro, e só podia ter pena do homem.

– Acho que você pode estar no ramo de trabalho errado – comentou Caleb.

Tim se recompôs o suficiente para conseguir se levantar.

– Eu adorava no começo. De verdade. Mas não consigo usar armas. O médico disse que tudo voltaria ao normal. Mas não volta. Não volta.

Os dois homens se olhavam. Tim ainda tremia quando enxugou o nariz com a manga. Eles tinham quase a mesma idade, embora Caleb tenha notado que quaisquer complicações na vida que ele possa ter suportado empalideciam em comparação com as de Tim. Sem as armas agora, a sensação na sala era difícil de decifrar. Certa intensidade permaneceu. Uma nudez quase inspirada de emoção. Ele deveria abraçar o assistente do xerife?

– Na mesa – apontou Prentiss. – As chaves tão na mesa.

Tim se virou, pegou as chaves e as estendeu para Caleb, que recusou, gesticulando em direção à cela.

– Você abre – comandou.

Tim se esgueirou até a cela e colocou a chave na fechadura. A porta se abriu lentamente com o próprio peso de ferro, e Prentiss saiu.

– O xerife vai trazer Webler para cá ao amanhecer. Eles não vão ficar satisfeitos quando virem esta cela vazia.

– Diga a eles que eu quase meti uma bala na sua cabeça – disse Caleb, retirando a pistola da cintura. – Tenho certeza de que eles vão entender por que você o deixou ir.

Tim balançou a cabeça solenemente, como se tivesse acabado de ouvir a mais triste das histórias.

– O xerife tem um pônei que pode cavalgar oito horas e ainda ultrapassar um puro-sangue na nona. Não é comigo que estou preocupado. É com vocês.

Prentiss já estava na porta da frente, ansioso.

Caleb apontou para a mesa com a pistola.

– Vá se sentar agora, Tim. Se espiar por aquela porta, prometo que será a última coisa que você vai ver na vida.

Ele saiu, primeiro de costas, encarando o policial, a arma apontada mais uma vez, e quando fechou a porta, não pôde deixar de sorrir de satisfação por ter executado tão facilmente aquela performance.

– Você deixou aquele rapaz se tremendo de medo – disse Prentiss.

– Espero que seja o suficiente para mantê-lo naquela cadeira.

Caleb parou perto da égua. Examinou Prentiss, tirou o rifle do ombro e o colocou nas mãos do rapaz. O homem nunca tinha segurado uma arma antes, isso estava claro. Ele o manipulou como se fosse um pergaminho antigo, como se um toque descuidado pudesse desintegrá-lo.

– Coloque a alça no ombro – orientou Caleb. – A última coisa que qualquer um de nós quer é atirar com essas coisas. Mas, se for preciso, você puxa o gatilho.

— Eu sei como funciona — murmurou Prentiss.

Caleb montou na égua e estendeu a mão para ajudar Prentiss a subir na garupa.

— Você já andou a cavalo antes? – perguntou.

— Não — respondeu Prentiss, ajeitando-se atrás de Caleb. — Do jeito que sou sortudo, ia ser minha cara sair da prisão e quebrar o pescoço caindo desse bicho.

— Pode confiar em mim — garantiu Caleb, pegando as rédeas e sendo o mais sincero que pôde, o suficiente para repetir a promessa. — Pode confiar, Prentiss. Segure-se em mim e não solte.

Prentiss parecia cético, mas colocou as mãos em volta da cintura de Caleb e apertou. Eles partiram rápido o suficiente para que suas vozes fossem silenciadas pelo vento e ficaram calados por um tempo. Com o tempo, se adaptaram, e o aperto de Prentiss em Caleb afrouxou enquanto se entregava à cadência da égua, o ritmo do galope.

— Pra onde tamo indo? – gritou ele.

— Norte — respondeu Caleb. — Vamos passar primeiro pela fazenda. Não se preocupe, vamos pegar trilhas alternativas.

— Pra onde que a gente vai, então?

— Para onde quisermos.

As sombras das árvores e dos arbustos surgiam e desapareciam como aparições em seu rastro. O sol finalmente começou a nascer, e a estrada foi iluminada com seu primeiro brilho penetrante, a essência de algo sobrenatural, como se a própria terra estivesse se dissolvendo em fragmentos brilhantes de luz. Eles não viram uma alma viva durante toda a jornada. Não antes de chegarem à cabana, onde havia uma vela acesa, iluminando a mãe e o pai, ainda de pijamas, à mesa da sala de jantar ao amanhecer crepuscular, esperando, ele quis acreditar, por seu retorno.

A mãe envolveu Prentiss em um abraço, soltando-o apenas para inspecionar o filho, talvez sem ter certeza se algum dos dois era real e absolutamente perplexa quanto a como eles tinham voltado para casa.

— Fui buscá-lo — contou Caleb.

Era óbvio, mas de alguma forma necessário afirmar em palavras.

— Espero que você tenha uma explicação melhor do que essa — disse o pai. — É o rifle do seu avô que está com Prentiss?

Caleb passou pelo pai e foi em direção à cozinha. Não havia tempo para explicações. O importante é que o plano dera certo, pelo menos até então. Eles só precisavam de algumas provisões e partiriam novamente.

A mãe o seguia.

— Se vocês dois não se explicarem, vou trancar a porta e ninguém vai a lugar algum.

— Faça isso e conseguirá que eu vá para a forca ao lado de Prentiss.

Caleb procurou na prateleira de enlatados, pegando os potes que queria e os colocando no balcão. A mãe olhou para Prentiss em busca de uma resposta.

— Sinhora, tudo que eu sei é que ele entrou, enfrentou aquele oficial e me tirou de lá. Diz que vamos pro norte.

— Isso é loucura — disse o pai. — Sair à noite numa missão suicida. Pensei que você tinha perdido a cabeça antes, mas agora se superou. Aplaudo sua estupidez.

Caleb encontrou um saco e começou a enfiar nele as latas.

— Para ser honesto, não achei que vocês fossem acordar. Pensei em deixar um bilhete.

O pai revirou os olhos.

— Como se houvesse uma única noite em que você escapasse sem eu estar de olho em você. Ah, como eu gostaria de tê-lo impedido hoje.

Percebendo a preocupação dos pais, Caleb notou o quão perturbado ele parecia. Então colocou o saco no chão e apontou para Prentiss.

— Marcado para morrer por um crime que não cometeu. — Então apontou para si mesmo. — Culpado. *Culpado*. Se ele for enforcado, deixem-me ser enforcado também. Se ele conseguir chegar à liberdade, então, por Deus, farei essa jornada com ele. Não me digam que nenhum de vocês jamais desejou começar de novo. Eu conheço a face do arrependimento. Esta é a melhor opção. A única opção.

Isabelle e George se entreolharam, capturados pelo olhar um do outro, aparentemente sem vontade de colocar em palavras o que quer que tivessem em mente.

— Vou trilhar meu próprio caminho — disse Caleb. — E você deve isso a Prentiss, não ficar no caminho dele.

A mãe avançou, muito emocionada no início para dizer qualquer palavra. Havia orgulho, além de lágrimas, em seus olhos. Ela pegou o saco do chão, com as mãos trêmulas.

— Pêssegos com conhaque sempre foram seus favoritos — disse ela. — Eu os enlatei há apenas alguns dias. Leve peras também, e maçãs. Na adega tem carne de porco salgada e pão doce...

O pai, com uma expressão vazia, não se mexeu de onde estava na sala de jantar. O que ele diria? O que viria a seguir?

A mãe foi até a despensa. Voltou com as mãos cheias de suprimentos e encheu o saco até a boca. Agora ela choramingava com cada palavra.

Caleb entregou o saco a Prentiss e perguntou se ele podia colocá-lo no alforje.

Prentiss fez que sim com a cabeça.

— Vou empacotar minhas coisa no celeiro. Dar um momento pra vocês.

E se foi.

A mãe o examinou, assim como havia feito antes de ele sair pela porta vestido para a guerra. Assim como fizera anteriormente, ela colocou a mão em seu queixo, sentiu a barba rala, procurando, ele imaginou, a mesma suavidade que sentira ao segurá-lo quando recém-nascido, uma suavidade que estava viva apenas em suas memórias. Ela puxou a cabeça dele e falou ao seu ouvido.

— Escreva para mim — disse ela. — Mensagens de mais de uma frase.

Ele riu e chorou um pouco.

— Cartas inteiras — prometeu ele. — Explicando, contando tudo.

— Sim — foi tudo o que ela conseguiu dizer.

Eles romperam o abraço, e agora o pai estava ao seu lado, de costas para ele, as mãos postas atrás das costas, olhando pela janela para Stage Road.

— Acho que levarei Ridley, para o caso de precisar — disse ele, como se lhe tivessem pedido um favor e essa fosse a concessão que Caleb teria que aceitar.

— O quê? — perguntou Caleb, perplexo.

— Não há um único lugar na Terra a que eu me dignaria a ir sem ele.

— O que você está dizendo, George? — a mãe perguntou.

— Ando pelos bosques deste condado desde que era menino. Eu os conheço melhor do que ninguém. Sua melhor chance de liberdade está comigo ao seu lado.

— Você *odeia* viajar — argumentou Caleb. — Você trata uma ida até a cidade como se tivesse viajado para os portões do inferno. Não pode querer ir conosco.

— *Querer* é uma palavra forte — disse o pai. — Vocês precisam de mim. É isso.

George colocou a mão no ombro de Caleb e passou por ele. Caleb pensou em protestar, mas sabia que seria inútil. O pai estava sendo encorajado pela própria teimosia. Havia uma indiferença enlouquecedora na maneira como suas sobrancelhas se erguiam em momentos como aquele, como as rugas de seu rosto se revelavam em total compromisso com a finalidade de sua convicção. Não haveria como o fazer mudar de ideia. Caleb não tinha certeza se era possível o pai mudar de ideia depois de ter tomado uma decisão.

— Eu vou apenas até o limite do condado; e quando tiver certeza de que vocês estão em segurança, volto para casa.

— Sob acusações de ajudar criminosos — disse Caleb.

O pai acenou quando começou a subir as escadas.

— De forma alguma! Vou dizer a eles que estava dando um passeio pela floresta. Adoraria vê-los provarem o contrário.

Caleb olhou para a mãe em busca de ajuda, mas ela tinha pouco a oferecer.

— Desisti dele há algum tempo — disse, rindo, enquanto enxugava o rosto.

O sol estava alto agora, e a fazenda brilhava sob seu dossel de amarelos suaves, o celeiro não mais vermelho, mas alaranjado queimado, os campos dourados. O efeito desapareceria com o passar do dia, mas a luz da manhã caindo era um espetáculo. Caleb sentiria muita falta daquilo.

Nesse momento, Prentiss reapareceu. Ele se virou para a mãe de Caleb, incerto, ao que parecia, quanto a se era educado falar com ela naquela situação.

— Sinhora — disse ele.

Ela lhe deu outro abraço e se afastou rapidamente.

— Suas meias — disse ela, dirigindo-se para as escadas.

As vozes abafadas dos pais vieram de trás da porta do quarto.

— Teremos um terceiro viajante conosco — anunciou Caleb a Prentiss.

— George? — Prentiss assentiu, com conhecimento de causa. — Ele sempre cuida das pessoa próxima dele. Do melhor jeito que ele pode, pelo menos.

George e Isabelle desceram as escadas, o pai não vestia nada diferente do que usaria em qualquer outro dia: suspensórios esfarrapados sobre uma camisa de brim, um chapéu de sol. George os instruiu a que o encontrassem na frente depois que ele tivesse buscado o burro, então se afastou de Isabelle sem dar uma segunda olhada e saiu pela porta dos fundos.

A mãe se aproximou deles. As meias eram azuis e finas, assim como as que tinha feito para Landry. O acabamento branco oscilava um pouco, mas isso só aumentava seu charme.

— São duráveis — disse ela. — Mas as mantenha limpas. Não fique andando de meias sujas, Prentiss.

— Cometer um ato tão feio contra um par de meias tão bonito... eu nunca ia fazer isso, sinhora.

Ele colocou a mão em seu ombro da maneira que um homem faria com outro, e ela respondeu colocando a própria mão sobre a dele. Então ele se afastou e colocou as meias no bolso de trás.

— Se cuida, sinhora.

— Você também, Prentiss.

Caleb inclinou a cabeça em direção à porta. Já era hora.

Ridley contornou a lateral da casa no momento em que Caleb e Prentiss selaram a égua. O pai parecia calmo como sempre, mas Caleb não podia negar a pontada de medo no peito, imaginando o que estava por vir. A mãe permanecia na varanda, a bainha do vestido caindo sobre os pés. Ele recolheu a imagem e guardou-a para momentos como aquele: quando o medo o oprimia, e apenas ela seria o conforto.

Capítulo 22

Isabelle cochilou na poltrona de George, envolvida no cheiro do marido impregnado ali. Quando ele saiu com Caleb e Prentiss, apenas algumas horas antes, ela tinha certeza de que permaneceria acordada, que nada poderia fazê-la voltar a dormir, mas, no minuto em que dobrou as pernas, perdeu-se em um sonho. Não se lembrava dos detalhes, mas não ocorreu na cabana, e por isso parecia um retiro agradável de sua vida fragmentada. Ela ficou desapontada ao acordar.

Já era meio-dia, e a casa estava um pouco abafada por causa do sol. Ela fritou ovos suficientes para três pessoas, embora não estivesse com tanto apetite, mas acostumada a ver aquela quantidade na mesa da sala de jantar. Ainda restava mais da metade quando terminou. Recolheu a frigideira e jogou os restos fora, para qualquer abutre que pousasse ali.

Houve um desconforto quase catastrófico que se seguiu ao café da manhã. Ela sentiu necessidade de se ocupar e pensou que poderia limpar o quarto de Caleb, então lembrou que isso seria desnecessário, visto que talvez nunca mais o visse, se tudo corresse conforme o planejado. Esse pensamento, então, encontrou a solidão maior da ausência de George, e a convergência das trilhas semelhantes, mas distintas, de sua perda, era quase tão grande que ela precisou se sentar sobre as mãos apenas para evitar que tremessem. Ela estava na poltrona de George novamente, sentindo em suas coxas os botões que se projetavam do couro, como pontos de junção para as memórias do marido. Ele ficava ali sentado, lendo, durante tanto tempo que começava a parecer que esperava algo que nunca chegaria. E sua melancolia quando tirava os óculos e apagava a lâmpada era acompanhada apenas pelo entusiasmo que demonstrava ao retornar àquele local na noite seguinte.

A poltrona foi onde ela o encontrou depois de sua tentativa de visitar Prentiss na prisão. George, com os óculos caídos até a ponta do nariz, largou o livro quando ela entrou e perguntou ansiosamente se ela havia passado por Hackstedde.

Ela não sabia até aquele momento que escolheria não revelar o encontro com Clementine. Mas a insistência extenuante de Clementine na inocência das visitas de George a forçou a olhar para dentro de si, para seu próprio ciúme, e questionar por que estava sentindo aquilo. O que havia a ganhar, na paisagem arrebatadora de seu casamento, intrometendo-se nos modos curiosos (e muitas vezes misteriosos) da caridade de George? Afinal, não era para isso que ele pagava Clementine? A oportunidade de doar? Ela balançou a cabeça e disse a George que não teve permissão para ver Prentiss, mas que tinha ido ver Mildred, e que o dia, mesmo assim, tinha sido muito produtivo.

O tremor que tomou conta de suas mãos continuou, e parecia estar reverberando em algum lugar fora dela. Ela ergueu os olhos e viu uma parelha de cavalos trotando em direção à cabana. Não tinha medo de quem estava se aproximando. No mínimo, estava aliviada. Sabendo que viriam, preferia acabar logo com aquilo.

Ela saiu, e precisou se apoiar contra a grade da varanda para se proteger do vento desenfreado. Reconheceu quase todos: Wade Webler, o xerife e seu assistente, Gail Cooley, da fazenda de Morton. Dois outros desconhecidos, da idade de Caleb, embora completamente embrutecidos, fixaram os olhos nela com desdém. Um deles estava a cavalo, e o outro havia desmontado e puxava a retaguarda com um cachorro.

— Um pelotão? — gritou ela. — Sério, Wade?

— Verifique o celeiro — ordenou Wade para o rapaz com o cachorro. — É onde o mantinham. — Ele se virou para Isabelle, seus olhos fundos de exaustão. — Onde eles estão? — perguntou sem rodeios.

— De quem você está falando?

— *De quem eu estou falando*? Isabelle, confie em mim quando digo. Você não quer participar da proeza que seu filho fez. É melhor colocá-lo em segurança antes que ele ponha outras vidas além da própria em perigo.

— Nós dois sabemos que a única pessoa aqui que coloca vidas em perigo é você, Wade Webler.

O rapaz com o cachorro estava entrando no celeiro, e ela gritou para ele parar. Sem sucesso.

— Esta é *minha* propriedade — disse ela ao xerife Hackstedde. — Não dei permissão a ninguém para revistar aquele celeiro.

No entanto, o xerife parecia uma estátua.

— Você é um oficial da lei — continuou ela. — Cumpra seu dever.

No rosto dele estava enterrada uma raiva que lhe faltou na última vez em que a visitara ali.

— Suspeito que esteja abrigando um fugitivo — disse ele. — Fugitivos. Então, não me fale sobre dever.

— Traga George aqui — ordenou Wade. — Gostaria de falar com ele sobre seu filho.

— George está fazendo uma caminhada — disse ela —, e ainda não tenho ideia do que vocês estão falando. Eu mereço algumas respostas.

O cachorro latia. Ela podia ouvir o rapaz falando com o animal e percebeu que os homens a cavalo estavam apenas esperando, suportando sua presença como deveriam. Com alguns uivos estridentes, o cão reapareceu e conduziu o rapaz em direção à estrada principal.

— Parece que temos um rastro — disse Hackstedde, animando-se.

— Sra. Walker — disse Wade —, seu filho cometeu um ato imprudente na noite passada, mantendo um oficial sob a mira de uma arma e libertando um prisioneiro da cela. Também tenho motivos para suspeitar que ele roubou um de meus cavalos. Terei mais provas assim que o vir. O que, devo acrescentar, é o único resultado que virá disso. Ele será encontrado, juntamente com o prisioneiro, e eu mesmo cuidarei do caso, considerando que o xerife aqui teve alguns problemas para fazer isso por conta própria. — Hackstedde desviou o olhar quando Wade olhou em sua direção. — Pretendo manter o juiz em Selby. E ele está pronto para agir quando aqueles dois forem apresentados a ele.

O vento soprou novamente, e todos os homens foram obrigados a segurar o chapéu. Isabelle deixou o cabelo voar solto, chicoteando o ar sobre seu rosto.

— Você reclama como se fosse vítima de um crime quando ambos sabemos bem o que August fez! — gritou ela. — Você me enoja. Quanto ao restante de vocês, não consigo imaginar como dormem à noite sabendo que foram estúpidos o suficiente para continuar com essa loucura. Não consigo ouvir nem mais uma palavra.

Isso foi o suficiente para fazer Gail limpar a garganta e falar.

— É para o bem da cidade, Sra. Walker. Acho que você vai cair em si quando pensar no que seu filho fez...

— Sr. Cooley — disse Isabelle —, você trabalha nesses campos desde que moro nesta casa e nunca disse uma única palavra em que eu tivesse prestado atenção. Não pretendo começar a fazer isso hoje.

Gail estremeceu. O rosto de Wade estava tão vermelho quanto depois do cuspe. O cachorro latia enlouquecidamente, dirigindo-se para a estrada, e Isabelle esperava que isso assustasse os cavalos o suficiente para arremessar os homens das selas.

– Seu filho é uma praga – disse Wade – e o negro é pior. Simples assim. Haverá consequências para o que sua família fez. Que isso seja dito aqui e agora.

À maneira clássica de Wade, ele lhe dera uma declaração tão absurdamente bíblica, tão descaradamente teatral, que ela só conseguiu revirar os olhos, enojada.

– Se o mundo fosse justo, Wade Webler, eu diria o mesmo sobre você e seu filho.

– Estou lhe dando uma última chance de dizer para onde eles foram.

Ela cruzou os braços resolutamente e olhou para ele em um silêncio pétreo.

– Que seja – disse Wade, e se virou para o rapaz com o cachorro. – Mostre o caminho.

Os homens viraram os cavalos para partir.

– Não quero mais vê-los aqui – afirmou Isabelle. – Eu tenho um rifle no porão. Posso não saber usá-lo, mas consigo aprender.

De costas para ela, Wade tirou o chapéu para se despedir.

George e os rapazes teriam meio dia de vantagem. Ela rezou para que fosse o suficiente.

Seguiram-se dois dias e duas noites de paz. Na terceira noite, dormindo ainda na poltrona de George, como fazia desde que ele saíra, ela acordou sobressaltada em um momento tenebroso – o vento assobiava furiosamente, a casa rangia e gemia tão alto que parecia prestes a desabar sob a própria angústia. Ela queria poder chamar alguém, como costumava fazer nos últimos dias, mas não havia ninguém. As pessoas mais próximas que ela conhecia eram Ted Morton e sua família, e, se dependesse dela, levaria uma vida inteira antes que os visse novamente. Considerou subir as escadas, mesmo que apenas para mudar de posição, mas com George, Caleb e Prentiss ainda fora, expostos às intempéries, pelo que presumia, parecia errado ceder a um sono mais agradável. Ela não tinha dúvidas de que os três estavam dormitando, em algum lugar, no chão áspero da floresta, e sentiu o desejo contínuo de lamentar, como se pudesse, de alguma forma, diminuir o fardo deles.

Sabia que era tolice, mas a infelicidade parecia apropriada nas presentes circunstâncias. Talvez simplesmente estivesse perdida em sua fadiga – seus sentidos vacilantes, levando-a a conclusões estranhas e voos selvagens da fantasia. Ou talvez houvesse pouca diferença prática entre exaustão e loucura absoluta. Em todo caso, refletir mais sobre isso apenas a manteve imóvel na cadeira, prisioneira da escuridão e do vento. Desde a partida do marido e do filho, sua audição havia se refinado a uma percepção quase inconcebível. Ela podia distinguir até mesmo as bicadas das galinhas, tão claramente que parecia gelo sendo lascado de um bloco. Os gafanhotos estavam reunidos na floresta, mas seu zumbido era tão forte que pareciam estar do lado de fora da janela, tentando entrar.

No entanto, era um som desconhecido que mais a incomodava. A princípio tentou ignorá-lo, mas quando falhou, levantou-se para localizar sua origem. Como galhos estalando, porém mais alto, o suficiente para quebrar as batidas intermitentes do vento. Ela saiu pela porta dos fundos e ficou ouvindo. Demorou um pouco para discernir, mas, sim, lá estava ele, firme, como o estalido silencioso de óleo de fritura. E então uma perturbação no céu escuro – uma brasa bruxuleante desaparecendo em uma névoa de fumaça que se estendia sobre a floresta – disse-lhe o que se passava.

Ela correu. Não conseguia ver as plantações colina abaixo e temia o que encontraria lá, já sabendo o que acontecera, mas ainda sem querer acreditar. Sua respiração foi afetada, e ela tossiu com a simples visão da fumaça. No cume da colina ela se deteve, oprimida e atordoada, incapaz de processar a visão diante de si. Todo o campo de amendoim estava em chamas. O vento o cercava com fúria, e os longos braços de fogo que alcançaram o céu balançavam em frenesi, emitindo nuvens gigantes de fumaça.

Dois homens em cavalos saltadores patrulhavam o inferno, tochas nas mãos, galopando com hostilidade, depois circulando de volta para ficar a uma distância segura. O dano foi tão completo que Isabelle conseguia sentir seu próprio interior, sua própria alma, queimando com a plantação diante dela. Estava ao mesmo tempo deslumbrada e horrorizada pelas sombras das chamas, como presas tateando em direção às árvores, reivindicando tudo em seu caminho. Os homens tinham o rosto coberto. Pareciam discutir, gesticulando freneticamente e, quando o fogo se aproximou deles, iraram-se e desapareceram na noite.

Os tornozelos de Isabelle estavam escorregadios de suor; seus olhos lacrimejaram com a fumaça. *O que vocês fizeram?* Era tudo que ela conseguia dizer para si mesma, repetindo as palavras como um mantra enquanto caminhava de volta para casa, perdida em um torpor. *O que vocês fizeram?* Ela estava abalada, mas não tinha medo. Claro que sofria com o trabalho do marido sendo devastado, suas terras arruinadas, mas nenhuma ameaça maior se abateria sobre ela na cabana. Aqueles homens só precisariam olhar para onde seu cata-vento apontava para determinar que o vento oeste era um vento punitivo. Não faria o fogo subir a colina. Não, as chamas marchariam na direção oposta, desimpedidas, alimentando-se de tudo o que encontrassem. *O que vocês fizeram?* O fogo dispararia pela linha das árvores ao longo da Stage Road, devorando primeiramente a casa de Ted Morton, depois a de Henry Pershing e tudo o que viesse depois. Ela esperava que os cavaleiros tivessem ido avisar os outros, mas, a julgar pela altura e amplitude das chamas e pelo vento, não haveria como parar a obra deles. Da cabana, via-se um estampido vermelho listrado contra o céu. O incêndio alcançaria Old Ox pela manhã, e a cidade não teria meios suficientes para evitar a devastação que se aproximava.

Capítulo 23

Eles viajaram durante o dia e no início da noite, e, quando George se cansava, tinha o cuidado de esconder seu sofrimento. Com a luz do dia, as coisas eram mais fáceis. Eles haviam ultrapassado a fronteira do condado muito antes do pôr do sol e, embora a floresta de lá fosse semelhante à de sua propriedade, com a mesma vida animal, as mesmas árvores, ainda parecia inexplorada – outro mundo para ele aprender e memorizar, cada passo à frente rastreado no mapa que desenhava em sua mente. O riacho ficava mais largo quanto mais ao norte eles se aventuravam, e a flora ganhava tons excepcionalmente verdes, com folhas tão grossas que ele pensava pertencerem a uma selva. Ele sabia que a terra se transformaria em uma espécie de pântano, tinha ouvido falar de muitos outros viajantes que deixaram o condado da mesma forma, mas ele próprio nunca tinha visto a transformação. Caleb o informou que levaria mais um dia até que o riacho encontrasse o rio, e que George não tinha visto nada tão poderoso quanto a água das corredeiras. Ele acreditava no filho, pois em todos os lugares para os quais ele olhava havia paisagens incríveis, esplendores apresentados pela natureza com tal grandeza que ele sentiu um toque de pesar, pois tudo o que precisaria ter feito para encontrar um novo mundo de tal beleza era ter deixado a cidade, mas levara uma vida inteira para fazer a viagem.

Quando finalmente pararam para descansar, tarde da noite, ele ainda fazia malabarismos com as imagens do dia em sua mente, e apenas aquela distração fora o suficiente para mantê-lo lúcido enquanto preparava os colchonetes.

– Eles vão procurar uma fogueira – disse Caleb. – É melhor ficarmos no escuro.

George já estava deitado quando os rapazes começaram a comer.

– George – chamou Prentiss, e lhe estendeu um pote de frutas.

George fez que não com a cabeça.

— Talvez quando acordarmos — disse. — Daqui a algumas horas.

Por um tempo ele pensou em Isabelle, imaginou-a dormindo ao seu lado; então sua mente ficou em branco e ele cochilou. Acordou com uma cortina de escuridão e se levantou bufando. Até a visão se acalmar, o cheiro de terra fresca e pinho era apenas o que seus sentidos captavam. Então viu Caleb dormindo no colchonete ao seu lado. O colchonete ao lado do de Caleb estava vazio, e ele estreitou os olhos para distinguir a silhueta de Prentiss, como um pilar, enterrado na noite. Ele estava guardando o acampamento com o mesmo enfoque escrupuloso que aplicara ao seu trabalho na fazenda, e parecia perfeitamente confortável e alerta, duas qualidades que George dificilmente poderia reivindicar para si na atual circunstância.

Caminhou até Prentiss e perguntou a ele se tinha visto alguma coisa.

— Nada muito grande — disse Prentiss. — Eu teria acordado você.

A floresta estava calma e silenciosa, salvo os ruídos ocasionais na escuridão: um galho pisoteado, o guincho agudo de um gambá.

George ponderou sobre o comentário por um momento.

— Muito grande... Você está se referindo à besta?

— Ela podia se aventurar nessa lonjura — disse Prentiss.

— Sabe, não penso nela há dias. Nenhuma vez nesta viagem.

Prentiss o olhou com curiosidade.

— Eu não contei para você — continuou George. — Vi Ezra semana passada.

Com George para compartilhar o dever de sentinela, Prentiss finalmente relaxou, caindo contra a árvore mais próxima.

— Sabe o que ele disse? Que sou muito curioso. Que eu nunca deveria ter ido vasculhar a floresta no dia em que encontrei você e Landry. Pelo contrário, eu disse, deve ter sido algum tipo de destino, já que sempre me aventuro naquela floresta e nunca houve nada a ser encontrado, exceto todos os modos de solidão. Não que eu acredite em um ser superior ou algo assim, mas esbarrar em dois companheiros me pareceu um encontro adequado, ligado a algo real, o que é um conceito bem estranho para mim. Então, é aqui que voltamos ao início, quando eu disse a Ezra que a única outra vez que tive essa sensação foi quando vi a fera da janela do meu quarto. Não sou do tipo que compartilha essa história, muito menos com Ezra, pois ela leva a um ceticismo natural, mas fui pego no auge do sentimento, e simplesmente me saiu.

Ignorando seu constrangimento, George continuou contando a história para Prentiss. Ezra estava diante dele, ouvindo atentamente seu relato. De como a besta era exatamente aquilo seu pai descrevera: taciturna, robusta sobre duas pernas, sinistra, mas graciosa nos movimentos. Assim que terminou, Ezra riu ruidosamente, dobrou-se atrás de sua mesa, acenando para que George parasse, com aparente escárnio. Bem, disse George, ele não era o primeiro a desacreditar da história.

– Não é isso – disse Ezra, entre acessos de riso.

E explicou como o pai de George, Benjamin, esperava até a noite, se vestia com várias camadas de pano e fazia um espetáculo para o filho, uma prática que alegremente relatou a Ezra, detalhando as reações de George na manhã seguinte, como ele parecia chocado à mesa do café da manhã, mal disposto a comer.

– Era uma boa diversão – disse Ezra. – Ele até vestiu aquela garota de cor. Esqueci o nome. A escrava. Ela era quase tão alta quanto seu pai, e ele a fazia ir lá fora quando ele não estava com vontade. Céus. Benjamin poderia ser um comediante. Eu não sabia que você ainda... – e nesse ponto da história Ezra teve que enxugar uma lágrima de riso – ... acreditava nisso.

George não conseguia imaginar o pai fazendo uma coisa dessas com ele. E pensar que Taffy, sua única amiga, tinha sido cúmplice tornava tudo ainda pior. Ela ter mantido essa conspiração com o pai parecia a maior traição. Não era nada engraçado. Apenas cruel.

O próprio Prentiss parecia envergonhado com a história, olhando para George com pena, como se também tivesse participado da piada o tempo todo. Mas suas palavras indicavam o contrário.

– Teve uma época – disse ele –, depois que levaram minha mãe, que eu dormia na varanda da cabana, esperando ela voltar. Quando o tempo mudou e mesmo assim eu não queria entrar, o Landry ficou tão preocupado, tão agitado, que tentou me pegar e me arrastar pra dentro. Eu tive que chutar ele e gritar pra ele ficar longe. Parece idiota, mas eu não conseguia perder a esperança. Eu sabia como ela andava, conhecia o formato que ela tinha, o barulho dos passo dela. Às vezes, eu podia jurar que sentia ela agarrar minha orelha por trás, do jeito que ela fazia quando tava tarde para ficar na varanda e eu não queria obedecer.

Prentiss se inquietou e olhou para a floresta.

– Acho que ainda tô procurando ela. É um dos motivos de eu estar aqui fugindo, né? Mesmo que tenha uma chance pequena, eu ainda tô procurando, e vou continuar procurando. Porque, se eu não acreditar que ela tá por aí em algum lugar, o que vai restar?

Quando George não conseguiu articular uma resposta, Prentiss preencheu o silêncio por ele.

– O que eu tô dizendo é que eu sempre acreditei em você. Até agora eu acredito. Ninguém pode dizer o que vive nesta floresta, ou em qualquer outro lugar. A gente pode não ter o que dizer sobre isso, mas pode dizer sobre a nossa fé.

– Eu ainda acredito – disse George em voz baixa, grato pela boa vontade.

– Somos dois, então.

Um vento forte soprou sobre eles, e George começou a se arrepiar enquanto se acalmava.

– Você devia ir deitar – disse Prentiss.

– Pare de me tratar como um fóssil. Vou descansar quando achar que devo, obrigado.

Prentiss ergueu as mãos em derrota.

– Eu tô é pensando em mim. Nós dois sabe sua hora de dormir. Desse jeito, você vai acordar todo rabugento de manhã.

– Mal posso esperar para me livrar de você – disse George, rindo. – Vai ser um prazer vê-lo longe de uma vez por todas.

O vestígio de um sorriso se formou nos lábios de Prentiss, embora ele o reprimisse. O vento soprou novamente, dessa vez insuportavelmente alto, um sussurro dolorido aparentemente nascido das sombras, provocando enunciações urgentes entre as árvores, como se houvesse espectros uivando do vazio. Por um tempo, eles ficaram à sua mercê e então, de repente, as coisas se acalmaram.

– Gostaria de lhe pedir uma coisa – disse George, olhando de volta para o filho enrolado no cobertor, descansando pacificamente. – É um favor. Você não me deve nada, é claro. Deixemos isso bem claro. Mas talvez você me conceda mesmo assim. – Ele transparecia fadiga na voz, mas continuou. – Meu filho é... frágil. Não há nada de errado na suavidade, mas o mundo é duro e cortante, por assim dizer. Às vezes, temo por ele. E sei que há erros, erros imperdoáveis, que você sempre verá quando olhar para ele, mas, enfim, talvez você possa encontrar em seu coração motivos para cuidar dele por mim.

– George...

– Eu confio em você, Prentiss. Se eu soubesse que você está olhando por ele, mesmo a distância...

– Você tem minha palavra. E não precisa dizer nada disso. – Seu tom não traiu nenhuma emoção, mas a segurança, por si só, trouxe grande conforto a George.

– Agradeço – disse ele.

— Mas eu vou pedir outro favor de volta — disse Prentiss.
— Qualquer coisa.
— Que você volte a dormir.
George atendeu ao pedido com uma risada desdenhosa, mas obedeceu.
— E você? — gritou de volta enquanto se ajeitava no colchonete.
Prentiss disse que acordaria Caleb para cobrir a última hora. E então eles partiriam.

George não tinha certeza se conseguiria dormir apesar do vento, mas, quando acordou novamente, o céu sobre a colina estava azul e os cavalos faziam barulho para partir. Os dois rapazes estavam acordados, livrando o local de quaisquer marcas.

Caleb o considerou com cautela.
— Já ultrapassamos os limites do condado — disse ele. — Se você quiser ir para casa.

George mal abriu os olhos.
— Por que você não me dá um pedaço desse charque? Estou com fome.

Era a única resposta que daria. Não estavam em segurança, e ele não iria a lugar algum até que os tivesse conduzido a isso.

※※※

Estranhamente, conforme George ficava mais exausto — o quadril escoriado com o esforço da cavalgada, o traseiro dolorido de dormir no chão —, pensava menos nos próprios ais e mais no bem-estar do filho. No terceiro dia de viagem, era como se ele não estivesse mais presente no próprio corpo e fosse uma vaga fonte de supervisão. Quando se machucou, ficou se perguntando se o filho estava machucado, e, quando descansava, muitas vezes acordava assustado e se perguntava se o sono do filho era mais pacífico que o seu. Parecia uma devoção materna, e a despeito de uma vida inteira considerando irracional esse comportamento bajulador por parte de Isabelle e outras mulheres, agora estava em sintonia com isso.

Enquanto isso, aventuraram-se mais longe do que ele jamais imaginou. A paisagem continuou a surpreendê-lo, especialmente o próprio rio, que obliterou todas as suas noções preconcebidas sobre o poder da natureza. Era maior que muitos homens, e ele parou sua caravana por um tempo apenas para admirar as corredeiras, uma visão que o levou a um ápice de humildade que jamais conhecera.

— Bem, isso é muito...

Mas George estava arrebatado demais para proferir qualquer palavra e se sentou.

Deixaram-no sozinho em seu silêncio, talvez cientes de que o que ele precisava, acima de tudo, era de um pouco de descanso. Quando finalmente tentou se erguer, os dois rapazes precisaram levantá-lo, e ele soube naquele momento que sua excursão chegava ao fim. Ele não aguentaria muito mais.

Já era quase noite novamente. O solo ficou macio, e o calor, úmido. Os galhos das árvores pendiam baixos o suficiente para que suas folhas proporcionassem uma sombra ainda mais profunda. No crepúsculo que avançava, ele deu uma atenção especial a um tronco caído coberto de formigas que se moviam como a corrente de um rio escuro, uma grande onda negra rolando indefinidamente. Temeu pela montaria no terreno instável, mas tanto a égua quanto Ridley se saíam bem, até que chegaram a um vale profundo de difícil passagem. Os dois mais uma vez olharam para George como se fosse o momento decisivo para ele.

– Você não precisa – disse Caleb.

George desmontou.

– Guie-os pelas rédeas – orientou. – Calmamente.

Levaram quinze minutos para atravessar a depressão, com lama até a cintura, mosquitos pairando, mas os animais estavam imperturbáveis e, no mínimo, felizes pela pausa. E quando emergiram do outro lado, foram saudados pelo barulho de um homem. Caleb, já nos estribos, deu meia-volta, rifle em punho. George estremeceu e se virou. Um garanhão estava do outro lado da vala, balançando a cauda placidamente. Hackstedde curvava-se sobre o bicho com indiferença, mas de alguma forma parecia mais vibrante na selva – a pele dourada, os olhos brilhantes.

Sem dizer uma palavra, ele desamarrou a alça da sela, tirou uma bolsa de tabaco e a colocou contra a cabeça da sela.

– Rapazes – disse ele.

Todos ficaram estáticos e em silêncio. George ficou imóvel enquanto o xerife desenrolava um torrão de tabaco, fazendo isso deliberadamente devagar. Então, uma mão pousou em seu ombro. Prentiss o ajudou a montar em Ridley e os três partiram em disparada. O burro não conseguia acompanhar o ritmo da égua, mas Caleb não deixou George para trás nem por um momento. Ele ainda sentia a presença de Hackstedde em sua retaguarda quando finalmente parou Ridley. Caleb e Prentiss cavalgaram um pouco além antes de perceberem que ele tinha parado e foram forçados a voltar.

— Temos que continuar andando — disse Caleb. — Eles vão ultrapassar o pântano a qualquer momento.

Foi a travessia que acabou com ele; e com a última luz escorrendo do céu, George sentiu que estava cedendo ao sono, seu corpo atormentado pelos últimos dias — por uma vida inteira. Deu um tapinha em Ridley, aquele animal tão confiável quanto qualquer homem que ele conhecera, então deu ao filho um sorriso distante.

— Acho que acabou para mim — afirmou ele.

— Nada de acabou — disse Caleb. — Você viu Hackstedde tão bem quanto eu.

— Estou cansado, Caleb.

— Você não está pensando direito — falou Prentiss. — Seu garoto tá certo. Não pode parar agora.

George desmontou do burro.

— Acredito que eles vão montar acampamento antes de cruzar — disse. — Não estão com pressa. O ritmo deles é mais constante do que o nosso, as montarias são mais rápidas.

— Então você sugere que nos rendamos aqui? — indagou Caleb.

George inspirou, fez uma pausa e depois soltou o ar.

— Acredito que tenho um plano.

Eles o encararam com impaciência. Ele dificilmente estava inconsciente da urgência do momento e, ainda assim, nas duas vezes em que tentou falar, sua voz falhou. As vicissitudes das últimas horas foram surpreendentes. Ele sabia o que era exigido dele e mesmo assim não tinha os meios para cumprir. Pensava que perdera todos os seus medos havia algum tempo, mas agora tremia de apreensão, incapaz de encontrar o olhar do filho, que ficaria desapontado ou aliviado com sua decisão, e nenhuma das reações ele poderia suportar.

Quando falou novamente, sua voz estava fraca, mas conseguiu pronunciar as palavras.

— Vocês vão a pé — disse ele. — Deixem-me aqui.

Não havia estrelas naquela noite. A floresta parecia observá-lo de todos os ângulos, olhos cintilantes brilhando da cavidade de uma árvore, sombras balançando violentamente a distância. Os sussurros do rio e dos insetos tornavam-se clamorosos sempre que a intensidade do vento diminuía. Ele amarrou uma corda entre a égua e Ridley e foi caminhando sozinho, conduzindo os dois pelas rédeas. O galope mais leve era doloroso e ele se resignou a andar. Eles não deixavam rastros, exceto os dos cascos dos animais, mas, ao ver os olhos de Hackstedde fixos na vala, ele sabia que era isso que mantinha o xerife em seu encalço. Nos pântanos, os rapazes teriam um dia de vantagem e, sem as montarias, ele se sentia confiante de que qualquer indício de seu progresso seria camuflado pela água. Sua única função agora era a de isca, e ele caminhava sem parar, sentindo o corpo queimar, com a camisa encharcada de suor.

Acostumou-se com as vozes aumentando sobre o barulho da noite. Se estavam dentro ou fora de sua mente, ele não saberia dizer, nem conseguia distinguir o que estavam tentando lhe dizer. Escolheu acreditar que não passavam de instruções para continuar marchando, murmúrios vazios destinados a ocupar sua mente. Pensou nos indígenas que falavam com as árvores e os espíritos e, no entanto, mesmo que seus sentidos mostrassem o contrário, ele só poderia protestar como superstição. Seus pés estavam dormentes, e a boca, seca de tanta sede. O filho tinha insistido em dar-lhe sua pistola, e ele pensou em puxá-la agora para algum perigo iminente e desconhecido, mas mudou de ideia. Uma impressionante névoa invadiu o céu noturno, e a lua estava avermelhada. Havia algo errado, mas, independentemente do que pudesse ser, estava fora de seu alcance.

Um labirinto de samambaias o conduziu em direção a um corredor obscuro da floresta, e mesmo com a resistência da égua e do burro, ele seguiu adiante. Mal conseguia ver além do próprio corpo e, quando estendeu a mão para tatear o caminho à frente, tocou uma carne áspera de certo tamanho e forma e imediatamente registrou como pertencente ao próprio pai. Parou. Mais por raiva do que por medo.

– Me deixe em paz – disse.

O cavalo se deteve. No entanto, a pressão não veio das rédeas, mas de um leve aperto em seu ombro, e mais uma vez ele se afastou.

– Vou seguir meu próprio caminho – afirmou.

O solo se tornou um lamaçal encharcado, e ele percebeu que de alguma forma tinha se virado na direção dos pântanos. Estava quase desistindo. Seu corpo desfeito. Largou as rédeas e caiu submisso de joelhos, então uma sombra se moveu, o tipo de cintilação no canto do olho que desaparece quando se olha mais de perto, e ainda assim a coisa diante dele estava inconfundivelmente lá, nem um pouco preocupada em se esconder. Não conseguia se levantar, mas, se tivesse tentado, não teria conseguido alcançar sua altura; a besta, não esmagada pela densidade da escuridão, desperta para se levantar, tinha o dobro de seu tamanho. O peito era protegido por uma crina espessa mais escura do que a própria noite, e os olhos leitosos apareciam em seu crânio como moedas de luar refletidas em um lago.

George achou que seu coração explodiria de êxtase. A besta ficou imóvel e o encarou, sem indício de ameaça ou perigo entre eles. E George, de repente, teve grande confiança de que a criatura já tinha posto os olhos nele antes – na verdade (pois tinha certeza agora), ela o estava observando havia anos, e só agora ele teve o privilégio de vislumbrar sua verdadeira natureza, e que alegria arrebatadora era! O suficiente para colocar um homem de joelhos se ele ainda não estivesse.

– Você pode se aproximar? – implorou ele.

Não havia nada que ele desejasse mais do que ver melhor a coisa que lhe escapara por toda a vida, pois na presença da besta suas dúvidas se dissiparam, suas convicções cresceram com clareza, seu ânimo se ergueu. Tão energizante foi aquela visão que ele conseguiu ficar de pé outra vez. Sentia as pernas vacilando e limpou a lama delas. Avançou com cuidado. A besta nunca vacilava. Ficou tão imóvel, em tamanha paz, em tamanha graça estoica, que seu rosto se misturou à névoa vermelha de gesso que havia tomado conta do céu, e seu peito começou a desvanecer na escuridão cavernosa da noite; em apavorado desespero, George estendeu a mão para tocar a besta antes que ela desaparecesse por completo, mas tudo o que sentiu foi uma ausência, e o que era visível diante de seus olhos eram somente suas próprias mãos. Nunca se sentira tão confuso, tão inseguro quanto aos seus arredores, e começou a girar em círculos.

– Ridley! – implorou. – Você me ouve? Venha me encontrar. Ridley!

A escuridão estava decidida em sua quietude. Ridley se fora. Ele estava acompanhado apenas pelo vento, tão forte agora que o jogara no chão, e calmo o suficiente em seus sussurros para fazê-lo dormir.

※※※

Naquela noite, sua mente percorreu o dia anterior com repetições torturantes. Acordou mais de uma vez, percebendo que ainda estava paralisado por um sonho fugaz, o corpo incapaz de retornar ao mundo desperto. Sentiu-se encasulado dentro de si, e a única coisa que o tirou das garras do sono foi o forte e confiável desejo de urinar. Levantou-se para uma posição sentada, respirando calmamente, feliz por ver a luz do dia surgindo.

Sentiu-se febril e tirou a camisa, então aliviou-se onde estava. Após dar uma olhada ao redor, constatou que tinha (como imaginara) circulado de volta para os pântanos. A temperatura estava surpreendentemente fria, o calor da noite se dispersando do céu da manhã em uma espessa névoa cinzenta que corria longe o suficiente para mascarar a distância além dele.

O maior alívio foi ver Ridley e a égua diante dele, ainda amarrados um ao outro, parados em silêncio. Não demorou muito para se convencer de que a égua – jovem, inquieta e irascível – provavelmente tentara fugir, mas Ridley, o querido Ridley, era leal demais para fazer isso e manteve a companheira a distância, esperando que George acordasse. Ele ficou constrangido com sua conduta na noite anterior e se aproximou dos animais com a cabeça baixa.

O céu ainda estava oculto pela fumaça, o sol ainda brilhava avermelhado, e ele se perguntou que tipo de inferno havia descido sobre o mundo. Uma vez orientado, pegou um pote dos pêssegos de Isabelle do alforje do cavalo. Estava mortalmente cansado, a pele pálida, o rosto magro, e pensou em quanto tempo mais poderia durar. Seria demais até chegar em casa? Ele nunca sentira falta de uma alma durante as caminhadas anteriores na floresta, mas sentia muita falta da esposa agora e não conseguia se livrar do medo de que Caleb e Prentiss estivessem correndo perigo em algum lugar; que seu plano tivesse falhado.

Ele mal tinha estômago para os pêssegos.

– O que faremos? – perguntou a Ridley.

Considerando a pouca energia que lhe restava, ele não sabia se deveria continuar com o plano para enganar Hackstedde ou se deveria, em vez disso, se dirigir para casa. Mas logo foi privado de sua escolha. Primeiro pensou que o ruído fosse sua mente lhe pregando peças mais uma vez, mas, quando as orelhas da égua se moveram para a frente e Ridley se virou em direção ao som, ele sabia que era real.

Uma felicidade se abateu sobre ele em um nível carnal, a perspectiva de sobrevivência, a companhia de outros humanos depois de uma noite tão difícil. No entanto, o alívio foi frustrado quando avistou Wade Webler cavalgando atrás de Hackstedde e Gail Cooley, juntamente com o assistente do xerife e dois rapazes, um deles conduzindo um cão de caça. Os seis vieram tranquilamente para perto dele, e seu único conforto era que o haviam encontrado, e não os rapazes.

O sol sangrava um vermelho carmim às suas costas. Os homens pararam diante dele, e Wade veio para a frente do bando assim que viu que George estava sozinho.

— George — disse ele —, devo me aventurar a perguntar como um homem tão velho e tão preguiçoso como você conseguiu acabar tão longe de Old Ox. Inclusive com um dos meus cavalos mais valiosos.

George mancou até eles. Parecia que havia esquecido como falar e ficou lá em silêncio, em uma espécie de transe.

Wade parecia absolutamente triunfante. Montado e robusto em seu cavalo, aproveitando o momento.

— Olhe só para você — disse Wade. — Absolutamente derrotado. Com apenas três dias de cavalgada. A palavra *patético* me vem à mente, mas eu odiaria ser tão generoso.

Houve um tempo em que essa palavra o teria irritado, mas ele não era mais a mesma pessoa, e qualquer dano que Wade desejasse causar já havia sido autoimposto várias vezes pelo próprio George. Além disso, esse homem dissertando diante de seus subalternos com arrulhos infantis dificilmente era o soberano todo-poderoso que se imaginava. Foi provavelmente a primeira vez que ele olhou para Wade sem nem mesmo uma pitada de ódio, sabendo o quão terrível era sua necessidade de vingança em comparação com a insignificância da transgressão que ocasionou toda a expedição do homem. George tentou ouvir enquanto ele continuava, compondo uma metáfora sobre ter que deixar o trabalho para ir até a floresta, com a intenção de caçar um jovem cervo, e não uma porca gorda como George, insistindo que ele contasse para onde Prentiss e Caleb tinham ido, mas ele só conseguia pensar em como Wade havia se tornado petulante. Pai, proprietário de terras, supostamente o personagem mais influente da cidade, capaz de derrubar até os generais da União, mas, no fundo, não passava de um garotinho assustado, orgulhoso demais para ignorar uma cusparada na cara. George tinha pena dele — completa e totalmente — e não tinha vontade de discutir, de representar o papel que Wade precisava que ele desempenhasse.

— Fale. — Agora era Hackstedde, que parecia tão farto do discurso de Wade quanto George. — Basta dizer onde está o rapaz de cor para acabarmos logo com isso.

George gesticulou em direção ao cavalo, com os olhos ainda em Wade, e conseguiu finalmente falar.

— Estou com sua propriedade. O que acha de pegar de volta o que é seu, me acusar de quaisquer crimes cometidos e deixar isso para lá?

George não teve resposta e tentou novamente, implorando dessa vez.

— Deixe para lá, Wade. Você quer mais terra? Posso conceder as minhas para você. Você quer justiça? Permita que eu seja enforcado. Você pode até tirar o saco da minha cabeça para me ver contorcendo-me, sabendo que foi você o causador da minha agonia. É isso que você pretende, não é? Vingança? Considere sua. Apenas deixe para lá.

Todos olharam para Webler, em busca de algum assentimento, mas ele apenas balançou a cabeça.

— Eu prometi a muita gente boa do condado que um negro seria enforcado. Então é ele que eu quero.

Portanto, não haveria como satisfazer Wade sem entregar Prentiss. O chefe de Old Ox havia sonhado com alguma ameaça ao seu império, ao seu povo, e colocou o fardo em Prentiss, e apenas em Prentiss; aquele era um homem em crise, e não haveria lugar para razão na conversa. Palavras não o deteriam. George apenas suspirou. Sem qualquer alarde, puxou a pistola do filho da cintura e segurou-a frouxamente com as duas mãos.

Os homens protestaram com um rugido antes de sacar as próprias armas, todos menos Gail, que girou o cavalo e se acovardou nos fundos, e Tim, que gritou para todos se acalmarem, sob pena de as coisas piorarem, então juntou-se a Gail atrás do grupo. Isso deixou os dois jovens que George não conhecia, que ainda não tinham dito uma palavra, flanqueando Wade e o xerife.

— *Abaixe isso* — disse Wade, segurando a própria pistola. — Você nem sabe como atirar com essa coisa.

Havia alguma verdade naquilo. Na última vez que George havia puxado o gatilho ele era menino, caçando com o pai, e mesmo assim não tinha gostado do puxão brutal do cão, ou de como o estrondo da espingarda obliterara a calma da tarde. Mas ele protegeria a passagem dos rapazes a todo custo e, se Wade se mostrasse tão implacável quanto sua postura sugeria, George atiraria nele. Ele nunca teve tanta certeza de algo na vida.

— Quero que você me prenda — disse George. — Recupere seu cavalo, saia daqui e me leve a Selby para ser acusado de todos os crimes que considerar apropriados.

Hackstedde estava com a arma empoleirada na cabeça da sela, tão indiferente como se não tivesse energia para segurá-la com firmeza.

— Ouça, Wade — disse ele. — Considere este o seu único aviso.

— Abaixe isso — repetiu Wade. — Prometi a meu filho que nenhum mal aconteceria a você ou a Caleb. Pretendo honrar minha promessa. Não dificulte as coisas, George. Só desta vez.

— E se fosse August? — perguntou George. — Você faria o mesmo. Você faria, Wade.

Ele não sentiu medo. Em sua mente, ele estava a um mundo de distância, de volta em casa em sua varanda com um copo de limonada, o celeiro diante dele, os irmãos dormindo lá, e Caleb dentro de casa, à mesa da sala de jantar, perdido em conversas com a mãe. As coisas estavam bem novamente. Muito bem.

Uma pistola disparou.

Os homens se entreolharam confusos até virem a fumaça saindo do cano da arma de Hackstedde.

— Dei ao homem seu aviso — disse ele casualmente. — É assim que funciona.

George inspecionou-se, pois não havia dor, mas seu corpo tinha ficado dormente. Finalmente, depois de alguns longos segundos, uma queimação lenta se espalhou por sua perna, subindo a uma temperatura que o levou a pensar que todo o membro poderia estava pegando fogo. Ele desabou no chão, e o sangue gotejou e verteu do ferimento. Quando os homens desceram dos cavalos, ele já se resignava a uma morte lenta nas mãos do corpulento xerife.

— Maldição! — praguejou Wade, tirando o chapéu. Ele bateu repetidamente em Hackstedde com a aba. — Ele não ia atirar!

— Ele estava mirando — justificou-se Hackstedde. — Todos vocês viram.

Os outros ficaram horrorizados.

Somente Wade teve coragem de se aproximar de George. Ele correu, ainda furioso.

— Maldito seja você também, George!

Então se abaixou e repetiu o mesmo tratamento que havia dado a Hackstedde, batendo com o chapéu no ombro de George, embora mais levemente, não se sabia se por raiva, tristeza, frustração, ou talvez alguma combinação dos três.

— Pare — George conseguiu murmurar. — Por favor.

O homem estava bem em cima dele, e havia medo em seus olhos, medo nos olhos de ambos, George tinha certeza, e eles se entreolharam como se percebessem um mal-entendido que tinha ido longe demais e agora estava além de ser consertado.

— Estou morrendo — disse George.

— Foi na coxa — respondeu Wade. — Logo você se levanta e volta a falar besteiras. — Ele se virou para os outros. — Um de vocês, covardes, tire o traseiro da sela e me traga algo para amarrar esta perna. Agora.

George teve a impressão de que os tendões da perna se enrolaram como um pano úmido torcido e seco. Não conseguia sentir nada, exceto o calor que emanava do corpo em ondas; a irradiante convicção de que aquele era seu fim. O puro pânico da morte. Um verdadeiro pânico, como nenhum que já conhecera. Ele não tinha nenhuma sensação de conforto, nenhuma sensação de aceitação. Apenas medo.

Wade arrancou um pedaço da própria camisa, e George estendeu a mão e agarrou aterrorizado seu antebraço.

– O que você vai dizer a Isabelle?

– George.

– Você vai capturar os rapazes? Me diga que não. Diga-me que você vai deixá-los em paz.

– George, estou ocupado salvando sua maldita vida! Pare com isso!

Hackstedde pairava sobre eles na sombra e acendeu um cigarro.

– Está sangrando muito.

– Wade – disse George, com a voz sumindo. – Me fale.

Ele afrouxou o aperto no braço de Wade.

– Tente ficar acordado – orientou Wade. – Você pode fazer isso? George? Responda.

George afundou a cabeça no chão e sentiu o solo macio e fresco, uma sensação que não poderia ter sido mais bem-vinda, pois o levou de volta para casa novamente. De volta à sua cama, envolto em lençóis limpos, com a noite caindo sobre ele enquanto pegava no sono.

Capítulo 24

Os acontecimentos seriam descritos para Isabelle tantas vezes, naquelas primeiras horas em que o incêndio devastara Old Ox – contados com tanta frequência, por tantas pessoas –, que ela poderia juntar as peças de todo o evento sem ter estado presente. Um estábulo fora o primeiro a cair, e após isso as chamas estouraram pela praça como se fossem dirigidas pelos próprios Quatro Cavaleiros. Havia carrinhos de mão diante de cada casa, e as famílias que foram repetidamente instruídas pela brigada antifogo a se prepararem com baldes de água rejeitaram a instrução em favor de salvar seus pertences. Ouvia-se o choro apavorado de crianças e mulheres, barulhos de vidros se espatifando quando as vitrines das lojas caíam e gritos de rebanhos encurralados que vagavam freneticamente e morriam sem piedade. Os velhos e os enfermos que não conseguiram encontrar o caminho para a segurança tiveram o mesmo destino que o dos animais, seus braços sem vida pendurados frouxamente das janelas de edifícios em chamas até que a fumaça os obscurecesse da vista. Os homens mais corajosos, baldes de couro nas mãos, juntamente com soldados armados como se estivessem indo para a batalha, permaneceram diante das chamas que se aproximavam, com admiráveis intenções, mas tremendo de medo, até que eventualmente fugiram com todos os outros.

Alguns disseram que a cidade inteira teria queimado, sem uma alma viva sequer para vê-la cair, não fosse uma única pessoa. Ray Bittle, a cavalo, galopou pela cidade com o vigor de dez homens, cavalgando tão rápido que tinha que segurar o chapéu na cabeça. Ele gritou com todos que tentaram fugir, dando um grande espetáculo ao circundar os homens em particular.

– Covardes! – gritava. – Covardes vis. Defendam suas casas. Defendam sua cidade!

Até que o fogo tivesse chegado à cidade, era difícil encontrar um único indivíduo que pudesse se lembrar de tê-lo visto acordado, quanto mais falar, seu espírito desperto como um gêiser havia muito adormecido que, de repente, ressuscitou. Ele proferia ofensas com tanta animação que todos os que olhavam não podiam fazer nada além de ficar surpresos, sua fuga interrompida pela histeria do homem. Em pouco tempo, ele os motivou com a mesma paixão com que os envergonhou, e todos os que ouviram seus apelos não estavam dispostos a abandonar o mesmo lugar entregue às chamas tantas vezes antes.

Não que tenha funcionado. A brigada do balde foi ridiculamente fútil, e os participantes finalmente fugiram, confortados pela tentativa de bravura (pelo menos eles poderiam dizer que tentaram). O verdadeiro herói, muitos alegaram, não fora Ray Bittle, mas a brigada antifogo, que salvou a última parte da cidade com sua decisão de destruir a Serraria de Roth e o açougue do Sr. Rainey, eliminando-os como um quebra-fogo natural destinado a deter as chamas que se espalhavam. Com o fogo atrofiado, as brigadas de Selby e Campton chegaram, trazendo três carrinhos de mangueira ao todo. Lutaram contra o incêndio por uma hora, e ainda assim foi necessário o reforço de um vento moribundo para interromper repentinamente o caos. A cidade ficou tão silenciosa à medida que a noite se transformava em manhã que a destruição parecia absoluta, mas o burburinho recomeçou quando os cidadãos juntaram os pedaços e voltaram para suas casas; curiosamente, já havia um alívio porque, acontecesse o que acontecesse, o sol nasceria ao amanhecer. O mundo continuaria, e eles estariam lá para cuidar de tudo.

No dia seguinte, as crianças comandavam a cidade. As famílias estavam tão envolvidas em fazer um balanço de suas perdas em casa (com o conselho da cidade encurralado na igreja para discutir como reconstruí-la) que não tinham condições de cuidar de suas lojas. Os donos mandavam os filhos vigiarem os saqueadores, e assim a visão para qualquer recém-chegado era de meninos e meninas, cor de fuligem e ansiosos, circulando nas lojas e chamando uns pelos outros na praça, informando o que fora perdido como se aquilo fosse uma competição.

O brigadeiro-general Glass organizou uma equipe de soldados para a limpeza, mas ninguém permitiu que seus homens entrassem nos restos carbonizados das lojas. O estado de coisas era tão sombrio que ele temeu o tipo de caos que acompanha um apocalipse. Havia sussurros de revolta. Ele e seus homens se prepararam para a possibilidade de saqueadores invadirem a escola e levarem as armas dos soldados. Ele estava escondido lá, intimidado pela destruição total da cidade posta sob seu comando, e não podia ser despertado do estupor induzido por seu fracasso.

Essas foram as condições que os agentes federais enviados pelo governo militar encontraram. Uma cavalaria de homens negros e brancos cavalgando sincronizados chegou sem alarde e sem aviso, usando uniformes azuis novos e botas pesadas, com uma marca de confiança em seu galope que beirava a arrogância. Atrás deles, em um pônei menor, cavalgava um homem pequeno de óculos redondos e um terno caro, mas nada elegante. Ele desmontou primeiro e perguntou a uma garotinha o que havia acontecido com a cidade e onde ele poderia encontrar Glass. Ele andou o restante do caminho até a escola, conduzindo os cavaleiros, acenando para cada criança em seu caminho, agradável em cada interação. Permaneceu na escola por apenas um curto tempo antes de deixá-la como a havia encontrado e seguir para a igreja. Lá, ele e os cavaleiros foram recebidos com silêncio e dúvida, enquanto todos os que estavam sentados esticavam o pescoço para vê-lo caminhar até o altar, onde se apresentou aos conselheiros como secretário do Departamento dos Libertos, enviado para avaliar a cidade em sua conformidade com o Estado de Direito promulgado pelos Estados Unidos da América. Houve suspiros e gemidos. O que eles tinham suportado já não era o suficiente? Mas os cavaleiros, com os rifles na cintura, garantiam um clima de civilidade.

Os conselheiros exigiam ajuda emergencial em tempos tão terríveis, lamentando que Glass os houvesse decepcionado por nunca ter estoque suficiente para alimentar ninguém além dos mais pobres, os mais necessitados, em cujas fileiras eles todos se encontrariam agora em consequência do incêndio. Essa demanda se transformou então em críticas acaloradas e fulminantes contra a União, que, segundo todos os presentes, havia esquecido um ponto em sua trama, uma cidade que merecia mais e fora deixada ardendo em chamas sob a vigilância de um general incompetente. O secretário sorria enquanto os homens continuavam e, quando terminaram, ele se aproximou para falar. Todos os cidadãos podiam reivindicar rações, que chegariam em apenas um dia, informou ele. Receberiam também a assistência que buscassem, tanto quanto seu país pudesse dar, muito mais, na verdade, do que Glass fora capaz de oferecer. Tudo o que se exigia deles era a leitura de um juramento. Cada cidadão teria a oportunidade de fazê-lo. Eles formariam uma fila e o recitariam:

> *Juro solenemente, na presença de Deus Todo-Poderoso, que vou apoiar, proteger e defender fielmente a Constituição dos Estados Unidos e da União dos Estados, e que, da mesma forma, cumprirei e apoiarei fielmente todas as Leis e proclamações que foram feitas durante a rebelião existente com referência à Emancipação dos Escravizados – e que Deus me ajude.*

Um homem jogou um pedaço de papel amassado no secretário (embora tenha caído no trajeto). Outro levantou-se gritando sobre traidores e sacanas antes de partir. No entanto, àquela altura, as pessoas faziam fila, primeiro as mulheres, muitas delas segurando os filhos, seguidas pelos maridos. Iam um a um, falando claramente, enquanto o secretário registrava seus nomes e entregava-lhes um pedaço de papel para documentar seu voto. Depois, permaneceram do lado de fora. O céu estava cinzento e escuro, e o fogo, ainda fresco em suas mentes; as palavras que proferiram momentos antes pareciam vazias, parte do estranho atordoamento de tudo. O que importava se as dissessem? Já não estavam sob o domínio da União? Eram apenas palavras. Rabiscos em pergaminho. Nada mais. Nada mesmo. E quando partiram, até a própria memória começou a se apagar.

A primeira a vê-la, a contar a história, foi Mildred, que a visitou naquela mesma tarde, tendo comparecido à reunião na igreja com os filhos. Isabelle nunca a tinha visto tão nervosa, com o rosto tão vermelho que parecia que ela mesma tinha lutado contra o fogo. Felizmente, a casa de Mildred, que ficava além do depósito de madeira, ficou fora de perigo. Ela não fez nada além de se sentar na varanda, ansiosa para que tudo acabasse logo.

Isabelle garantiu à ansiosa amiga que ela estava perfeitamente bem.

– Mas suas terras não estão – disse Mildred. – E poderia ter sido muito pior. Com você aqui sozinha.

Elas estavam sentadas à mesa da sala de jantar. As janelas abaixadas, para impedir a entrada do ar coberto de cinzas, e as venezianas fechadas, para esconder a visão da destruição lá fora. Ela estimou que o fogo consumira uns bons vinte hectares, pegando uma linha reta nas plantações de George, abrasando a estrada, exatamente como havia imaginado. Todas as árvores ao longo da Stage Road (incluindo as dela) foram queimadas até a nudez, e muitas caíram completamente. O incêndio não poupou nem as grandes casas que flanqueavam a estrada.

Nenhuma das duas mulheres bebeu o chá à sua frente. Elas pareciam ter perdido até mesmo os meios para consolar uma à outra, uma habilidade que nunca antes as havia escapado.

— Estou bem e com saúde, Mildred. Minha casa está intacta. E você fez a coisa certa ao ficar na sua. Deus me livre de você cavalgar até aqui e ser pega naquele fogo miserável.

Os olhos de Mildred não se levantaram do pires diante dela quando falou.

— George vai voltar — disse ela. — Não tenho dúvidas.

Isabelle assentiu vagamente.

— Sim.

— Eu gostaria que houvesse mais que eu pudesse fazer. Sinto-me uma péssima amiga.

— Você está sempre querendo ajudar, mas às vezes não há nada a ser feito. Não aqui, pelo menos. Talvez na cidade. Traga-me alguma história. Um pouco de fofoca. Isso será suficiente.

— Os meninos estão ajudando na praça. Eu também pretendo ajudar, como puder.

— Faça isso — disse Isabelle. — Eles precisam de pessoas como você. Pessoas que sabem como administrar as coisas.

— Voltarei com mais frequência. Vamos limpar esses campos juntas, devolvê-los à vida. Tudo o que precisa ser feito será feito. Você não ficará sozinha aqui.

Isabelle não conseguiu reunir energia para protestar. A manhã na companhia da amiga foi a única pausa que ela teve dos próprios pensamentos desde a partida de George e Caleb, e não havia nada mais que ela pudesse querer do que o retorno da amiga, quer ela trouxesse ou não outra história.

Mildred se levantou e pôs as luvas, e Isabelle permaneceu sentada.

— Você poderia me fazer um pequeno favor? — perguntou Isabelle. — Eu ficaria muito grata se você pudesse enviar um telegrama para meu irmão. Dizendo a ele que estou bem. Quem sabe ele venha me visitar.

Como irmã mais nova, recuou diante da fraqueza de precisar de Silas, mas isso não diminuiu seu desejo de vê-lo.

— Acho que você não entendeu — disse Mildred. — Os correios viraram um monte de cinzas.

— Claro. É verdade. — Isabelle pensou por um momento. — Então faça o seguinte: verifique se Clementine e a filha se saíram bem. Veja se estão bem.

A amiga manifestou um ar de suspeita sobre o que quer que aquela conexão com Clementine pudesse significar, mas Isabelle sabia que seu pedido não seria negado nas presentes circunstâncias.

— Como quiser — disse Mildred.

Isabelle agradeceu, protegendo os olhos quando a porta se abriu para a luz do sol empoeirada que engoliu Mildred em sua partida.

※※※

Ela se acostumara ao toque, à conversa constante, e agora no silêncio a perda se manifestou no que Isabelle só pôde registrar como uma pressão crescente, uma ferida que incomodava, localizada em nenhum local em específico, mas em todo seu ser. A presença de Mildred ajudou, mas os efeitos passaram logo, como os de uma medicação fraca. Logo ela voltou às mesmas rotinas de isolamento, tricotando sem nenhum objetivo em mente, fazendo um balanço dos itens no porão, sabendo que não importava o que encontrasse lá. Às vezes, ocupava-se a ponto de delirar, acordando disso apenas para perceber que dez minutos haviam se passado, ou uma hora.

Outras vezes, ela ficava quieta, com a imagem de um bebê na mente, estendendo a mão desde o berço, uma única mão rechonchuda em busca de seu criador, em busca de conforto, e quão diferente ela realmente era daquela criança?

Ela cochilou, depois de ter passado em claro a segunda noite consecutiva, e acordou com a luz do dia ainda sobrecarregando as cortinas. Alguém bateu à porta. Ela percebeu que foi aquele som que a acordara. Como não ouvira alguém subindo a estrada? Como pôde se permitir adormecer? Levantou-se e ajeitou o vestido antes de se aproximar da porta. Não havia tempo para ficar preocupada ou assustada. Quando abriu, o ar, espesso com o calor acumulado do dia, a atingiu como a palma de uma mão aberta.

— Isabelle... — Wade Webler estava com o chapéu na mão.

Ela nunca o viu se esquivar do olhar de outra pessoa, mas naquele momento ele nem conseguia pôr os olhos nela. Poucas coisas poderiam levar um homem como ele a olhar para os pés de uma mulher.

— Pois não? — disse ela.

Ele ficou ainda mais hesitante.

— Eu não sei o que deu nele. Ele puxou a pistola...

Ela colocou a mão na boca, depois no peito, como se não tivesse certeza de qual parte poderia quebrar primeiro e precisar de reparos.

Wade estava evidentemente abalado também. Hackstedde, que ela mal havia percebido até então, veio caminhando e parou ao lado dele, sem pressa. Ele conseguiu dizer o que tinha acontecido, com calculada firmeza, da qual ela se ressentiu mas também apreciou.

– Ele não está morto – Hackstedde a tranquilizou –, embora parecesse que seu fim seria inevitável. Não posso culpá-lo. Sangrou muito, mas foi apenas um tiro na coxa. Fiz questão de trazê-lo de volta antes que as coisas se agravassem.

Uma onda de alívio a invadiu. Ela estava olhando para o homem que atirara em seu marido, e ainda assim teve o desejo de agradecer ao xerife por ter salvado a vida dele, a que George mesmo colocara em perigo.

– Nós o deixamos lá com o Dr. Dover. Você pode vê-lo quando quiser.

Ela estava prendendo a respiração agora.

– Os rapazes. E os rapazes?

– Certo – disse Hackstedde casualmente. – Os mesmos cujo paradeiro você não conhecia. Bem, alguns de nós voltaram com Wade para trazer George para casa. Os outros que continuaram encontraram um caçador de javalis que os informou do incêndio em Old Ox. Eles nos alcançaram com a notícia e estavam um pouco mais ansiosos para ver a condição de suas casas do que encontrar os fugitivos. Então deixamos isso de lado.

Ele deu de ombros, e nunca um ato tão insignificante significou tanto.

– Tudo o que posso dizer é que eles não estão em minha posse. Agora, se me der licença, é melhor eu cuidar da segurança da cidade. Há pessoas para proteger e coisas para fazer.

Ela o viu se virar e ir embora, atormentada pela notícia, seu corpo era apenas um conjunto trêmulo de partes. Wade ainda estava em silêncio diante dela. Seu rosto sombreado pelo chapéu, que ele recolocou na cabeça durante o monólogo de Hackstedde, e a olhou por baixo da aba com grande remorso.

– Sinto muito – disse. – Suponho que não tenha dito isso. Parece que a situação escapou de minhas mãos. Perdi o controle das coisas.

Então ele olhou para a terra carbonizada. O céu estava com uma sombra de lama, e o solo abaixo, queimado até uma crosta negra.

– E não apenas por George – disse ele. – Sinto por tudo que se foi.

O cheiro de dias de cavalgada tinha se impregnado no homem, e a necessidade de vomitar a oprimiu. Ela se contraía diante do desafio de tolerar a presença dele por mais tempo – os dedos endureceram, a garganta se fechou contra sua vontade. Um momento se passou, e ela concentrou toda a sua energia em se acalmar, e então conseguiu se dirigir a ele uma última vez.

– Vá ver sua família – disse ela. – E não esconda essa dor também. Quero que carregue consigo o que você fez. No que me diz respeito, nunca mais me dirija a palavra. – Ele fez menção de dizer alguma coisa, mas ela não aceitaria. – Eu disse para você ir embora, Wade.

Finalmente, com isso, ele obedeceu.

Ela ficou rígida na varanda e, quando as coisas se acalmaram, seus olhos pousaram em Ridley, deixado lá sem nem mesmo uma menção. O burro era tão ligado ao marido que ela sentiu um aperto no peito ao ver a criatura. Caminhou para cumprimentá-lo, agarrou-o pelas rédeas e o guiou até o estábulo.

– Vamos buscá-lo assim que eu me trocar – disse ela. – Não precisa se preocupar. Apenas coma um pouco.

Ela colocou a mão no flanco do burro, e ali, na privacidade do estábulo, na confiança apenas do animal, desabou com o peso de seu alívio, que se misturou com sua tristeza para destruí-la completamente, até que se sentou no feno com a cabeça apoiada nos joelhos, ensopando o vestido com as lágrimas. O burro parecia não notar, e havia um consolo em sua indiferença, na forma como continuava a comer, como se o mundo não tivesse mudado para sempre. Ela colocaria tudo para fora agora. Tudo. E então recuperaria o marido.

A perna já não estava lá quando ela chegou. Ele dormia agora, ocultado sob os lençóis. Ela se sentou ao lado de George, pegou sua mão e se virou para perguntar ao Dr. Dover quando o marido acordaria.

– Acredito que em uma hora – disse o médico.

Ele lhe informou que havia terminado a amputação naquela manhã. A perna infeccionara na floresta, disse ele. Isso poderia tê-lo matado. Ainda podia.

Durante o sono, o rosto de George perdera a rigidez, tornando-se redondo, quase angelical, e parecia errado de alguma forma essa inocência desprotegida ser exibida na frente de um médico que nenhum dos dois conhecia além do nome.

– Ele tentou se opor – relatou Dover. – Disse que preferia morrer a perder a perna. Nada do que eu já não tenha ouvido dos soldados, abençoados sejam.

– O que você disse a ele?

– Que a vida continua. – O médico era jovem, magro, tinha as mangas arregaçadas até o cotovelo. – Em breve usará muletas. Podemos arranjar uma prótese para ele. Mandam panfletos o tempo todo. Bons modelos.

George estava em um quarto privativo agora. A princípio, ele fora colocado na enfermaria geral, com os outros doentes, e Isabelle decidiu pagar por um quarto. O privilégio proporcionou a eles um pouco de paz e sossego, mas apenas ligeiramente. Até mesmo os corredores estavam cheios de pacientes, pessoas que tinham sido queimadas no dia anterior, caídas contra as paredes e ainda aguardando tratamento, implorando pela atenção das enfermeiras que passavam apressadas. Ouvindo seus gemidos, Isabelle esperou que não fosse o dinheiro que ela pagara o que motivara o médico a se concentrar em George primeiro, mas desviou a preocupação da mente por acreditar que os outros seriam atendidos no devido tempo.

– Bem, vou deixar vocês dois – disse o médico. – Foi um dia agitado. Pode me chamar se ele acordar.

Ela passou a mão pelo cabelo de George, viu seu peito subir enquanto ele inspirava e o ouvia expirar, nada diferente de quando dormia em casa. Considerando tudo o que acontecera, aquela parte, aquela familiaridade, a perturbou tanto quanto a acalmou.

– Vamos ficar bem – disse ela. – Eu aviso se alguma coisa mudar.

⤳⤳⤳

Ele acordou aos poucos. Demorou dois dias ao todo. Estava fora de si e reclamou da estranheza do hospital, do leito que não era o seu, do médico que não conhecia, da enfermeira que ousou vê-lo despido enquanto trocava suas bandagens.

Quando finalmente ficou lúcido, Isabelle endireitou-se na cadeira, comovida porque ele acordara, e fixou nele um olhar intenso. No entanto, havia apenas medo em seus olhos, procurando na sala por algo invisível.

– Leve-me para casa – pediu ele. – Por favor.

Mas o médico, ainda preocupado com a infecção, não lhe deu ouvidos. Assim, George ficou a noite toda ali, com Isabelle ao lado da cama, ouvindo seus gemidos de agonia sem poder fazer nada além de oferecer palavras de conforto. Mais tarde, quando até os pacientes mais barulhentos estavam dormindo, ela acordou com o som do marido chorando e segurou a mão dele com tanta intensidade que a firmeza parecia dar-lhe coragem para se acalmar.

Havia uma torneira enferrujada, carmesim, situada acima deles, descendo desde o teto, pingando no ritmo dos segundos. As paredes caiadas carregavam um tom amarelado, o que levou Isabelle a acreditar que algo nocivo permeava o prédio e se estabelecia ao redor deles. Embora a noite tenha sido difícil, ela sentiu como se tivesse forjado seu lugar como protetora de George, seu protetor. Mesmo assim, ele choramingava e batia na cama como uma criança quando queriam lhe dar banho, exigindo que Isabelle saísse do quarto.

— George, quantas vezes já não vi você se banhar?

— Tire-a daqui! — ordenou ele ao atendente. — Ela não vai me ver assim!

Então ela saiu do quarto. Quando voltou, ouviu dele mais súplicas para que o levasse para casa.

— Eu estou pedindo tão pouco... — disse ele, o que obviamente não era verdade, mas quem era ela para protestar naquelas circunstâncias? — Tudo o que desejo é a minha casa. A minha cama.

O que ele queria na verdade era dignidade, mas isso ela não podia lhe dar. O receio de George era que alguém o visse debilitado daquela maneira. Ezra viera visitá-lo, mas George recusou-se a recebê-lo, o mesmo com Mildred.

A comida foi o inconveniente final. Quando ele se recusou a comer, tentaram dar-lhe mingau de colher, sob o pretexto de que seu estômago estava sensível, mas, depois de uma colherada, ele cuspiu, espirrando aveia nos cobertores. A ajudante se encolheu e se afastou da cama, enquanto Isabelle apressou-se a limpá-lo.

— E agora eles querem me alimentar com mingau! Eu não vou tolerar isso.

— George, por favor.

— Não mais. Prefiro morrer neste momento a me submeter a essa tortura. Eu mesmo vou pôr um fim nisso.

Ela não conseguia acreditar que ele tinha tanta raiva armazenada. Aquele não era mais seu marido, mas um homem possuído, e quando apontou para a ajudante, exigindo que ela mesma provasse a comida, humilhando-a por não saber a quantidade adequada de sal, Isabelle não aguentou mais.

— Por favor, saia — disse ela à ajudante, que era uma jovem em treinamento e não merecia tal tratamento.

Ela se desculpou e se retirou aliviada, fechando a porta ao sair.

— George.

Ele se virou para a esposa, seus olhos frenéticos.

— Preciso voltar para casa.

— George.

— Não suporto essas pessoas, o cheiro do álcool e o choro das crianças. Estou tão cansado, Isabelle...

— É apenas um hospital. Podemos lidar com isso.

— É um inferno. Eu vou rastejar, se for necessário. Só preciso de braços para isso.

Ela estava exausta e dolorida, por ter ficado sentada durante muito tempo, e mal comia havia dias. Segurou as mãos dele. Agora que ele havia se banhado, a maciez havia voltado, e poder tocá-lo trouxe grande conforto para ela, mesmo com George se portando tão terrivelmente.

— Você vai deixá-los cuidarem de você? — perguntou ela. — E se eu trouxesse uma enfermeira?

— Para quê? Você se saiu bem todos esses anos por conta própria.

— E se eu tiver que trocar sua roupa, George? E lhe dar remédio ou virar você na cama?

Ele olhou para a frente insolentemente.

— Comerei minha comida sozinho — disse ele. — Na minha cama. Quando estiver apoiado, verei as nogueiras pela janela e, à noite, você buscará meus livros na estante, não é?

Ela encostou a cabeça em seu peito, sabendo agora que o que ele realmente procurava eram os confortos de casa, para passar o que poderiam ser seus últimos dias.

— Sim, farei isso — disse ela. — Se é isso o que você deseja.

— É, sim — implorou ele. — É tudo o que eu quero.

Ela lhe disse que voltaria no dia seguinte e prometeu que o levaria para casa.

Capítulo 25

A loja de Ezra não sobreviveu ao incêndio, mas Isabelle o encontrou em sua casa. Ele e a esposa ainda moravam no mesmo chalé de dois andares em que haviam criado os filhos, embora estivessem sozinhos lá naquele momento. Eles atendiam aos padrões do bairro, mas não havia grandiosidade no lugar, e ao escolherem seu exterior marrom opaco, a calçada simplista sem lugar para uma carruagem, eles sempre pareceram mais determinados a se misturar do que a se destacar.

Ela bateu, e a esposa de Ezra, Alice, atendeu a porta. Elas haviam se falado talvez duas vezes na vida, mas a mulher parecia não apenas conhecer Isabelle, mas também a estar esperando.

– Venha, venha. Saia da fumaça. – Ela fez um gesto para que a visitante entrasse e ofereceu-lhe chá, mas Isabelle recusou. – Um biscoito, então?

Isabelle fez menção de recusar também, mas se deu conta de que estava com fome e acabou aceitando.

– Ele está no escritório – disse Alice, vagando em direção à cozinha.

– Como ele está lidando?

– Já passamos por muitas provações. Um incêndio? Isso é nada. Nada de mais.

Ela voltou com o chá que Isabelle não queria, trazendo junto um biscoito, e indicou que ela se sentasse no sofá. A sala era diferente da sua, a limpeza parecia resultado não de manutenção, mas de uma aparente falta de uso. A almofada embaixo dela mal se movia sob seu peso, e as frutas na mesa pareciam tão perfeitamente maduras que eram dignas de servir como modelo para uma pintura de uma natureza-morta.

– E você? – perguntou Alice. – Não consigo nem imaginar sua dor.

Alice tinha a constituição mais rígida que Isabelle já tinha visto. Havia um elemento rústico nela, pele como couro, um caldeirão de energia por baixo, oculto, mas sempre presente.

— É difícil falar sobre isso — disse Isabelle.

— Não precisa confiar em mim. Vou avisar Ezra que você finalmente chegou, está bem?

— *Finalmente*? Ele estava me esperando?

Mas Alice já ia em direção ao corredor, o vestido arrastando atrás de si. Ela voltou prontamente.

— Ele vai recebê-la — disse.

O escritório de Ezra era menor do que o de George, e menos cheio. Não havia papel de parede, e a única impressão na parede era um mapa náutico de alguma cidade antiga — algo, adivinhou Isabelle, que não tinha conexão com o próprio Ezra. Um assistente empilhava documentos em caixas e verificava itens em uma lista. Ezra, sentado ao lado da janela, observava o rapaz com uma intensidade concentrada, e quando Isabelle entrou, ele disse ao assistente que fizesse uma pausa e voltasse mais tarde.

— Sente-se — disse a ela.

Fazia apenas um dia desde que ela estivera ao lado da cama de George, e pensar naquelas horas passadas ao lado do marido — sua súplica constante e raiva sem fim — quase a fez estremecer.

— Fiquei sentada durante muito tempo — respondeu ela —, acho que prefiro ficar de pé.

— Então fique de pé. O que lhe agradar.

A sala tinha um aroma doce, e Ezra deve tê-la percebido franzir o nariz ao sentir o cheiro enjoativo.

— É a fragrância da minha esposa — disse ele. — Eu não aguentei a pungência da fumaça lá fora, então envolvi o lugar com outros cheiros, embora eu me arrependa um pouco agora. O lugar está impregnado.

Ela identificou notas de lavanda. Provavelmente uma mistura fina, se fosse aplicada em pequenas doses.

— Bem, se o seu escritório cheirasse como o de George, sem dúvida tal purificador poderia melhorar as coisas.

— Talvez esse seja o resultado. Terei que lhe dizer quando eu voltar.

— E para onde você vai? Se não for impertinência perguntar...

Ela olhou para as caixas em que estavam sendo acondicionadas coisas, e então de volta para Ezra.

Ele contou que faria uma pequena viagem. Não era uma tarefa fácil para um homem de sua idade, mas ele precisava verificar as lojas dos filhos, para ter certeza de que estavam mantendo seus padrões. Com a própria loja sendo reconstruída, não havia melhor momento para isso. Além do mais, eles precisavam fazer cópias duplicadas dos livros-caixa.

— Se há uma coisa de que o incêndio nos alertou — disse ele — é a rapidez com que os registros podem ser perdidos. A rapidez com que tudo pode ser perdido.

Eles ficaram em silêncio por um momento. Isabelle notou sobre a mesa de Ezra, quase escondido, um daguerreótipo emoldurado: sua família, nenhum deles feliz, os rapazes impassíveis, e a mãe ainda mais.

— Mas você sabe disso melhor do que eu — disse Ezra. — Como ele está?

— Eles o mantêm cheio de morfina e vapores. À noite, ele chora. Há pouco que eu possa fazer além de ouvi-lo e segurar sua mão.

Ezra estremeceu, então tirou o lenço do bolso e enxugou a testa.

— Você é uma dádiva de Deus para ele. E não nos esqueçamos de seu próprio heroísmo na floresta. Vocês dois formam um belo casal.

— Ele levou um tiro, Ezra.

— Levou, sim. Mas os rapazes estão livres, não estão? Hackstedde e os homens podem dizer o que quiserem, mas seu filho tirou aquele homem da cadeia e viveu para contar a história. E George arriscou a vida para garantir isso.

Ela não contestou a afirmação, nem concordou. Se o homem enfurnado no hospital era um mártir, era irrelevante para ela; ele era seu marido: frágil, murcho, belo à sua maneira. Deixaria ele ser um herói para os outros, mas não era essa a relação deles.

— Ele quer ir para casa — contou ela. — Não creio que esteja considerando sua condição. Mas é seu único desejo. Pretendo honrar isso.

Ezra sentou-se e, aproveitando o momento — um que ela não pretendia exatamente inspirar —, informou-lhe que George havia feito todos os arranjos necessários para que seus negócios fossem adiante. Tudo estava oficializado. Tudo o que era dele seria dela quando chegasse a hora.

— Não quero falar sobre isso — disse ela.

— No entanto, é meu dever fazer isso.

— Bem, pois termina aí. Minha razão para ter vindo aqui é simples, e ainda não consegui abordá-la. Preciso de algum meio de transporte para George. Para levá-lo para casa.

O pedido pareceu motivar Ezra, e ela o imaginou inspecionando mentalmente seus contatos, quem lhe devia algum favor, decidindo quais deles poderia acionar. Uma carroça ou um coche seria bom o bastante, continuou ela, mas George precisava ser preparado para isso, e ela temia que o hospital não lhe emprestasse uma ambulância, considerando sua condição.

— Sim, sim — Ezra murmurou para si mesmo antes de falar. — Estou no processo de comprar um catálogo inteiro de mercadorias, e uma ou duas carroças certamente estarão no lote. Tenho certeza de que posso usar uma antes que o negócio seja finalizado, pois o proprietário tem a intenção de vender as coisas o mais rápido possível.

Ezra enxugou a testa novamente antes de terminar de explicar a proposta.

— Há um conflito em potencial — prosseguiu ele —, e espero que isso não a preocupe... É que o proprietário é o Sr. Wade Webler.

Ela ergueu uma sobrancelha, mas não disse nada.

— Como você deve imaginar, ele está passando por uma... crise financeira. A maior parte do incêndio atingiu terras e propriedades que lhe pertenciam. Temo que ele não tenha considerado uma perda tão grande como possibilidade. Além disso, tem August. Você sabia que a esposa dele, menos de uma semana depois do casamento, foi vítima do incêndio? Natasha Beddenfeld. Tão jovem. August conseguiu sair de casa primeiro, e nem se dignou a voltar para resgatá-la. Outros o viram parado, de braços cruzados, chamando-a, mas sem ir atrás dela. Que vergonhoso para um homem de sua suposta coragem. Ouvi dizer que ele está se mudando para Savannah, querendo uma mudança de cenário. Um novo começo.

Ezra observava Isabelle agora, na expectativa de uma resposta, um ataque aos nomes que mencionara, à família que arruinara a sua, mas ainda assim ela não disse nada. Sem intrigas. Sem raiva. Ela tinha visto o olhar no rosto de Wade. A dor dele não era mais profunda que a dela, mas era a dele que supuraria com o tempo, corroeria sua alma, enquanto ela daria um jeito para se libertar da sua.

— A carroça — pediu ela. — Conseguiria para mim hoje?

— Pedirei ao meu assistente que avise Webler imediatamente.

Ezra chamou o rapaz com uma severidade na voz que a fez estremecer. Assim que ele saiu, Ezra instruiu Isabelle a buscar Ridley e voltar ao hospital, como se o acordo já estivesse feito.

— A carroça estará lá — garantiu ele. — Ou algum outro meio de transporte. Eu lhe dou minha palavra.

Quando ela voltou ao hospital, haviam drenado o ferimento de George no local da amputação, e desde então ele não parou mais de uivar, até ser colocado na carroça, a salvo das intervenções médicas. Os filhos de Mildred vieram, por ordem da mãe, levaram George para a carroça e se sentaram ao lado dele enquanto Isabelle conduzia-os pela cidade. As pessoas chegaram à beira da estrada, com uma curiosidade maldisfarçada, e até Ray Bittle acenou quando ela passou pelos escombros de sua casa, sabendo, talvez, quem estava na parte de trás da carroça.

Em casa, assim que colocou George na cama, Isabelle se despediu dos filhos de Mildred e, após uma pequena pausa para deixar George confortável, começou a seguir as ordens médicas. Descobriu imediatamente por que não lhe tinha sido permitido ver o ferimento. A visão era medonha. Ela precisou conter todo o seu ser para não demonstrar a mais sutil reação. A ferida da amputação exalava um fluido com consistência de muco, e o cheiro pútrido transpassou até mesmo a acidez do álcool. Mesmo assim, ela não disse nada e ofereceu a George – ainda atordoado, olhando para o teto – um sorriso fraco antes de tirar a gaze, colocar novas bandagens e se levantar. Ela perguntou se havia algo que pudesse fazer, mas ele não disse nada. Apenas a olhou, em um longo silêncio, os últimos fios de seu cabelo formando padrões selvagens no travesseiro.

Ela dormiu no quarto de Caleb. Na manhã seguinte, George estava lúcido novamente e a observou com olhos acolhedores quando ela entrou e o ajudou a se sentar.

— Você teve febre – disse ela.

Ele a olhou em silêncio, como se não tivesse memória das provações pelas quais havia passado nos últimos dias.

— Eu só precisava voltar para casa. Sinto-me muito melhor.

Ainda assim, ela ficou preocupada. Ele mal precisava do penico, pois não comia nada, bebia apenas água e passava as horas ouvindo-a ler os clássicos de sua biblioteca no andar de baixo (Shakespeare e Plutarco, as cartas de Voltaire). Ela o observava com o canto do olho, imaginando o que se passava por sua cabeça, se ele estava lá, ou se aquela ainda era a versão do marido que ela vira no hospital, um homem que ela mal conhecia.

Mais de uma vez ele agarrava as laterais da cama, as juntas dos dedos ficando brancas, e ela calmamente colocava o livro no colo. Esses momentos eram de grande exasperação. Ele recusou qualquer medicação, e ela ficou pensando que pudesse ser a culpada por isso;

talvez tivesse falado em tom de julgamento, ou George temesse alguma demonstração de fraqueza diante dela quando lhe era oferecido alívio. Ela queria apenas lhe pedir que tomasse um pouco de morfina de uma maneira neutra e discreta, quem sabe assim ele concordasse. No entanto, não aceitou de forma alguma.

– Quero ficar acordado – era tudo o que dizia. – Por favor, continue.

A leitura continuou interminavelmente. Quando ele adormecia, ela ficava sentada sozinha, olhando inexpressivamente, esperando que ele acordasse. Quando não acordava, ela descia as escadas e cuidava da casa – ou alimentava as galinhas, Ridley ou a si própria –, e depois voltava para o quarto, doente de tédio, mas sem vontade de passar mais tempo do que o necessário longe de George. Na segunda noite em casa, ela fez um caldo de carne, que o médico havia sugerido, mas George não quis. Ele simplesmente pegou a tigela que ela lhe estendeu e a colocou na mesa de cabeceira.

– Você precisa comer – reforçou ela.

– Acredito que essa seja a beleza da minha situação – disse ele. – Não preciso fazer mais nada que não queira.

– George, você não pode falar assim. Não posso permitir.

O sol caía no horizonte, e ele ainda estava sentado na cama, olhando para a parede à sua frente. Ela não tinha certeza se ele ao menos a tinha ouvido. Já tinha perdido a noção das vezes em que ele falara, quando parecia que já estava sonhando, em sono profundo, ou a ignorara, quando parecia estar profundamente concentrado em cada palavra dela.

– Eu os vi partir – disse ele. – Eu os vi me dando as costas e fugindo, e não tenho dúvida alguma de que atravessaram com segurança.

Ela sabia que a única maneira de incentivar o marido era mantendo silêncio, então ficou imóvel, misturando-se à escuridão que agora caía sobre a sala.

– Ele segurou minha mão. Nunca tive tanta certeza de que ele era meu filho como naquele momento. No hospital, quando você segurou minha mão, tive certeza de que era ele. Mesmo agora... Sim. Mesmo agora sinto isso. Ainda posso ouvi-lo sussurrando em meu ouvido. Ele disse: "Diga a ela que vou escrever. Cartas longas desta vez". E no tempo que levei para reunir palavras de adeus, eles já tinham desaparecido na noite. Ele não mencionou nenhum sentimento de seu amor, mas eu senti.

George colocou a mão sobre a dela.

– Você sente também?

Ela foi arrebatada pelo momento, pelo relato, a ponto de não perceber que, durante a narração, sem uma palavra de aviso, George tinha se molhado. Ela podia sentir o cheiro ácido da urina; só precisava colocar as pontas dos dedos sobre os lençóis para confirmar o calor que se espalhava debaixo dele.

— Por que não limpamos você? — disse ela. — Depois disso, talvez possamos descansar um pouco.

※

Sob a luz fraca, ela viu a mancha loura de cabelo na janela, a forma do corpo em cima do cavalo, e reconheceu o irmão.

Ela estava na cozinha comendo o caldo que George recusara e deixou a tigela na pia para cumprimentar Silas do lado de fora. Uma película empoeirada ainda encobria o céu que escurecia, um vestígio amargo do fogo que ela podia sentir no fundo da garganta.

— Isabelle.

— Você veio — disse ela.

Ele parecia aflito por estar ali, pelo menos foi o que ela notou em sua expressão, até perceber que ele estava consternado com a aparência dela.

— Você não parece bem.

Ela não encarava o próprio reflexo havia dias.

— Quando você souber o que aconteceu, tenho certeza de que não vai me culpar.

Ela convidou Silas para entrar, e ele foi até a cozinha buscar um pouco d'água, depois se juntou a ela no sofá da sala.

— Como você...? — começou ela.

— Sua amiga me enviou uma mensagem.

— Mildred — disse Isabelle. — Mas ela me disse que o correio tinha sido destruído. Que nenhum telegrama seria enviado.

— Ela enviou um mensageiro. Tenho certeza de que pagou caro por isso. O homem deve ter viajado sem interrupção, pois quase caiu exausto do cavalo quando chegou. Eu gostaria de ter vindo mais rápido, mas o trabalho e tudo o mais...

Ela aliviou sua culpa, então lhe contou a história, sem deixar nada de fora. E quando chegou ao ferimento de George, Silas imediatamente se levantou, com a intenção de subir para vê-lo.

— Nem pense nisso — protestou ela. — Ele não vai recebê-lo. Além disso, está dormindo agora. O descanso vai ajudá-lo mais do que qualquer coisa.

Silas voltou a se sentar.

— Pelo menos me deixe ficar por um tempo. Eu posso ajudar enquanto você cuida dele.

— O que você possivelmente faria?

— O que for necessário. Já disse a Lillian para não me esperar de volta, e ela me garantiu que manteria as crianças na linha e a casa em ordem. Nem pense nisso como um favor. É meu desejo ficar.

Ela tentou recusar o favor, mas ele não se mexeu, e ela não podia negar o quão útil seria ter o irmão por perto.

No entanto, a presença dele começou a irritá-la com o passar dos dias, já que vê-lo pela casa apenas a lembrava da última vez que ele viera, ao saber da suposta morte de Caleb. Mas talvez esse fosse o papel de um irmão: um supervisor de tragédias, distribuindo gestos de simpatia quando tudo mais estava perdido. Embora estivesse agradecida, sua presença parecia horrível, uma ofensa, e ela começou a maltratá-lo, mandando-o limpar o estábulo de Ridley ou lavar os lençóis de George, mas ele de modo algum mostrou o temperamento que ela conhecia desde a infância. Ele estava feliz em absorver sua raiva, ou fingia estar, e em aceitar qualquer tarefa degradante que ela lhe atribuísse. Nos momentos de ociosidade, ele assumia responsabilidades, tomando para si o dever de inspecionar a terra que havia sido queimada, voltando para o jantar com números na cabeça, avaliando o trabalho que precisava ser feito, e a distração era um grande prazer para Isabelle, embora ela não demonstrasse.

Ao longo desse tempo, George foi definhando. Manchas vermelhas surgiam em sua coxa, como um pináculo subindo da ferida até a cintura, e ele voltou a ter febre, apesar de todos os cuidados de Isabelle lavando-o com a esponja. Em seu delírio, ele pronunciava palavras cujos significados ela não tinha como saber.

— Eu vi — dizia ele com um sussurro rouco, um sorriso irônico, tão infantil que ela quase ria da satisfação do marido. — Era real. Real. Real...

— Era, sim — respondia ela, encorajando-o, enquanto enxugava sua testa. — Era mesmo.

Assim eles conversaram, nenhum dos dois conhecendo os pensamentos do outro, palavras vazias passando entre eles, e logo ela adormeceu com aquelas divagações. Quando acordou, ouviu uma conversa no quarto e levantou-se de um salto.

Silas estava com as mãos nos bolsos, a camisa de brim abotoada pela metade, olhando alegremente para George.

— Sou eu — disse. — Você ainda estava dormindo quando eu vim aqui dar uma olhada em George, e ele me convidou para ficar.

— Não por muito tempo — disse George. — Só consigo suportar esse homem se estiver delirando.

George estava tão alerta que isso quase a enervou. Ele suava por causa da febre, mas não havia como ela se iludir pensando que aquele estado de melhora pudesse durar.

— Obrigado por ajudar Isabelle a cuidar de mim — agradeceu George. — Imagino o seu esforço.

— O prazer é meu. Devo dizer que, com você trancado aqui, é o melhor que nos tratamos em anos.

— Vocês dois — disse Isabelle. — Como velhos amigos...

— Dificilmente. Pedi a Silas que buscasse Ezra. Eu sei que ele queria falar comigo.

Ela ficou perplexa com o fato de George se lembrar de que Ezra tentou visitá-lo no hospital, mesmo estando tão febril naquele dia.

— Que bom — gaguejou ela.

— Vou buscá-lo — disse Silas, e colocou a mão no ombro de George antes de se virar para sair.

A fumaça finalmente se dissipou no céu, e o dia estava excepcionalmente ameno; uma brisa suave entrando pela janela aberta ondulava as cortinas.

George perguntou se haveria uma maneira de aproximar a cama da janela.

— Eu gostaria de poder ver lá fora — disse ele. — Eu ficaria imensamente satisfeito.

Ela não sabia o que responder. Pela primeira vez desde o reencontro no hospital, ele estava com ela agora, total e plenamente, e sabendo o quão curto o tempo deles juntos poderia ser, ela sentiu que era essencial discutir os assuntos mais importantes. Mas as necessidades dele superavam as dela, e ela não disse nada.

— Se eu colocar travesseiros sob as pernas da cama — disse ela —, talvez consiga movê-la sem muito problema.

— Ah, sim, por favor — pediu ele.

Ela sabia a visão que ele teria quando olhasse para fora, veria a que tinham sido reduzidas as suas terras, mas mesmo assim concederia a ele aquele desejo. Ele tinha o direito de ver com os próprios olhos o que havia acontecido; além disso, havia beleza em meio à destruição — na floresta além de suas terras que permanecera intacta, no céu que ele observara da varanda por tantos anos.

— Espere aqui — disse ela.

— Isabelle... Acho que não vou durar muito.

Logo que ela conseguiu pôr a cama ao lado da janela, George olhou para fora sem dizer uma palavra. Sua mente, ela sabia, estava em algum lugar no passado. Até ela conseguia juntar as memórias — com base nas histórias que ouvira repetidas vezes — e imaginar o que George sentia por meio delas: a mãe dele no quarto de hóspedes, enrolando um lençol em volta da cama; o pai do lado de fora, chamando-o para acompanhá-lo a uma caminhada pela floresta; a mesma floresta aonde George levaria o próprio filho, a mesma floresta onde encontraria Prentiss e Landry.

Não suportava ficar parada, calada, com a floresta diante deles reduzida a cinzas. Embora o campo não fosse visível dali, ela tinha certeza de que ele estava imaginando o que havia acontecido com as plantações na colina.

— Foi terrível, George. — Ela não pôde mais se conter. — Sinto muito por suas terras. Pela colheita. Eu pensei em mentir para você, mas nunca poderia fazer uma coisa dessas. Tudo pode ser recuperado. Eu prometo. Farei tudo o que estiver ao meu alcance para que assim seja.

Ele piscou uma vez e a estudou com uma serenidade distante.

— É uma terra muito persistente. Em algumas estações, com a sua ajuda. — Ele balançou a cabeça conscientemente. — Vai ser melhor do que eu poderia ter feito.

Poderia a terra que ele cuidara e semeara ser reduzida a algo tão trivial quanto a calma de seu comportamento sugeria? O peso que dela fora tirado, o pouco de dor que fora liberado, a fizeram querer acreditar.

Ele abriu um leve sorriso.

— Você poderia me dar um momento a sós com a vista?

— Claro.

— Não há necessidade de manter ninguém lá fora. Quando Ezra chegar, mande-o entrar. E eu estava pensando em jantar. Um ensopado de frango, talvez? Você sabe como adoro ensopado.

— Seu estômago aguenta?

— Acho que sim.

— Então vou preparar.

A tarde avançava quando Ezra chegou à fazenda. O frango já estava cozinhando, os legumes alinhados na tábua de cortar, e Isabelle pediu ao irmão que levasse o visitante até George, para que ela não tivesse que se limpar. Não poderia haver distrações. A receita era um clássico de George, e sua execução, embora não fosse a mais difícil, exigia total dedicação.

Quando Ezra ressurgiu do quarto e desceu as escadas, pouco tempo depois, o clima da casa ficou lúgubre. Isabelle estava convencida de que havia uma escuridão que seguia o homem, e quando ele apareceu diante dela, verificando o relógio, ela sentiu sua presença pairar sobre a casa como um feitiço lançado. No corredor, a iluminação era fraca, e a sombra do homem parecia bem maior do que ele.

– Ele... não está bem – anunciou Ezra. – Pretendo adiar minha viagem até que os ferimentos melhorem. Podem me chamar a qualquer hora, está bem?

– Você nunca está longe, não é, Ezra?

– Não quando sou necessário.

Ela o conduziu até a porta, pois ele mal conseguia se guiar, e quando chegou lá, Silas se levantou do sofá para levá-lo de volta para casa.

– Aproveite seu jantar – disse Ezra. – O cheiro está delicioso.

– Tenha uma boa noite. Silas, leve-o para casa em segurança.

Ela pensou que, quando fossem embora, a casa seria só dela e de George, mas antes mesmo de servir o guisado, cascos soaram na estrada novamente, e ela teve que lavar as mãos e voltar para a porta. O homem, menor do que ela estimara, caminhava pacientemente em direção à cabana, conduzindo o cavalo. Ela não o teria reconhecido se não fossem o uniforme azul e o bigode desgrenhado, no qual George se fixava sempre que ficava tão frustrado que apenas um monólogo violento poderia lhe trazer alguma paz.

– Você é o general Glass – disse ela.

– E você deve ser Isabelle.

Suas bochechas estavam rosadas da cavalgada, os lábios, rachados. Ela o convidou para entrar e lhe ofereceu água. Ele disse que esteve com Ezra no início do dia e soube que a condição de George se agravara. Que queria dar-lhe tempo para ver o amigo, e talvez, assim que voltasse, ele mesmo viria visitá-lo.

– Não imagino a razão – disse ela. – Pelo que percebi, você não era um grande admirador do meu marido.

Glass passou a mão pelo pouco cabelo que tinha antes de responder.

Ela achou que o general era muito mais imponente cercado por seus soldados, mas ele ainda conseguia manter a dignidade quando estava sozinho, em posição de sentido na casa de um estranho.

— Meu tempo em Old Ox resultou em uma série de arrependimentos que não consigo corrigir. O tratamento que dispensei a seu marido é um deles.

Não tendo nenhum interesse em aliviar qualquer desconforto ou culpa que ele pudesse sentir, Isabelle ficou em silêncio. Era melhor deixá-lo terminar.

— Meus próprios objetivos me ocuparam tão inteiramente que se tornaram uma espécie de obsessão. Então, não achei que a situação de George valesse a pena. Wade Webler me garantiu que ele seria tratado de maneira justa, que a paz seria preservada...

Ele parecia precisar de um momento e ficou olhando pela janela – para a mesma terra, imaginou ela, que George observava naquele momento.

— Ele me traiu exatamente da maneira como George me disse que ele faria. E eu paguei o preço.

Ele abriu um sorriso falso, que rapidamente se transformou em uma careta de humildade. Ele contou que estava sendo transferido para o oeste, com apenas metade dos homens sob seu comando do que era atualmente responsável.

— Não tenho motivos para questionar – disse ele. – Eu agi abaixo da minha posição. Acredito que George mereça minhas explicações antes de eu partir.

Isabelle não tinha palavras para aquele homem, separado, como estava, de qualquer sensação de certeza que um dia o alimentara. Ela simplesmente caminhou até a escada e indicou que ele subisse.

— Não demore – pediu ela. – Ele realmente precisa descansar.

Glass ficou lá em cima não mais do que cinco ou dez minutos e logo reapareceu, tirando um fio de cabelo solto do casaco, respirando fundo ao encontrá-la ao pé da escada.

— Você foi bem recebido? – perguntou ela.

— Ele certamente estava alerta e me ouviu atentamente. Quando terminei, ele não disse uma palavra. Foi estranho. Ele simplesmente me deu um tapinha no braço. Como se eu fosse um menino... Então me disse que todos nós devemos seguir em frente. E disse que não me desejava mal.

— Estranho mesmo – disse ela, considerando o humor do marido na tentativa de mostrar um pouco de compaixão àquele homem, imaginando que George ansiava por se livrar dele. No entanto, parecia ter funcionado para Glass, e ainda melhor. – Espero que você mantenha essas palavras no coração durante suas viagens para o oeste, então.

Glass olhou para a cozinha, como se ela pudesse oferecer acesso a uma verdade maior, então assentiu e se dirigiu para a porta da frente.

– Boa sorte, general – disse ela.

Ele se virou e colocou a mão no peito.

– Desejo o mesmo para você e os seus.

A escuridão era total quando o general montou no cavalo. Isabelle voltou para a cozinha, terminou de preparar o ensopado e levou a bandeja de comida para cima. Ao abrir a porta do quarto, deparou-se com o cheiro de carne putrefata. O ar no quarto estava denso. Ela puxou uma cadeira e se sentou ao lado de George. O orvalho do suor brilhou em sua testa novamente, e a mão dele tremia. Tudo o que ela queria era outra hora com ele lúcido, ou mesmo um momento, antes que entrasse novamente em estado delirante por causa da febre.

– Aonde você foi? – perguntou ele.

– Estava fazendo o seu jantar.

Ele arqueou a sobrancelha, mas quando viu a bandeja de comida, assentiu alegremente.

– Que melhor maneira de terminar a noite do que com um ensopado?

Ela estava tremendo agora. Seu único desejo era que ele desfrutasse da comida que preparara, e seus nervos obscureciam a tranquilidade trazida pela janela aberta, pela massa escura das árvores ao longe. Ela pegou uma colherada, ele abriu os lábios, e ela observou, fascinada, enquanto ele engolia.

Ele não disse nada. Ela recusou a ideia de que o ensopado não era do seu agrado e simplesmente mergulhou a colher mais uma vez. Mas quando o convidou a abrir a boca novamente, ele virou o rosto.

– George, você precisa comer.

Ele balançou a cabeça com petulância.

– Meu estômago não aguenta.

– Você pediu.

– E agora estou dizendo que não quero! – Ele bateu na lateral da cama. – Não está bom!

Ela não conseguia olhar para ele. A cada minuto ele choramingava em agonia, o suor agora se acumulando no travesseiro. Era incapaz de distinguir se sentia tristeza ou raiva, pois estava furiosa por ele ter dado as últimas reservas de sua energia aos visitantes e não ter deixado nada para ela além daquela amargura eterna; e, no entanto, ela também conhecia a dor que o atormentara e desejava apenas um momento de paz para seu amado. Uma resolução para sua dor.

No momento em que ela falou, o vapor havia flutuado na noite e o ensopado estava frio em seu colo.

– Sinto muito – disse ela. – Lamento não poder cozinhar de acordo com seu gosto. Desculpe por ter sido tão cruel às vezes. Por ter ficado tão frustrada com seu comportamento quando você estava apenas agindo naturalmente. Eu me enfureci com você quando teve febre, mas você estava com muito frio para entender minha dor, e fugi de você quando somente o que você precisava era do meu toque. E eu culpei você. Meu Deus. Eu o culpei por tantas coisas que não eram sua responsabilidade. Só alguém como você poderia me tolerar, e talvez você seja um anjo por causa disso. Sou muito grata por ter você. E sinto muito.

O rosto de George, assustadoramente pálido, esvaziou-se completamente de cor, e ele ficou imóvel. Sem dizer nada, o marido estendeu a mão e pegou o guisado da bandeja. Agarrou a colher e tomou um gole. Depois outro.

– George, você não precisa...

– Está excelente – disse.

Ele fez um esforço a cada gole, a garganta tremendo enquanto a comida descia.

– Está muito bom. Tudo. Excelente. Divino.

As pálpebras dele começaram a se contorcer. A colher escorregou de sua mão e caiu no chão. A tigela virou em seu peito. Ele começou a ter fortes convulsões, a perna deslizando como se adquirisse força e desejasse escapar dele; os punhos cerrados, os braços travados em ângulos estranhos antes de todo o seu corpo amolecer abruptamente.

Isabelle correu para pegar toalhas e voltou; limpando-o com cuidado, devagar, retornando às partes que já estavam limpas. Eram cuidados egoístas, pois, embora ele ainda tivesse alguma pulsação, ela sabia que o marido havia partido.

Ele resistiu a noite toda. Foi Silas quem puxou o lençol sobre seu rosto na manhã seguinte. O irmão colocou suavemente as mãos sobre os ombros de Isabelle, dizendo-lhe que tudo ficaria bem, que ele ficaria com ela pelo tempo que seu luto durasse.

No entanto, ela não ouviria nada disso.

– Já chorei o suficiente numa única vida o que duas mulheres chorariam – disse ela. – Não vou mais chorar.

Sua única distração era manter-se ocupada. Pegou uma lixeira do porão e foi até o banheiro, onde pegou a escova de George, sua pomada e todos os seus outros pertences e os guardou. O cheiro dele era onipresente, aquele almíscar suado que ela não amava nem odiava, um cheiro que era simplesmente George, tão familiar quanto o próprio homem. Ela tinha certeza de que, uma vez que seu corpo fosse removido e a casa fosse limpa dele, ela poderia ter um momento para pensar em outras coisas além do som de seus passos descendo as escadas, seu ronco estranhamente pacífico, seu sorriso delicioso ao retornar dos bosques. Talvez ela pudesse até parar de pensar no filho, que não teria notícias do falecimento do pai, perdido como estava em algum lugar do mundo sem ter como ser alcançado pela mãe.

Silas apareceu na porta do banheiro para perguntar o que ela estava fazendo.

Ela gesticulou para as toalhas na prateleira ao lado da banheira.

– Pegue isso, por favor – pediu. – Sempre que as vejo, só consigo imaginar George enrolado em uma delas, entrando no quarto depois do banho. Ainda molhado. Sempre respingando água no chão. Não mais. Vou comprar toalhas novas.

– Izzy, por favor. Você não está com a cabeça no lugar.

Ele não a chamava de Izzy desde a infância. Será que suas atitudes estavam sendo tão imaturas? Quando Silas não se mexeu para pegar as toalhas, ela mesma as recolheu e as jogou na lixeira.

– Se você não pode pegar as toalhas – disse ela –, pode começar com as panelas e as frigideiras na cozinha. A mão dele está em cada alça. Tudo o que posso ver é ele se inclinando sobre a frigideira para cheirar a comida. Não consigo aguentar. Amanhã vou comprar também alguns utensílios de cozinha novos na cidade.

Quando ela saiu do quarto, Silas a abraçou e a segurou com força, a bochecha dela contra seu peito, e ela jogou a lixeira no chão.

– Isabelle – sussurrou ele em seu ouvido. – Dê a si mesma um dia. Pelo amor de Deus. Jogar as panelas fora não vai ajudar em nada.

Sem dizer mais nada, ele a acompanhou até o sofá. Sentaram-se juntos em silêncio. Não havia mais nada a fazer quanto à casa, e o peso do dia finalmente desceu sobre ela. Depois de algum tempo, ele disse que queria preparar um cigarro e quis saber se ela ficaria bem sem ele por um momento.

— Eu gostaria de ficar lá fora sozinha um pouco — disse ela.

— Não vou impedi-la.

Então foi ali que ela passou o restante do dia e, quando a noite chegou, olhou as estrelas com um cobertor no colo. Certamente haveria outro sinal de seu marido, agrupado nas constelações.

Era um céu noturno como qualquer outro. Silas se recusou a ir dormir, mas manteve distância. Ficou dentro de casa, porém saía de vez em quando para perguntar se ela queria ir se deitar. A última vez que abriu a porta, ele estava bocejando, e ela pediu que a deixasse em paz.

— Suponho que você não vá sair daí — disse ele.

— Não precisa se preocupar comigo assim — garantiu ela. — Estou bem. Só quero esperar aqui fora esta noite.

— Esperar pelo quê?

— Pela manhã.

— E então?

— E então vou enterrar meu marido. Não precisamos que essa hora chegue tão rápido.

Silas permaneceu na porta. Estava claro que ele não entendia sua intrusão, e ela desejou que ele entendesse que não havia nada a ser feito, a não ser conceder-lhe um tempo para que pudesse extrair significado da imensidão do campo e viver uma última noite em um mundo que não sabia que seu marido tinha partido, ou não se importava com esse fato.

— Vá dormir — disse ela.

Ela não se incomodou em vê-lo ir. Logo depois que ele finalmente entrou, as velas lá dentro haviam sido apagadas e a cabana estava escura.

Capítulo 26

Foi Caleb quem insistiu que eles permanecessem na floresta, alegando que Hackstedde e Webler poderiam estar ainda atrás deles – um medo que também assombrava Prentiss. Eles interromperam por uma semana a trajetória de fuga, ao chegar a uma cidade de que ele nunca tinha ouvido falar. Caleb iria até lá buscar comida e voltaria ao acampamento trazendo pão e latas de carne; depois de comer, eles dormiriam envoltos no silêncio, aguardando a luz do dia. Todas as noites Caleb se animava, agitado por uma energia que havia armazenado em algum lugar, e anunciava cheio de orgulho que outro dia havia se passado, como se eles tivessem realizado algo nobre. *Oito dias depois*, ele diria que na noite seguinte seriam nove. E cada uma levaria à próxima, todas se misturando em uma só, até que seriam algumas semanas, e Prentiss teria passado na floresta mais noites do que o suficiente para ter resistido por um bom tempo, se não para sempre.

Certa manhã, eles ficaram ociosos, envoltos nas sombras das árvores, olhando para a estrada que levava àquela cidade. Convent, Caleb lhe disse em sua primeira viagem para lá que o local se chamava Convent. Prentiss ainda não tinha pronunciado a palavra. Não parecia certo tentar o destino, para falar de lá como uma realidade, como o próximo passo em seu plano, apenas para que isso lhe fosse roubado quando Hackstedde se aproximasse de seu acampamento, com a corda na mão, pronto para destruir os sonhos de liberdade que Prentiss guardava na mente com tanto zelo. Mas já se passara quase um mês, e Hackstedde não estava em lugar algum. E parecia cada vez mais provável que continuasse assim.

– Aposto que eles têm camas lá em Convent – disse Prentiss. – Duvido que sou o único aqui doido pra sentir um travesseiro de verdade na cabeça. E também não ter esse tanto de picada de inseto. Não ficar coçando as costas um do outro o dia todo. Imagina.

Caleb ofereceu-lhe um olhar evasivo e não disse nada.

O desconforto de Caleb fez Prentiss tentar outra tática. Ir direto ao ponto.

– Prefiro arriscar do que continuar assim. Não vejo razão em perseguir a liberdade se você não agarra ela quando ela tá bem na sua frente.

– Eu gosto daqui – disse Caleb, timidamente. – Gostaria de poder dizer por que, mas ainda não consigo.

Mas não foi difícil para Prentiss entender. Ali, vivendo com sua culpa, o rapaz não precisava ter receio de decepcionar alguém. Não havia ninguém para ver através de sua falsa confiança e afrontá-lo, como tantos fizeram no passado, conforme as histórias que ele mesmo contara a Prentiss – sobre garotos que eram como predadores, garotos que assombravam seus sonhos. Prentiss viu um pouco de si mesmo em Caleb, pois ele e Landry haviam se escondido nas terras de George da mesma maneira. A segurança, a bênção de serem deixados em paz, valia mais do que mil picadas de insetos.

De seu lugar na estrada, Prentiss podia espiar os primeiros prédios nos limites da cidade, espreitando pela fumaça das chaminés e ocasionais nuvens. Sua imaginação já havia mapeado o lugar – o recanto aconchegante do armazém onde Caleb se aventurara para conseguir comida, a torre imponente da igreja onde todos se reuniam aos domingos. Ele até conhecia as casas de todos os habitantes da cidade – famílias que ele havia inventado, chegando ao ponto de atribuir-lhes *hobbies* e empregos, paixões e segredos.

Mas Convent não era o lugar onde ele desejava estabelecer-se de vez. Não havia lugar algum perto de Old Ox que ele pudesse chamar de lar. A simples menção disso o deixava com a boca trêmula e os pés dormentes. E aquelas velhas imagens do Palácio da Majestade, do rosto de Landry quando menino, do brilho do sorriso da mãe (só nos dias bons, quando assavam coelho, quando o trabalho da noite terminava cedo e a mãe despenteava o cabelo de Landry e seus risos repercutiam nas paredes da cabana) iriam penetrá-lo como uma faca, e, mais tarde, seriam substituídas pelo vazio da casa depois que a mãe fora vendida, pela boca destroçada do irmão em um caixão. Talvez com o tempo houvesse partes do passado que pudessem ser esquecidas, seu poder sobre ele derrubado, mas sempre haveria certas lembranças que sobreviveriam à queda e permaneceriam entre os escombros. Monumentos da perda.

– Não o estou impedindo – disse Caleb. – Se quiser, pode ir.

Ele tinha nas mãos o último pote de frutas enlatadas que a mãe lhe dera. Recusava-se a comê-lo. Era a última conexão com a mulher que ele tanto adorava. Parecia que poderia se contentar em ficar ali naquela floresta pelo resto da vida, isolado da sociedade enquanto o mundo seguia.

O vento, tão violento que poderia cortar a carne como um chicote, parou por um tempo antes de retomar a força e seguir na direção da cidade. Prentiss olhou novamente para os telhados, cacos de tijolos e madeira, seduzindo-o com o poder do desconhecido.

No entanto, apesar do grande desejo de se arriscar na cidade, seu coração começou a galopar quando uma carroça puxada por cavalos apareceu na estrada trazendo um homem que parecia estar dormindo, com o queixo apoiado no peito. Ele se protegeu atrás de uma árvore, enquanto Caleb, despreocupado, apenas olhava na outra direção, ainda brincando com o pote de frutas. Prentiss se repreendeu silenciosamente, tirando pedaços de cascas de árvore da camisa, e pensou no quanto desejava tomar banho. Mas não era apenas o homem na carroça – algo à luz do dia o ameaçava: um tambor constante, cada vez mais alto, o som de uma ameaça se aproximando, o mesmo som que seguia o cavalo de Gail nos campos do Palácio da Majestade, ou o de Hackstedde na floresta, e embora o barulho não fosse tão real quanto Caleb fazia parecer, não era menos persistente, menos tangível à vista de todos os estranhos que desciam a estrada diante deles. Para sua grande vergonha, ele estava com medo.

– O que foi? – perguntou Caleb.

– Nada – disse Prentiss.

Ele não tinha interesse em alarmar Caleb, já preocupado o suficiente pensando no que poderia ter acontecido com o pai. A caminhada, por si só, já tinha sido motivo de grande preocupação. Caleb se alarmava todas as noites. Ao ouvir qualquer barulho distante, ficava se perguntando se seria George vindo. Como retornara inteiro da guerra, Caleb aparentemente não percebia como essas situações muitas vezes terminavam. Sem reencontro. Sem resolução. Em vez disso, a centelha de vida que nos conecta a alguém que amamos simplesmente se ofusca e depois escurece completamente. O presente troveja enquanto o passado é uma ferida não tratada, não suturada; sentida, mas nunca curada.

– Acho que a gente devia ficar um tempo na cidade – propôs Prentiss. – Fazer alguma coisa. Trabalhar um pouco. Eu acho que dá pra viver normalmente, mesmo que só por um tempinho.

O tempo, ele descobriu, era diferente na floresta. Sem um homem como Gail – ou George, em seu jeito mais suave – mantendo-o atento à sua passagem, ele aprendera a contá-lo testemunhando as emoções do sol: sua fúria alaranjada à tarde; sua perda de interesse em bolsões de tempo, quando deixava o vento soprar e esfriar as coisas; o tom violeta ao pôr do sol como uma piscadela, um floreio, antes de se transformar completamente, provocando o mundo com o que pode ter reservado para a manhã. Podia realçar paixões em um minuto, mas acalmá-las no próximo, e ele não ficou surpreso ao encontrar Caleb em transe. Ponderou por quanto tempo estariam ali em silêncio; quão longe na estrada o homem com o queixo no peito tinha avançado desde a última vez que pusera os olhos nele.

O que ele daria para ser tão descuidado! Para não olhar por cima do ombro. Perder uma placa de sinalização e se ver a duas cidades adiante, bebendo cerveja na varanda de um estranho e falando sobre o último que cometera o mesmo erro. Ele também queria errar. Isso era o que George, Caleb ou qualquer outro não tinham conseguido entender. Eles subestimaram sua paixão pela vida. A liberdade de lançar olhares para uma mulher comprometida, que o lembrasse de Delpha, ou de Clementine, e trocar umas palavras com ela um dia quando seu homem estivesse fora, trabalhando – e que se dane, pois cada mulher era dona de si, e ele era dono de si.

E o que dizer da liberdade de aprender? Havia tantas coisas que Prentiss desejava saber, assuntos sobre os quais desejava educar-se nos próximos anos. Nem tudo era pura especulação. Eles tiveram tanto tempo livre que Caleb até começara a lhe ensinar as letras. Caleb costumava testá-lo com palavras a manhã toda, cada uma mais difícil que a outra, e ele passou a ansiar pelo sorriso que cruzava o rosto do rapaz sempre que pretendia fazê-lo errar e falhava.

Seu sucesso parecia motivar Caleb também. Ele disse a Prentiss que não pretendia mais trabalhar em plantações, que havia muito mais a fazer em um mundo tão grande. Trabalhar em uma gráfica seria agradável, e embora Prentiss soubesse pouco a respeito, a ideia soava boa para ele também. Ele precisaria saber os números, talvez, saber como fazer uma transação com um cliente ou calcular o estoque disponível, mas Caleb assegurou-lhe que isso poderia ser aprendido no devido tempo. No norte havia professores ansiosos para trabalhar com libertos como ele. Se isso fosse verdade, as fronteiras do possível e do impossível eram indistintas.

Imaginar um trabalho como aquele, com um pouco de educação, fazia Prentiss considerar-se igual a qualquer homem branco. Ele andaria por uma cidade com o tipo de orgulho que alimenta uma brigada inteira de soldados a caminho da batalha.

Era quando pensava em Clementine. E até na mãe. Se ele pudesse soletrar o nome delas e pagar ao homem certo, a situação imaginada de repente se tornaria verdade. Claro que elas poderiam ser encontradas. Como ele fora ignorante em pensar diferente, ter desprezado o potencial e as grandes recompensas que poderiam advir da vida culta que se seguiria a essa. Já se via saindo cedo do trabalho para chegar em casa e encontrar a mãe brincando com Elsy, e Clementine na cozinha, grávida, preparando uma refeição com a receita que a mãe havia ensinado à nova filha.

Um bom dinheiro. Uma família. Uma casa sua. Ele percebeu que não seria apenas livre. Ele poderia ser *feliz*.

Capítulo 27

Uma mão. Isso foi tudo o que ela sentiu do corpo de George depois que ele faleceu. Seu pulso era suave ao toque como cera endurecida – tão frio, tão estranho, que ela se convenceu de que não era seu marido. Foi enterrado na manhã seguinte (um caixão de nogueira, idêntico ao de Landry), na presença apenas de Isabelle e Silas, pois ela não queria ver mais ninguém na ocasião. A morte do marido era dela – ela a reivindicou, e os outros poderiam chorar em seu próprio tempo, se quisessem.

Quando o enterro terminou, Silas sugeriu que ela fosse com ele. Havia espaço na propriedade em Chambersville. Ela poderia estar mais perto dos sobrinhos.

Eles estavam diante da casa. Silas já havia retirado o cavalo do estábulo. Estava pronto para sair, de chapéu na cabeça, com o alforje cheio de roupas usadas, a mão sobre o flanco do cavalo, acalmando o animal na expectativa de sua cavalgada.

– Traga os meninos aqui – pediu ela. – Gostaria de conhecê-los melhor. Mas não vou deixar Old Ox.

Ele pegou a mão dela e a beijou rapidamente, depois a soltou.

– Lembre-se – disse ela. – Eu lhe disse certa vez que poderia precisar chamá-lo. Isso não mudou.

– Seria tolice pensar que não voltarei por vontade própria – respondeu ele. – Pressinto que em breve você me chamará para levá-la embora de casa, e não apenas para que eu venha aqui.

– Não farei isso nunca – disse ela.

Ele montou no cavalo e piscou para a irmã.

– Espere meus meninos. Eles virão aqui causar um terror.

Ele esticou a mão e deu um tapinha na traseira do cavalo, então enfiou os saltos das botas na barriga do animal. A poeira subiu como fumaça, e ele se foi antes mesmo de a nuvem se acomodar novamente no chão.

Sozinha agora, ela não tinha ninguém a quem dar satisfação além de a si mesma. Ainda assim, estava preparada para assumir a tarefa que George havia planejado executar. Caminhou até a cidade na manhã seguinte. O lugar continuava sendo reconstruído. Era estranho, o espetáculo de homens e cavalos pisando no chão coberto de cinzas do que uma vez tinha sido a serraria, o abatedouro, limpando tudo o que havia sido destruído semanas atrás. A cena parecia distante dela, como o sonho de outra pessoa, mas Isabelle não permitiu que a visão ameaçasse seu humor. Uma energia a percorria, clamando que ela agisse. Carregava cartazes que havia escrito no escritório de George, dez ao todo, e orgulhosamente os distribuiu pela cidade: no depósito de móveis; em um poste diante da escola. Ela estava determinada a que fossem proeminentes. As letras grandes e em negrito chamavam a atenção de todos os passantes.

A FAZENDA WALKER PRECISA DE AJUDA.
PESSOAS DE QUALQUER RAÇA, CREDO OU COR.
PAGAMENTO JUSTO E IGUALITÁRIO.

Quando terminou de fixar os cartazes, voltou para casa, com as mãos vazias e os pés cansados. A única coisa que restava a fazer agora era esperar.

O primeiro homem apareceu vários dias depois como uma imagem forjada pela luz da manhã. Um sujeito encurvado, mancando a cada passo, não muito diferente de George. Isabelle o viu pela janela do quarto, subindo a viela. Ela se vestiu e desceu correndo as escadas.

Quando abriu a porta, deu de cara com um homem negro vestindo uma camisa de algodão com a gola desalinhada e paletó azul. Uma pequena flor amarela, já murcha, mas ainda viva, contra o paletó, derramava-se do bolso do peito. Ele era mais velho do que ela, talvez sessenta anos, e tão cauteloso que, mesmo depois de ela o ter cumprimentado, ficou relutante em falar.

— Senhora — disse ele, finalmente. — Estou procurando o dono da propriedade Walker.

Ela disse que a proprietária era ela.

— Não há senhor?

— Não mais. Não.

Embora reticente, ele não teve medo de olhá-la nos olhos. Os dele estavam em grande parte escondidos nas profundas rugas e ainda assim se revelavam quando ele falava, leitos profundos de avelã, dando gravidade por sua súbita emergência a cada expressão sob as sobrancelhas franzidas.

— Vi o cartaz na cidade — disse ele. — Se ainda estiver precisando.

Ela se juntou a ele na varanda e caminhou até o parapeito, pensando na terra queimada e em tudo o que havia além dela, descendo a colina. Ele a seguiu, ainda cauteloso, mantendo distância. Ela lhe contou o que havia acontecido. Em seguida, perguntou se tinha habilidade com a agricultura.

Como resposta, ele estendeu as mãos, tão desgastadas que Isabelle mal conseguia distinguir as linhas nas palmas, esculpidas por anos de labuta.

— Como é o seu nome?

— Elliot.

— Elliot, eu tenho muitos hectares além destes arruinados. Mais do que eu jamais poderia cuidar. Não pretendo vender nenhum deles. Minha proposta é permitir que cultive seu próprio pedaço de terra. Não vou pedir nada da sua colheita, nem dinheiro. É seu por um ano, talvez dois, tempo suficiente para você se erguer antes que eu dê a outra pessoa a mesma oportunidade. Em troca, quero que me ajude com aquelas terras arruinadas morro abaixo. São as terras que meu marido lavrou. Quero que me conceda alguns dias por semana de serviço. Estarei lá e gostaria que você se juntasse a mim, e assim faremos tudo o que for possível para tornar aquelas terras não apenas bonitas novamente, mas também prósperas.

Elliot ficou em silêncio e passou a mão pelo belo tufo que era seu cabelo, ponderando sobre a proposta.

— A senhora vai me dar minha própria terra para trabalhar e tudo o que quer é ajuda. Mais nada?

— É isso — afirmou ela.

— Mas por quê?

Ela olhou diretamente para Elliot e não mediu palavras.

— Pretendo fazer como meu falecido marido fez, ou seja, restaurar as terras — explicou ela. — Mesmo que somente para vingá-lo.

Ela examinou as roseiras, as pétalas murchas e caídas, prontas para serem cortadas, e imaginou quão lindas estariam no inverno se ela trabalhasse direito.

— É uma flor muito bonita, a propósito — disse ela, acenando para a lapela do paletó de Elliot. — Onde a colheu?

— Minha esposa. Ela disse que eu deveria me apresentar da melhor forma.

— Você se saiu muito bem.

Ele entrelaçou as mãos, limpou a garganta.

— Eu não quero falar demais, e me diga se eu fizer isso, senhora, porque eu não tenho nada além de respeito pela senhora, mas há um monte de homens na cidade que viram aquele cartaz, e eles têm muito medo de subir até aqui. Ouvimos falar sobre o que aconteceu com os irmãos. Sobre o que aconteceu com o grandão. Ninguém quer problemas, é o que estou dizendo.

Um calafrio a percorreu.

— O nome dele era Landry — contou ela. Com uma mão, ela guiou a visão de Elliot para a floresta. — E ele está enterrado lá, bem ao lado do meu marido.

— Senhora, eu...

— Permita-me terminar. Perdi mais do que jamais imaginei, mas eles são a razão pela qual eu trouxe você aqui e trarei tantos outros quanto puder. Porque pretendo fazer deste o pedaço de terra mais lindo e abundante do condado. Há um risco, sim, mas há muitos soldados na cidade, e alguns se parecem com você e têm interesses em mente. O Departamento dos Homens Livres os envia toda semana para garantir que tudo esteja seguro por aqui. Como antes. Qualquer coisa pode acontecer, é verdade. E eu entenderia se essa perspectiva o assustasse demais para aceitar.

Elliot fechou o rosto, e ela pensou no que havia sob a superfície – como seus olhos poderiam se arregalar ao contar uma piada, ou o prazer que ele poderia demonstrar enquanto dançava com a esposa. O florescimento de sua personalidade nas circunstâncias apropriadas.

—Vou ficar com a terra – disse ele finalmente. – Mas quanto a senhora está oferecendo?

— Quinze acres – respondeu ela.

— Fechado – disse ele, mostrando surpresa na voz.

— E você vai me ajudar a consertar aquele terreno morro abaixo?

— Prometo que sim.

Eles não apertaram as mãos. Ele simplesmente assentiu e se arrastou até as escadas.
– Senhora – disse ele. – Me espere de volta na próxima semana.
– Até lá, Elliot.
Enquanto ele se afastava, ela gritou que ele deveria dizer aos outros que poderiam ter o mesmo acordo. O espaço era limitado – ela tinha apenas um limite de terra para circundar, mas todos seriam bem-vindos, assim como os cartazes anunciavam.

Capítulo 28

O outono foi fulgurante. O sol tornou-se tolerável, e as nogueiras estavam tão amarelas que pareciam enormes dentes-de-leão recém-floridos. Outras em tons vibrantes de laranja-abóbora. Isabelle fazia suas rondas de manhã montada em Ridley, cercada pela beleza, verificando o grupo de homens que chegaram nos últimos meses depois de Elliot. Muitos deles ainda viviam nos acampamentos além da cidade, mas alguns já tinham se estabelecido na fazenda, em barracas improvisadas, que armavam onde quer que lhes aprouvesse nos terrenos que eram seus.

Em qualquer dia, a área de cultivo era tão extensa que, se Isabelle desejasse, poderia evitá-los, mas gostava de vê-los trabalhando na terra, sabendo da realização dos desejos de cada um deles, seus objetivos sendo alcançados. Eram todos homens libertos, e a maioria trouxe a família para ajudar. Muitas vezes ela foi recebida com ceticismo, como se fosse simplesmente a última encarnação de um capataz, mas com o tempo acostumaram-se à sua presença pela natureza da rotina, e ela conseguiu tornar a convivência confortável por meio de suas perguntas sobre como cuidar da terra e, eventualmente, trabalhando ao lado deles na terra de George. Ela tinha ajuda de pelo menos um deles todos os dias, e os esforços de replantio, usando apenas enxadas e espalhando esterco, para o crescimento saudável das plantas, começaram a restaurar os danos causados pelo fogo. Estavam pouco otimistas de que a produção seria abundante naquela primeira temporada, pois a terra levaria pelo menos um ano para retornar à sua condição anterior. Mas um ano não parecia muito tempo.

Sua última parada depois do trabalho era sempre a floresta. Visitava primeiro o túmulo de Landry: o azul da meia na cruz, um farol brilhante na iminente escuridão. Sentava-se no espaço entre o túmulo dele e o de George e falava como se eles estivessem lá com ela. Atualizava-os sobre seu trabalho e prometia voltar com rosas quando fosse a época. George nunca gostou de rosas, mas, se ele as tolerava em vida, poderia tolerá-las na morte. Landry amava todas as coisas bonitas, todas as coisas sagradas. Ele ficaria feliz com o presente.

Às vezes ela tentava falar em voz alta com Caleb, para contar sobre sua vida, como fazia com George, mas nunca foi a mesma coisa. Falar com Caleb a deixava com uma inquietante sensação de encerramento. Quase ninguém perguntava sobre ele na cidade, sabendo o que havia acontecido, e quando o faziam, ela só conseguia dar um sorriso sem graça, desejar-lhes felicidades e se desculpar. As memórias do filho e de Prentiss foram preservadas para coisas muito mais valiosas do que uma conversa casual: uma oração tarde da noite quando a solidão pesava, quando ela puxava os joelhos contra o peito e pedia a Deus que os protegesse de qualquer mal, onde quer que pudessem estar. Ou às vezes ela os trazia à mente pela manhã, quando precisava de motivação extra para continuar, para se vestir para o dia, para seguir em frente com o orgulho que exigia de si mesma, e encontrar quem a estava esperando no campo para ajudar no trabalho. Os rapazes iriam querer que ela continuasse vivendo, pensava ela. Então seu objetivo, com toda a certeza, era fazer exatamente isso.

Aquele tinha sido um dia típico, e no fim da tarde ela voltou exausta para casa. Encontrou Mildred em sua varanda, andando para lá e para cá. A amiga estava com seu traje de montaria, calças pretas e luvas brancas, e encarou Isabelle com um fervor bem diferente do ritmo lento da última hora na floresta.

— Você se sujou bastante, não é mesmo? — observou Mildred.

— Tive que consertar a bomba d'água pela manhã e desde então estou no campo.

— Claro que teve. Um homem apareceu aqui com nabos e disse que eram para você.

Isabelle subiu as escadas, e Mildred a puxou para cumprimentá-la beijando-a no rosto. Ela podia sentir o cheiro do suor de Mildred e tinha certeza de que Mildred sentia o cheiro de terra nela, embora nenhuma se esquivasse da outra. Isabelle pegou os nabos que estavam ao lado da porta.

— Deve ter sido Matthew. Ele está produzindo sua safra com muito sacrifício, mas disse que me daria um pouco do que a mãe cultiva em Campton. Uma amostra do que está por vir em sua própria terra. Não achei que ele fosse fazer isso, mas manteve a palavra. Você vai entrar? — perguntou Isabelle. — Não tenho muito a oferecer além de companhia, a menos que queira um nabo, é claro.

Mildred já a seguia pela porta.

– Você precisa se cuidar melhor – disse ela. – Parece mais magra.

– Sem George, vivo com pouco mais do que as plantas do quintal e alguns ovos.

Sobre a mesa em frente ao sofá, na grande sala, estavam os livros de George sobre plantio. Em um grande pedaço de papel no chão, Isabelle desenhara um mapa da terra, com nomes representando o lote que dera a cada um que concordou em cultivá-lo.

– Meu Deus, Isabelle, fica pior a cada dia. – Mildred estremeceu. – Precisamos arranjar uma empregada para você.

– Acho que não vou lhe mostrar meu quarto, então.

– Brinque o quanto quiser, mas você ainda virá desesperada me pedir ajuda quando a casa estiver cheia de bichos e baratas.

Isabelle acendeu uma vela na mesa de jantar, depois foi até a cozinha e lavou as mãos e o rosto antes de tirar o chapéu e voltar para a sala. Ela se sentou e desamarrou as botas, e Mildred sentou-se ao seu lado. Desde a morte de George, a amiga a tinha visitado algumas vezes, e sempre conversavam até tarde da noite, revigoradas pelas próprias reflexões, já que nenhuma das duas tinha compromissos na manhã seguinte. Recentemente, Mildred anunciou que seu filho Charlie estava prestes a se casar. A notícia foi um choque e um prazer, embora Isabelle tivesse a nítida sensação de que Mildred considerasse isso uma perda – um gesto de abandono –, e por esse motivo não perguntou mais sobre o assunto.

– Está indo tudo bem? – perguntou Mildred, tirando as luvas.

– Eu diria que sim. Eles não precisam de mim para nada e é reconfortante saber que não estou sozinha aqui. Elliot é um amigo, e até que nos damos bem. Ele me apresentou a esposa e os filhos. E sou amiga de Matthew também.

– No entanto, você está sozinha em casa, a quilômetros da cidade. Não gosto disso. E se alguém com más intenções aparecer aqui? Você nem tranca a porta.

Isabelle quase riu.

– Por favor. Eu durmo mais tranquila do que nunca.

– Melhor do que com George?

– George está aqui – disse Isabelle, suspirando. – Em todo lugar. Ele está nos campos, na floresta. Não consigo me livrar dele. Mas, por mais que isso me irrite, mal posso esperar para vê-lo todos os dias. Nada diferente de quando ele estava vivo.

Mildred se levantou e voltou a andar de um lado para o outro.

— Você não precisa mais se dedicar a ele tanto assim, você sabe disso. Você poderia se aposentar. Seria prudente nos mudarmos para a Europa, começar de novo. Esse foi um pensamento que me ocorreu. O interior da Itália nos acolheria, tenho certeza.

— Duas viúvas americanas.

— Está vendo? Já até compartilhamos um título.

Isabelle se inclinou sobre a mesa, o queixo apoiado nos nós dos dedos, enquanto Mildred se aventurava na grande sala.

— Estou contente assim – disse ela à amiga. – Faço o que faço porque me traz felicidade. Se pudéssemos descobrir o que poderia trazer felicidade para você, seríamos muito afortunadas, nós duas.

A luz da vela se projetava em direção à grande sala, onde Mildred estava de pé, ao lado do sofá, olhando para a mesa bagunçada diante dela.

— Você poderia ao menos me permitir desenhar um mapa adequado – disse ela. – Seria vergonhoso se esses rabiscos confundissem a demarcação das terras. Um homem pode acreditar que tem determinada área para trabalhar, e depois descobrir que é outra, e Deus sabe o que poderia resultar disso. Que confusão você pode fazer! E essa sua cozinha...

Ela se virou e marchou em direção à cozinha.

— Está imunda, Isabelle. Eu poderia limpar isso. Se a sua casa estivesse em ordem e você tivesse um lugar minimamente limpo para voltar... eu me sentiria bem melhor.

— Mildred... – Isabelle estendeu a mão para o assento. – Você precisa relaxar. Sente-se.

Mildred se acalmou, e sua respiração desacelerou – a renda branca dos babados da blusa se elevando conforme ela arfava – e se sentou.

— É só que... estive pensando no que vem a seguir. Você continua a forjar esse caminho, enquanto eu não faço nada além de ficar em casa...

— Mildred – disse Isabelle com firmeza. A amiga ergueu os olhos da mesa, e a chama tremeluzente da vela revelou o tremor de sua mandíbula. – Eu adoraria a sua ajuda. Mais do que de qualquer outra pessoa. Você seria indispensável para mim. Você é indispensável para mim.

Para a surpresa de Isabelle, a declaração pareceu ser um grande e necessário alívio para Mildred. Ela imediatamente se acalmou e Isabelle colocou a mão em seu ombro.

— Independentemente do que eu vá fazer, quero que você participe. Podemos começar amanhã. Adoraria que você começasse por esse mapa. Se você estiver livre, é claro.

Mildred ficou ainda mais calma. Engoliu em seco e respirou longamente, e seus olhos endureceram no habitual olhar penetrante.

— Acho que terei algum tempo amanhã — disse Mildred, com a velha confiança.

Mal sabia Isabelle que, a partir de então, o dia seguinte se transformaria em todos os dias seguintes.

O mapa de Mildred trazia o nome de todas as pessoas libertas que fixaram residência na propriedade dos Walkers. No auge do inverno, havia sete lotes divididos, e, com a floresta, quase não sobrava espaço para plantar. Havia duas mulheres, Clarinda e Jane, que ocuparam um pequeno terreno ao lado do de Matthew. Elas alegavam ser irmãs, mas não se pareciam nem um pouco. Clarinda era corpulenta e ostentava uma voz tão profunda que muitas vezes parecia estar prestes a começar um hino sombrio. Jane era ágil, da metade do tamanho de Clarinda, e falava em tom tão estridente que Isabelle às vezes cerrava os dentes ao ouvi-la. Ambas se vestiam de forma semelhante, com trajes que consistiam em um gorro branco e um vestido caseiro estampado com pétalas de flores. Eram tagarelas e muitas vezes procuravam Isabelle para falar da família — primos a alguns estados de distância que nunca tinham encontrado ou conhecido; outros outrora escravizados que elas agora consideravam parentes e haviam se mudado para outro condado —, e Isabelle se perguntava quando elas conseguiam trabalhar, já que o jardim estava de fato repleto de cenouras e cebolas que pareciam a caminho de uma promissora colheita. Uma visita ao terreno delas certa tarde não forneceu respostas, pois nenhuma das irmãs estava lá. Somente quando Isabelle voltava do túmulo de George, em um fim de tarde, encontrou-as passando pela cabana. Elas contaram que trabalhavam em uma tecelagem e muitas vezes não conseguiam voltar até o anoitecer. O que quer que ganhassem com a colheita vindoura complementaria seus ganhos. O suficiente para poderem ir em busca da família sobre a qual haviam falado.

Havia outros, como Godfrey, que não falava com ela desde que chegara, no mês anterior. Ela lhe dera um terreno no extremo leste, nos arredores da propriedade, e nas duas visitas que fez a ele o homem não se dignou a dizer uma palavra. Algo havia acontecido com aquele homem. Ele usou uma área pequena da terra, plantando o suficiente apenas para se alimentar. Ela não ficou surpresa ao ouvir dos outros que ele também nunca se esforçara para conversar com eles, ou que quase não saía de sua terra.

Ele fora assediado certa vez por alguns adolescentes arruaceiros da cidade. Não foi espancado, mas eles o acordaram e o empurraram, e, depois que a notícia chegou a ela e Mildred, Isabelle ficou surpresa ao encontrar um buquê de flores em sua varanda na semana seguinte, enviado por um dos infratores. Aparentemente Mildred havia contado aos filhos sobre o incidente, e eles lidaram com a situação do jeito deles, descobrindo quem eram os agressores e punindo-os. Isabelle sugeriu à amiga que, da próxima vez, eles deveriam relatar qualquer ocorrido às autoridades, mas nenhuma das duas conseguiu argumentar contra o resultado.

Isabelle enviou as flores ao terreno de Godfrey, mas ele não estava em lugar algum. Em sua visita seguinte, viu que a barraca dele havia sido desmontada e removida, e ao constatar a ausência das ferramentas, entendeu que ele havia abandonado as terras. Com o tempo, outro liberto passou a residir no lugar. No entanto, uma mensagem havia sido enviada e, por causa da reputação dos garotos Fosters, da ameaça da lei federal e do incêndio, poucos ousaram pisar novamente na propriedade dos Walkers sem convite.

Quase todos os dias, Mildred chegava cedo para o café da manhã e, enquanto Isabelle fazia a ronda, ela limpava a casa e desempenhava o papel de administradora, tomando nota de qualquer um que chegasse pedindo ajuda ou querendo uma área das terras. Os cartazes já haviam sido removidos da cidade, mas ainda vinham pessoas que ouviram rumores de que ali havia terras de graça. Com espaço para poucos, e com todos os lotes já designados, esses interessados tinham que ser dispensados. Mildred tinha coragem para fazer isso; Isabelle, não. Mas havia aqueles como Elliot, no meio da temporada de inverno, que estavam felizes por ter assistência e compartilhar os lucros da colheita.

À noite, Isabelle e Mildred comiam juntas, discutindo seu dia, suas vidas, o que viria no futuro. Depois se sentavam no sofá e liam, ou tricotavam, ou continuavam a conversa iniciada na mesa de jantar. Eram inseparáveis à sua maneira, e Isabelle não tinha medo de segurar a mão de Mildred, ou colocar a cabeça no ombro da amiga quando a fadiga a dominava. No entanto, elas não compartilhavam a cama. O que havia entre elas não era físico, mas sim um emaranhado espiritual que transcendia qualquer ato de paixão. Verem-se de manhã e à noite era o suficiente, e quando Mildred voltava para casa para ver os filhos e dormir, a distância servia apenas para tornar mais empolgante o reencontro no dia seguinte. Sempre que a porta da frente era aberta, Isabelle mal dizia olá, mas tanto a rotina recém-descoberta quanto a presença da amiga eram deleites a serem apreciados.

De vez em quando elas discutiam. Isabelle acreditava fortemente que quem trabalhava em suas terras deveria ter um lugar para ficar. Muitos deles já estavam acampados, e ela não via motivo para não permitir que tivessem algo mais confortável. Uma habitação construída ali não seria permanente, pois iriam embora quando seu tempo acabasse e tivessem algum dinheiro economizado. Mas Mildred achava que uma família com uma casa estabelecida jamais desistiria dela, e conversavam sobre a questão por algum tempo.

Aos domingos, elas descansavam e conversavam sobre assuntos mais leves. Estavam na última semana de dezembro, logo depois do Natal, o primeiro de Isabelle sem George, e elas se sentaram na varanda, segurando a xícara de chá, cada uma envolta em uma manta. Um pássaro pousou no parapeito, inclinou a cabecinha e voou novamente. O chá as aquecia, embora apenas brevemente, pois o calor se dissipava rapidamente contra o frio da manhã. Elas entrariam em breve e acenderiam o fogo, mas nenhum dia era passado sem um pouco de ar fresco, o local ao lado da lareira era a recompensa pela saída.

Mildred conversava em tom mais persuasivo, tentando convencer Isabelle a começar a cavalgar. A data de um leilão se aproximava, e Mildred sabia que havia uma potranca de um estábulo desconhecido que seria oferecida por um valor razoável. Ela poderia treiná-la, e logo as duas estariam cavalgando juntas pelo país sem nenhuma preocupação.

Isabelle parou de ouvir quando uma carruagem, com o teto de lona cheio de buracos, surgiu na estrada. Era conduzida por um único cavalo e, à medida que se aproximava, podia ver que estava cheia de caixas, mas não conseguiu distinguir o cocheiro, envolto pelo frio, até que notou um corpinho esguio ao lado de quem segurava as rédeas. Era uma criança, enrolada em cobertores e apoiada na mãe.

Isabelle largou a xícara de chá e pegou o casaco de lã do encosto da cadeira.

— É você? — gritou ela, e desceu correndo as escadas quando a carruagem parou.

— A parte de mim que resistiu ao frio! — disse Clementine.

Ela desceu da carruagem e pegou a filha enquanto desmontava.

As duas haviam sobrevivido ao incêndio intactas, mas perderam a casa, como Mildred relatara a Isabelle. Clementine tinha ido à fazenda uma vez desde então para jantar e visitou o túmulo de George após a refeição, mas parecia, pela carruagem, que estava cheia de pertences, e seria improvável que tais reuniões acontecessem no futuro.

O cabelo de Elsy era tão abundante quanto o da mãe, e seus emaranhados eclipsavam o rosto de Clementine enquanto ela carregava a filha em direção à varanda.

— Mas eu quero ver o cavalo! O cavalo! — disse a criança.

Clementine a colocou no chão, mas ficou segurando sua mão.

— O cavalo vai pegar você com os dentes e jogá-la como uma boneca de pano. É isso o que você quer?

A menina riu, fazendo que sim com a cabeça.

— É mesmo? — disse Clementine. — Vamos ver como você se sente quando estiver de cara na lama.

— Eu gosto de lama! — exclamou Elsy.

Para isso a mãe não teve resposta, e apenas tentou mantê-la quieta enquanto Isabelle caminhava para cumprimentá-las. Clementine vestia um traje de lã por baixo de um sobretudo longo o suficiente para um homem e tinha um gracioso cachecol vermelho enrolado no pescoço. Desajeitado, mas bonito. Isabelle a abraçou e cumprimentou Elsy, depois inspecionou a carruagem.

— Está bem escangalhada, eu sei — disse Clementine. — Temo que logo estrague. Mas foi a única que consegui pelo preço que tinha em mente.

— Você conseguiu percorrer a estrada muito bem — respondeu Isabelle. — Que diferença faz a aparência?

Clementine olhou desconfiada para a carruagem.

— Posso perguntar o que você planeja fazer com isso? — perguntou Isabelle.

— Bem, temo que não tenhamos muita escolha a não ser seguir em frente. O hotel não é exatamente uma hospedagem adequada. Recebi reclamações porque Elsy é muito barulhenta, porque eu volto tarde. Não daria certo.

— E agora? — indagou Isabelle.

Nesse momento ela sentiu o choque frio de uma mão em seu ombro, e Mildred, que se juntara a elas, deu um passo em direção a Elsy.

— Que tal eu levar a criança para ver as galinhas? — disse ela. — Elas precisam de um pouco de comida, se esta menininha aqui for corajosa o suficiente para alimentá-las.

— Eu sou corajosa! — Elsy foi rápida em dizer.

—Veremos isso — disse Mildred, olhando para Clementine, que apenas assentiu, feliz, ao que parecia, por uma folga da criança.

Mildred e Elsy seguiram em direção ao galinheiro.

— Quando ela acorda de seus cochilos — disse Clementine —, não há limites para tanta energia.

— É uma vida inteira de distância para mim — falou Isabelle —, mas consigo me lembrar de como é isso.

Ela se virou para Clementine.

— Por que não vamos até a varanda? Podemos pelo menos tomar um chá.

Elas seguiram juntas. Clementine sentou-se no assento de Mildred, e Isabelle serviu outra xícara da bandeja.

—Você sabe para onde vai? — perguntou.

— Não exatamente. Eu só desejo uma vida mais tranquila em algum lugar, só isso. E um clima mais adequado para os meus serviços. Os homens aqui estão mais envolvidos em reconstruir suas vidas do que em visitar mulheres como eu. O dinheiro está escasso.

— Entendo...

— Sempre fiz o que precisava para sobreviver — explicou Clementine. — E embora eu tenha construído uma vida decente aqui, as coisas só vão melhorar no norte. Com um público mais acolhedor. Talvez mais rico.

— Não tenho dúvidas de que você terá sucesso no que quer que se proponha a fazer. E Elsy?

— Pretendo colocá-la na escola, em breve. Não importa o que precise fazer.

—Você tem uma jornada e tanto planejada! — disse Isabelle. — Aposto que haverá um bom número de provações.

— Não pense que me sinto diferente. Estou apavorada, para dizer a verdade, mas é melhor fazer essa mudança enquanto ela é jovem. Pelo menos é o que digo a mim mesma.

Um vento estridente levantou poeira do chão, e as duas mulheres tomaram um gole de chá para se defenderem do frio.

— Fiquei imaginando — prosseguiu Clementine, em seu tom comedido — se você teria notícias deles.

Isabelle tomou um segundo gole, para garantir. Talvez fosse o conforto da impassibilidade de Clementine, ou a forma como ela perguntou, com tão pouco julgamento nas palavras, mas pela primeira vez em muito tempo sentiu-se capaz de responder à pergunta.

— Não — respondeu ela. — Ainda não.

— Ah, Isabelle.

— Nem comece por aí. Não preciso da compaixão de ninguém. Tenho certeza de que eles estão bem. É apenas o jeito de Caleb.

Clementine puxou o lenço do pescoço e olhou para Isabelle com óbvia preocupação, esperando ouvir mais; esperando, talvez, com a mesma exasperação que castigava o coração de Isabelle todas as noites. Mas Isabelle não tinha mais nada para compartilhar. Nada no reino do conhecido.

— A carta vai chegar — disse Isabelle, e seu tom se voltou para o otimismo que ela fazia um esforço para sentir. — Muitas vezes me imagino abrindo-a. O contorno infantil das letras, as frases que se inclinam diagonalmente à medida que prosseguem. Essa preguiça que ele tem com as palavras...

Isabelle olhou para a estrada, saboreando o trabalho de sua mente, o cenário frequentemente construído que ela conjurou durante seus momentos mais sombrios. O conteúdo de uma carta que não fora escrita.

— Ela dirá muito mais do que qualquer uma de suas cartas insignificantes durante a guerra. Vai me dizer que estão bem. Na Filadélfia ou em Nova York, não consigo imaginar onde. Que estão empregados em um hotel. Um bem imponente. Que esteja na moda. Caleb serve o jantar para os fregueses, assados com molho de champanhe e geleia, rins marinados no vinho e, durante toda a noite, uma orquestra toca música clássica que mantém leve o ânimo de todos. Prentiss trabalha em uma das salas dos fumantes. Há fumaça no ar, é claro, e dá para ouvir o barulho das bolas na mesa de bilhar. O lugar é povoado pelas maiores mentes que visitam a cidade. Eles falam de novas invenções, do que o futuro reserva, e depois de meses de silêncio na floresta, Prentiss se deleita naquele ambiente, a inteligência revigorante, armazenando e guardando tudo na mente. Os rapazes têm camas como os hóspedes. Camas de mola, e não de palha. Até os empregados merecem mais do que uma cama de palha em Nova York. Eles podem comer o que sobra dos jantares extravagantes e, tarde da noite, quando todos estiverem dormindo, podem entrar furtivamente na sala de fumantes com a chave de Prentiss e jogar uma partida de bilhar... Não sei, Clementine. É o que me vem à mente. Eu gostaria que houvesse mais. Talvez minha imaginação seja limitada, mas, com tal imagem, quem precisa de palavras para tornar tudo verdade?

Clementine se mexeu, batendo em seu assento com a palma da mão em deleite.

— Verdadeiramente magnífico. E certeiro, não tenho dúvidas. Uma mãe tem noção dessas coisas. Tenho certeza de que esses rapazes têm determinação e astúcia para tornar tudo isso verdade.

— Obrigada — disse Isabelle. — Então somos duas.

— Aposto que Landry ficaria em êxtase por seu irmão — acrescentou Clementine. — Por Prentiss ter chegado tão longe no mundo...

A menção ao nome de Landry deixou Isabelle paralisada. Elas haviam falado de Landry uma vez anteriormente, nos túmulos, quando Clementine viera para o jantar, mas, da mesma forma que Isabelle não mencionava o nome do filho, também não falava sobre Landry com Mildred, então não falara a respeito dele com ninguém desde então.

— Sinto muito — disse ela. — Eu não esperava ouvir o nome dele.

Clementine se inclinou na cadeira, o cheiro úmido do sobretudo atingindo Isabelle enquanto ela se aproximava.

— Eu não quis aborrecê-la — disse. — É só que, pelo que Prentiss me disse, ele tinha um forte vínculo com o irmão, e só posso supor que Landry ficaria feliz por ele ter ido embora da loucura deste lugar.

— Prentiss falou sobre Landry com você?

— Na cela — disse Clementine. — Eu a invejo por tê-lo conhecido. Prentiss me contou sobre a curiosidade do irmão, o fascínio dele pela água.

Aquilo era novidade para Isabelle. Ela disse que nenhum dos irmãos havia compartilhado nada daquilo com ela. Então Clementine contou tudo. Como Landry olhava para a fonte do Palácio da Majestade, procurando-a sempre que podia. Do jeito que Prentiss descrevera, era como se fosse parte de seu ser, essa conexão com a beleza da fonte, seu funcionamento interno. Como algo misterioso e fino sob o solo a fazia funcionar, indefinidamente, assim como a vida.

Talvez Clementine tenha notado a dor na expressão de Isabelle, ao se dar conta de que não lhe foram confiadas aquelas intimidades. O tom dela mudou, o entusiasmo esfriou.

— Claro, isso se baseia no que o irmão mais novo me disse na prisão — explicou ela. — Entre as palavras dele e as impressões que você me passou, eu provavelmente o tornei uma espécie de mito.

O vento voltou, uma rajada frenética e amarga, e mesmo usando um casaco de lã, Isabelle desejou ter um xale. Sua pele estaria com manchas de frio até o fim do dia.

— Não tenho certeza do que dizer.

— Então não diga nada – disse Clementine. – Minha interrupção já foi longa o suficiente. Quero ver se encontro minha menina correndo por aí.

Como se fosse uma deixa, um grito agudo de alegria irrompeu atrás da cabana. Isabelle chamou Mildred e, embora a amiga não respondesse, a porta do galinheiro se fechou com um baque.

Clementine já estava de pé. Seu cabelo golpeado pelo vento, ondulando como os galhos de uma árvore apanhada por uma tempestade. Ela deu um abraço em Isabelle e desceu as escadas.

— Quem sabe em breve, durante minhas viagens, eu encontre nossos dois jovens andando pela rua em algum lugar, vestindo com esmero o uniforme de atendentes do maior hotel da região. Finalizando o dia, gravatas frouxas, talvez. Chapéus na mão. Preparando-se para uma noite na cidade.

Isabelle sorriu, animada pela ideia.

— Certamente já houve coincidências maiores.

— Prometo que vou avisá-los de que tem alguém em casa esperando notícias. Que eles devem escrever imediatamente. Com um endereço onde possam ser encontrados.

— Seria o maior presente – disse Isabelle.

Como ela podia estar emocionada com um comentário tão espirituoso da amiga?

— Diga a eles que estou bem. Que estou me virando. E diga àquele meu menino que ele não deve apenas escrever, mas escrever com detalhes. Cartas longas. Assim como prometeu.

Quando Clementine abriu a boca para falar, Elsy veio correndo e parou ao lado dela, compartilhando sua empolgação sobre as galinhas, e o momento se foi. Mildred subiu as escadas para a varanda, e de repente havia um mundo entre os dois pares – Clementine e Elsy perto da carruagem, as roupas esvoaçando enquanto se encostavam uma na outra, e Isabelle e Mildred em suas cadeiras, a poucos metros da porta que as conduziria para a lareira.

— Apenas fique bem – gritou Isabelle.

Mildred acenou e Clementine acenou de volta, escondida atrás do cachecol. Elsy acariciava o cavalo. Clementine chamou sua atenção, levantou a mão da criança e a fez acenar também. Quando subiram na carruagem, Isabelle ainda as observava, como se houvesse mais na interação, um último adeus. No entanto, o cavalo contornou a rotatória, e parecia que Clementine partira tão logo havia chegado.

Capítulo 29

Havia um homem bem-vestido de estatura atarracada que, ao raiar do dia, tocava um sino enquanto caminhava pela pacata cidade de Convent. Em certas manhãs de inverno, parecia que o sol ainda não tinha atravessado a escuridão da noite anterior, e nessas ocasiões ele trazia na outra mão uma lanterna que atraía os homens da mesma maneira que a luz atrai insetos que passam. As portas das casas abriam-se e fechavam-se sem fazer barulho, os passos ecoavam, e em breve o homem com o sino e a lanterna formava um bando silencioso à sua volta. Todo o grupo se aventuraria como um só, andando ininterruptamente, crescendo cada vez mais à medida que prosseguia. Eles eram um bando de fantasmas flutuando em direção ao nevoeiro e além, para a floresta.

— Prentiss — Caleb chamou no escuro de seu quarto, observando os homens partirem. Ele estava acostumado a não receber resposta tão cedo, mas tentou novamente. — Prentiss, eles já estão aqui na frente.

Não sabia quanto tempo exatamente estavam em Convent. Tempo suficiente para perder a conta. Quatro meses? Cinco? A cidade foi a primeira que encontraram depois que pararam de fugir, e a pousada, a primeira que os abrigaria. A encarregada, com sua peculiar hospitalidade, o fazia lembrar da mãe, e a conduta doméstica que ela mantinha combinava com sua insistência em manter um lar estritamente harmonioso. Se a porta entre a cozinha e a sala ficasse entreaberta, a Sra. Benson não teria faria nenhum alarme, mas logo alguém a encontraria fechada corretamente. Se ouvisse qualquer barulho mais alto no andar de cima, ela chamaria lá de baixo, perguntando se algum hóspede estaria precisando de algo — uma maneira de pedir silêncio. Para deixar todos na casa descansarem.

Ela os havia alojado no sótão cheio de teias de aranha, duas camas individuais, uma em frente à outra, e embora houvesse aranhas tão enormes que mais pareciam bestas do que insetos, e uma umidade que deixava as tábuas do assoalho da cor de dentes podres, Caleb se sentiu abençoado por ter um espaço só deles.

Caleb chamou Prentiss mais uma vez, e ele começou a se mexer do outro lado do quarto. Prentiss nunca se levantou antes de Caleb desde que chegaram. Todas as manhãs, como se estivesse pregado à cama pelo frio, parecia que Prentiss poderia desistir completamente e dormir como um animal o restante do inverno. Mas então ele acordava de repente, estimulado não por Caleb (pois Caleb reconhecia que tinha pouco efeito sobre o homem, silencioso a maior parte do tempo, a um mundo de distância), mas aparentemente por alguma fonte de diligência que exigia que ele se dedicasse à tarefa e o levava a uma conclusão tão devastadoramente segura que nenhum empregador jamais poderia ter um resquício de queixa. Pois era para o trabalho que eles estavam acordando. Trabalho que ocupava seus dias.

— Vamos lá, então — disse Prentiss, com a voz sonolenta.

Ele se vestia antes que os olhos de Caleb se ajustassem para ver a figura se aproximando dele nas sombras.

A manhã ainda estava fria, e os homens apertavam o casaco ao corpo. Todos tinham seus próprios fardos. Um homem falava muitas vezes da esposa, para quem ele enviava seus ganhos, uma mulher que não respondia às suas cartas e poderia nem ser mais sua esposa. Mas, como ele era um condenado em fuga, o retorno para casa, único meio de confirmar o *status* de seu casamento, também resultaria em seu enforcamento; então ele resignou-se a suportar o mistério da forma como estava atualmente. Os outros homens eram mais quietos, embora, em seus olhares rápidos, o medo de um cavalo assustado ou de um corvo grasnando, ficasse claro que alguma escuridão do passado pairava com o poder sinistro de chegar a qualquer momento e motivar um destino de fuga.

O homem com a lanterna parou de tocar quando saíram da cidade. O chão em que pisavam era um terreno pantanoso, embora as pessoas tivessem conseguido construir fazendas aqui e ali ao longo das teias sinuosas de água. Na frente de cada casa havia uma lanterna brilhando fracamente como uma estrela menor na escuridão da manhã. Para Caleb, as lanternas pareciam guias impelindo-o, embora não estivesse claro para o que exatamente, e o grupo de homens sempre saía da estrada antes de se aproximar o suficiente para ele contemplar melhor seu significado.

— O Sr. Whitney quer a quantidade habitual — disse o homem com a lanterna.

Havia latifundiários que sempre queriam os mesmos homens, aqueles com quem estavam satisfeitos. Caleb e Prentiss haviam encontrado o Sr. Whitney nos primeiros dias em Convent e nunca foram para outro lugar. Eles seguiram os outros, oito ao todo, e o homem com a lanterna lhes disse que entrassem.

A estrada levava a um engenho de açúcar, uma estrutura de madeira sem teto e sem paredes. Whitney cumprimentou os homens com um único pedaço de pão assado para cada um. A mastigação deles era tão ruidosa que abafava os sons do rio no caminho.

— Cinco minutos — disse Whitney.

No frio cortante, os homens amontoaram-se como um só, comendo como lobos em matilha. A temperatura subiria quando as caldeiras começassem a ferver.

— Estou cortando lenha desde cedo — dissé Whitney, como se sugerisse que a manhã já estava avançada, quando na verdade não tinha ainda nem começado. — Quero três de vocês para assumir daqui. O restante maneja as caldeiras, como fizeram ontem. Caleb, suba nos barris.

Ele conhecia Caleb pelo nome, pois era o único homem branco em um grupo de indígenas e negros, e muitas vezes era escolhido para o trabalho de menor esforço. Certa vez ele tentou trocar de papel e entregar o encargo a outro homem, e essa foi uma das poucas vezes em que incitou a ira de Prentiss; ele deixou sua caldeira e o confrontou, com o rosto coberto de suor.

— Você vai encher esses barris — disse Prentiss. — Preste atenção nas palavras daquele homem. Imagina, reclamando porque está fácil. Muito do seu pai em você.

Era assim que as coisas eram. Caleb nunca mais cometeu o mesmo erro.

A rotina raramente oscilava, e aquele dia foi como os outros. Os homens que não cortavam lenha acendiam as chamas sob as caldeiras. Havia quatro ao todo, alinhados em fila. Quando a água fervia na primeira, a calda era passada para a seguinte, e o processo de refinamento terminava com Caleb, que ficava ao lado dos barris, observando a calda entrar, e quando um barril estava cheio ele colocava a tampa, guardava-o no canto para esfriar e trazia o próximo para encher.

O calor ia aumentando consideravelmente, e a tosse era incessante, latidos longos que começavam a levar a marca da labuta de cada homem. No fim do dia, eles corriam e pulavam na água gelada como animais, livrando-se da sujeira do dia e flutuando imóveis para que os membros pudessem ter um momento de alívio da agitação interminável de terem passado o dia todo de pé.

Caleb relembrou sua primeira semana de trabalho, quando um jovem, não mais velho do que ele, deixou cair a concha. A calda escorria como lava, e eles observaram a calamidade silenciosa do homem, seus olhos ultrapassando o rosto, suas mãos enrugando em bolhas doloridas. Foi uma cena hipnotizante, tanto que ninguém se moveu por um momento: a calda escorrendo pela bota do homem, a percepção sombria, ao puxá-la de seu pé, de que o couro havia se grudado em sua pele. Mais tarde, ele descreveu a dor quando o médico finalmente removeu a bota: como se sua língua estivesse sendo arrancada da boca. Caleb não tinha esquecido aquilo e duvidava que algum deles tivesse.

Ele fazia seu trabalho com cuidado e muitas vezes observava Prentiss na caldeira mais próxima. Prentiss usava barba agora, que deixou crescer por algum medo de que ele e Caleb pudessem ser procurados, e que precisasse de algum disfarce. Ele nunca a havia cortado. Nos primeiros meses, conseguiu apenas um pequeno tufo no queixo e um bigode mediano, mas parecia mais velho agora, embora Caleb soubesse que a versão mais jovem ainda estava lá em algum lugar, esperando o momento certo para retornar. Pelo menos era essa a sua esperança.

O Sr. Whitney tinha setenta anos e estava quase sem dentes. Caminhava entre eles com uma mão na calça e a outra segurando o cronógrafo. O açúcar fervia em intervalos precisos, e era estranho que ele calculasse o tempo, considerando a frequência com que falava de seu instinto de saber quando terminar o processo apenas observando. Com o tempo, suas ações – as carícias na virilha, os incessantes cliques do relógio – começaram a parecer menos relacionadas ao trabalho e mais um sintoma de sua mania, um meio de acalmar os nervos.

Era meio-dia quando Whitney concedeu-lhes um intervalo. Os homens saíram em fila única. Havia um balde de água embaixo de uma árvore ao lado do moinho, e cada um deles tomou um gole, sentados com os outros, os corpos cobertos de suor no frio, todos em silêncio. Whitney levou um momento para expor, mais uma vez, sua intenção de comprar um evaporador, o que os tornaria todos dispensáveis, pois a fervura seria exata para os padrões da máquina, mas a conversa havia sido repetida tantas vezes que ninguém prestava mais atenção.

Prentiss se afastou sozinho, a camisa amarrada na cintura, esfregando uma folha na testa, olhando para a floresta.

– Onde você está hoje? – perguntou Caleb, juntando-se a ele.

– Em lugar algum. Estou aqui – respondeu Prentiss.

Ninguém se fustigava do trabalho como Prentiss: ninguém consumia menos água, reclamava tão pouco, suava tanto. Punição, Caleb sabia. Por erros que ele não havia cometido. Por perdas que nunca seriam recuperadas. E, apesar de sua primeira declaração de que aquela cidade não estava longe o suficiente de Old Ox para que pudesse chamá-la de lar, foi Prentiss quem desejara ficar. Embora tivessem gastado algum dinheiro, eles tinham o suficiente para ir embora, mas o trabalho era bom, e Prentiss estava contente por morar em um lugar onde não era conhecido e não lhe faziam perguntas. Um lugar onde pudesse se distrair mexendo incessantemente a caldeira, seus olhos cheios de algum tormento que duplicavam como prazer, o calor expurgando os demônios que o atormentavam.

– A Sra. Benson disse que podemos comer as sobras de coelho no jantar – disse Caleb.

– Acha que ela tem mais daquele leite? – perguntou Prentiss.

– Aquele leite de cabra?

– É como beber manteiga. O de vaca nem se compara.

– Se ela não tiver, podemos voltar lá e ordenhar uma cabra, imagino.

– Eu não vou tocar na teta de uma cabra. É aí que está o meu limite.

– Eu, por exemplo, não vejo problema em ordenhar uma cabra – disse Caleb. – Seria uma honra, realmente. Tenho certeza de que existem alguns homens no mundo que não consideram seu dia completo até ordenharem uma cabra.

Ele pegou uma folha, enxugou a testa e a deixou cair no chão. Não olhou, pois se pegasse Prentiss abrindo um sorriso, ele apenas tentaria escondê-lo, então simplesmente esperaram juntos o intervalo acabar, gelados pelo suor seco.

Não haveria coelho naquela noite. Nem leite. Quando o trabalho nas caldeiras terminou, Whitney os colocou para fazer bastões para os barris que seriam enchidos no dia seguinte, e quando chegaram em casa, a Sra. Benson já tinha se retirado, e a casa estava tão escura que eles tiveram que tatear o caminho para cima. Comeram uma maçã cada um, e Caleb temia que o som da mastigação pudesse acordar a velha. Um pouco de presunto que eles compraram no dia anterior foi a sobremesa. Em algumas noites, com uma hora livre, Prentiss deslizava uma lâmina por um pedaço de madeira, moldando algo, ou nada, pois Caleb não sabia dizer e não queria interrompê-lo. Mas aquela noite Prentiss se deitou rapidamente, e Caleb foi deixado em sua própria inquietação, que o acometia todas as noites: pensando na mãe, no pai, no antigo quarto. No burro Ridley. Imagens que circulavam em sua mente, alimentando-se da culpa que ele mantinha acumulada, dos deveres filiais que não cumprira, até que os pensamentos e as cenas se tornaram uma história, um sonho, de tal forma que seu mundo adormecido era povoado pelas mesmas pessoas e circunstâncias das quais tanto havia tentado escapar.

Então, algumas horas depois, despertando de um pesadelo, ele pensou que estaria tendo uma alucinação ao ver a figura discernível de seu passado surgindo do lado de fora da janela, como se aquele homem estivesse o tempo todo esperando que ele notasse sua presença. O homem permaneceu ameaçadoramente ao lado de um cavalo amarrado, inspecionando a casa, e tirou as luvas com um movimento rápido.

Caleb saltou da cama. Ainda não tinha amanhecido, e talvez por causa do rangido, tão estranho àquela hora, Prentiss levantou a cabeça do travesseiro para ver de onde vinha o barulho.

– O que você tá fazendo? – murmurou.

– É ele – disse Caleb.

Sua cabeça latejava, como se o pesadelo tivesse manifestado uma aflição física. Meteu a mão debaixo da cama, sentindo as tábuas de madeira frias, e alcançou a lâmina de barbear.

– O que você quer dizer com *ele*? – perguntou Prentiss, apoiado no cotovelo.

–Você sabe quem. E eu vou matá-lo. – Caleb abriu a lâmina e desceu ruidosamente as escadas de dois em dois degraus.

– Caleb! – chamou Prentiss.

No momento em que saiu porta afora, não havia nada entre Caleb e August, exceto o frio da noite, o silêncio pesado da cidade adormecida. Se August falasse uma única palavra, se aquela voz familiar o alcançasse, Caleb sabia que hesitaria – que o domínio do velho amigo sobre ele seria simplesmente forte demais para resistir. Então ele não lhe daria a chance. Avançou com a lâmina em prontidão e, por um momento, um lapso de tempo enquanto ele se aproximava, parecia que seus pesadelos haviam se entrelaçado com a realidade, e que acabar com a vida do amigo poderia abolir a dor do passado e permitir à sua mente a liberdade de vagar pela paisagem de seus sonhos em paz. Tamanha era a tentação de sua vingança que uma única noite de verdadeiro descanso faria com que cada dia definhando em uma cela na prisão, ou mesmo uma caminhada até a forca, compensasse o crime.

Mas quando o homem acendeu um charuto, Caleb hesitou, e a lâmina caiu de sua mão, atingindo o chão com um estalo que ecoou na rua tranquila.

– Boa noite – cumprimentou o homem, mais como ameaça do que saudação.

Ele era alto e esguio, com cabelo ruivo, e não loiro, como Caleb tinha visto da janela. Os dois dentes da frente projetavam-se da boca, tanto que parecia impossível ele poder fechá-la.

– Desculpe... – Caleb estava imóvel no lugar. – Eu o confundi com outra pessoa. Um invasor.

– Um invasor! – repetiu o homem, mastigando o charuto como uma criança faz com um brinquedo quando tem dentes nascendo. – Quase saquei a pistola, mas não saco armas a menos que seja para atirar, e não atiro a menos que seja para matar, então, nesse caso, você teve sorte.

Caleb rangia os dentes, o ar congelado cortando um vazio dentro dele que, apenas um momento atrás, tinha sido dominado pela raiva, pela crescente necessidade de retaliação.

– Posso perguntar quem é você? – perguntou o homem.

Caleb disse seu nome e contou que estava hospedado na pousada.

– Sou Arthur Benson. Minha tia é dona daqui. Eu não tinha ideia de que ela estava com convidados esses dias. Ele está com você? – Arthur apontou para a casa.

Caleb se virou e viu Prentiss parado ali, de braços cruzados, para se proteger do frio.

– Sim, nós dois estamos aqui – respondeu.

– Entendo – disse Arthur.

Embora tivesse apenas começado a fumar o charuto, ele o apertou na lateral da bota para bater a cinza.

– Sinto muito pelo susto – lamentou Caleb. – Eu fiquei fora de mim.

– Oh, eu não me assustei nem um pouco. Tia, tia!

A Sra. Benson, desaparecendo dentro de um enorme casaco que cobria seus trajes de dormir, empurrou Prentiss para o lado na porta da frente.

– Recebi seu telegrama ontem – gritou ela –, mas o esperava em um horário mais apropriado. Entre.

Caleb nunca a tinha visto se mover tão rápido e recuou enquanto ela abraçava o homem. A presença dele era uma intromissão agora, ou seria rude sair naquele momento?

—Você tem hóspedes — disse Arthur.

— Eles pagaram até o fim do mês — explicou ela. — Mas sempre há espaço para você, Arthur. Sempre há espaço para a família.

Uma hora depois, eles estavam de volta ao sótão, ambos em silêncio, mas nenhum dos dois dormindo. Caleb podia ouvir a respiração acelerada de Prentiss, a maneira como ele se mexia inquieto.

— Eu tinha certeza de que era ele — sussurrou Caleb. —Você tem que acreditar em mim.

— Descanse um pouco.

—Você acha que eu sou louco.

— Não disse isso. Disse para descansar.

— Eu sei. Mas eu…

— Caleb.

—Você tem que me ouvir…

— O quê? Você acha que eu não vejo eles também?

Caleb ficou abalado, como se uma cobra tivesse sibilado para ele do pé da cama.

— Pra o que você acha que eu fico olhando o dia todo? Na floresta. Vejo meu irmão por todo lado, espancado, machucado, com o rosto sangrando. Vejo minha mãe desde que ela foi vendida. Vejo a senhora Etty parada bem do meu lado, como se tivéssemos naqueles campos de novo, como se ela nunca tivesse fugido. Metade das vezes que você me acorda, acho que é Gail me despertando por eu ser preguiçoso num dia de trabalho. Acho que aquele August vai ficar do lado de fora da sua janela pelo resto dos seus dias. É assim que os demônios fazem. Que os fantasmas seguem você por aí. Você tem que ficar orgulhoso de ter saído e enfrentado. Nem todo mundo é corajoso pra isso. Mas tem que saber que não vai mudar nada. Você ainda tem que se levantar todo dia de manhã. Ainda tem que deitar a cabeça no travesseiro toda noite. Então, se você não vai descansar um pouco, pelo menos deixa eu fazer isso.

Houve um ruído no andar de baixo, vindo sabe-se lá de onde, o silêncio da casa o evidenciando.

– Sinto muito, Prentiss.
– Não se desculpe. Apenas durma.

De longe, os homens nas caldeiras pareciam magos mexendo caldeirões, feiticeiros conduzindo rituais em um lugar esquecido da floresta por onde nenhum homem deveria vagar. Caleb estava se aliviando em uma árvore além do moinho, olhando para eles. O dia estava quase no fim. Os rapazes cortando lenha diminuíam a velocidade a cada golpe do machado, e cada homem junto às caldeiras havia encontrado um ritmo calmo em sua agitação. A hora final passou rapidamente, e eles estavam parados no frio para descansar quando o Sr. Whitney fez sinal para que Caleb fosse com ele. Caleb deu um tapinha no ombro de Prentiss, e os três caminharam para uma clareira que dava para a casa de Whitney e a fazenda atrás dela, que produzia sua safra.

O rio corria entre as duas em um ritmo constante, e Whitney apontou, mostrando o rio, dizendo a Caleb que a água estava entrando em sua casa. Ele havia cavado um dique uns dez anos atrás, mas agora precisava reforçá-lo. Tinha que ser mais fundo, com algumas valas para drenar direito. Seriam alguns meses de trabalho, depois que o açúcar fosse vendido.

– Um rapaz como você poderia me ajudar – disse ele. – Presumo que tenha estudado. Conhece os números e outras coisas. Você seria de grande ajuda.

Caleb colocou as mãos nos bolsos, espiou a terra com desconfiança, imaginando que problema ou sorte estaria na proposta: a escolha entre a facilidade de aquiescer aos desejos de outro homem sobre os seus próprios e a dificuldade de perseguir algo além do horizonte, o berço do desconhecido e do intangível, a possibilidade de seguir o próprio caminho, como fizera quando resgatou Prentiss, com um resultado, certo ou errado, jamais desfeito. Quando ele olhou para Prentiss em busca de orientação, ele coçava a barba, olhando para o chão, abstendo-se da decisão.

– Acho que você pode ter se enganado comigo – disse Caleb, em tom mais baixo do que pretendia. – Talvez você tenha julgado mal minha condição. Não tenho a disposição de liderar. Nunca tive.

Whitney passou a língua grossa nas gengivas, nos poucos dentes que tinha.

– É uma habilidade que se aprende. De qualquer forma, você não vai liderar ninguém. Eu estaria lá com as pernas da calça arregaçadas como você, e manteria os rapazes na linha. Eu só preciso de um cara inteligente ao meu lado.

Caleb imaginou a vida: acordar todas as manhãs no frio do sótão, e do lado de fora da janela aquela lanterna, uma esfera flutuante cortando a neblina. Em seguida, as margens lamacentas do rio, o trabalho de reforçar o dique. Então o calor do moinho quando a estação voltasse.

– Eu pretendo ir embora daqui – disse ele, e a certeza em sua voz surpreendeu até a si mesmo. – Posso mudar de ideia amanhã, pois sou propenso à indecisão, mas é esse o meu desejo. Encontrar um lugar para mim por aí. Eu gostaria que este homem atrás de mim viesse junto, mas não posso dizer se ele virá. Ele parece contente hoje em dia, e não posso culpá-lo por querer um pouco de paz. Se ele ficar, eu o recomendaria para esse trabalho. Ele trabalha o dobro do que eu, com o dobro de inteligência. Preciso ir agora, mas agradeço pela oportunidade.

Caleb inclinou a cabeça em respeito, porém Whitney nem notou.

– Há outros como você – falou ele. – Acho que vou encontrar.

– Tenho certeza de que vai – disse Caleb.

Quando ele se virou, Prentiss descruzou os braços e se esgueirou ao seu lado. Eles caminharam juntos, ouvindo o barulho do rio.

Prentiss falou apenas depois que passaram pelo moinho e alcançaram a estrada.

– Aposto que ela fez sobremesa para o sobrinho.

– O que você acha que ela fez? – perguntou Caleb.

– Bolo de chocolate. É o que imagino.

– Você consegue mais que isso. Eu vejo seis camadas. Chocolate e baunilha, uma em cima da outra.

– Deu água na boca. Acha que ela vai separar uma fatia pra gente?

– O sobrinho dela é um graveto. Parece ser do tipo orgulhoso demais para doces. Deve achar que doce é apenas para crianças.

– Vamos ter nosso pedaço, então – disse Prentiss.

– Anota aí – Caleb esfregou as mãos. – Vamos comer até o sol raiar.

– Até o estômago estourar.

Os músculos de Caleb doíam, mas o frio do dia era como alfinetadas em sua pele, distraindo-o da dor. Estariam de volta a Convent em breve e dormiriam até a hora do jantar. Comprariam um pouco de carne enlatada na mercearia e comeriam no sótão antes de irem se deitar. E então, na madrugada, ele seria acordado pelo sino. A lanterna do lado de fora da janela.

※※※※

O som de um tilintar, um anúncio metálico, acordou Caleb na noite. No entanto, não era o som esperado do sino. Pela janela, encontrou apenas escuridão. Atrás dele, envolto em camadas de sombra, estava Prentiss, sem camisa, sentado na única cadeira do sótão, inclinado e segurando a navalha, com a tigela no chão embaixo dele.

– Prentiss?

Prentiss se abaixou, então se levantou com um cobertor na mão. Ele o dobrou até o tamanho de um pano de prato e abriu a janela. O frio entrou.

– O que você está fazendo?

Ele desdobrou o cobertor, sacudindo-o, fechando a janela de novo e virando-se para olhar na direção da cama de Caleb. Mesmo no escuro, ele podia ver a pele lisinha de seu rosto. De volta à cadeira, tigela no chão.

– Um pouco tarde para se barbear – disse Caleb.

Prentiss se moveu em direção a ele com passos suaves, e Caleb se sentou. Empoleirado acima dele, estranhamente alto contra as vigas arqueadas do teto baixo do sótão, Prentiss estendeu a mão.

– O que você acha... – começou ele. – O que você acha da gente ir embora daqui?

O sono se esvaiu dele em um instante. Não precisava dizer nada para Prentiss saber sua resposta. Caleb se levantou e pegou seus pertences debaixo da cama. Havia pouco para embrulhar. A navalha. A camisa extra que comprara na mercearia e as poucas outras roupas que tinha. O último pote de pêssegos da mãe, que ele manteve selado e intocado todo aquele tempo, apenas para se lembrar dela.

– Você nunca gostou de andar na floresta no escuro – disse Caleb. – Podemos esperar até o amanhecer.

– Não quero ouvir aquele sino. Nem mais uma vez. Quero ir embora.

As roupas de Prentiss já estavam na cama. Ele estava pronto havia algum tempo, Caleb percebeu.

– Além do mais, não tem razão para ir pela floresta – disse Prentiss. – Não tem ninguém atrás de nós. Vamos pela estrada. A gente já vai ter passado por duas cidades quando o sol nascer.

– Pegaremos um trem. Estaremos no norte em pouco tempo.

Debaixo da cama, ao lado dos pêssegos da mãe, Caleb guardava um pedaço de papel enrolado que a Sra. Benson lhe dera. Ele pretendia usá-lo, mas nunca o fizera, por todos aqueles meses, tendo se convencido de que sua vida atual – o trabalho pesado, o sótão gelado – não era o que a mãe esperava saber dele. Mas o manteve debaixo da cama o tempo todo, sabendo que chegaria o dia em que colocaria palavras naquela página. As condições tinham que estar certas. Agora ele sabia disso muito bem. Haveria uma escrivaninha, sua própria escrivaninha, em uma casa ensolarada que não pertenceria a nenhum estranho. Algum lugar seguro, belo e pacífico. Um lugar onde ele se sentiria livre. Um lugar de onde valesse a pena escrever para casa. Estaria lá em breve, ele sabia. Longe de Convent. Longe, longe de Old Ox.

Capítulo 30

O chão estava quase congelado, e uma névoa sombria caiu sobre Isabelle enquanto ela caminhava pela Stage Road. Ela emprestara o burro para Elliot naquela manhã. Havia pouca necessidade dela na fazenda em pleno inverno, e ela não tinha vontade de ajudar os outros com suas terras. Naquele dia, não.

Todos esses meses depois do fogo, as árvores ainda estavam nuas e, a certa distância, havia uma clareza surpreendente, a grandeza e o mistério da floresta tinham sido traídos por uma nudez recém-descoberta. Nem um coelho ou raposa à vista. Apenas uma quietude sem fim, que seria a melhor parte ali do campo por algum tempo, pensou ela, e permaneceria assim até a próxima estação.

As terras de Ted Morton não se saíram melhor, e ela hesitou no portão de sua propriedade. A fonte estava onde sempre estivera, logo à beira da estrada. Não funcionava mais. A bacia inferior estava coberta de ferrugem. Os querubins do segundo nível continuavam na mesma pose, apontando flechas uns para os outros com olhares piegas de adoração. No topo, uma deusa esbelta, mas musculosa, segurando um vaso do qual a água normalmente fluía, olhando para cima com espanto; agora só lhe restava olhar para o céu, o que tomou um tom mais triste, como se a deusa estivesse rezando desesperadamente para que o fluxo de água voltasse.

As terras de Morton tinham sido tão desfiguradas pelo fogo que até agora não havia um arbusto para contar a história. A mansão tinha sido arrasada até virar um esqueleto da antiga construção. Nem os pilares de pedra suportaram – o calor os rachara e, quando um deles caiu, a varanda do segundo andar desmoronou, de tal forma que um monte de pedras e escombros cobria a entrada da frente. A família de alguma forma conseguiu sobreviver, embora todos os seus móveis, para não mencionar as terras, tenham sido consumidos pelo fogo. Tudo o que restava da mansão era o alicerce – uma ausência tão estranha que Isabelle teve arrepios quando a viu pela primeira vez, alguns meses atrás. Um grupo de negros trabalhava agora no local, e o primeiro andar havia sido reconstruído com o objetivo de imitar o projeto original. Vigas de madeira estavam amontoadas em enormes pilhas, e alguns homens passaram por ela com carrinhos de mão cheios de pedra. Um grupo de mulheres enlameadas e descalças carregava tijolos para dispor na pilha que havia diante da casa.

Isabelle finalmente avistou Ted ao lado da trilha para os fundos da propriedade, parado com o filho mais novo, olhando alguns papéis e fumando um cachimbo. Quando ela se aproximou, ele desceu lentamente o maço de papéis da frente dos olhos e, logo que ela estava diante deles, entregou os papéis ao filho.

– Vá encontrar Gail e diga o que discutimos – disse Ted. – Se ele tiver que ir ao moinho de novo, que seja.

Aparentemente satisfeito com sua missão, o menino correu. Ted olhou para Isabelle com desconfiança, sugando o cachimbo até as bochechas cederem com fumaça saindo pelo lado da boca. Os suspensórios pendiam frouxamente ao lado do corpo dele. A poeira havia se acumulado em todas as fissuras de seu rosto – o furo do queixo, as linhas da testa –, como se um tapete antigo, há muito guardado, tivesse sido desenrolado bem diante de seu rosto.

– Olá, Ted – saudou ela.

– Vejo que você achou o caminho até a minha propriedade – disse Ted.

– Não quero incomodar.

– Quando você me disser por que está aqui, eu mesmo julgo isso.

Havia um vinco na perna da calça de Ted, uma pequena dobra, onde o filho o agarrara. Ela observou o menino correndo e olhou de volta para Ted.

– Não tenho más intenções – disse ela. – Apenas uma proposta. Gostaria de saber se você me concederia uma curta caminhada? Não vai demorar.

– Não sei como minha esposa se sentiria se eu saísse para passear com outra mulher.

– Ela está aqui? – Isabelle olhou em volta. – Ou você teme sua supervisão de longe?

A piteira do cachimbo de Ted era uma bela pena de ganso. A fumaça foi canalizada por ela e entrou em sua boca enquanto ele considerava as palavras de Isabelle. Ele exalou mais uma vez.

— Pela forma como me sinto sobre vocês, Walkers, duvido que ela se importe.

— Ainda melhor.

Isabelle começou a descer a trilha em direção à Stage Road, e Ted a seguiu alguns metros atrás.

— Ela está bem, eu presumo?

— Está com minha irmã em Savannah enquanto reconstruímos a casa.

— Deve ser difícil para vocês.

— Ela não é do tipo que reclama. Além disso, algumas pessoas foram para lá depois do incêndio. Formaram uma pequena sociedade, fazem companhia uns aos outros. Você sabe, o jovem Webler tem algumas propriedades por lá. Ouvi dizer que ele as está alugando por um preço justo.

Isabelle decidiu que o silêncio era a melhor resposta.

— Parece que — continuou Ted — ele anda meio recluso hoje em dia. Apenas mantém a cabeça baixa, recebe os cheques e fica fechado em si mesmo. Dificilmente dá um pio. Eu diria que ele era um dos jovens mais populares da cidade. Nunca uma palavra ruim foi dita contra ele. E a esposa foi encontrar um fim daqueles. E depois de tudo que o seu garoto o fez passar. Bem, espero que Deus lhe dê um pouco de paz.

Esse tipo de comentário já a havia afetado gravemente, mas ela desenvolveu resistência a tais ataques; aos olhares da cidade e ao que era comentado pelas suas costas. Havia um poço oco, em algum lugar dentro dela, onde ela guardava tais maldades, deixando-as perecer, então as soltava no ar para flutuarem até o infinito. Ela sentiu isso, em algum lugar ao lado do coração, em um compartimento em seu ser. Colocou a mão no peito e a deixou descansar por um momento, para apaziguar a raiva e obstruir a entrada da crueldade implícita naquelas palavras.

— Eu não imaginei que você fosse de fazer fofocas, Ted. É melhor guardar isso para as borboletas sociais que adoram tagarelar nos salões, você não acha? Vamos nos ater aos assuntos importantes.

Ted ergueu a sobrancelha e deixou aquela advertência passar despercebida.

— E que assunto importante você me trouxe?

Eles chegaram à fonte. Ela parou e colocou a mão na bacia.

— Sua fonte — disse ela. — Gostaria de comprá-la.

Ele não tomou aquilo como um pedido estranho, mas se opôs.

— Eu mandei fazer esta fonte para a minha esposa.

— Tenho certeza de que o dinheiro poderá ser útil em tempos difíceis como estes.

— Parou de funcionar há algum tempo.

— Bem, quando for minha, isso não será da sua conta.

— Em primeiro lugar, por que você quer essa maldita fonte? — Ele jogou as mãos para cima em exasperação, as alças do macacão balançando enquanto gesticulava. — Dizem que você ficou mais louca do que George desde aquele incêndio, e, meu Deus, o que está tentando fazer parece confirmar isso. Vir de tão longe por causa de uma fonte quebrada. Não está à venda. E, mesmo que estivesse, não seria você a quem eu recorreria.

Ela olhou para Ted, depois para além dele, perguntando-se como Landry tinha visto a fonte dos campos. Ela sabia onde ficava a casa, onde ficavam as fileiras de algodão que ele colhia. No entanto, não conseguia determinar como alguém poderia avistar a fonte de tão longe, pois mesmo aquelas fileiras que contornavam os lados do Palácio da Majestade estavam a alguma distância, e as de trás, ainda mais. E mesmo que ele tivesse visto, talvez a fonte que imaginara, a fonte que habitava sua mente, fosse uma que ele mesmo desenhara naqueles longos dias de trabalho, guardada em sua mente, uma fonte toda sua. Sim, talvez a de Ted fosse apenas uma substituta, barata e cafona.

— Posso perguntar quem a construiu?

Ted ficou com ainda mais raiva.

— Oh! É uma longa história. Tive um negro que enviei à cidade para aprender a trabalhar com pedras, mas ele foi embora na primeira oportunidade. Depois, contratei um pedreiro na cidade. Não valia a metade daquele garoto, mas queria o dobro do salário enquanto fazia um quarto do trabalho. Não é o fim? Eu sei que não deveria estar falando de negócios com uma mulher, mas não consigo acreditar em como aquele garoto...

— Isso é o suficiente, Ted.

As brasas se apagaram no fornilho do cachimbo de Ted. Ele o virou de cabeça para baixo e tirou o tabaco, depois deu outra pancada na parte de trás. Estava pensando em algo, e precisou de um momento para reunir as palavras.

— Sabe — disse ele calmamente —, eu não tive nada a ver com aquele incêndio. Gail também não. Wade me pediu, mas nós não o atendemos. Ficamos de fora.

Ela relembrou os terrores daquela noite. Nenhuma parte de si desejava vivê-la novamente.

– Está feito e já passou, suponho.

– É! Suponho. Eu sabia que não mudaria nada. Achei ridículo, sério. As coisas vão continuar. Aqueles ianques de uniforme, segurando a espada, não estarão aqui para sempre. Eles voltarão para o lugar ao qual pertencem. Esses negros continuarão trabalhando da forma que melhor nos convier. E qualquer que seja o rebuliço que você estiver fazendo em sua propriedade, as pessoas vão acabar com isso também. Como sempre foi feito aqui antes. Temos nosso jeito, e não será mudado.

Ela olhou para o rosto dele mais uma vez; castigado pela idade, marcado e esburacado pelas intempéries do tempo.

– Ted – disse ela, limpando a sujeira da unha. – Vamos parar por aqui.

Ele roncou, escarrou e fez que sim com a cabeça, embora aquela atitude fosse mais para avaliar o que estava diante dele. Este ser. Esta mulher.

– Vou indo – disse ele.

– Farei o mesmo. Meus cumprimentos à sua esposa.

~~~~~

A estrada continuava vazia quando ela voltou para casa. Pensou em Ezra e na última vez que o vira antes de ele ir visitar os filhos. *Um desperdício. Uma dissipação total.* Foi assim que ele se referiu ao plano dela: a agricultura, a causa, como ela a considerava. Ela pôde apenas admitir que aquilo era possivelmente verdade, mas, se sua vida fosse se estagnar, ou começar sua queda em direção ao inevitável, ela se orgulharia de saber que as terras de George, suas terras agora, continuariam a prosperar depois que ela se fosse. Outros continuariam em seu lugar. E ela tinha certeza de que, apesar de toda a conversa dele, ninguém tão tolo quanto Ted Morton faria qualquer coisa para detê-la.

Ela prosseguiu o caminho e logo avistou a cabana envolta na névoa sombria da tarde de inverno; o V do telhado era como uma bandeira anunciando sua passagem segura. A carruagem de Mildred estava parada na rotatória. A fumaça da chaminé cedia à névoa, desaparecendo quando emergia. Um homem curvado saía dos estábulos, o chapéu torto na cabeça, as botas macias contra o chão. Elliot devolvendo Ridley. Talvez ele tivesse batido à porta e Mildred dito a ele que ela tinha saído, ou talvez ele tivesse pensado que seria um incômodo bater. Seu corpo balançava a cada passo, e Isabelle observou como ele era parecido com George, juntas contra ossos, ossos contra juntas, uma dignidade solene na maneira como escondia o cansaço. Alguém como Elliot dera milhares de passos a mais na vida do que ela jamais daria. Se houvesse uma cota de passos definida para cada um antes de se render ao tempo, ele ficaria sem os seus muito mais rápido do que ela jamais poderia. Não era certo. Apenas era dessa forma. Em pouco tempo ele desapareceu na névoa, como a fumaça, reunindo-se à sua família, à sua colheita, aos afazeres do dia.

Ela pensou em Caleb, na crueldade de sua ausência. Lembrou-se de outros dias como aquele, repletos de silêncio, quando o filho era criança, e os dois se encolhiam no sofá, suspendendo tudo o que estava reservado para o dia apenas para ter a companhia um do outro. Em pouco tempo, o café estaria pronto, e a casa, aquecida, como se o calor tivesse sido gerado exclusivamente pelas palavras que compartilhavam, as risadas, e o dia chegaria ao fim sem que nenhum dos dois percebesse. O fato de seu único filho estar em algum lugar desconhecido no mundo, em algum lugar perdido para ela, parecia a derrota final. Uma derrota que nenhuma mãe poderia superar. Independentemente do propósito ou significado que o mundo poderia lhe oferecer em troca.

Talvez a única graça salvadora fosse a carta do filho, que finalmente chegara, com meses de atraso, conforme ela estimara, e, claro, muito mais curta do que ela gostaria, mas ele manteve a palavra. Sentou-se para escrever para a mãe e, ao fazer isso, deu-lhe o maior presente que ela poderia ter pedido. Ela já tinha lido aquele bilhete tantas vezes, o inspecionando tão de perto que temia até que o papel se esfacelasse. Ainda assim, mesmo com uma leitura mais minuciosa de cada frase, cada palavra, Isabelle não constatara a informação que mais desejava. Eles haviam chegado a uma cidade do norte, mas ele não revelara qual, para que as autoridades não soubessem o paradeiro dele e de Prentiss (era próprio de Caleb isso, imaginar que o xerife ainda esperava ansiosamente para interceptar sua correspondência e puni-lo por um crime já esquecido e posto de lado). Não havia nenhum registro de seus sentimentos, nem mesmo se ele estava feliz. Mas havia rotina em seu dia, ele havia escrito, um sentimento de gratificação. Eles tinham dinheiro para se alimentar, para se vestir.

Os poucos detalhes que ele havia dado a deixaram ainda mais ansiosa. Prentiss cheirava a peixe todos os dias. Resultado de seu trabalho no cais transportando carga (Que cais? Que carga?), e várias noites por semana ele estudava, para aprender a ler e a escrever, em uma igreja local que ajudava outros libertos, ansiosos por devorarem uma educação que lhes fora negada por toda a vida. Caleb, por sua vez, continuou por si e encontrou um emprego que lhe convinha perfeitamente. Ele se lavava todas as noites surpreendentemente por bastante tempo, pois era quase impossível se livrar das manchas de tinta da loja. (Que loja seria essa? Ele era bom no que fazia?) Sem mais informações, ela começaria a pensar em George, nas manchas de nogueira nas mãos dele, que manchavam seu vestido quando ele chegava em casa depois de um passeio. O que ela faria por um abraço do filho, por poder segurá-lo nos braços, por ter a chance de contar a ele sobre a bravura do pai e que infelizmente ele se fora. Tantas perguntas ficaram sem resposta, e tantas coisas não foram ditas. Mas eles estavam vivos. Até que ele escrevesse de novo, ela continuaria se preocupando como mãe, mas pelo menos sabendo agora que ele estava em algum lugar, são e salvo, se virando.

No final, apenas a distração poderia salvá-la, e mesmo isso era temporário. No celeiro, ela passou a mão pela parede lascada, depois voltou para a cabana. Poderia ser erguida ali, pensou ela. Diante do celeiro. Ela poderia contratar alguém da cidade. Um liberto. Um pedreiro adequado poderia construir sua fonte. Seria ao mesmo tempo mais grandiosa e menos extravagante do que a de Ted. Nada de querubins ou deusas. Um letreiro comemorativo na frente para honrar a memória de um homem que mereceu sua própria fonte no tempo. Ele a teria finalmente.

— E por onde você andou? — perguntou Mildred, parada na porta, as bochechas rosadas pelo calor do fogo.

Isabelle não queria dizer, pois sabia que a história se desenrolaria rapidamente e sua empolgação com a fonte ficaria comprometida, já que receberia críticas de Mildred, principalmente quanto a estar sempre com a cabeça cheia de ideias, mas não ter habilidade para a execução. Agora ela simplesmente queria a paz que havia reunido em sua imaginação, os pensamentos do que poderia vir a ser.

— Mildred — disse ela, com a voz insegura —, isso é vida, não é?

Mildred a olhou confusa, agarrando a porta como se, com um aperto adequado, pudesse fornecer a resposta que Isabelle procurava.

— Suponho que seja — disse ela finalmente. — Se isso ajudar.

— Sim. Ajuda.

— Você pode entrar, por favor?

— Entrarei em breve — respondeu Isabelle. — Deixe-me ficar aqui por enquanto.

Mildred parecia prestes a perder a paciência e carregar a amiga para dentro, mas cedeu.

— Não demore — disse simplesmente, e fechou a porta.

Isabelle voltou aos seus pensamentos. A fonte ficaria no centro da rotatória, decidiu ela, onde pudesse ser vista por todos que ali chegassem, diante da cabana, antes do celeiro. Ela não pararia de funcionar. Isso era importante. Que fluísse sem cessar em todos os climas, em todas as estações, e que perdurasse. O sonho a acompanhou por tanto tempo que ela ficou surpresa ao ver a luz do dia se esvaindo, e os pensamentos a seguiram noite adentro, mesmo depois de Mildred ter ido para casa, inundando-a ainda enquanto estava sentava na sala de jantar olhando para a escuridão na floresta através da janela, sua imaginação se aventurando mais longe do que nunca.

Passou por sua mente se servir de um pouco de conhaque, um deleite que raramente se dava. Bebeu e pensou em George. Havia muito tempo, ele dizia que a floresta estava cheia de magia, bestas estranhas, grandes mistérios. Ela pensou em visões invisíveis, sombras deslizando pela paisagem, metamorfoseando-se em outras coisas: nos próprios George e Landry, enredados nos arredores, parte integrante das folhas estriadas das nogueiras, suas respirações sussurradas no vento que sacudia a cabana em longas noites.

Ou talvez fossem Caleb e Prentiss que apareceriam das profundezas ocultas da floresta. Duas figuras vagando pelas árvores como se brotassem do nada, retornando de uma jornada que, com o tempo, os levaria de volta para casa. Ela apreciava a ideia de tê-los ali, observando a fazenda de novo, cada pedaço de terra fervilhando de vida — e então, enfim, eles parariam diante da fonte, chocados pelo fato de que tal beleza pudesse ter surgido em sua ausência, a água projetando-se para o céu, para sempre, em direção a paragens desconhecidas.

Eram apenas imagens conjuradas pela imaginação, é claro, e ela sabia muito bem que tais coisas não lhe eram prometidas. Ela poderia esperar mais, mas há tempos aprendera a viver com o que quer que acontecesse. No entanto, às vezes — apenas às vezes —, a esperança era o suficiente.

Compartilhando propósitos e conectando pessoas
Visite nosso site e fique por dentro dos nossos lançamentos:
www.gruponovoseculo.com.br

facebook/novoseculoeditora
@novoseculoeditora
@NovoSeculo
novo século editora

Edição: 1ª
Fonte: Bembo

gruponovoseculo
.com.br